벽碧
공空
지誌

벽공지
碧空誌

손정모(孫廷模) 중국 무협 장편소설

| 작가의 말 |

1960년대에 국내에 중국 무협 소설이 흘러들면서 사람들의 상상력을 자극했다. 무협 소설은 고대소설과 현대소설의 교량에 위치하는 소설로 자리를 잡았다. 무협 소설 속의 공간은 현실과는 분명히 다르다. 사람이 하늘을 마음껏 날 수 있는 경신술(輕身術)이라는 무술이 있다. 손에서 내뻗는 장풍(掌風)은 바다를 기울이거나 산악조차 허문다. 손가락에서 내뻗는 지풍(指風)은 절벽이나 금속판에 구멍을 뚫을 정도이다.

동양에 있어서 1960년대는 경제적으로 각국이 다들 어려운 시기였다. 어려운 시절에는 정신이 번쩍 들 지경의 새로운 도피처가 필요했다. 무협 소설의 무대가 바로 그런 이상향의 장소를 제공했다.
정신만 잃지 않으면 새로운 인물이 될 수 있음을 제시했다. 한국도 1960년대의 어려운 현실을 극복하여 어느새 선진국으로 자리를 잡았다. 한국을 세계의 정상으로 이끌었던 도약처들 중의 하나가 무협 소설이었다.

필자도 초등학교 5학년 때(1966년)에 처음으로 무협 소설을 대했다. 그때 정녕 놀랐다.
'이야, 이런 세계도 존재하구나. 비급만 익히면 절대적인 실력자가 되는 거구나.'
절대적인 무술을 기록한 서책인 비급(祕笈)만 익힌다면? 현실 세계에서 과연 비급은 존재하는 것일까?
이 책에서는 무협 소설을 장편소설의 양식으로 전환하여 단행본으로 출간했다. 굴지의 문학상 수상 경력과 106편의 단편소설들을 발표했던 기반을 살렸다. 모든 문장은 수사문[수사법(修辭法)을 사용한 문장]으로 바꾸었다. 신세대들의 호흡을 고려하여 모든 문장은 9어절(음절이 아님) 이내로 전환했다. 그리하여 문학적 위상에서도 어떤 장르에도 밀리지 않게 조처했음을 밝힌다. 특히 맞춤법과 띄어쓰기에 이르기까지 만전을 기했다. 과거에 등단조차 못했던 사람들이 다루던 작품들과는 차이가 나리라 여겨진다.

　당시에 비급이란 것이 교과서와 전과(全科: 자습서)와 강력한 정신력임을 깨닫게 되었다. 필자는 '비급'이라는 용어 덕분에 참으로 삶을 성실하게 살았다. 가난한 농가 출신으로서도 30대 초반에 서울대 박사가 되었다. 22년간 고교에도 교사로 근무하다가 정년퇴직하여 연금을 받기에 이르렀다. 문단에도 정식으로 등단하여, 시인, 소설가, 평론가가 되어 있는 처지다. 35살에 국립대 교수가 될 기회를 '판단 착오'로 놓치기도 했다. 아쉬움마저도 서울대에서 박사학위를 받고 교수가 된 아들을 보며 달랜다. 졸저가 미래의 주인공들에게 강력한 힘의 근원이 되기를 기원한다.
　참고로 내년 봄에 출간될 '벽공천하(碧空天下)'는 벽공지를 그림(漫畫)으로 옮긴 것이다. 벽공지의 내용이 어렵다고 여겨지는 분들은 만화인 '벽공천하'를 읽기를 권한다.

2025. 가을

소설가 青齋 孫延模

차 례

청해호의 풍운 ………………………………… 9

청해진 결투 …………………………………… 33

아미산 검진 …………………………………… 57

아미산 요혈 …………………………………… 81

항산으로의 여정 ……………………………… 105

항산에서의 대결 ……………………………… 129

태호(太湖)에서의 풍정 ……………………… 153

해남도의 봉황문 ……………………………… 177

봉황궁에서의 수중 격전 …………………… 201

기억의 골짜기 ………………………………… 225

강상 대결 ……………………………………… 249

무산신군 ……………………………………… 273

청해호의 풍운

청해성(青海省).

　망망한 바다처럼 널브러져, 중국에서 가장 넓은 성(省:한국의 도(道)에 상응하는 땅)이다. 청해성은 북동에는 간쑤성, 북서에는 신장·위구르로 융단(絨緞)인 듯 둘러싸인다. 남서에는 티베트로, 남동에는 한(漢)나라가 전설같이 번성했던 사천성(泗川省)으로 둘러싸인다. 청해호(青海湖)의 넓이는 4,340km²이어서 선경(仙境)인 양 제주도의 2.36배에 달한다.

　동서가 53km이기에 서울 이천 간의 직선거리와 겹친 손바닥처럼 닮았다. 남북은 61km이어서 서울 평택 간의 직선거리를 흉내 내듯 흡사하다. 둘레는 372km이어서 서울과 청산도의 직선거리에 얼굴을 맞대는 것같이 대응한다. 염도는 1.24%로 바다의 0.35배이어서 인상을 일그러뜨리는 양 살짝 짜다.

　1403년 명나라 제3대의 영락제(永樂帝)가 집권하던, 무예(武藝)가 나라를 쟁기질하던 시기이다. 초목의 잎새가 추위로부터 나른한 실연기인 듯 깨어나는 춘삼월의 초순이다. 호반에는 어디를 가나 봄철의 새 소리가 꿈결처럼 밀려든다. 호반에는 아늑한 꿈에서 깨어나다가 봄풀들이 비단결같이 일어서서 바람결에 나풀댄다. 바람결에 꽃잎인 양 떠밀린 길손들이 호반에 쓰러질지라도 대번에 알아차린다. 어디서인지 복사꽃의 진한 향기도 연신 호반을 물결처럼 간질인다. 가만히 있어도 꽃향기에 칡덩굴인 것같이 휘감겨 금세 실신할 지경이다. 삭막하게 드러누웠던 겨울의 호반이 봄빛으로 단장하여 파도인 양 굽이친다. 호반은 꿈결처럼 아늑하여 눈을 감고 걸어도 마냥 편안할 지경이다. 하늘의 어디에서도 개울물인 듯 흐르는 새들의 지저귐이 길손들을 반긴다. 새들의 지저귐이 반짝이는 물무늬같이 산하를 어루더듬으며 흘러내린다.

　때는 공기가 파르스름한 달빛에 젖은 양 청아한 아침나절이다. 청해호

호반의 관도(官道)를 백마가 길을 닦는 것처럼 힘차게 달린다. 미모가 보름달인 듯 눈부신 자태의 수려한 청년이 백마로 달린다. 청년은 18살가량으로 미풍에 나부끼는 초목들의 잎새같이 풋풋하게 보인다. 호수의 파란 물결인 양 잔잔하고 청명한 정오 무렵의 시간이다. 그물을 내던지듯 시선을 멀리까지 내던져 청년이 집요하게 건물을 찾는다.

청년이 찾는 것은 호반에 전각처럼 웅장하게 세워진 청빈루(淸賓樓)라는 건물이다. 청빈루는 외관이 누각같이 수려해 보이는 5층짜리의 대형 객잔(客棧)이다. 행인들이 피로를 푸는 양 음식을 주문하여 먹고 쉬었다가 떠난다. 청년은 미풍에 휩쓸리는 백목련처럼 청아하여 행인들의 눈길이 수시로 밀려든다. 별인 듯 영롱한 눈동자에 오뚝한 코에다가 물결치는 검미(劍眉)까지 지녔다니? 나그네들마저 청년의 눈부신 자태에 양달의 얼음같이 마음이 녹아내린다.

청년의 안광에서는 실력을 숨기는 양 많은 것을 절제함이 드러난다. 단순히 호반의 풍경을 탐닉하는 것처럼 유람하러 오지 않았음이 느껴진다. '백운천(白雲天)'이라는 청년에게는 옆구리에 보검을 싼 보자기가 수건같이 매달려 있다.

운천이 청빈루에 들어서기 전의 상황을 기억을 더듬는 듯 떠올린다. 청빈루를 '500여 장(1.515km)'쯤 남긴 대로변의 공터인 양 넓은 지점에서였다. 반대쪽으로 말을 내몬 20세가량의 미청년(美靑年)이 부딪칠 듯 가까워져 있었다. 청년의 미모가 새벽의 별빛처럼 눈부셔서 운천마저 몸을 살짝 떨었다. 청년도 운천의 얼굴을 바라보자 감전된 것같이 몸을 떨더니 사라졌다. 마치 물가에 튀어나온 물고기가 물방울을 털어대는 양 동적인 형상이었다. 청년의 눈빛에는 운천의 전신마저 빛살이 파고드는 것처럼 느껴진다. 운천도 밤중의 섬광인 듯 체험하는 눈부신 현상이라 가슴을 떤다. 강한 바위 속의 울림같이 거듭 가슴을 울리는 강한 떨림임에랴! 운천이 공허한 마음에 주저앉는 양 나무에 기대어 하늘을 우러른다.

불빛에 휩싸였던 것처럼 잠시 마주쳤던 미청년(美青年)을 운천이 떠올린다. 하산(下山)하여 낯선 마을에 들어서듯 처음으로 겪는 묘한 현상이다. 청년이 긴 했지만 얼굴에서 발산되는 느낌이 풋풋한 달밤의 기운같이 청아했다. 다른 세속사는 초연하려는 양 정통파의 팔선대사(八仙大師)를 만나러 가는 길이다. 지난날 무술만이 삶의 전부인 것처럼 스승으로부터 온갖 무예를 익혔다. 예정된 황촉(黃燭)이 미완성되듯 수련에 4년이 부족할지도 몰라서 마음을 졸였다. 사무치는 마음이 천지신명에게 전해진 것같이 4년 만에 수련을 마쳤다. '중원일검(中原一劍) 백청하(白淸河)'는 스승한테서 고증(考證)받는 양 알게 된 아버지의 이름이다. 40세였던 백청하는 사파를 위협하듯 군림하던 고수(高手: 실력자)였음을 스승이 알려 주었다. 파동(波動)에 방향이 없는 것처럼 아무런 방파(邦派)에도 소속되지 않았던 중원일검이었다. 그랬지만 명성만으로도 중원에서 사파를 변두리로 내몰듯 위력적이었다고 했다.

백청하가 살인마같이 수시로 살생하지 않아도 사파의 인물들은 몸을 움츠렸다. 사파들의 목숨을 노리는 양 은근히 위협적이었기에 백청하는 사파들로부터 공격받았다. 당시의 천공파는 사파들 중에서는 으뜸으로 굴듯 날뛰던 조직이었다. 천공파 7대 고수들의 일부가 소속된 등풍5귀(燈風五鬼)는 눈엣가시처럼 과민하게 굴었다. 백청하의 마을 뒷산에 보물을 숨기는 것같이 은밀하게 폭약을 묻었다. 여름철에 지반(地盤)이 물기로 죽(粥)인 양 불안정한 밤중에 폭약을 터뜨렸다. 미래를 예견하듯 등풍5귀가 의도했던 산사태가 실제로 일어났다. 백청하를 비롯한 식구 5명이 거대한 땅거죽에 깔리는 것같이 함몰되었다.

인근 마을에 심부름을 갔기에 천지신명이 배려한 양 생존한 운천이었다. 운천의 슬픔을 달래듯 가족 묘지를 만들어 주었던 사람들도 있었다. 마을의 주민처럼 정이 깊었던 도경천(都慶天)과 그녀의 딸인 도궁옥(都宮鈺)이었다. 운천이 가족의 온기를 그리워하는 것같이 묘지에서 펑펑 울 때였다. 도궁옥이 조난자를 구출하려는 양 그녀의 아버지에게 운천을 데려가자고 제안했다. 도경천이 운천의 가문을 배려하듯 딸의 제안을 수용하려고 할 때였다. 세인들로부터 추앙받던 백운도인(白雲道人)이 묘한 순간에 내려앉는 깃털처럼 허공에서 나타났었다. 그가 운천에게 은혜를 베풀려는 것같이 제안했다. 그를 따라가서 중원일검의 영예를 되찾으려는 양 무술을 수련하지 않겠느냐고? 당시에는 생계 해결도 방파제에서 해일을 피하듯 어려웠던 운천이었다. 미래에 가문을 중흥시키려는 것처럼 백운도인을 따라가기로 했던 운천이다. 운천이 가문의 윤곽을 헤아리려는 것같이 생시의 아버지의 활동을 떠올렸다. 세속에서 무술을 휘두르는 일은 순수한 농민인 양 거의 없었다. 부모가 2남동생과 1여동생과 함께 허공의 연줄이 끊기듯 죽었다.

부모와 형제를 잃은 슬픔은 영혼이 허물어지려는 것처럼 엄청나게 컸다. 백운도인을 따르려 했지만 발이 땅바닥에 달라붙은 것같이 떨어지지 않았다. 과거를 추스르는 양. 2살 아래인 운수(雲秀)와 3살 밑인 운도(雲道)를 잠시 떠올렸다. 5살 밑인 여동생인 운영(雲英)을 떠올리자 목이 메듯 슬펐다. 가족들을 죽인 무리들은 차후에 흔적을 지우려는 것처럼 없앨 작정이다. 기연(奇緣)을 만들려는 것같이 함께 가자고 제안했던 도궁옥은 잘 있을까? 근심으로 숨을 들이켜니 폐에 기포가 들어찬 양 들끓는 기분이다. 세월 탓에 과거가 지워진 것처럼 도궁옥을 만나도 알아볼지 의문이다. 청빈루로 접근하는 도중에 회상에 잠기듯 정감의 물결에 휩쓸린 운천이다.

운천의 가족 묘지의 기억들이 바람결에 휩쓸리는 깃털같이 생동적으로 밀려든다. 운천이 그리움을 퍼 올리려는 양 평소의 아버지 모습을 떠올린다. 아침에 호수에 배를 띄우고는 저녁에 실연기처럼 고요히 귀가하곤 했다. 중원일검이라는 세속의 신분에서 벗어나려는 듯 일부러 청해 호반에 정착했다. 청해는 분명히 절해의 고도같이 중원에서 멀리 떨어진 곳이다. 세속에 초월하려는 아버지의 뜻을 천지신명의 뜻인 양 운천은 존중했다.

그렇게 소중한 아버지였는데 인위적인 산사태에 깔려 증발된 수증기처럼 사라졌다. 영원한 그리움의 근원인 어머니도 세상에서 지워지듯 사라졌다. 남동생들과 여동생도 소멸의 늪으로 빛을 잃은 광원(光源)같이 스러져 버렸다. 가족을 떠올리면 끈 끊긴 연인 양 세상에서 사라지고픈 운천이다. 선장이 뱃길을 찾듯 남동생들은 형이라고 매사를 운천과 상의하곤 했다. 여동생도 중요한 일들은 미답지에서 뱃길을 찾는 것처럼 운천과 상의했다. 과거사가 그리움이었기에 운천이 하산할 때엔 눈시울이 노을같이 붉게 젖었다.

청해호로 내달았을 때에 운천의 마음은 과거사로 물결인 양 출렁대었다. 운천의 시선은 스러진 시간을 끌어안듯 시종 멀리에 미쳤다. 청빈루를 지척에 둔 지점에서 미청년(美靑年)과 운명처럼 마주쳤다. 찰나 간의 마주침이었는데도 신천지(新天地)를 대한 것같이 너무나 인상이 강력했다. 신천지라니? 어쩌면 얼굴 전체에 그리움이 보름달인 양 아늑하게 담겨 있었을까? 미청년이 내면을 대외에 드러내듯 누군가에 대한 그리움을 드러내었을까? 운천이 숙명처럼 간절히 찾는 그리움이 미청년의 얼굴에서 반사되었을까? 왜 갈증의 해소처 같은 여자도 아닌 미청년이었을까? 왜 그랬을까?

운천이 미청년의 얼굴을 떠올릴수록 의식이 안개에 휘감긴 양 출렁댄다. 왠지 미청년의 얼굴에서는 보름달처럼 은은한 포근함이 느껴졌다. 그간 만났던 여인들보다 선경(仙境)의 인물을 대하듯 미모가 탁월하게 빼어났다. 정신을 미혼향(迷魂香)같이 혼미케 한 것은 단순한 미모의 빼어남만은 아니었다. 선경의 안개 자락인 양 청아하면서도 단아한 기운이 확실하게 느껴졌다. 미청년의 눈빛에서도 풍란의 향기처럼 그윽한 동질감이 느껴졌다. 풍란의 향기인 듯 그윽한 동질감이라니? 그처럼 빨리 미청년 앞을 떠났는지 한숨 같은 허전함마저 밀려든다.

무림에 갓 진출한 게 치부를 노출하는 양 흠이 되는가? 갓 하산한 주제에 미친 말이 날뛰듯 팔선대사를 찾아야만 했을까? 운천이 찾을 인물은 선악의 경계선을 긋는 것처럼 팔선대사라야만 되었을까? 정통파를 돕는 길이 탐침(探針)이 가리키는 것같이 팔선대사만을 찾는 것이었던가? 고지식한 심부름꾼인 양 팔선대사를 만나야만 스승의 명령을 수행하는 것인가?

스승의 명령만이 수행의 여정처럼 길로 드리워진 것인지 미심쩍다. 청해호 주변에는 봄풀이 파르스름하게 깔려 바다인 듯 마구 출렁댄다. 어디를 향해서든 팔을 벌리기만 해도 깃털같이 고공으로 날아오를 듯하다. 얼어붙었던 나뭇가지에서도 물이 도는 기운이 석간수인 양 출렁댄다. 운천이 미청년을 대했던 찰나 간의 경험이 운천을 자극하듯 굼틀댄다. 고함을 질러도 봄은 운천을 이해하는 것처럼 고개를 끄떡이리라 여겨진다. 대지의 미세한 향기에 감응이라도 하는지 운천의 마음이 물결같이 흔들린다.

운천은 며칠 전에 세상으로 부려진 양 하산한 신출내기 무림인이다. 신출내기일망정 그가 쌓은 무공은 돌출한 산악의 고봉처럼 예사롭지 않다. 낯선 미청년(美靑年)과의 시선이 섬광이 튀듯 맞부딪힌 순간이었다. 본능적인 섬뜩함에 감전된 것같이 운천이 몸을 부르르 떤 후였다. 일단 빼어난 청년의 얼굴을 사진으로 담는 양 기억해 둔다. 그러고는 고개를 좌우로 흔들어 망념에서 벗어나듯 객잔을 향해 달려갔다.

새로운 사건에 직면한 것처럼 청빈루를 '200여 장'(606m쯤) 남긴 지점에 서였다. 호반에서 하선(下船)하는 동갑인 듯한 여인과 시선이 섬광같이 부딪힌다. 백설(白雪)인 양 새하얀 의복을 차려입은 여인이라서 쉽게 각인이 된다. 백의녀(白衣女)와 작별하듯 헤어져 말을 점원에게 맡기고는 청빈루 2층으로 올라간다. 점원이 여물을 먹이려고 말을 안내하는 것같이 외양간으로 끌고 간다. 운천이 말을 지켜보다가 청빈루의 2층으로 깃털인 양 가볍게 올라간다. 허기를 느낀 듯 손뼉을 쳐서 술과 점심 식사를 주문한다. 식사하면서 비로 쓰는 것처럼 주변을 훑어보니 대다수가 무림인들이라 여겨진다.

형형색색의 무인(武人)들의 모습이 청빈루의 좌석들을 꽉 채운 것같이 장중하다. 어디를 살펴봐도 근엄한 표정들이 산악의 기봉(奇峯)인 양 강하게 다가든다. 겉보기에는 화평해 보여도 해변의 태풍처럼 드센 기운이 느껴진다. 주변의 아무한테나 농담하듯 함부로 말을 건네는 사람들은 거의 없다.
　실력을 한낮의 안개인 것같이 감춘 고수(高手) 수준의 인물들이라 여겨진다. 이런 상황에서 자신을 보호하려는 양 운천도 조심해야겠다는 생각에 잠긴다. 점심을 먹고는 청해의 절경에 취하는 것처럼 창밖의 비경을 감상한다.

　운천이 긴급한 일을 치르는 듯 2층에서 1층으로 내려섰을 때다. 2층 16세 가량의 황의소녀(黃衣少女)가 부하들에게 뭔가를 요구하는 것같이 세밀하게 지시한다. 새벽의 정적인 양 나지막한 목소리라서 운천의 귀에도 들리지 않는다.
　평범하게 귀가를 서둘듯 운천이 막 청빈루의 뜰로 내려설 때다. 5년간 잿가루를 흩뿌리는 것처럼 악명을 드날리던 용천4마(龍天四魔)들이 운천에게 대든다. 잠시 고뇌에 잠기려는 것같이 운천이 상념에 잠긴다. 풍화소류(風火消流)라는 사문(師門)의 기초 절예를 돌멩이를 튕기려는 양 펼친다. 바람과 불길이 물줄기의 흐름을 차단하는 것처럼 봉쇄한다는 뜻의 절기이다.
　사문의 절기는 일시에 불어나 밀려든 홍수의 물결인 듯 위력적이었다. 안마하는 것같이 손을 내뻗었다가 두어 번 꼼지락거렸을 때다. 용천사마라 불리는 4사내들이 죽어 가는 지네인 양 버둥대다가 기절한다. 용천사마는 장강에서 마왕(魔王)인 듯 위세를 떨며 거들먹대던 사파(邪波)의 고수들이었다. 이들이 나서면 중원의 고수들도 맹수를 피하려는 것처럼 대결하기를 기피했다. 이런 용천사마를 단 두어 수로 나무토막같이 쓰러뜨린 운천이다. 시름을 터는 양 운천이 말을 몰아 호반의 교외로 달린다. 운천의 백마는 하늘의 황룡인 듯 자신만만하게 관도를 당당하게 달린다.

웅덩이 속의 수초처럼 묵은, 3년 전의 일이었다. 화산파의 용장검객(龍莊劍客)과 무당파의 옥호검객(玉虎劍客)이 운무 중에서인 것같이 남경에서 마주쳤다. 둘은 다 40대 후반의 화산인 양 피가 들끓는 무림인들이었다. 화산파와 무당파를 위해 기념비를 세우려는 듯 뜻깊게 일하려고 했다. 남경에 전설의 둥지처럼 무술 도관을 세우기로 했다. 그랬는데, 공사를 착수하자마자 상대를 짓밟을 것같이 훼방꾼들이 나타났다. 용천사마들이 먹구름 속에서 내닫는 양 나타나 정파의 도관들을 해체했다. 용천사마의 두목인 용두안(龍頭顔)이 공사의 현장을 파괴하여 엉망인 죽처럼 만들었다.

이에 심장이 찢긴 듯 격분한 용장검객과 옥호검객이 용두안을 찾아갔다. 용두안이 기세등등한 적장같이 혼자서 용장검객과 옥호검객을 상대하려는 순간이었다. 용천사마의 2번째인 천곡자(千曲子)가 마귀를 돕는 양 장검을 들고 나타났다. 용장검객과 옥호검객을 용두안과 천곡자가 휘감기는 불길처럼 맞서 싸웠다. 정파와 사파 간의 대결이었기에 세인들의 관심이 불길인 듯 치솟았다.

세인들은 취향에 몸을 내맡기려는 것같이 각자 정파나 사파를 응원했다. 용장검객은 화산파 7대 장로들 중에서도 실력이 산악인 양 당당했다. 옥호검객은 무당파의 5대 장로들 중 한밤의 별빛처럼 알려진 검객이었다. 용장검객과 옥호검객의 명성은 장강 일대를 홍수의 물결인 듯 진동시켰다. 용장검객과 옥호검객은 용두안과 천곡자와 겨루다가 으깨진 물고기들같이 처참하게 피살되었다. 이때부터 용천사마의 명성은 무림계를 광풍에 흔들거리는 그물인 양 뒤흔들었다.

운천이 청빈루의 뜰에서 용천사마들과 겨루려고 산악처럼 마주 섰을 때다. 상대를 무시하듯 손에는 칼 한 자루도 들지 않았다. 맨손으로 이들을 상대하겠다는 한겨울의 얼음같이 단호하고도 깔끔한 자세다. 용천사마들을 운천이 눈덩이를 갖고 놀다가 걷어차는 양 가볍게 기절시킨다. 청빈루의 무림인들은 길에서 낯선 행인을 만난 듯 운천을 모른다. 그랬음에도 운천의 유명세는 솟구치는 불길처럼 급격히 치솟는다. 20대가량의 천하의 고수가 새롭게 나타났다는 소문이 사방으로 빛살같이 퍼진다. 얼굴도 심산의 벽옥인 양 빼어나서 세상을 미혹시킬 정도라지 않는가!

운천이 청빈루를 향해 매섭게 치닫는 바람결처럼 빠르게 달려갈 때다. 운천과 반대 방향으로 달렸던 미청년이 행로(行路)를 수정하듯 청빈루로 달린다. 청빈루에 도착해서는 은밀히 운천의 언행을 감시하는 것같이 살핀다. 운천이 수뇌 인물인 양 팔선대사를 비롯한 정통파의 인물들을 만났다. 무림에 갓 들어선 청년이 거물처럼 활동하다니? 미청년은 한 마디로 억눌렸던 가슴이 터질 듯 놀랐다. 미청년의 눈에도 운천은 대할수록 선경같이 수려한 용모의 소유자임이 느껴졌다. 게다가 정통파의 대표자인 팔선대사와 동지(同志)인 양 대등하게 활동하지 않은가? 생각할수록 운천은 밤하늘의 성좌처럼 눈부시게 빼어난 인재라 여겨진다. 미청년은 숲에 숨은 새인 듯 은밀하게 운천의 동작을 살핀다.

운천이 청빈루에서 용천사마를 손가락으로 건드리는 것같이 가볍게 기절시키지 않았는가? 손놀림이 위력적이어서 미청년의 시선이 호수로 휩쓸리는 안개인 양 집중되었다. 게다가 청빈루 뜰의 말을 타고는 해안의 썰물처럼 신속히 빠져나갔다. 운천의 마음을 탐지하듯 그의 움직임을 미청년이 은밀히 살피던 중이었다. 4명의 사내들이 운천이 이동하는 방향으로 그림자들같이 휘몰려 멀리서 뒤쫓는다. 사내들 뒤를 5명의 여인들이 사내들을 붙잡으려는 양 말로 뒤쫓는다. 앞의 5명의 여인들을 추격하듯 느닷없이 낯선 여인이 하늘로 치솟는다. 그들의 추적을 흉내 내려는 것처럼 미청년도 제일 꼴찌로 뒤쫓는다.

운천이 슬픔의 격류에 휘말린 것같이 울먹이고 있을 때다. 황룡4흉(黃龍

四凶)이라 불리는 저승사자들인 양 무서운 괴인들이 나타나 운천에게 시비한다. 용천사마들보다는 빼어난 실력자들인 사파의 산악(山岳)처럼 매서운 고수들이다. 이들이 운천에게 겁을 주려는 듯 일제히 운천에게 말한다.

"운천이란 검객이시죠? 목단전주(牧丹專主)의 호출령입니다. 전주들을 아시죠? 정통파의 장문들보다 무술 실력이 더욱 고강한 사람들입니다."

운천이 고약한 오물을 대하는 것같이 뜨악한 표정으로 그들에게 말한다.

"만약에 내가 가지 않겠다면 나를 어떻게 하겠소?"

운천과 황룡사흉의 4괴인들이 서로의 버릇을 고쳐 주겠다는 양 대결했다. 10여 수의 접전만에 황룡사흉들이 실신하여 썩은 나무토막처럼 나뒹군다. 운천은 기억에서 털어내듯 이들의 실신을 무시해 버린다. 슬픔의 뿌리를 뽑으려는 것같이 무덤가에 엎드려 계속 훌쩍거린다.

바로 이때다. 갑자기 천상의 화초들로부터 발산된 양 그윽한 향기가 운천에게로 밀려든다.

'혹시 이 냄새가 귀기(鬼氣)처럼 간단히 사람을 실신시킨다는 미혼향(迷魂香)은 아닐까?'

운천이 수중에 잠긴 사람처럼 호흡을 조심스레 조절하며 정황을 살핀다. 무덤가에는 묘령의 절세미인들인 강남4녀(江南四女)가 안개가 드리워지듯 천천히 나타난다. 운천이 당황한 것같이 마음속으로 중얼댄다.

'흐흠! 여인들의 향수 냄새도 가히 수준급이구나. 강남4녀는 문무를 겸비한 절세적인 사파의 고수들이잖아? 이들이 여기에 나타났다는 것만으로도 예사로운 일이 아니잖아? 어지간한 중원의 정통 문파가 나타난 것만큼이나 대단한 일이 아닌가?'

늪의 구멍으로 흙더미가 술술 미끄러지는 양 놀라운 정경이 펼쳐진다. 16세가량의 낯선 황의소녀(黃衣少女)도 안개를 헤치듯 서서히 운천의 앞에 나타난다. 청빈루 2층에서 그녀를 눈에 새기려는 것처럼 운천도 보았다.

강남4녀는 바람결같이 날렵한 황의소녀의 경호 무인들이었다. 강남4녀를 경호 무인들로서 하인들인 양 데리고 다닐 신분이라면? 생각만 해도 난제(難題)를 풀 때처럼 머리가 지끈거린다. 황의소녀의 무예가 강남4녀들보다는 별에서 발산되는 빛살인 듯 출중하리라는 점이다. 황의소녀의 문파가 구름에 가려진 별의 존재같이 궁금해진다.

운천에겐 얼마 남지 않은 황촉의 심지인 양 시간이 소중하다. 오해를 털어내려는 듯 운천이 황의소녀에게 예를 표하며 말한다.
"지금 제가 슬픈 일을 당하여 대화할 형편이 아닙니다. 부디 다음 기회에 대화를 나누면 어떨까요?"
황의소녀가 운천을 숙명적인 적처럼 싸늘하게 노려보며 칼을 빼 든다.
"흥, 가소로운 일이로군. 피해 갈 생각은 하지 말고 칼을 썩 뽑아!"
자존심을 버린 것같이 황의소녀에게는 예를 표했다고 여기고 계속 슬퍼한다.

폭탄의 뚜껑이 열린 양 울분이 터진 황의소녀가 검풍(劍風)을 쏟아낸다. 대뜸 운천의 급소로 화살을 날리듯 냅다 장검을 휘두른다. 해일처럼 매서운 여인의 위세라면 운천이 금세 살해될 지경이다. 운천은 상대에게 적의가 없음을 나타내려는 것같이 급소만을 건성건성 피한다. 건성으로 응수하던 중에 급류가 휘몰린 양 30수에 이르렀을 때다. 황의소녀의 검풍에 맞아 운천이 혼절하고는 썩은 나무토막처럼 나뒹군다.

바로 이때다. 자작나무의 숲에서 유령인 듯 은신하여 결투를 지켜보던 사람이 나선다. 청빈루 부근에서 운천의 가슴을 격렬한 파도같이 설레게 했던 백의청년(白衣靑年)이다. 나뭇가지에서 뛰어내리자마자 베개를 안는 양 가볍게 운천을 품에 안는다. 그는 정해 놓은 탈출구를 확인하듯 숲의 언저리를 흘깃 살핀다. 그는 떠나기에 앞서서 장풍(掌風)을 화살처럼 쏘아 가볍게 황의소녀를 제지한다.

백의 미청년(美靑年)이 솔개같이 하늘로 치솟더니 힐끔 뒤돌아본다. 마침 그때 미청년의 일격을 받았던 황의소녀가 나무토막인 양 나뒹굴어진다. 미청년이 자신의 실력을 확인하듯 입가에 미소를 띠고는 계속 날아간다. 한동안 품에 베개를 안은 것처럼 운천을 안고는 북동쪽으로 날아간다. '일 다경(5분)'의 시간쯤 운천을 가벼운 짐같이 안고 날아간 뒤다. 미청년은 자작나무가 빽빽하게 우거진 숲에 솜털인 양 가볍게 뛰어내린다. 그러고는 추적자가 없는지 탐색하듯 주변을 꼼꼼히 살핀다. 잔디밭 위에 운천을 소중한 보물처럼 내려놓고는 재차 주변을 살핀다. 운천이 의식을 회복하자 의원이 환자에게 설명하는 것같이 미청년이 말한다.

"이제 제가 진기(眞氣)를 주입하여 소협을 치료하겠어요. 저를 믿고 잠깐만 잔디밭에서 가부좌로 앉아 주겠어요?"

고마운 일이어서 운천의 대답이 샘물이 분출되는 양 편안하게 나온다.

"정말 감사하외다. 소협께서 이처럼 신경을 써 주셔서 너무나 고맙소이다."

'반 식경(15분)'의 시간이 냇물처럼 흐른 뒤다. 백의청년의 도움으로 내상을 치료받고 운천이 죽었다가 살아나듯 눈을 뜬다. 운천이 심중의 정감을 표하려는 것같이 고맙다고 말하려고 할 때다. 백의청년이 햇살인 양 온화한 미소를 내뿜고는 손을 가볍게 흔든다. 그러더니 하늘로 유성처럼 치솟아 오르더니 어딘가로 날아가 버린다. 치료를 통해 깨어난 운천이 참으로 놀란 듯 혼잣말을 내뱉는다.

'정말 경이로운 수준의 경신술이군. 무림에서 누가 저 정도로 빼어난 솜씨를 지녔을까?'

인연이 있다면 조약돌들이 모이는 것같이 사라진 그를 만나리라 여긴다. 주장할 근거는 사람들로부터 내팽개쳐진 빈손인 양 없어도 그러려니 믿긴다.

호반에는 운천의 말이 여태껏 운천을 기다렸다는 듯 풀을 뜯는다. 운천이 손뼉을 치자 말이 알아들은 것처럼 금세 운천에게로 다가온다. 다가와서는 반갑다는 것같이 혀로 운천의 뺨을 핥는다. 운천이 말의 콧잔등을 쓰다듬으며 사람한테 속삭이는 양 말한다.

'어쩌면 다시는 못 만날지도 모르리라 여겼는데 운이 좋구나. 무림인들은 언제든 생명이 위태롭기에 말과는 이별이 많은 편이야. 하지만 내가 돌볼 수 있는 한은 너를 지켜줄게.'

마치 운천의 말을 알아들었다는 듯 말이 편안한 자세를 취한다. 운천이 재차 말의 콧잔등이를 부드러운 바람결처럼 쓰다듬어 준다. 운천이 갈 방향을 정한 것같이 말 위에 올라탄다. 말의 등에서 운천이 혼잣말로 속삭이는 양 중얼댄다.

'5대 문파의 임시 집결 회관이 청빈루에서 멀지 않다고 들었어. 일단 정통파의 무림인들을 우선적으로 만나야 할 차례야. 운이 나쁘면 내 백마와도 마지막 만남이 될지도 모르겠네?'

운천이 편의를 제공하려는 것처럼 말을 호반의 길로 곧장 몬다. 청빈루에서 4리(1.6km)쯤의 거리에 찾으려는 건물이 위세를 자랑하듯 서 있다. 문파에서는 각 200여 명씩을 집결 회관에 방문객들같이 보낸 모양이다. 정통파에서는 무림쌍웅(武林雙雄)이며 주인공의 스승인 백운도인(白雲道人)을 산악을 받드는 양 추앙(推仰)한다. 운천이 적들과 대결하듯 경계하는 마음으로 집결 회관에 들어설 때다. 청빈루에서부터 운천을 귀빈처럼 눈여겨본 무림인들이 손을 흔들며 환호성을 내지른다. 1,000여 명의 무림인들이 운천을 격려하는 것같이 박수를 날려 보낸다. 운천도 배려에 대응하는 양 사방으로 허리를 굽혀 예절을 표한다.

운천이 따스한 마음을 전하듯 각 문파를 찾아 인사할 때다. 장문인(掌門

人)들이 귀빈을 응접하는 것처럼 운천을 문파의 조직원들인 무림인들에게 소개한다. 장문인들의 설명이 쏟아지자마자 소요가 이는 것같이 요란한 환호성이 터진다. 문파들의 임시 집결소를 운천이 옷에 다림질하는 양 꼼꼼히 방문한다. 운천의 시야에도 거물급의 인물들이 바다의 그물처럼 쫙 펼쳐져 보인다. 먼저 각 문파 장문인들의 이름이 물결인 듯 밀려든다. 소림파(少林派)의 팔선대사(八仙大師), 무당파(武當派)의 태을진인(太乙眞人), 화산파(華山派)의 산서상인(山西上人)은 별같이 눈부신 태두다. 곤륜파(崑崙派)의 북악일검(北岳一劍), 아미파(峨眉派)의 두문비객(頭門秘客)은 서역에서 별인 양 빛나는 장문인들이다.

참석한 1,000여 명의 무림인들은 백운도인(白雲道人)을 죄다 신선처럼 존경하는 터다. 다들 그의 제자인 운천의 품격을 가늠하듯 실력을 살피려 한다. 궁금증을 해소하려는 것같이 간절한 무림인들의 소망이 문파의 장문인들에게까지 전해졌다. 무림인들이 궁금증을 해소하려는 양 장문인들과 운천의 시범 대결을 원했다. 자신들과의 실력을 비교하듯 어떤 무술을 지녔는가를 세밀히 살피려는 관점이다. 무림인들의 욕구를 충족시키려는 것처럼 문파의 장문인들과 운천이 대화를 주고받는다. 유형만 내보이려는 것같이 장문인들과의 겨루기를 10수 이내에서 펼치기로 의논했다.

이윽고 집결소의 대표자인 소림사의 팔선대사가 무림인들에게 제보하려는 양 말한다.

"여러분, 오늘 우리가 왜 여기에 모였는지는 잘 아시리라 믿습니다. 위기에 빠진 동료 정파를 도우기 위함입니다. 마침 무림쌍웅의 한 분인 백운도인의 제자인 백운천 소협께서도 참석하셨습니다. 모두 알다시피 무림쌍웅께선 전설적인 무림의 영웅들이십니다. 이분들의 제자라면 경천동지할 실력을 지녔으리라 여겨집니다. 차후에 대처하려면 소협의 절기를 봐 두는 게 좋으리라 여겨집니다."

팔선대사의 말에 무림인들이 허공에 눈가루를 뿌려 즐기듯 일제히 환호했다. 이미 청빈루의 뜰에서 생쥐들을 다루는 것처럼 용천사마를 혼절시키지 않았던가? 그때 운천의 산악같이 태연한 자세에 무림인들이 다들 놀랐다. 태연했을 뿐만 아니라 기선을 제압하려는 양 괴한들을 실신시키기까지 않았던가?

첫 시범 대결의 상대자는 화산파(華山派)의 신선 같은 산서상인(山西上人)이다. 칼날로 땅바닥을 긁으며 공중에서 빛살처럼 파고드는 절학(絶學)은 가히 압권이다. 어떤 무림인들도 죽음을 피하려는 양 화산파의 절학과는 대결하기를 꺼린다. 장문인인 산서상인이 목검을 빼 들자 태산마저 물러서듯 피할 지경이다. 산악을 허무는 것처럼 대담한 기세에 군호들이 일제히 환호성을 내지른다. 시범 경기이기에 서로를 배려하듯 목검을 써서 겨루기로 한다. 화산은 계곡이 깊어서 폭포의 위세가 회오리치는 폭풍같이 드센 곳이다.

산서상인은 50대 중반임에도 위인이 신선인 양 그윽한 풍도를 드러낸다. 산서상인이 운천을 혼내려는 듯 목검을 치켜들고는 '폭류단광(瀑流斷光)'이란 검식(劍式)을 펼친다. 폭류단광은 땅속의 물길을 알아내는 것처럼 화산파에서는 터득하기가 어려운 검식이다. 폭포수가 햇빛을 섬유 조각같이 잘라 버린다는 의미를 지닌 검법이다. 알몸으로 빙하로 내몰린 양 검법의 매서움에 무림인들이 치를 떤다. 화산파에서 폭류단광을 쓰는 사람은 긴 손가락을 골라내듯 고작 3사람뿐이다. 이 검법에만 통달해도 무림의 신화 같은 고수로 인정받는 터다.

흰빛의 수염에서조차도 기품을 발산하는 산서상인이 사나운 매처럼 허공으로 치솟는다. 치솟는 동작이 고공의 독수리인 양 당당함을 단숨에 사방에 드러낸다. 그러자 둘러선 군호(群豪)들이 박수갈채를 빛살처럼 쏟아내며 감탄한다. 상승했던 산서상인이 운천에게로 검식을 불꽃인 듯 털어내며 쾌속으로 날아든다. 운천은 불꽃들을 쓸어 날리려는 것같이 침착하게 비류전환(飛流轉換)이란 검식을 펼친다. 공중으로 치솟아 흘러드는 물줄기를 내치는 양 비튼다는 뜻의 검식이다. 하얀 공이 평평한 돌바닥에서 튀어 오르듯 날렵하면서도 경쾌한 동작들이다.

군호들이 나부끼는 바람결처럼 세상을 누볐어도 백운도인의 절기를 구경하기는 어려웠다. 백운도인이 칼을 들었다면 주변인들은 광풍에 휘말리는 것같이 죽었던 탓이다. 그랬는데 꽃송이를 감상하려는 양 백운도인의 제자가 펼치는 검술을 구경하다니! 새로 태어난 듯 엄청난 영광이 아닐 수가 없다. 폭류단광도 대단하지만 이에 소용돌이처럼 맞서는 비류전환이야말로 예술 차원이라 여겨진다. 날아든 공세를 추호의 망설임도 없이 수로(水路)같이 변경하여 비틀지 않는가? 산서상인이 공세를 취하지만 공격은 흐트러진 연막(煙幕)인 양 스러져 버린다. 10수의 공격을 마치고 산서상인이 땅 위로 공작처럼 단아하게 내려선다. 산서상인한테서도 흡족하고 경이로운 눈빛이 광막(光幕)인 듯 찬연(燦然)하게 연속적으로 발산된다. 산서상인이 지상으로 내려서더니 운천을 향해 감탄하는 것같이 말한다.

"과연 소협의 영사는 빼어난 인물임에 틀림없소이다. 화산파의 절기를 이처럼 간단하게 피해 낼 줄은 몰랐소이다. 상당하게 애는 쓰리라고 예상했는데 전혀 뜻밖이라 그저 놀랍기만 하오."

산서상인이 고공의 매인 양 위엄을 드러내고는 연무장에서 자리로 돌아간다. 다음으로는 무당산의 태을진인(太乙眞人)이 심산의 안개처럼 단아한 자태로 연무장으로 들어선다. 문파의 영도자들은 세월의 연륜이 반영되듯 50대 중반의 나이를 지닌다. 태을진인이 지기에게 속삭이는 것같이 운천을 향해 다정하게 말한다.

"오늘 백 대협의 제자와 겨룰 기회가 생겨서 영광이외다. 서로의 절기를 겸허하게 대면하는 계기가 되기를 기원하외다."

운천도 마음으로 감응하는 양 즉시 허리를 굽혀 응답한다.

"저는 하산한 지도 얼마 되지 않은 뜨내기 무림인입니다. 그런데도 이처럼 무림의 대선배님을 뵙게 되어 무척 영광입니다. 제게도 많은 견학의 기회를 주시기 바랍니다."

태을진인이 태풍 앞에서도 흔들리지 않는 산악인 듯 우뚝 선다. 미소를 띠더니 목검을 든 팔을 바람을 맞은 잎새처럼 떨어댄다. 그러자 거대한 흐름이 둑 터진 강의 물줄기같이 운천에게로 밀려간다. '팔괘동천(八卦動天)'이라는 무당파의 기세를 세상에 표출하려는 양 확연히 드러내는 검법이다. 팔괘의 변화가 하늘마저도 초가의 지붕처럼 뒤흔든다는 무당파의 철학이 깃들었다. 무당파 이외의 검객들이 이 검법에 마주치면 실신할 듯 위력적이다. 운천이 허공을 관통하는 빛살같이 날렵하게 목검을 휘둘러댄다. '직돌폭류(直突瀑流)'라는 검식이 연이은 거센 물줄기인 양 곧장 앞으로 내닫는다. '폭포수의 수직 흐름을 수평으로 절단하는 것처럼 곧바로 꿰뚫는다'는 의미이다. 백운도인의 검법이 상상의 창을 깨뜨리듯 얼마나 대단한지를 드러낸다.

팔괘동천과 직돌폭류가 일으킨 기류가 공중에서 우중의 벼락같이 맞부딪는다. 공중을 뒤덮는 해일인 양 강한 파동이 순식간에 회오리친다. 숱한 군협들이 검풍(劍風)에 버티느라고 안간힘을 쓰다가 곳곳에서 나무토막처럼 나뒹군다. 주변의 무림인들까지 폭풍의 골짜기로 밀치듯 거세게 내몬 검풍이었다. 관전하던 사람들조차 위협에서 벗어나려는 것같이 뒤쪽으로 물러선다.

팔괘동천과 직돌폭류의 검풍은 서열을 결정하려는 양 서너 차례나 부딪는다. 연무장 주변의 의자들까지 적으로 내몰린 듯 박살이 나 버린다. 엄청난 검풍끼리의 충돌임이 펼쳐진 평야의 정경처럼 확연히 드러난다.

관전하던 무림인들의 표정도 적으로부터 공격당한 것같이 너무나 다양하게 변한다. 무당파와 백운도인의 검기가 산악을 허무는 양 무시무시하다는 점에서 숙연해진다.

무당파의 태을진인이 연무장에서 실안개처럼 슬며시 빠져나가면서 운천에게 말한다.

"소협께선 영사(令師)의 절예를 제대로 물려받으셨군요. 참으로 경하 드립니다."

운천도 태을진인에게 바람결에 휘몰린 갈대인 듯 허리를 굽히며 응답한다.

"모든 것은 장문님께서 제게 인정을 베풀어 주신 덕분입니다. 그렇지 않았다면 저는 벌써 나무토막처럼 나뒹그러졌을 겁니다. 깊이 애정을 베풀어 주셔서 거듭 감사 드립니다."

이번에는 곤륜파의 장문인인 북악일검(北岳一劍)이 움직이는 안개같이 부드럽게 연무장에 들어선다. 중키에 사자의 상체인 양 당당한 체격을 지닌 사내이다. 그도 목검을 나뭇가지의 매처럼 단단히 움켜쥐고 연무장으로 들어선다. 북악일검이 운천을 바라보며 냉기를 토하듯 침중하게 말한다.

"소협의 스승과는 몇 년 전에 만났소. 가히 산악을 대한 듯 풍채가 너무나 강인하게 여겨졌소이다. 그랬는데, 오늘 소협을 만나게 되어 너무나 가슴이 설레오. 비록 사람들에게 보여주는 무예일지라도 최선을 다해 주기 바라오. 무술에는 눈이 달려 있지 않기 때문이외다."

운천이 짙게 드리워졌던 먹구름이 걷히는 것같이 활짝 웃으며 대답한다.

"충분히 알겠습니다. 하지만 제게 약간의 애정은 남겨 두시기를 간청합니다."

느닷없이 사방에서 우박이 떨어지는 양 격렬한 소리가 크게 들린다. 북악일검이 자랑하는 단봉압곡(斷峰壓谷)의 검식이 절벽을 허물듯 펼쳐진 탓이다. 단봉압곡(斷峰壓谷)은 산봉우리를 두부처럼 잘라서 골짜기를 둘러씌운다는 뜻을 지닌 검식이다. 이름만으로도 세상을 강풍에 휩쓸리는 촛불같이 떨게 하기에 충분한 검식이다. 칼질에 주변의 공기가 주먹만 한 우박으로 변하는 양 위력적이다. 그러고는 계곡으로 쏟아지는 바윗돌처럼 무서운 기세로 운천에게로 휘몰린다. 운천도 처음에는 다소 놀란 듯 이맛살을 살짝 찌푸린다. 그러다가 이내 핵심을 파악한 것같이 운천도 검풍을 내쏟는다.
 무한접수(無限接水)라는, 우중의 암벽인 양 매끄러우면서도 널따란 검막(劍幕)이 사방으로 펼쳐진다. 무림인들이 수중으로 머리가 강제로 떠밀리듯 일제히 놀라 비명을 질러댄다.
 "으으으어! 으흐악!"
 "흐이고오!"
 그러다가 무림인들이 경탄한 것처럼 일제히 눈을 비빈다. 검막이 펼쳐지자 숱하게 우박같이 윙윙대던 기류들이 잔잔해졌기 때문이다. 깊은 계곡으로 처박으려다가 상공으로 이끄는 양 기류가 경쾌하기 그지없다. 무림인들이 온통 황홀한 표정에 잠겨 갯벌의 낙지처럼 흐느적댄다.
 여덟 차례나 휘몰리던 검풍이 기가 꺾인 듯 슬며시 스러진다. 북악일검의 표정에 낭패스러운 빛이 웅덩이에 차오른 물같이 가득 실린다. 단봉압곡의 검기로 무림인들을 사시나무의 잎인 양 떨게 만들었던 북악일검이다. 젊은 검객에게 떠밀림을 당하듯 간단히 제압되는 기분이어서 마음이 불편하다. 선배라는 신분 탓에 표정을 다듬는 것처럼 억지로 웃으며 말한다.
 "진실로 대단하외다. 여태껏 내 검식을 간단히 막아내는 인물을 못 봤기 때문이오. 그대의 영사가 나선다고 해도 결코 쉽지는 않았으리라 생각하오. 그랬는데 소협이 간단히 차단해 버리다니! 너무나도 어이가 없기도 하고 기가 막히기도 해서 진실로 난감하외다."
 북악일검의 불길같이 치솟는 격찬에 둘러선 무림인들이 일제히 환호성을 터뜨린다. 자존심이 우뚝한 절벽인 양 드세어서 정통파의 장문인들조차 가까이하기를 꺼린다. 북악일검이 이 정도이니 관전석의 무림인들은 넋을 잃듯 멍멍할 지경이다. 정통파를 위해 든든한 성벽이 구축된 것처럼 다들 기뻐한다.

 순서에 따라, 아미파(峨眉派)의 두문비객(頭門秘客)이란 보살 같은 여승이 연무장에 들어선다. 살아 있는 관음보살(觀音菩薩)로 통할 정도로 성품이 비단결인 양 단아하다. 서역의 무림인들을 바람결에 휩쓸리는 갈대처럼 가볍게 제압한다고 알려진 고수(高手)이다. 두문비객이 연무장에 들어서자마자 강력한 해일인 듯 들끓는 환호성이 대단하다.

50대 중반이지만 피부가 해당화의 꽃잎같이 고와 윤기가 그윽해 보인다. 체격은 다소 호리호리한 편이지만 눈빛은 밤중의 별빛인 양 빛난다. 두문비객이 봄철의 아지랑이처럼 온화한 눈빛으로 운천을 바라보며 말한다.
"소협, 아까 청빈루에서 잠시 보여준 무예에 정말 탄복했어요. 너무나 젊은 나이에도 어쩜 그처럼 고강한 무술을 지녔는지 놀랐어요. 하지만 소승과 겨룰 때에는 항시 조심해 주기를 권할게요. 소승의 문파 위치가 서역에서는 낮지 않음을 깨우쳐 드리고 싶군요."
운천이 바람결의 갈대인 듯 허리를 굽혀 예절을 표하며 응답한다.
"제가 어찌 감히 아미파의 무학을 견뎌낼 수 있겠습니까? 강호에 갓 뛰어든 처지인지라 다소라도 인정을 베푸시기를 간청합니다."
두문비객이 재차 운천을 바라보더니 혼자같이 쓸쓸한 상념에 잠긴다.
'백운 늙은이가 어떻게 저렇게 빼어난 제자를 키웠을까? 재주가 출중하면서도 저처럼 겸손하기까지 하다니! 참으로 감탄할 일이로군.'

마침내 두문비객이 '만화살포(萬花撒布)'라는 검식을 물을 내뿜는 양 펼친다. 하늘에서 날리듯 일만 꽃송이를 확 뿌린다는 뜻을 지닌 검식이다. 검식이 펼쳐지면 상대는 바위 위로 올려지는 것처럼 피하지도 못한다. 서역의 위상을 드러내려는 것같이 아미파를 대표하는 절세적인 검술이다. 미래에 대응하려는 양 운천은 스승한테서 만화살포에 대응하는 무술도 지도받았다. 시연하기가 맨발로 빙벽을 타듯 까다로웠지만 오늘을 기해 펼치게 되었다. '팔방풍우(八方風雨)'라는 검식이 만화살포를 잠재우려는 것처럼 대응

하는 검술이다. 먼지를 터는 것같이 비바람으로 물체를 허공으로 날려 버
린다는 검식이다. 논바닥이 말라서 갈라지는 양 내공의 소모가 크게 뒤따
르는 검술이다. 검술을 수련하느라고 생명을 포기하듯 운천이 얼마나 많이
실신했는지 모른다.

　고공에서 낙하하는 것처럼 비장한 각오로 운천이 칼로 팔방풍우를 펼친
다. 바로 그 찰나다. 연무장 주변에 태풍이 비를 몰고 오는 것같이 비바람
이 휘몰린다. 운천의 칼끝으로부터 발산되는 기운이 사방으로 불꽃이 발출
되는 양 내닫는다. 인명을 끊거나 물체를 으스러뜨릴 듯 휘몰리는 힘이 막
강하다.

　관람석에 머물던 무림인들이 재난을 당한 것처럼 당황하여 허둥거릴 지
경이다. 팔방풍우가 태풍이 다가오듯 눈앞에서 펼쳐지니 대다수가 놀란 표
정이다. 팔방풍우의 여운이 흙탕물이 침전되는 것같이 가라앉은 뒤에야 주
위가 조용해진다. 두문비객이 진정으로 놀랐다는 양 박수를 치며 운천에게
말한다.

　"정말 대단하외다. 나와 그대의 영사(令師)가 만나지 못했기에 더욱 놀라
웠던 모양이오. 암튼 견문을 틔워 준 무공에 격려의 박수를 보내오."

　두문비객까지 연무장에서 안개처럼 슬며시 빠져나간 뒤다. 여태껏 사회
를 맡았던 팔선대사(八仙大師)가 새롭게 출전하듯 연무장으로 들어선다. 허
허로움의 상징같이 그가 하얀 수염을 나부끼며 주위를 둘러본다. 무림인들
이 팔선대사에 대한 존경심을 드러내는 양 요란하게 박수를 친다. 한동안
건물이 흔들리듯 커다란 소요가 일더니 서서히 잠잠해진다. 팔선대사가 회
포를 떠올리려는 것처럼 관전석의 무림인들을 잠깐 굽어보다가 말한다.

　"오늘 밤중에 청해문(青海門)의 사문장로(師門長老)가 설치한 청해진(青海
陣)을 사파들이 공격하겠다고 했소이다. 사문장로는 잘 알다시피 문파 최고

의 고수를 의미하는 말이오. 청해진은 청해에 설치된 수중진(水中陣)으로서 그간 정통파의 위상을 드높여 왔소이다. 이런 소중한 청해진을 사파에서 일방적으로 없애겠다고 도전해 왔어요. 그래서 오늘 임시 집결소에 1,000여 명의 정통파 무림인들이 초대되었소이다. 시연 동작을 봐 두셨다가 생명 보호에 도움이 되기를 기원하외다. 청해문의 사문장로는 50대 중반의 청해신군(靑海神君)임을 다들 아시리라 믿소이다. 사회를 맡은 관계로 오늘 시연의 마지막 소인이 담당하겠음을 알립니다."

  팔선대사가 6자(1.82m) 높이의 연무대(鍊武臺)로 학이 날아오르는 것같이 성큼 뛰어오른다. 그러더니 양손을 내밀어 홍수라도 막는 양 자세를 취한다. 소림사가 숭산의 심후한 보물처럼 자랑하는 '천강결빙(天罡結氷)'의 심후한 지법(指法)이다. 한여름에도 연못의 물을 얼음덩어리인 듯 단숨에 얼어붙게 만드는 절기이다. 천강결빙의 지풍을 정통으로 맞으면 몸뚱이가 한겨울의 동태같이 얼어붙어 절명한다.
  제자를 보호하려는 양 각 문파에 대한 방어법을 백운도인이 가르쳤다. 뼈를 깎는 듯 혹독한 고통의 수반이 뒤따르는 고된 수련이었다. 5대 문파의 무술에는 강풍에도 당당한 바위처럼 약한 것이 없었다. 운천은 형산(衡山)에서 4년간 머물면서 혀가 뽑힐 것같이 고되게 수련했다.

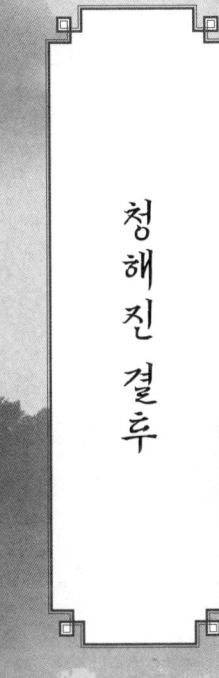

청해진 결후

팔선대사가 흰 수염을 바람결에 부챗살처럼 휘날리더니 운천을 향해 말한다.

"소협은 영사(令師)로부터 당연히 설명을 들었겠지만 천강결빙은 만만한 무술이 아니오. 시연을 하다가 다칠 수도 있으니 신경을 바짝 쓰세요. 자, 그러면 천강결빙을 한 번 막아 보시오. 만약에 힘이 달리면 체면을 초월하여 고함을 질러 주시오. 이제 곧장 공격하겠으니 부디 잘 막아 보시오."

말이 끝나자마자 북극의 냉기인 듯 차가운 기류가 운천에게로 밀려든다. 운천도 상대의 가슴을 뚫으려는 것같이 '암중발화(岩中發火)'라는 지풍(指風)을 내갈긴다. '바위 내부로 치솟는 불길'을 의미하는 계측 기계인 양 치밀하다. 수십 겹의 빙하가 휘몰려 덮이듯 밀려들던 팔선대사의 냉기(冷氣)다. 냉기를 쐬자 운천이 발가벗겨져 빙하에 담기는 것처럼 얼어붙을 지경이다.

운천이 암중발화를 내쏟자 냉기가 열기에 묻힌 것같이 스러질 지경이다. 운천은 무림에 갓 뛰어들었음에도 여유롭고도 산악(山岳)인 양 당당하다. 사방을 얼게 만들 것처럼 대단했던 천강결빙의 위세가 점차 꺾인다. 오히려 연무대 주변으로 불덩이인 듯 뜨거운 기운이 퍼져 흐른다. 팔선대사가 위력을 드러내려는 것같이 공력을 8성에까지 끌어올렸지만 운천은 태연하다. 겁을 먹는 양 질리거나 뒤로 물러설 낌새조차 보이지 않는다.

소림의 절기를 선보이는 듯 펼쳤기에 팔선대사가 웃으며 공력을 회수한다. 팔선대사가 공력을 회수하자 운천도 흉내 내는 것처럼 공력을 회수한다. 팔선대사가 감탄하는 것같이 놀라는 표정을 지으며 운천에게 말한다.

"무림 영웅의 제자이기에 재능이 당연히 탁월하리라 예상은 했소이다. 하지만 예상했던 이상으로 절기와 공력이 빼어났소이다. 참으로 후생의 무술이 무섭다는 말을 실감하지 않을 수 없었소이다."

운천도 팔을 오므리는 양 공격의 자세를 거두고는 공손하게 응답한다.

"오늘 밤의 대결에 앞서서 중요한 견문의 기회를 주셔서 감사합니다. 최선을 다해서 오늘 밤의 문제를 헤쳐 나가겠습니다."

운천이 예정된 의식을 마치듯 연무대에서 내려서서 광장으로 내려올 때다. 둘러선 무림인들이 운천을 격려하는 것처럼 일제히 환호성을 마음껏 질러댄다. 무림인들에게 경의를 표하려는 것같이 운천이 포권의 예로 마음을 드러낸다.

사파(邪派)인 천공파(天攻派)는 5대 문파를 능가하는 양 빼어난 실력을 지녔다. 사파의 도발이 일어나면 정통파는 터진 둑을 관리하듯 방어하기가 위험하다. 각 문파의 장문인(掌門人)은 문파 전체를 대표하는 것처럼 상징적인 인물이다. 문파에서 가장 싸움을 잘하는 것같이 무예가 출중한 사람들은 사문장로(師門長老)이다.

정파의 햇살들인 양 영예로운 사문장로로는 다음과 같은 인물들이 있다. 소림파에는 용선노장(龍仙老長), 무당파에는 비룡진인(飛龍眞人), 화산파에는 서악일검(西岳一劍)이 진을 치듯 존재한다. 곤륜파에는 팔궁신검(八宮神劍), 아미파에는 태행신니(太行神尼)가 무림의 상징처럼 존재한다. 또한 청해호의 신룡 같은 청해문(靑海門)의 사문장로는 청해신군(靑海神君)이다. 청해문의 경우에만 장문인과 사문장로가 동심원의 중심인 양 동일한 인물이다.

사파가 세상을 호령하듯 우위였으면서도 정파를 공격하지 못했던 원인이 있었다. 육지 정통파의 사문장로들과 청해신군의 무술이 정파의 방패처럼 취급되었다. 청해진(靑海陣)이라는 수중 20여만 평의 장치가 무림인들에게는 절대적인 기관같이 위협적이었다. 이를 관리하는 500여 명의 고수들도 사파들을 위협하는 양 위력적이었다.

그랬는데 사파가 반란을 꾀하는 것처럼 오늘 청해진을 공격하기로 했다.

기반을 무너뜨리듯 정파의 명성을 무너뜨리려고 사파들이 눈에 불을 켰다.

천공파가 대대적으로 장애물을 제거하려는 것같이 청해진을 무너뜨리려고 본색을 드러내었다.

　기반을 구축하려는 양 임시 모임을 주관했던 팔선대사가 무림인들에게 말한다.

　"빈도는 중요한 정보를 바로 엊저녁에 입수했소이다. 천공파를 위시한 사파들이 청해진을 공격하기로 마음을 정했다는 사실을 말입니다. 그들은 청해진을 오늘 밤에 야습하기로 최종적으로 결정했다고 했소이다. 청해진은 그간 사파들이 함부로 날뛰지 못하게 제어한 역할이 컸소이다. 청해진이 무너지면 곧바로 정파들이 차례대로 그들의 공격을 받으리라 여겨집니다. 중대한 시국에 무림쌍웅께서도 제자를 청해진에 파견해 주셨소이다. 그 제자가 바로 좀 전에 여러분이 본 백 소협이외다. 무림에 진출한 경험이 많지 못하여 걱정이지만 우리들이 잘 안내합시다."

　팔선대사의 말이 커다란 물줄기가 밀려드는 것같이 여기에 이르렀을 때다. 젊은 층을 대표하려는 것처럼 무술과 미모가 빼어난 아미3녀(峨眉三女)가 말한다. 20대 초반의 미모가 선경(仙境)의 인물인 양 빼어난 3명의 여승들이다. 다들 아미파가 명성을 드날리듯 자랑할 만한 놀라운 무술의 소유자들이다. 청운(靑雲)과 백무(白霧)와 홍연(紅淵)이라는 단아함이 발출되는 것같이 아름다운 아호를 지녔다. 아호와 어우러지는 것처럼 실력과 미모를 갖춘 20대 초반의 여승들이다. 하늘의 보살핌인 양 이들은 미모와 실력을 겸비한 고수들이었다. 이들 중 청운이 먼저 팔선대사에게 호소하듯 은근히 말한다.

　"대사님, 저희 셋이 오늘의 야전에서 백 소협을 보호하면 어떻겠는지요? 다만 허락만 해 주시면 은밀하게 소협을 보호할게요."

　팔선대사가 감동한 듯 큰 소리로 응답한다.

　"아미3녀의 명성은 이미 천하에 알려진 터이외다. 경험이 부족한 소협을 보호해 주신다면 정파의 승리까지도 보장되리라 여겨지외다."
　팔선대사의 동의에 아미3녀들이 감동한 양 허리를 굽혀 고마워한다.

　팔선대사가 정파의 무림인들에게 중요한 사실들을 일깨워 전하는 것처럼 알려준다. 5년 전에 무산에서 무림의 일을 풀듯 영웅대회가 소집되었다. 무림인들이 참석하여 능력을 검증받는 것같이 무림영웅으로 선출받는 행사였다. 선발된 영웅을 시샘하는 양 영웅이 선발된 직후에 불상사가 생겼다. 영웅대회 자체가 일체의 의미를 잃듯 퇴색될 뻔한 상황이었다. 대대적인 산불처럼 불거진 아수라장을 두 명의 탁월한 고수들이 수습했다. 그들의 별칭은 하늘에서 이름을 부여받은 것같이 당당한 무림쌍웅(武林雙雄: 白雲道人, 蛇龍道人)이었다. 무림에서는 다른 절차가 배제되는 양 무림 최고의 고수로 인정되었다. 18살의 백운천은 무림에 힘을 보태는 것처럼 백운도인의 제자로서 하산했다니!
　악마의 숨결에 노출된 듯 무림이 통째로 뒤흔들렸다. 무림의 재앙을 근원적으로 제거하겠다는 것같이 강력한 신호라 여겨진다. 백운천이 잘못되면 세상을 다스리는 길인 양 무림쌍웅이 움직이리라 예측된다.

　정통파에서 무림쌍웅을 대하는 시각(視覺)은 지원군 깃발의 신호같이 아주 특별하다. 정파가 갯벌에 묻히듯 실력을 발휘하지 못하면 비호받을 세력인 탓이다. 정파의 인물들은 무림쌍웅을 찾아 호흡을 맞추는 것처럼 무림사를 의논한다. 무림쌍웅의 도움이 필요하면 정파를 초청하는 양 도움을 호소하려는 터다. 무림쌍웅도 물고 물리는 것같이 미묘한 무림의 분위기를 잘 안다. 무림에 파문이 이는 것처럼 이상한 징후가 보이면 제자를 하산시킨다. 무림쌍웅에게 젊은 제자라고는 하늘의 달인 양 백운천 하나일 따름이다. 이렇기에 무림인들이 미래의 징후를 읽는 듯 백운천에게 관심을 가진다. 백운천에겐 무림인들의 관심이 배에 올려진 바위처럼 버겁고도 부담스럽게 느껴진다. 잘하면 당연하다고 평가받겠지만 허방에 빠지는 양 잘못하면 질타받기 십상이다.

　자신의 존재 감각은 발광체의 빛살같이 살려야 한다고 여기는 운천이다. 하늘로부터 생명을 부여받는 듯 숨을 쉴 때에는 성실하리라 다짐한다. 아마도 이처럼 경건한 정신 탓이리라. 그에겐 나날이 봉황이 날아들어 생동하는 양 세상이 새롭게 비친다.
　팔선대사의 말은 실타래의 실처럼 기다랗게 무림인들에게로 이어진다. 방금 청해진과 5대문파가 은밀한 뜻을 주고받는 양 교신했다고 한다. 오늘 사파의 연합 세력이 청해진을 폭파하듯 파괴할 거라고 했다. 청해진이 파괴되면 파편이 튀는 것같이 정파의 본부들을 괴멸시키겠다고 한다. 긴급하여 사문장로들은 집단에서 배제한 양 데려오지 못했다고 장문인들이 밝힌다.

　청해 호반의 3층짜리 달궁관(達宮館)이 변화에 대처하듯 임시 집결소가 되었다. 청해성의 정파 무술인들이 모금하여 임시 본부같이 달궁관을 세웠다. 50년째를 맞는 건물이지만 외관은 왕궁을 방불케 할 것처럼 눈부시다. 달궁관은 정파의 무림인들이 군진을 수호하는 양 번갈아 머물면서 관리한다.
　2층의 강당은 1만여 명을 수용할 듯 엄청나게 넓다. 팔선대사가 피를 토하는 양 열변을 쏟는 곳이 달궁관의 강당이다. 이번 달에는 곤륜파 46명의 무림인들이 달궁관을 거울같이 환하게 관리한다. 관리비는 5대 문파에서 불문율의 규약처럼 공동으로 지급된다. 각 문파는 체제를 유지하듯 1,000여 명의 무림인들을 지탱할 만하다. 경작지나 사업체가 그물인 양 깔려 있어서 거기로부터 경비가 조달된다. 경작지에서는 과일이나 채소나 곡물들이 재배되어 시장에서 구매자들을 찾아가듯 판매된다. 사업체는 구매자들을 배려하는 것같이 각종 공구나 장식물이나 생활필수품들을 만든다. 공산품들은 시장에서 판매되어 공로를 감안하는 양 각 문파에게로 지불된다.

누구든 문파에 적을 두면 소속을 인정받는 것처럼 경비를 지급받는다. 비문파인의 경우에는 사문의 경작지나 사업체로부터 생활비가 공급되듯 경비가 제공된다. 무림인이 되는 것은 의식을 해결하는 것처럼 완전한 경제인을 뜻한다. 기분에 취해 나도는 양 아무나 무림인이 되는 것은 아니다. 잠수인이 요건을 갖추는 것같이 엄격한 기준을 거쳐야 무림인들이 된다. 사파 무림인들의 경우에는 조직의 성질을 반영하는 것처럼 조금 복잡해진다. 커다란 사파의 경우에는 정통파와 유사한 체제인 양 문파인들에게 반영된다. 소집단 사파의 경우에는 무술로 사회인들의 재물을 탈취하듯 확보하는 방식이다. 즉, 강도나 살인마저도 생활의 습성같이 서슴지 않는 부류이다.

오늘 밤에 청해진으로 내닫는 인물들은 도깨비들의 엉덩이처럼 엄청나게 다양하다. 청해진을 없애려는 양 깡그리 파괴하기를 원할지도 모른다. 정파의 인물들은 애초부터 바탕을 없애듯 없애기로 한 터다.

달궁관에서 팔선대사가 밤의 결투 방식에까지 껍질을 까발리는 것처럼 언급했다. 군호들이 크게 손뼉을 쳐서 서로에게 힘을 전하는 것같이 격려한다. 오늘 죽을지도 모른다기에 저승에 들어선 양 군호들이 몸을 떤다. 세상을 구하기란 불붙은 종이에서 불을 제거하듯 어려우리라는 것을 안다. 그렇지만 천운을 무시하는 것같이 생명까지 내걸고 청해진으로 갈 작정이다. 운이 나쁘다면 행운을 놓치는 양 실족하여 죽을지도 모른다.

운명을 암시하는 것처럼 전서구(傳書鳩)에 의해 지도가 도착했다고 팔선대사가 공표한다. 지도에는 위험을 피하듯 청해진을 통행하는 방식이 제시되어 있다고 했다. 정통파를 보호하려는 양 청해진에서 군호들의 불상사를 줄이려는 청해신군의 배려였다. 지도는 휩쓸리는 바람결같이 곧바로 수백 장으로 옮겨 그려졌다. 그러고는 군호들에게 천운이 전파되는 것처럼 보급되었다.

군호들은 5년 전 화산의 폭발인 듯 대단한 사건을 기억한다. 귀신도 눈치 못 챌 것같이 일어난 무산 대회의 사건이었다. 영웅이 과로로 명예를 드러내려는 양 자랑도 못하고서 현장에서 죽었다. 사람들은 상처를 동여매는 것처럼 사태를 수습해 준 무림쌍웅(武林雙雄)을 기억한다. 무림쌍웅은 햇살과 열기인 듯 조화를 이루는 백운도인(白雲道人)과 사룡도인(蛇龍道人)을 일컫는다. 무림쌍웅은 아름다운 우정을 수놓는 양 지기(知己)로 알려져 있다. 둘은 떨어져 살아도 서로의 숨소리를 추적하는 것같이 잘 만난다. 유사시의 정보가 되듯 백운도인의 제자가 운천임이 정통파에게 알려진 상태다. 군호들은 정파에게 힘을 보태는 것처럼 백운도인이 제자를 보냈기에 고마워한다. 군호들은 후배를 보호하려는 양 무림에 출현한 운천을 도우려고 한다. 운천도 스승의 뜻을 헤아리는 것같이 정파 무림인들을 돕겠다고 작정한다.

운천은 안전을 고려하듯 남들의 이목을 끌지 않게 움직일 작정이다. 신분이 알려진 것은 발가벗겨진 것처럼 불편했지만 무덤덤하게 넘길 작정이다. 돌봐 주겠다는 아미3녀들의 배려도 물체를 압착(壓着)하려는 양 최소화하여 받아들인다. 정파 장문인들이 힘을 실어 주는 것같이 운천에게 통행패(通行牌)를 발급한다. 통행패는 귀빈을 예우하듯 장문인의 예우로서의 편의를 제공하겠다는 의미의 표식이다. 문파 내부로의 문파인처럼 자유로운 통행과 비용 지불까지도 허용하겠다는 의미이다. 이런 예우는 특정인을 추앙(推仰)하는 것같이 무림 영웅에게 부여되는 특권이다. 현재로서는 제도의 혜택을 못 받은 양 영웅이 선발되지 못했다. 빛의 색깔이 무시되듯 정파와 사파를 초월하여 영웅은 무림을 다스린다.

무림에서는 영웅을 가문의 조상처럼 존경해야 하며 그의 지시를 받든다. 영웅은 신과 같이 추앙받는 무림 최고의 실력을 갖는 고수이다. 영웅은 5년간 자신의 터전을 보호받는 양 무림에 봉사해야 한다. 영웅은 5년마다 신기(神氣)를 받아들이듯 대회를 개최하여 선발하기로 한다. 영웅이 사망한 이후로 우주의 미답지처럼 무림의 역사는 공백이었다. 대신에 5년간은 공덕을 쌓는 것같이 무림쌍웅이 무림에 많이 봉사했다.

    무림에서는 새 세상을 맞은 양 영웅을 새롭게 선발하겠다는 움직임이다. 운천도 바람결에 휩쓸리는 듯 그런 흐름을 읽는다. 방귀를 뀌는 것처럼 불필요하게 남들의 이목을 끌지 않으려고 한다. 운천은 사람들 앞에서 미친 놈이 넋두리하듯 나서는 일을 자제하려고 한다. 피치 못할 것 같은 상황에서만 실력으로 상대를 제압하기로 한다.
    운천을 비웃기라도 하는 양 세상의 흐름은 만만치 않음을 드러낸다. 달궁관에서 빠져나가 흐르는 바람결처럼 은밀하게 운천이 움직일 때다. 눈 깜빡일 시간같이 달궁관을 떠난 지 '반 시진(60분)'쯤 지났다. 문파의 군호들이 청해진 방향으로 물줄기가 흐르듯 이동한 뒤다. 햇살처럼 눈부시게 반짝이는 남색 도포 차림새의 청년과 소녀가 나타난다. '2마장(800m)'쯤 떨어진 풀밭으로 운천을 유인하더니 죽이려는 양 마구 공격한다. 결투해야 하는 상황의 설명은 칼로 잘린 듯 배제된 상태다. 운천을 공격하는 그들의 태도에서 맹수처럼 살벌한 강호의 기류가 느껴진다. 먹느냐 먹히느냐? 대결해 보니 청년이 강하다고 느껴짐을 대적 본능같이 알아차린다. 양편이 상대의 기를 누르는 양 맨손으로 맞서는 형식의 대결이다. 운천이 거친 물살처럼 몰아가자 60여 수만에 청년이 비틀대다가 쓰러진다. 한 웅큼의 피를 패배의 상징같이 청년이 왈칵 토한다. 청년의 전신이 수레에 깔린 양 내상을 입었음이 분명하다. 남의(藍衣) 소녀가 청년을 안고는 새인 듯 몸을 날려 사라진다. 독수리가 나는 것처럼 아주 경쾌하고도 절묘한 경신술이라 여겨진다. 소녀가 부채를 펼치는 양 드러낸 경신술만으로도 일류 고수임이 느껴진다.

대결하느라 궤도에서 벗어나는 것같이 잠시 느슨해졌던 마음을 운천이 다잡는다. 보호막처럼 펼쳐진 수목의 숲에서 잠시 운공(運功)을 한다. 혈액을 급물살인 양 빠른 속도로 순환시켜 몸을 가다듬는다. 운공은 의원이 병자를 다스리듯 상처를 치료하거나 피로를 회복하는 수단이다. 마침내 몸을 점검하는 것같이 운공을 끝낸 운천이 주변을 둘러본다. 지도에서의 청해진의 위치를 건져 올리는 것처럼 떠올리고는 청해진으로 내달린다. 타고 다니던 말은 안정된 보금자리를 찾아주려는 양 시장에서 팔았다.

마침내 운천이 술시 중반(저녁 8시경)에 마음의 정박지처럼 청궁도(靑宮島)에 도착한다. 청궁도의 수중에 청궁도를 지키는 양 광막한 청해진이 설치되어 있다. 청궁도는 청해를 다스리는 것같이 호수의 남서쪽에 자리 잡은 섬이다. 가문 경작지의 식물인 듯 호수에 존재하는 많지 않은 섬이다. 섬의 둘레는 친밀감을 자아내는 것처럼 대략 십 리가량 된다. 곳곳마다 수목들이 안개가 깔리듯 우거져 있지만 민가(民家)는 보이지 않는다. 청해진도 수중의 건물이기에 섬의 표면에는 무인도같이 건물이라고는 전혀 없다. 청궁도는 4면이 도끼로 다듬어진 양 절벽으로 세워졌다는 점이 특이하다.

운천이 거룻배를 저어 화살처럼 빠르게 청궁도의 해안에 도착했을 때다. 느닷없이 고막이 찢길 듯 어마어마한 폭음 소리가 사방으로 울린다. 사방으로 치솟았던 절벽들이 교만심을 버리는 양 무너지면서 물속으로 떨어진다. 가슴을 졸이는 것같이 이러한 절호의 기회를 기다렸음일까? 이때를 기해 흑백의 군호들이 청해진 내부로 홍수가 쏟아지듯 들어간다. 배출구로 마구 쏟아지는 물줄기처럼 정파인지 사파인지를 구별할 겨를조차 없다. 군호들의 무리가 사나운 물결같이 아우성치며 앞으로 냅다 돌진한다. 달궁관에서 청해로 들어섰던 정파의 군호들이 소용돌이에 휩쓸린 양 주춤댄다. 청해진의 지도를 탈출 회로인 듯 기억해야 안전하리라 여겨지는 탓이다. 청해진의 안전한 지도라니? 팔선대사가 군호들에게 돌파구를 제시하는 것처럼 나눠 준 청해진의 지도이다. 생명이 위협받는 것같이 위험한 곳에는 접근하지 않도록 안내한 지도다.

  청궁도에 도착하기 전까지는 위험에 대비하려는 양 지도를 기억하려고 애썼다. 현장에 도착하자마자 군호들의 머릿속에서 지도는 안개처럼 스러져 버렸다. 내쫓기는 물고기들인 듯 닥치는 대로 돌진하면서 장애물은 피하려고 한다. 별빛조차 스러진 밤이기에, 청해진 안은 저승의 공간같이 생지옥을 연출한다. 기관 장치가 혈맥을 탐지하는 양 연달아 규칙적으로 면밀히 가동된다. 기관을 작동하는 사람들이 모래 속의 수맥처럼 어디에 있는지도 모른다. 파도 더미가 홍수인 듯 무더기로 밀려오다가도 뚝 멈추곤 한다. 수중에는 지뢰밭같이 독성 암기들과 쇠 화살이 장치되어 있다. 간헐적인 울림인 양 무작위로 수시로 사방에 독성 암기들이 발사된다. 기관의 틈마다 자신들의 집처럼 식인 상어들과 수중 괴물들이 우글거린다. 연결되었던 철판들이 예고 없이 분리되었다가 생명체인 듯 자연스럽게 재결합된다. 그때마다 수많은 사람들이 생명을 잃고 나무토막들같이 사방으로 나뒹굴어야 한다. 대형 톱니바퀴의 물레방아들도 공간을 다스리는 양 도처에 깔려 있다. 물레방아들이 수중의 기운을 다스리는 것처럼 물속의 흐름을 마음대로 좌우한다. 암흑의 청해진은 인간의 통제를 무시하듯 항거 불능의 세계이기에 생지옥이다.

  느닷없이 수중으로 세상을 가르는 것같이 한 줄기의 불빛이 내비친다. 기관을 조작하는 무림인들이 장면을 바꾸려는 양 어디에 불을 켰다. 한 줄기의 불빛이었음에도 수중에는 세상의 대변혁처럼 커다란 변화가 생겼다. 수중에서 눈치를 살피듯 사방을 훑어보던 무림인들이 일제히 야단스레 움직였다. 방어 본능을 드러내려는 것같이 불빛으로 암기를 던지거나 장풍을 내뿜었다. 그러자 금세 불은 기다렸다는 양 꺼진다. 그러자 사방에서 방향을 잃은 것처럼 암기들이 허공에서 맞부딪는다. 길을 잃듯 나다니는 암기에 안구가 맞으면 곧바로 실명될 처지다. 운천도 눈을 보호하려는 것같이 장검을 쌌던 보자기로 얼굴을 싼다. 보자기의 두께가 숨결인 양 얇아도 안정감을 주는 것도 사실이다. 얼굴의 대부분을 보자기로 뒤덮는 것처럼 가리고 눈만 살짝 내놓는다. 그러고는 밤중의 길을 개척하듯 눈에 공력을 쏟아붓는다.

아무리 탈출구를 찾으려는 것같이 버둥거려도 동서남북을 구별할 수가 없다. 벌레의 더듬이인 양 전후좌우로만 방향을 따질 수밖에 없는 상태다. 갑자기 등 뒤쪽에서 사금파리처럼 날카로운 여인의 비명이 강하게 들린다. 위기의 사람들을 구조해야겠다는 생각이 운천에게 덕성(德性)의 바람결인 듯 밀려든다. 사파의 살수(殺手)같이 해악적인 인물들만 방치하고 불분명한 상대들은 구조해야겠다고 생각한다. 그리하여, 운천이 섬광을 흉내 낸 양 신속히 고개를 돌린다. 치마가 톱니바퀴에 걸려 목단전주가 죽음을 맞으려는 것처럼 위태로운 상황이다. 부하들의 뇌성인 듯 들리던 고함으로부터 알게 된 여인의 신분이다. 여인은 운천의 선영에서 원수를 대하는 것같이 쓰러뜨렸던 16세가량의 황의소녀(黃衣少女)였다. 운천이 수면 위로 매인 양 날아올라 단숨에 여인을 구출한다. 황의소녀가 예절을 표하듯 운천에게 고맙다는 인사를 하려고 할 때다. 어두움 속에서 백의녀(白衣女)가 도깨비처럼 훌쩍 나타나더니 운천을 어디로 데려간다. 이런 현상으로 인하여 자존심이 상한 것같이 황의소녀가 잔뜩 토라진다.

미시 중반(밤 2시)에, 운천이 백의녀(都宮鈺: 청해신군의 딸)에 이끌리는 양 안내되어 청해신군에게 다가선다. 이때는 주변의 군호들이 사방으로 실연기처럼 흩어진 뒤다. 통행패를 보여주는 운천에게 청해신군은 실력을 평가하려는 듯 대결을 신청한다. 80여 수만에 운천이 실력을 무척 감춘 것같이 청해신군을 제압한다. 청해신군이 선선히 손을 드는 양 운천의 실력을 인정한다. 운천은 자신의 기억 회로를 점검하듯 백의녀를 언제 만났던지를 떠올린다. 길에 드리워진 이정표처럼 청빈루를 '400여장'(1.212km쯤) 남겨 둔 지점에서였다고 여겨진다. 백의녀가 젓가락을 휘두르는 것같이 날렵한 동작으로 호반에 배를 접안시켰다. 당시에 운천도 백의녀를 봤지만 그냥 평범하게 여긴 양 지나쳤다. 아마 차후에 그녀도 청빈루에 왔으리라고 운천이 꿰맞추는 듯 짐작한다. 그랬는데도 운명을 비웃는 것처럼 그녀가 청해신군의 딸일 줄은 몰랐다. 맞춰진 운명같이 도궁옥의 안내로 청해신군과 대면하고 대결까지 하다니? 운천은 별천지에 떨어진 양 청해진에서 잠시 생각한다. 세상의 일은 거꾸로 하늘을 보는 것처럼 참으로 묘하다고 여겨진다. 운천이 백운도인의 제자임을 알아차리고는 청해신군이 목련인 듯 활짝 웃는다.

운천의 기억 회로를 상기시키려는 것인 양 도궁옥이 말한다. 세상의 첫 경험인 것같이 운천의 가족 묘역에서 운천을 만났다. 그때가 4년 전의 들풀이 세상을 빗질하는 것처럼 깨어나던 봄철이었다. 묘역 곁에서 천운을 헤아리듯 운천을 돕다가 운천과 작별했다는 그녀다. 운천도 그녀였음을 확인하고는 사별했던 사람과 만난 것같이 엄청나게 반가워한다. 청해신군도 운천을 떠올리고는 과거로 되돌아가는 양 호탕하게 웃으며 대한다. 그렇지만 상황이 갈라지기 직전의 그릇인 듯 위험한 때였다. 상황이 침수 직전의 가옥처럼 위급한지라 운천이 청해진에 머물기는 어려웠다. 운천은 도궁옥의 배웅으로 허방에서 벗어나는 것같이 청해진에서 속히 빠져나간다.

지금까지 손바닥의 거울인 양 환히 드러난 상황의 결과다. 천공파가 손님들을 초대하는 듯 숱한 사파의 고수들을 청해진으로 끌어들였다. 그리하여 청해진의 숱한 비밀 기관들을 폭탄의 파편처럼 파괴하려고 시도했다. 하지만, 위기를 직감한 것같이 정통파인 5대문파가 제때에 도우러 나타났다. 응분의 효과가 나타난 양 청해진 대다수의 기관들은 온전하게 보존되었다. 일부의 기관들은 복병을 만난 듯 타격받았기에 복원되기에는 시일이 걸리리라. 기간이 얼마나 걸릴지는 전체의 상황이 손금처럼 파악된 뒤라야 가능했다. 시간에 내몰리는 양 운천이 청해진의 점검을 기다릴 상황은 아니었다.

청해진에 뛰어들었던 정파 군호들의 복귀 상태를 점검하려는 것같이 확인했다. 팔선대사를 만나서 정통파를 조력하려는 것처럼 차후의 대책을 의논해야 했다. 견문을 수중의 지층같이 쌓도록 백운도인이 운천을 무림에 내보내었다. 무림을 위해 운천이 유리 파편을 다루는 양 조심스럽게 행동한다. 잘못하면 무림으로부터 지탄받을 것이기에 갯벌을 밟고 지나듯 최대한 조심한다. 언행을 당당하게 밀고 나가려는 것처럼 운천이 항상 신경을 쓴다.

　청해진의 파손 현황을 파헤치려는 것같이 둘러보다가 운천이 팔선대사와 만났다. 추앙의 정을 드러내는 양 팔선대사를 향해 포권의 예를 올린다. 운천이 팔선대사에게 지시를 받겠다는 듯 말한다.
　"대사님, 혼란 중에서도 이렇게 만나 뵙게 되어 기쁩니다. 모든 정국을 주관하는 대사님이잖습니까? 제가 다음은 어디로 이동하면 되겠습니까? 지시해 주시면 기꺼이 따르겠습니다."
　팔선대사도 기쁜 것처럼 호탕하게 웃더니 운천에게 말한다.
　"백운도장께선 항상 호방한 모습을 보였거든요. 제자인 소협도 깔끔한 모습을 보이기에 정파에게는 대단한 행운이라 여겨지외다. 청해신군을 조금 전에 내가 만나 봤어요. 피해 상황은 그렇게 크지 않나 봐요. 청해신군이 나한테 중요한 정보를 제공해 주었소이다. 청해진을 찾아와 난리를 친 천공파의 다음 목표는 아미파라고 했소이다. 나는 정파의 군협을 이끌고 곧장 아미산으로 향할 작정이외다. 소협도 아미산에서 다시 만나고 싶소이다."
　팔선대사의 말이 미풍인 것같이 가볍게 끝나자마자 운천이 대답한다.
　"알겠습니다. 저도 하산했던 취지에 따라 곧장 아미산으로 달려가겠습니다. 거기에서 저도 대사님을 재차 만나 뵙도록 하겠습니다."
　팔선대사에게 말을 남기고는 운천도 일을 매듭지으려는 양 청궁도에서 빠져나간다. 이때에 운천에게 어떤 생각이 실안개인 듯 사뿐하게 밀려든다.
　'도 소저를 만나서 도움을 청하는 게 빠를 것 같구나.'

육로를 찾듯 이동하는 뱃길은 청해진의 사람들이 잘 알리라 믿는다. 아까 도궁옥으로부터 들은 말이 섬광같이 얼핏 떠오른다. 수면을 뒤지는 양 신속히 찾는 방법을 그녀가 일러 주었다. 연락하리라 여긴 것처럼 휘파람의 맵시와 회수까지 도궁옥이 알려 주었다.

생각이 떠오르면 시간을 줄이려는 듯 지체하지 않고 실행하는 운천이다. 운천이 수면을 진동시키려는 것같이 휘파람을 세 차례 불 때다. 주변에서도 기다렸다는 양 휘파람 소리가 들리더니 도궁옥이 금세 나타난다. 도궁옥이 매우 반기는 듯 미소를 지으며 나타나 운천에게 말한다.
"백 상공, 생각보다는 일찍 저를 찾으셨군요. 뭘 도와 드릴까요? 조금도 불편이 없이 조처해 드릴게요."
연인을 맞는 것처럼 도궁옥이 반갑게 말하기에 운천의 가슴이 떨린다. 운천이 미안하다는 듯 고개를 비스듬히 돌리며 살짝 얼굴을 붉힌다. 이런 표정조차도 놓치지 않으려는 것같이 더욱 세밀히 바라본 도궁옥이다. 오똑한 콧날에 초승달인 양 휘어진 눈썹에 균형 잡힌 얼굴이라니! 가히 절세의 아리따운 선녀인 듯 빼어난 미모를 지닌 도궁옥이다. 그녀도 운천의 얼굴을 빛살이 스치는 것처럼 슬쩍 바라본다. 입을 다물지 못할 양 영준한 모습이라서 정신이 혼란할 지경이다.

운천은 무슨 생각의 소용돌이에 휩쓸리는 것같이 청해의 수면을 응시한다. 운천의 생각을 방해하지 않으려는 것처럼 도궁옥이 잠시 기다려 준다. 자신을 거울의 잔상인 듯 응시하는 도궁옥의 눈길을 운천도 알아차린다. 그러자 연기에 놀란 벌 떼들같이 운천이 잠시 주춤거린다. 그러다가 숨을 들이쉬는 양 평정을 찾고는 운천이 도궁옥에게 말한다.
"도 소저, 청해진의 피해 상태는 얼마나 되는지요? 사파와 대결하다가 살해된 정파의 인물들도 적지 않을 텐데 염려스럽군요."

도궁옥이 의외로 마상(馬上)의 장수처럼 당찬 모습으로 응답한다.

"이틀 전부터 낌새를 알아차리고 충분히 대비했던 효과가 컸어요. 대략 2할가량의 시설이 파괴되고, 100여 명의 인물들이 사망했어요. 이로 볼진대 사파들의 군호들도 제법 희생되었으리라 여겨지네요. 지금도 파악하는 중이기에 전체적인 윤곽은 하루가 지나야 드러나리라 생각돼요."

운천이 거품마저도 터뜨리지 않으려는 듯 신중한 목소리로 도궁옥에게 말한다.

"피해 규모가 작지는 않은 것 같군요. 시간이 흘러 차분히 복구가 이루어지길 기원합니다. 그런데, ……"

운천이 도움을 요청하려고 공을 들이는 것같이 뜸을 들일 때다. 도궁옥이 먼저 운천에게 은혜를 베풀려는 양 시원스럽게 말한다.

"백 상공, 여기서 바깥으로 나가는 데는 제가 도와 드릴게요. 청궁도에서 호반까지는 의외로 그렇게 멀지는 않아요. 하지만, 주변 지형을 잘 모르면 무척 힘들 수도 있겠죠."

운천이 고맙다는 생각에 곧바로 사례하듯 도궁옥에게 말한다.

"그렇잖아도 도움을 막 신청하려고 했는데, 소저께서 도와주신다니 너무나 고마워요."

운천의 눈은 탐색하려는 것처럼 쉴 새 없이 청해호를 살핀다. 하산한 본질을 잊지 않으려는 것같이 신중을 기하려는 면모도 보인다. 혹은 불필요한 오해를 피하려는 양 대비하는 몸짓인지도 모르겠다. 도궁옥은 지혜를 짜듯 운천과 오래 시간을 가질지를 생각하는 중이다. 경험을 추스르는 것처럼 도궁옥은 거룻배로 신속히 청궁도에서 벗어날 작정이다. 도궁옥이 찰랑대는 가슴을 억누르는 것같이 거룻배에 운천을 태우려고 나왔다. 아무리 주변을 살펴봐도 갑자기 실종된 양 운천이 보이지 않는다.

당황한 듯 도궁옥이 놀라 양손을 입에 대고 운천을 부른다. 운천을 부르는 큰소리만 주변으로 파문처럼 번지는데 운천은 보이지 않는다. 도궁옥은 운천을 만나 할 얘기들이 작은 산봉우리같이 많았다. 백운천이 예전에는 호반의 묘지에서 그리움을 토하는 양 많이 울었다. 산사태에 목석처럼 깔려 죽은 운천 가족들의 무덤들이 가족 묘지이다. 4년 전에 등풍5귀(燈風五鬼)가 산에 폭약으로 산사태를 홍수인 듯 일으켰다. 등풍5귀는 위세를 드러내려는 것같이 천공파의 고수가 낀 사파의 무림인들이다. 등풍5귀가 운천의 마을 인근의 산에 불씨인 양 폭약을 묻었다. 그러다가 비가 홍수처럼 무더기로 쏟아지는 여름철에 폭약을 터뜨렸다. 산사태로 흘러내린 토사물이 운천 일가족이 사는 마을을 반죽하듯 뒤덮었다. 운천의 부모와 남동생들과 여동생이 토사물에 깔려 생매장된 것같이 죽었다. 굴이 무너진 양 한밤중에 돌발적으로 일어난 산사태였다. 그랬기에 숙명이었던 것처럼 재앙을 피할 만한 겨를조차 없었다.

　운천이 친척 집에 갔다가 돌아오니 신령이 삼키듯 마을이 사라졌다. 부모의 모습뿐만 아니라 동네 전체가 세상에서 지워진 것같이 사라졌다. 울려고 해도 입술이 봉쇄된 양 찌그러져 입만 뻥긋거릴 뿐. 진한 슬픔에 잠겼는데도 목이 잠긴 듯 울 수조차 없었다. 당시에 14살 소년의 한계가 말라붙은 논바닥처럼 고스란히 드러났다. 소년이 넋을 잃은 것같이 입만 뻥긋거리니 주위의 사람들도 서글펐다.

　청해에 이끌린 양 첫 구경을 나왔던 도궁옥의 눈에 띄었다. 자신 또래의 소년이 슬픔에 잠겨 시린 강물처럼 떨었다. 슬픔에 잠겨 세상마저 안 보일 듯 넋을 잃은 모습이라니! 강한 동정심이 그녀의 가슴에서 불길같이 훅 치솟았다. 그녀의 아버지인 도경천(都慶天)은 뒷모습이 다들 닮은 양 비슷했던 상인이었다. 도자기류를 사서 되파는 일을 반복하면서 돈을 긁는 것처럼 모았다. 도궁옥은 도경천의 무남독녀인 장중보옥(掌中寶玉)인 듯 소중한 자식이었다. 자식이 실신하려는 소년을 남매같이 애달파하기에 도경천은 도궁옥을 도와

야만 했다. 벌었던 돈으로 일자리를 제공하려는 양 노무자 3명을 현장에서 고용했다. 운천 식구의 시신들을 끓는 죽처럼 뒤엉킨 현장에서 발굴했다.

 현장과 숨 쉬면 닿을 듯 가까운 야산에 묘지를 만들었다. 소유지를 영원히 간직하겠다는 것같이 공교롭게도 묘지의 주인은 운천의 아버지였다. 묘지로 주변인들과 벌어질 분쟁은 산사태가 없었던 양 원천적으로 사라졌다. 임시 묘지는 가문의 기운이 실린 듯 선산 묘지로 바뀌었다. 봄이면 골짜기 가득 흐드러지게 피는 산철쭉꽃이 산의 기운처럼 따사롭다. 꽃은 번잡하지 않으면서도 빼어난 풍경화같이 애잔함을 일깨운다. 세속을 벗어나는 양 묘지에 들어서면 산철쭉꽃의 정취에 잠기는 느낌이다.

 세상의 틈바구니를 비집고 들어서는 것처럼 묘지가 갓 만들어졌을 때다. 운천에겐 친척이 모두 하늘로 오르듯 사라졌기에 발붙일 곳이 없었다. 묘지를 지키려는 것같이 떠나지 못하여 처연하게 운천이 주저앉아 있었다.

 운천이 절해고도(絶海孤島)의 새인 양 쓸쓸해 보였기에 도궁옥이 아버지에게 말했다.

 "아빠, 저 애의 표정이 너무 처절하잖아요? 우리가 저 애를 데려다 키우면 어떻겠어요?"

 도경천에게도 운천은 너무나 딱한 처지에 놓인 듯 보였다. 데려가지 않으면 생존마저 보장되지 않을 것처럼 불안하게 여겨질 지경이었다. 도경천도 무너진 강둑을 대하는 것같이 암울하여 아내를 부르려는 순간이었다.

 순간적으로 눈앞이 백색으로 뒤덮인 양 환해지는 찰나였다. 전신에 눈빛처럼 하얀 도포의 50대 초반의 도인이 나타났다. 굶주린 걸인인 듯 초췌해져 쓰러진 운천을 도인이 일으키며 말한다.

 "얘야, 울음을 뚝 멈춰. 나는 형산에 사는 백운(白雲)이라 하느니라. 부근을 지나다가 울음소리가 들리기에 여기에 이르렀어. 상황을 보니 딱하게 생겼구나. 일단 너의 외관을 보니, 제법 쓸 만하겠다는 느낌이 들구나. 어때? 나랑 같이 가서 무술을 배워 보겠느냐? 네가 싫다면 어쩔 수가 없는 일이고."

당시에 백운도인의 이름이 천하를 다듬질하는 것같이 풍미할 때였다. 어린애라면 백운도인의 제자가 되기를 신선을 맞으려는 양 꿈꾸던 때였다. 운천도 백운도인의 제자를 바랐던 적이 웅덩이의 물고기들처럼 많았다. 백운도인이 제자를 가졌다면 시신이 환생하듯 이뤄질 수 없는 소망이었다. 구멍 뚫린 둑같이 희망이 통째로 무너지지 않을 수 없다. 천하무적의 상징인 양 아무나 제자로 받아들이지는 않으리라 여겨졌다. 뒤엉킨 실타래처럼 복잡한 생각으로 도인에게는 접근할 생각조차 못했다.

그랬는데 세상이 갈라져 꿈이 펼쳐지듯 백운도인이 나타나서 제자를 구하다니? 운천은 소년이었지만 자신에게 배려하는 것같이 천지신명이 베푼 행운이라 여겼다. 일시적으로 일으켜졌던 엉성한 자세를 걷어차는 양 똑바로 섰다. 그러고는 백운도인에게 절을 올리며 폐부에서 우러난 것처럼 경건하게 말했다.

"사부님, 저를 제자로 받아들이시겠다니 감사합니다. 오늘 이후에는 어떤 일에든 최선을 다해 사부님을 모시겠습니다."

백운도운이 하늘을 망연히 바라보듯 서 있더니 끝내 껄껄거리며 웃는다. 그러고는 대견스럽다는 것같이 운천을 바라보며 말한다.

"됐다. 그만 일어서서 나를 바라보아라. 너도 세월이 흐른 뒤에는 최소한 나만큼의 명성은 누려야 한다. 알겠느냐?"

운천이 일어서서는 신선을 대하는 양 공손하게 스승에게 또랑또랑하게 말한다.

"저를 제자로 받아들여 주셔서 정말 감사하옵니다. 차후로 제 모든 움직임의 근원을 사부님께 맞추겠음을 천지신명님께 맹세하옵니다."

상념들을 털어 버리려는 것같이 수염을 나부끼며 묘지를 둘러보던 백운도인이었다. 그의 명성은 그의 숨결을 헤아리듯 천하가 다 아는 터였다. 무림쌍웅(武林雙雄)이라! 무림 천하를 바다의 수면처럼 뒤덮는 두 사람의 영웅이라는 뜻이다. 백운도인 이외의, 용호(龍虎)인 양 무서운 무림쌍웅은 백운도인과 동갑인 사룡도인(蛇龍道人)이다. 그도 형산에 살지만 백운도인과는 고슴도치와 다람쥐인 듯 만나지 않는다. 주변에 타인이 머무는 것을 간섭처럼 불편하게 여기는 성격 탓이다. 둘이 만날지라도 약속한 것같이 대개는 '한 식경(30분)' 이내에 헤어진다. 취향이 비슷한 사람들과도 취향을 부정하려는 양 마주치는 것을 피한다. 금세 만났다가 작별해야만 남들과 뒤엉키지 않는 것같이 속이 풀린다. 백운도인과 사룡도인은 강자를 정하려는 양 몇 차례 대결을 벌였다. 진정한 강자를 가려 추앙하듯 서열을 결정하려는 마음에서였다. 대결의 의도가 무시되는 것처럼 번번이 무승부로 대결이 마무리되었다. 시간의 소중함이 무시된 양 5차례나 무승부로 대결이 끝난 뒤부터다. 세상에서는 둘을 무승부의 강자로 인정하는 듯 무림쌍웅이라 불렀다. 그랬어도 둘은 독자성을 존중하는 것처럼 서로에게 마음을 열지 않았다. 서로의 위치를 존중하는 것으로 서로를 배려하는 것같이 애정을 대신했다.

　사룡도인한테는 원천적으로 배제된 양 제자가 없었다. 사람들을 뱀의 허물을 대하듯 꺼리는 사룡도인의 성격 탓이었다. 백운도인에게만 피를 나눠 받는 것처럼 무술을 전수받은 백운천이 있었다. 세상에서는 백운천을 무림쌍웅 공동의 지도를 받은 것같이 여긴다. 무림쌍웅은 존재만으로도 거대한 위협인 양 세상을 떨게 하기에 충분했다. 무림상웅은 정파의 인물이기에 공로를 인정받듯 세상에서는 최상의 원로로 대접받는다.
　형산에만 해도 봉우리가 대숲의 대나무들처럼 숱하게 많았다. 최고봉인 축융봉(祝融峰)을 비롯한 72개의 봉우리가 죽순같이 **빽빽**이 치솟아 있다. 백운도인은 낙안봉(落雁峰)에, 사룡도인은 천주봉(天柱峰)에 독수리들인 양 당당하게 독립적으로 거처한다. 천주봉과 낙안봉 사이의 거리는 팔다리의 길이처럼 결코 멀지 않다. 사룡도인의 독수리인 듯 꾀까다로움으로 백운도인과 운천은 천주봉에 가기를 꺼린다. 백운도인의 거처 앞으로는 개천도 흐르고 하늘의 휘장같이 폭포도 쏟아진다. 개천에는 연중 강물인 양 적지 않은 물이 흐른다. 낙안봉의 거처는 분지처럼 아늑한 골짜기에 3채의 기와집으로 이루어져 있다. 북쪽의 기와집에는 선비들의 장서각인 듯 각종의 서적들이 채워져 있다. 동쪽의 기와집에는 백운도인의 부부가 학같이 운치 있게 기거한다. 서쪽의 기와집은 운천이 도장 겸 무술 수련장인 양 사용한다. 지난 4년간의 세월을 엮듯 운천이 자란 곳은 서쪽의 기와집이었다.

　마당에서는 아침부터 오후까지 운천이 무술을 까다로운 것처럼 세밀하게 지도받는다. 저녁부터 밤까지는 운천이 세상의 자유를 얻은 것같이 자유롭게 보내었다. 스승의 개척지인 양 골짜기의 거처 주변에 다른 민가들은 없었다. 운천에겐 낙안봉이 꿈의 공간을 펼친 듯 정겨운 동산으로 여겨졌다. 자유로운 시간에 운천은 개천에서 어부처럼 그물을 던져 물고기도 잡았다. 여름에는 폭포 아래에서 숱한 물고기들같이 헤엄치는 것도 즐겼다. 개천은 강을 닮은 양 폭은 1리(400m)가량이고 길이는 2리(800m)에 이른다. 스승과 제자는 풍류를 즐기듯 배에서 술도 마시고 거문고도 연주했다. 위기에 대처하는 것처럼 물속에서도 조처할 수 있도록 스승으로부터 지도받았다. 배의 함몰에 대처하는 것같이 강은 단숨에 헤엄쳐 건너도록 수련했다. 신장의 대여섯 배가 넘는 물속에서도 물개인 양 자유롭게 헤엄쳤다. 4년간을 개천에서 보내었으니 수성(水性)에도 다년간 수련된 어부들처럼 정통하게 되었다. 수중진(水中陣)을 공격하듯 개천 바닥으로 헤엄쳐서 적진으로 잠입하는 기술까지도 익혔다. 운천의 재간이면 바다에서 난파당해도 살아남으리라고 스승이 예견하는 것같이 인정했다.

　운천이 얼마 전에 수중을 주무대로 삼는 양 청해진에서 싸웠다. 수성에 정통한 운천에게는 청해진의 상황이 육지에서처럼 어렵지 않게 느껴졌다.

육지에서 호흡하듯 얼마든지 시간을 끌면서도 적을 상대할 수 있었다. 게다가 사문장로들같이 상승 무공을 지닌 무술인이 아닌가? 문파의 명예를 내거는 양 심혈을 기울여 익히는 무술이 있다. 어두운 데에서도 사물을 대낮처럼 바라볼 수 있는 재간이다. 수련에 비례하듯 몸에 축적되는 정신적인 결정체가 내공(內功)이다. 어두움에서도 사물을 대낮같이 바라보는 무공은 내공에 의해 발휘되는 재간이다. 운천은 4년간의 수련으로 내공과 외공의 증가가 탑인 양 높았다.

스승도 예상을 뒤엎듯 놀랍게 드러나는 경지로 인하여 감탄할 지경이었다. 운천은 4년 전의 밀면 쓰러질 것처럼 나약한 소년은 아니었다. 그는 이미 무림인들이 신화같이 추앙하는 백운도인의 제자가 되었다. 백운도인으로부터 무술의 진전을 세세히 분해하여 교습받는 양 전부 물려받았다. 무림쌍웅을 제외하고는 운천에게 간섭하듯 달려들 고수는 거의 없으리라고 알려졌다. 운천에게 거는 기대감이 태산의 절벽처럼 높음이 사방에 전해진 터다.

운천이 말을 타고 개천의 흐르는 물같이 경쾌하게 아미산으로 달려간다. 사흘을 달리면 먼 목적지인 양 가물대는 아미산에 도착하리라 여겨진다. 운천이 말을 몰아 달리면서 과거의 기억을 써레질하듯 더듬는다. 용서할 만한 적은 적의 입장을 고려하는 것처럼 용서하겠다고 마음먹는다. 등풍5귀는 부모를 비롯한 가족을 죽였기에 보복하는 것같이 죽일 작정이다. 그들 이외에는 천지신명을 고려하는 양 누구도 죽이지 않을 작정이다.

말을 타고 달리면서도 운천은 의식이 있음을 자각하듯 생각을 되풀이한다. 하산하여 만났던 사람들의 외모는 대부분 수려한 풍광처럼 아름답게 비쳤다. 이들 중에서도 특히 보름달같이 빼어나게 아름답게 보였던 사람은 공천하였다. 처음에는 남장 차림새였기에 선녀를 능가하는 양 잘생긴 청년으로 알았다. 청년의 얼굴이 숱한 여인들을 능가하듯 잘생겼다는 사실에 놀라움이 생겼다. 청년의 얼굴이 선계의 여인처럼 아름다울 수 있는지 생각할수록 놀라웠다. 공천하에게 짧은 기간 동안에 호수의 물결같이 많은 호감이 생겼다. 공천하의 남장 차림새에 운천의 마음이 물결인 양 마구 흔들렸던가?

 말을 타고 달리면서도 운천은 부정한다는 듯 고개를 젓는다. 옷차림새에 무관하게 공천하의 미모는 비교가 불가능한 것처럼 압도적으로 빼어났었다. 공천하의 얼굴은 반딧불들에 뒤섞인 달빛같이 빼어났기에 타인들과는 애초부터 대조되었다. 깃털이 광풍에 나부끼는 양 소년의 마음은 수려한 외모에 이끌렸다.

 공천하가 청년이었다면 운천의 연인은 음양의 이치를 따르듯 달라졌으리라 여겨진다. 자연검, 사마영, 도궁옥, 공영하 등이 연정을 나누려는 것처럼 겨루었으리라. 이들 중에서도 운천이 도궁옥을 배려하는 것같이 그녀에 대해 생각한다. 그리움을 반영하는 양 호반에 가족 묘지를 만들어 주지 않았던가? 그녀가 아니었으면 운천이 의식을 상실하듯 정말 몰랐으리라 여겨진다. 의식이 실종된 것처럼 부모의 시신마저 어디에서 실종되었는지도 몰랐으리라 여겨진다. 마을을 떠났던 사이에 산사태가 일어났다고 실황을 재현하는 것같이 들려주었다.

아미산 검진

운천이 말을 달리다가 거리를 가늠하는 것같이 길가에 잠시 멈춘다. 그러고는 남은 여정에 대해 시시콜콜히 계산하려는 양 헤아려 본다. 땀을 흘리듯 부지런히 달리면 사흘 후에는 아미산까지 도착하리라 여겨진다.

청해호에서 아미산까지는 217리의 거리라고 청해신군이 운천을 가르치는 것처럼 말했다. 청해성의 남쪽으로 달리면 아미산에 도달함을 물에 떠밀리는 양 깨달았다. 하루에 '2시진(4시간)'씩 말을 몰면 80리를 가리라고 깨우치듯 일러 주었다. 말로 사흘간이면 200리는 비탈에서 굴러떨어지는 것처럼 통과하리라고 들려준다. 운천은 아미산에 도착하기 전에 기본적인 사항을 셈하는 것같이 헤아린다.

출발하기에 앞서서 마음을 닦는 양 운천은 마장(馬場)에서 말을 산다. 길을 달리면서도 여물에 대비하듯 시골의 농가에 들른다. 말에게는 허기가 지지 않게 배려하는 것을 자신의 식사처럼 챙긴다. 운천은 부농(富農)같이 윤택한 낙안봉에서 살았기에 하산하면서도 풍족한 경비를 지급받았다. 어디를 가든 귀공자인 양 경비 때문에 어려움을 당하지는 않는다.

산비탈에서 돌이 굴러내리듯 청해를 떠난 지 이틀째를 맞는 시점이다. 아미산이 20여 리쯤 남은 지점에 정기(正氣)를 흡수하는 것처럼 도착했다. 정수현(靜水縣)의 아현(雅弦)에 운천이 근심을 지우는 것같이 홀가분한 심정으로 도착했다. 운천이 노독을 푸는 양 숙소를 잡아서 하루를 보내어야 한다. 아미산에서는 어떤 적들과 회오리처럼 뒤엉켜 싸울지 가슴이 두근댄다. 아현은 7가구로 이루어져 솔 향기가 밀물인 듯 밀려드는 마을이다. 마을 뒤쪽에는 죽림(竹林)이 마을을 뒤덮는 것같이 끝없이 깔려 있다. 밤이 깊었어도 마을 귀퉁이의 민가에서 일정을 정리하는 양 묵는다. 머리를 식힐 겸 고아(高雅)한 묵객처럼 죽림을 산책할 때다. 어디서인지 생명이 위태로운 듯 여인의 신음이 운천의 청각으로 밀려든다. 신음의 유형을 운천이 그림을 그리는 것같이 면밀히 분석한다. 상처를 입어 저항을 포기하는 양 숨을 죽이려는 소리임을 알아차린다. 상처가 깊을 수도 있겠다는 느낌이 터진 둑의 물살처럼 밀려든다.

운천이 경계하듯 진기를 흡입하고는 신음이 들리는 곳으로 내닫는다. 암흑같이 드리워진 대숲의 굽잇길을 막 돌았을 때다. 눈빛인 양 새하얀 의복을 입은 20대가량의 여인이 땅바닥에 뒹군다. 흡인력이 작용하듯 운천이 즉시 여인에게 내달아 그녀의 상태를 훑어본다. 치한을 경계하는 것처럼 여인이 방어 자세를 취하면서도 말을 잇는다.

"아, 너무나 고통스럽군요. 무림인이시죠? 저를 좀 도와주세요."

크게 다친 것같이 일그러진 표정을 지으면서도 여인이 얘기를 털어놓는다. 여인의 말을 조합하는 양 앞뒤로 맞추니 정황이 파악된다. 나이는 18세이며 자연검(紫軟劍)으로 알려진 검객이라고 신분을 제시하듯 밝힌다. 서역의 산악처럼 거대한 사파에 백골파(白骨派)가 존재한다. 백골파를 장악하는 것 같은 제일의 고수인 사문장로가 백골신풍(白骨神風)이다. 백골신풍의 제자로는 눈알의 수인 양 딱 2명이 있다. 조직을 밝히듯 하나가 16세의 자홍검(紫紅劍)이고 다른 하나가 자신임을 밝힌다. 자연검은 지난번 청해진의 싸움에서 사파인 천공파에게 보복당하는 것처럼 공격당했다. 천공파의 단주(團主)인 사마영(司馬英)이라는 17세의 소녀에게 맹공당하는 것같이 일장을 맞았다. 단주는 일류급의 고수이기에 장풍의 위력은 산악을 쪼개는 양 대단했다. 자연검은 사마영에게 내상을 입고는 전신이 마비된 듯 충격이 컸다. 그리하여 이동하기가 나무토막처럼 어려웠기에 스승도 만나지 못했다. 목숨을 내거는 같이 내상을 치료하려고 버둥대다가 아현에까지 왔다고 밝힌다. 그리하여 대숲에서 내상을 치료하려는 양 운공(運功)하던 중이었다고 한다. 그러던 중에 주화입마(走火入魔)를 당하여 사막을 떠돌듯 사경을 헤매던 중이었다. 주화입마는 공력을 운행하던 중에 잘못되어 신체가 건어물처럼 마비되는 현상이다. 자신을 살려 달라고 자연검이 운천에게 생명을 구걸하는 것같이 부탁했다. 그 말에 운천도 그녀를 구조하려는 양 내공을 끌어 올린다. 그러다가 예절을 다하듯 그녀를 향해 말한다.

"사해의 사람들이 친구라는 관점에서 소속된 조직에는 신경 쓰지 않겠어요. 주화입마의 경우에는 견정혈(肩井穴)과 명문혈(命門穴)로의 진기의 주입이 필요한데 동의하시겠어요? 불허한다면 돕고 싶어도 도울 수가 없어요."

그러자 도움이 간절히 필요한 것처럼 자연검이 눈물까지 글썽이며 말한다.

"설혹 저를 도우려다가 제가 죽는 일이 벌어져도 원망하지 않겠어요. 어때요? 저를 도와주시겠어요?"

"좋아요. 하산한 지 얼마 되지 않아서 처음으로 시도하는 거예요. 부디 천지신명의 가호가 있기를 기원할게요."

운천이 땅바닥에 쓰러졌던 자연검을 가부좌를 한 승려같이 반듯하게 앉힌다. 그녀의 사부인 양 등 뒤에서 그녀의 견정혈로 기력을 내보낸다. 견정혈은 목과 어깨의 중앙에 독수리처럼 위치하여 수련인을 점검하는 혈도이다. '쉬익'하며 기력이 발출되었을 뿐인데도 사마영이 산악인 듯 장중하게 앉는다. 견정혈에 이어서 등 뒤의 명문혈에 기력이 폭풍같이 휘몰린다. 명문혈은 콩팥을 어루만지는 양 자극하여 신체의 통증을 경감시킨다. 운천은 스승으로부터 배운 기예를 자연검에게 재연하는 것처럼 실행에 옮긴다. 놀랍게도 '한 식경(30분)'이 경과되자 자연검의 신음이 기운을 잃듯 스러진다.

'한 시진(120분)'의 시간이 지나자 사마영이 주화입마를 털어내는 양 깨어난다. '한 시진(120분)'의 기력 소모로 운천의 몸이 엿가락같이 마구 휘청거린다. 새로운 신체를 얻듯 완치된 자연검이 운천에게 말한다.

"오늘 소협이 아니었으면 저는 이미 폐인이 되었을 거예요. 제가 폐인이 되었다면 누가 저를 거들떠나 보겠어요? 정말 너무나 감사해요. 이번 청해진에서의 싸움 같은 이변이 너무나 빈번히 일어나는 세상이잖아요? 문파를 초월하여 우리가 친구가 되면 어떨까요? 제 제안에 응하신다면 서역의 독보적인 검술인 음양도법(陰陽圖法)을 알려 드릴게요. 한 문파의 비전 무학이 세상을 살릴 수도 있으리라 여겨요."

'반 시진(60분)' 동안 음양도법을 스승한테서 배우는 것같이 운천이 배운다. 그러고는 자연검과 헤어져 휴식을 취하려는 양 아현의 초가로 들어간다. 운천이 노독을 풀려는 것처럼 잠을 청하려다가 생각에 잠긴다. 자연검을 만난 일이 허공을 나는 듯 예사롭게 여겨지지 않는다. 농가에서 밤을 새우며 궁극의 원리를 깨달으려는 것같이 음양도법을 연구한다. 원리를 파악하기는 물속의 바늘을 찾는 양 어려웠지만 윤곽만은 파악했다. 사파의 검술을 봉쇄하는 것처럼 방어의 수단으로는 가치가 있으리라 여긴다.

원리를 이해하다가 운천이 적을 만난 것같이 장검을 들게 되었다. 장검을 슬쩍 휘둘렀을 뿐인데도 바위가 뒹구는 양 소리가 요란했다. 주인 부부가 강도를 만난 듯 놀라서 자다가 마당을 내려다보았다. 운천이 미안한 표정으로 허리를 활처럼 굽혀 해명했다.

"제게 갑작스레 좋은 검술의 생각이 들어서 장검을 휘둘렀어요. 그랬는데 소리가 엄청나게 크게 나는 바람에 두 분까지 깨웠군요. 정말 죄송합니다. 이제 소리를 안 낼 테니 놀라지 말고 주무세요."

이튿날 일찍부터 운천이 아현을 떠나 아미산으로 쾌속의 매같이 날아간다. 아미산은 둘레가 5리(2km)에 해당하며 천하의 정취를 누비려는 양 드러누웠다. 정통 문파인 아미파가 검진(劍陣)으로 천하의 명성을 얻듯 군림하고 있다. 아미파의 위용을 시샘하는 것처럼 군호들이 아미파를 공격하려고 한다. 정통파를 무너뜨려야만 사파가 지랄하는 것같이 난동을 부려도 견제받지 않는다. 천공파가 위주의 사파들이 적들을 제거하려는 양 아미산을 찾은 연유이다.

아미파는 자체를 보호하려는 듯 산 전체에 검진을 설치했다. 평소에는 새조차도 아미산을 두려워하는 것처럼 아미산으로 파고들지를 못한다. 아미파는 이미 저승의 공간같이 사천성의 무시무시한 영역으로 여겨졌다.

통보가 없이 아미산에 입산하면 버릇을 가르치려는 양 화살부터 날아들었다. 허공으로 날아올랐던 화살이 무례를 응징하듯 침입자에게로 쏟아지게 되어 있었다. 아무리 개인적으로 무공이 탁월한 고수들도 양달의 이끼처럼 스러지곤 했다. 아미파의 검진은 세상의 누구도 얕보는 것같이 넘볼 수가 없다. 출입구로 격류인 양 쏟아지는 화살은 사람에 의해 발사되지 않았다. 기류와 습도 변화에 의해 비가 쏟아지듯 자동적으로 발사되게 만들어졌다. 이런 장치의 설계자들은 아미산을 산신처럼 지키는 아미파의 역대 장문인들이었다. 이들의 소망은 산이 허물어지는 것같이 변할지라도 아미파를 지키겠다는 염원이었다.

조만간 운천도 강물이 흘러드는 양 아미산으로 들어설 예정이다. 운천에게도 기다렸다는 듯 아미파 검진의 화살들이 날아들 거였다. 피아의 구별을 무시하는 것처럼 화살촉의 독물 탓에 살해될지도 모른다. 운천은 검진의 입구를 빛줄기가 거치는 것같이 돌파하는 방식을 찾아냈다. 공중에는 구름송이를 띄우는 양 검기를 펼치고 반탄력을 쓰도록 한다. 공중에 검기를 펼치는 데에는 음양도법이 도움을 주는 듯 강력하다. 몸을 6방에서 떠받치는 것처럼 보호하는 반탄력의 발휘에는 반탄신공(反彈神功)을 쓴다.
운천이 거행하는 의식을 치르는 것같이 아미산에 들어서기 직전이다. 맞은 편의 산악에서 학인 양 경건한 자세로 아미산을 바라본다. 멀리서 바라봐도 아미산은 철망을 첩첩이 포갠 듯 험준한 산이다. 지형을 분석하는 것처럼 훑어보니 산세가 크게 3가지 유형으로 나누어진다. 계곡이 줄을 잇는 것같이 중첩된 곳에는 너럭바위들이 눈에 띈다. 너럭바위들이 깔린 곳에는 개울물이 썰물인 양 빠지는 수로가 깔렸으리라.

 수로가 시작되는 지점에서는 물길의 속성을 드러내듯 물이 소용돌이로 굽이친다. 물이 소용돌이쳐서 회전력을 발산하는 것처럼 너럭바위에도 깊숙한 구멍이 뚫린다. 소용돌이치는 물의 힘으로는 원반형의 구멍도 주변을 잠재우는 것같이 뚫는다.

 팔의 구조인 양 두 번째의 특징적으로 드러나는 산세가 띈다. 아미산의 7군데에서는 크게 덩어리처럼 바람결에 흔들리는 부위가 관찰된다. 지열을 발산하듯 한 마디로 수시로 강풍이 발생하는 지역이다. 강풍이 발생하는 곳은 산악의 대문같이 대단히 중요한 부위이다. 가옥의 출입문인 양 공격과 방어의 양면으로 활용이 큰 지역이다.

 강풍이 센 곳에서는 미혼분(迷魂粉)이 침입자들에 대비하듯 방어용으로 사용되리라 여겨진다. 미혼분은 실신시키는 것처럼 사람들의 정신을 마비시키는 기능을 지닌 가루이다. 미혼분을 들이키면 전신이 광풍 앞의 사시나무같이 후들후들 떨리면서 마비된다. 적진을 첩자인 양 은밀히 파고들 때에 경계해야 할 대상이다.

 몸의 몸통처럼 세 번째로 특징지워지는 영역은 고사목(枯死木)이 내리깔린 지역이다. 고사목에는 천연적인 형상을 활용하듯 온갖 살상용의 암기들이 배치되기가 쉽다. 고사목의 암기를 주변에서 침입자를 살피는 것같이 조정하여 발사하기 십상이다.

 운천이 멀리서도 구조를 파악하려는 양 아미산의 형세를 종이에 그린다. 비상사태에 대비하려는 것처럼 팔선대사로부터 받은 통행패의 활용 방안도 생각한다. 통행패를 이용하면 문파의 장문인인 듯 자유롭게 드나들 수 있다. 운천은 공짜로 배려받는 것같이 통행패의 신세를 지고 싶지는 않다. 통행패를 내밀면 귀빈을 접대하려는 양 배려하려는 인력이 배치되리라는 측면이다. 문파의 인력이 분산되어 적들이 늘어나는 것처럼 방어하기가 어려우리라 여겨진다. 도우러 왔다가 문파를 괴롭히려는 듯 성가시게 한다면 방문이 무의미하리라. 이런 관점을 반영하려는 것같이 운천은 통행패를 쓰지 않으려고 한다. 통행패를 쓰지 않으려니까 사파의 침입자들인 양 암기의 공격에 걱정스럽다. 암기는 어디에서건 발사되기에 저승에 들어선 듯 신경을 써야 한다.

운천이 칼을 가는 것처럼 마음을 가다듬고는 아미산의 여인숙을 찾는다. 숙소의 주인에게 친숙한 것같이 얼마의 경비를 주고는 말을 맡긴다. 숙소에서 돌보는 가축들인 양 말을 잘 관리해 달라는 뜻에서다. 주인이 잘 알았다는 듯 운천에게 말한다.
"아미산에 볼일이 있는 모양이죠? 언제든 볼일을 마치고 오세요. 그간 말은 잘 관리해 놓을게요."
운천이 고맙다는 것처럼 포권의 예로 인사한다. 그러고는 시간이 급하다는 것같이 운천이 곧바로 여인숙을 떠난다.

운천이 시각을 가늠하려는 양 헤아려 보니 진시 중반(오전 8시경) 무렵이다. 가뿐한 차림새로 몸을 단장하고는 깃털이 휩쓸리는 것처럼 아미산으로 들어선다. 언제든 눈을 부릅뜨려는 듯 적의 공격에 대비해야 하는 터다. 산새 소리에까지 암기를 감별하려는 것같이 신경을 쓰니 속도가 느려진다. 마음을 광풍에 맞선 바위인 양 굳건히 하고 산길을 탄다.
초소마다 아미파의 문하인들이 지키리라 여겼는데 잠적한 듯 보이지 않는다. 아마도 어디에선가 거미같이 깊이 숨어서 침입자들을 바라보리라 여겨진다.
세상을 지배하는 양 치솟은 최고봉인 3,099m인 만불정(萬佛頂)에 들어섰을 때다. 천공파의 등풍5귀(燈風五鬼)가 자기들의 땅처럼 길을 막으며 시비를 건다. 등풍5귀는 운천의 일가를 치밀한 계획에 따르듯 산사태로 죽인 원흉들이다. 운천의 아버지인 중원일검(中原一劍) 백청하(白淸河)는 중원인들이 신선을 대하는 것같이 추앙했다. 등풍5귀는 백청하의 명성을 경계하는 양 꺼린 대표적인 무리들이다. 등풍5귀 중에는 시위하는 것처럼 천공파 고수의 하나도 끼어 있다. 이들은 부모와 일가족을 생매장하듯 죽이지 않았던가? 소위 가문의 원수이기에 하늘에게 신고하는 것같이 복수하려고 칼을 뽑는다.

스승으로부터 배운 남악검법(南岳劍法)의 효용을 천하(天下)에 시연하는 양 시험할 작정이다. 결단을 실행하는 사람임을 선언하듯 처음으로 복수의 칼을 뽑지 않았는가? 대결에서 진다면 스스로의 수족을 절단하는 것처럼 생존할 필요조차 없으리라. 등풍5귀는 장강 일대를 놀이터인 것같이 떠돌면서 기분대로 사람들을 공격했다. 이들에게는 정통파라 할지라도 생명을 구걸하려는 양 굽혀야 살 지경이다. 등풍5귀의 53세인 장천수(張川水)는 세인들이 인정하는 것처럼 무서운 천공파의 고수이다. 장천수는 중원일마(中原一魔)라 불리는 명성만으로도 겁을 주는 양 무서운 검객이다. 둘째는 장강상인(長江上人) 허형술(許形術)로서 태풍에도 맞서듯 대단한 장풍의 고수이다. 셋째는 황하선주(黃河船主) 서상철(徐霜哲)로서 절벽을 뚫는 양 무서운 지풍(指風)의 고수이다. 허형술과 서상철은 52살의 상체가 우람한 곰들같이 발달한 사내들이다. 넷째는 남호유빙(南湖流氷) 천추운(千追雲)으로서 실외에서도 실내의 사람들을 배추인 양 벤다. 막내는 북풍단애(北風斷崖) 연봉절(延鳳絶)인데 붓을 휘두르듯 2개의 도끼를 자유롭게 다룬다. 넷째와 막내는 51살의 허벅지가 참나무처럼 단단한 사내로 알려져 있다.

운천이 만불정에 오를 때까지는 새로운 세상을 대하는 것같이 설레였다. 미래의 운을 예측하는 양 등풍5귀를 만나리라고는 절대로 생각지 못했다. 등풍5귀가 달려들듯 신분을 노출하며 밝히는 통에 운천의 원수임이 드러났다. 피할 수 없는 것처럼 막다른 길에 도달한 느낌이다. 운천도 생명을 내놓는 것같이 장검을 빼어 들고는 등풍5귀에게 말한다.

"그대들이 등풍5귀라고? 나는 중원일검의 아들인 백운천이다. 4년 전의 원한을 오늘 깨끗이 갚아 주겠다."

운천이 장검을 들고는 야수를 향해 돌진하는 양 등풍5귀에게 다가간다. 등풍5귀의 장천수가 불을 밝히려는 것처럼 머리를 번쩍대면서 운천에게 말한다.

"얘야, 너는 우리가 어떤 사람들인지나 아니? 괜히 혈기에 들떠 날뛰다가 목이 잘린다면 억울하지 않겠니?"

등풍5귀를 바라보며 운천이 결판을 내려는 듯 장검에 진력(眞力)을 가한다. 그러면서도 불투명한 미래를 예측하는 것같이 잠시 생각에 잠긴다.

'장천수는 별칭에 일마(一魔)라는 명칭을 다는 검객이라 검법의 달인이라는 얘기로군. 내가 이들의 공격을 막지 못한다면 목숨이 스러질 것은 뻔하겠군. 내 검법의 위력이 어느 정도인지를 확인하는 계기가 되겠구나. 이들과 함께 죽어 나뒹굴지라도 가족의 원수는 반드시 갚아 주겠어. 그렇지 못한다면 무술을 익힌 아무런 의미가 없을 거잖아?'

남악검법은 굵다란 건축물의 골격인 양 9식으로 되어 있는 검법이다. 검법을 전수하면서 스승은 비밀리에 천기(天機)를 토설하려는 것처럼 운천에게 말했다.

"이 검법이 시연되면 회수할 수가 없을 정도로 지독해. 가능한 한 이 검법을 써서는 안 돼. 부득이 이 검법을 쓰게 되면 상대는 전원이 죽게 돼. 그래서, 절대로 가볍게 이 검법을 휘둘러서는 안 돼."

부모의 원수와는 선을 긋듯 하늘을 함께하지 못한다고 하지 않은가? 원수를 갚는 일에 생명을 터는 것같이 무엇을 망설이랴 싶다. 사물의 진본인 양 원수와 겨루는 자리이기에 남악검법을 써야겠다고 여긴다. 모든 것을 칼에 거는 것처럼 최선을 다해 겨루어야 하리라. 칼을 통하여 9할의 내공을 실으면서 저승을 기웃대듯 등풍5귀한테 접근한다. 1할의 내공은 돌발상황의 출현같이 비상시를 대비한 터다. 세상에 태어나서 처음으로 운명이라도 자르려는 양 장검으로 대결하는 터다. 질 것처럼 주눅이 들면 다시는 세상에 나서지도 못하리라 여겨진다. 짧은 시간에도 성곽을 구축하듯 집중하는 것은 운천의 주된 특기이다.

 운천이 마침내 세상을 걷어내는 것같이 제1식인 섬광전송(閃光傳送)을 펼친다. 운천이 공중으로 치솟는 찰나에 검풍이 사나운 폭풍인 양 쏟아진다. 등풍5귀가 맞서자 팔목이 시큰거리면서 떠밀림을 당한 듯 뒤로 떠밀린다. 대처하려는 찰나에 검풍이 재차 거대한 문어의 다리처럼 전신에 휘감긴다. 운천의 검풍이 몸뚱이에 닿자 정신이 소실되는 것같이 의식이 마비된다. 그때 섬광이 회오리바람인 양 어지럽게 일면서 등풍5귀의 목들이 잘린다. 셈을 헤아리는 듯 3차례의 검풍에 맞았을 뿐인데도 등풍5귀들이 숨졌다. 운천도 검술의 위세가 그처럼 무서운지는 처음으로 느꼈다. 남악검법은 진검으로 대결하는 것같이 정통파의 문호들에겐 써서는 안 되었다. 순서를 따르는 양 제2식인 향풍등릉(向風登陵)을 전개하기도 직전에 벌어진 상황이었다.
 아미산에서 벌어졌기에 등풍5귀는 과거의 기억을 지우려는 것처럼 처리해야겠다고 여긴다. 운천이 다수의 적들과 대적하듯 골짜기의 한 곳으로 장풍(掌風)을 후려갈긴다. 그러자 인부들 여럿이 일한 것같이 골짜기에 커다란 구덩이가 생겼다. 세상에서 격리하려는 양 5구의 등풍5귀의 시신들을 넣기에 충분한 크기다. 운천이 시신들을 구덩이에 넣고는 산악을 허무려는 것같이 장풍을 날린다. 그러자 시신들은 세상에서 흔적을 지우는 것처럼 흙에 감춰졌다. 시신들의 후예들에게 경위를 밝히려는 듯 운천이 비석(碑

石)을 마련하기로 한다. 비석을 장만하려는 것같이 주변의 바위에 장풍을 쏟는다. 비석에 지력(指力)으로 그들의 이름과 사망 경위를 나타내려는 양 기록한다. 숙명의 과제를 해결하듯 등풍5귀의 시신을 처리하고 일어설 때다.

만불정(萬佛頂) 주변의 가까운 거리에서 얼음처럼 서늘한 음향의 비명이 들린다. 운천이 달려가 살피니 백의청년이 현풍4귀(玄風四鬼)를 죽여서 나무토막같이 쓰러뜨리는 중이다. 백의청년은 근래에 가족 묘지에서 선계의 인물인 양 운천을 구출했다. 불필요한 충돌을 피하듯 건성으로 상대하던 운천을 쓰러뜨렸던 인물은 목단전주(牧丹專主)였다. 그녀는 당시에 황색 옷차림으로 청빈루에서 관광객처럼 머물렀던 16세의 소녀였다. 가족 묘지에서 아기가 제압당하는 것같이 운천이 쓰러졌을 때다. 묘지 곁에는 자작나무의 숲이 밀림인 양 무성했다. 거기에는 사마영(천공파의 남동단주)과 백의청년이 첩자처럼 남모르게 숨어 있었다. 그러다가 운천이 썩은 막대기인 듯 맥없이 쓰러지는 찰나였다. 백의청년이 몸을 날려 먹이를 가로채는 것같이 단숨에 운천을 구했다. 사마영이 운천을 구하려고 했을 때엔 백의청년이 번갯불인 양 나타났었다. 목단전주의 방해를 막으려는 듯 백의청년이 목단전주에게 장풍마저 갈겼다. 목단전주가 공격을 피하려는 것처럼 물러서는 사이에 백의청년은 시야에서 사라졌다. 묘지에서는 상당히 떨어졌지만 다른 청해 호반에 백의청년이 학같이 내려섰다. 운천을 내려놓더니 혈도를 풀어서 운천을 고승인 양 가부좌로 앉혔다. 이때부터 백의청년이 진기를 지열(地熱)처럼 내쏟아 운천을 치료했다. 운천이 잠시 졸다가 깨듯 금세 깨어났을 때다.

백의청년이 월궁의 항아같이 화사한 모습으로 웃으며 운천에게 말한다.

"백 소협, 깨어나셨군요. 나쁜 여인이 싸우지 않겠다는 사람을 이처럼 공격하다니요? 저도 소협을 공격했던 사람한테 일장을 갈겼지만 어떻게 되었는지 궁금하네요."

운천에게 몇 마디를 돌을 던지는 양 말하고는 백의청년이 사라졌다. 운천은 무슨 혼령의 지시를 받듯 백의청년을 향해서 말했다.
"초면에 생면부지의 저를 구하여 살려 주셔서 감사합니다. 인연이 닿는다면 조만간 다시 만날 수 있으리라 믿어요. 안녕히 잘 가세요."
백의청년은 안개 속의 매화처럼 환한 미소를 머금고는 몸을 날렸다. 백의청년이 반죽 버무리는 것같이 쓰러뜨린 현풍4귀의 악명도 등풍5귀만큼 대단했다. 살인귀들로서 세인들을 바람의 깃털인 양 떨게 만들었던 흉수들이 사라졌다. 다시는 이들에게 벼랑에서 떠밀려 추락하듯 피해를 입을 사람들은 없어졌다.

여기까지에 생각이 미친 운천이 바람결의 몸짓처럼 신속히 백의청년에게로 다가간다. 백의청년이 운천에게 상황을 해명하는 것같이 신속히 말한다.
"등풍5귀가 소협에게 원수였듯, 현풍4귀는 제 사문의 원수들이었기에 방금 쓰러뜨렸어요. 차후로는 세상에서 9명의 마귀 같은 사파의 인물들은 나타나지 않겠죠."
백의청년이 여기까지 말하고는 운천에게 이끌리는 양 다가와 양손을 내민다. 운천과 마음을 엮듯 손을 맞잡고 싶다는 의사를 내비친 터다. 운천이 백의청년의 진면목을 확인하는 것처럼 대차게 훑어본다. 그런 뒤에 우주에게 생명을 맡기는 것같이 운천도 양손을 내민다. 그리하여 둘이 서로를 끌어당기는 양 손을 맞잡는 순간이다. 손바닥의 느낌에서 백의청년이 남자가 아님이 폭풍처럼 강하게 운천에게 전해진다. 운천이 불에 덴 듯 깜짝 놀라 백의청년을 바라볼 때다.

새삼스레 백의청년이 귀빈을 맞는 것같이 공수(拱手)의 예를 표하며 말한다.

"제가 줄곧 남장 차림새로 상공을 속이듯 대해 왔기에 죄송해요. 제 이름은 공천하(孔天賀)인데, 상공 옆에 오래 머물 수가 없어요. 조만간 편한 시기가 다가오면 제 신분을 자세히 밝힐게요."

백의청년이 머리에 손을 갖다 대자 머릿단이 풀리려는 양 출렁댄다. 그러자 그녀가 과거를 회상하듯 쌩긋 웃으며 말을 덧붙인다.

"상공은 기억하죠, 저를? 청빈루로부터 가까운 거리에서 잠시 마주친 적이 있잖아요? 그 후에 상공의 가족 묘지에서 상공을 목단전주로부터 구하여 치료했잖아요? 대충 알겠다구요? 대충 알면 안 돼요. 제겐 상공이 특별한 사람으로 기억되었다는 점을 꼭 강조하고 싶어요."

이후에도 공천하의 말이 떡가래처럼 더 길어지려는 찰나였다. 무엇엔가 쫓기는 것같이 공천하가 주변을 살피더니, 운천에게 말한다.

"좀 더 대화하고 싶지만 주변 정황이 너무 바쁘군요. 주변의 정황이 정리되는 대로 곧바로 상공한테 돌아올게요. 휘파람을 이용한 교신 방법을 알려 드릴 테니 잘 들으세요."

휘파람으로 송신하는 방법을 공천하가 비법을 전수하는 양 알려 준다. 운천도 휘파람 부는 방식을 화초에 물을 주듯 부지런히 익힌다. 운천이 휘파람을 불자 그리움을 찾아 떠나는 것처럼 음향이 흩날린다. 그런 뒤에 산봉우리와 계곡을 따라 물살같이 휘몰려 간다. 공천하가 운천의 휘파람 소리를 듣더니 감탄한 양 말한다.

"이 휘파람 소리가 제 사문의 신호예요. 잘못하다가는 제 사문의 사람들이 모두 여기로 몰려들겠어요. 마지막 부분의 신호가 저를 부르는 신호이기에 각별히 주의하세요."

운천이 매듭을 짓는 것처럼 알아들었다고 대답할 때다. 급하다는 듯 어느새 공천하가 공중으로 치솟았다가 사라진다. 공천하가 원래부터 시야에는 없었던 것같이 사라지고 난 뒤다. 운천의 가슴에 커다란 파동이 머리를 내밀어 요동치는 양 일었다. 운천이 의식을 잃을 듯 어디에서도 경험하지 못한 격렬한 파동이다.

　공천하와 손을 맞잡을 때부터 소용돌이치는 물길처럼 이상한 기류에 휩쓸렸다. 장작같이 뻣뻣하여 삭막한 사내의 손바닥이 아니었다. 촉촉하고 따스하여 부드러운 안개에 휘감기는 양 감미로웠다. 원래부터 동체(同體)였던 듯 마냥 손을 놓치고 싶지 않았다. 운천이 의식을 잃는 것처럼 이런 미묘한 기분에 잠겼을 때였다. 공천하가 고의로 유혹하는 것같이 그녀의 머리채를 슬쩍 건드렸다. 순간적으로 새카맣고 기다란 머리채가 흘러내리는 양 출렁댔다. 운천이 자신의 판단도 못 믿겠다는 것처럼 자신도 모르게 중얼댄다.
　'우와, 전설처럼 잘생긴 미인을 보다니! 이게 무슨 조화란 말일까? 설마 내가 꿈꾸고 있는 것은 아니겠지?'

　운천이 꿈에서 깨려는 듯 머리를 강하게 흔들어 본다.
　'첫 만남에서 손을 맞잡자고 제안하다니? 단순히 남자가 아니라는 것을 알려 줄 의사였던가? 게다가 그녀에게 내가 특별한 사람으로 기억되었다니? 첫 만남에서 특별한 사람으로 기억되다니? 아무래도 내가 풋잠을 자고 생활하느라고 헛것을 본 것일까? 공천하가 헛것일까? 실로 내가 헛것일까? 그녀는 머리채를 잠시 풀려다가 스스로 멈추었잖아? 그녀가 머리채를 끝까지 풀었다면 혹시 내가 기절하지는 않았을까? 충분히 그럴 가능성도 컸겠네.'
　혼란스러운 상황이라서 운천의 생각도 상황에 대응하는 것같이 복잡해졌다. 목단전주의 공격으로 생긴 운천의 부상을 공천하가 의원인 양 치료했었다. 이 사실을 통해 공천하는 산악의 기봉처럼 절정의 고수임이 드러난다. 그녀가 펼치던 경신술은 가히 선경의 기예인 듯 빼어나지 않던가? 그녀의 경신술은 무림쌍웅이 아니면 흉내 내는 것같이 어려우리라 여겨진다.

세상을 놀라게 하는 양 나타난 그녀가 소속된 문파는 어디일까? 생각할수록 안개에 갇힌 듯 가슴이 답답해지지 않을 수 없다. 인연의 끈을 확인하는 것처럼 휘파람으로 연락할 방법까지 가르쳐 주다니? 그녀는 운천과 재회하리라는 것을 확신하는 것같이 당당하게 여겨진다. 운천이 과거사를 점검하는 양 잠시 생각에 잠겨 있을 때다.

만불정의 울창한 숲에서 연신 차가운 파동이 샘물처럼 밀려듦이 느껴진다. 이것은 태풍인 듯 대대적인 바람결의 세기라 느껴지기에 운천이 놀란다. 운천이 경각심의 늪에 빠진 것같이 주변을 샅샅이 살펴본다.

만불정의 탑인 양 높다란 숲에 대규모의 검진(劍陣)이 설치되어 있다. 처음에는 관할 구역을 감별하듯 아미파의 검진이겠거니 여겼다. 그랬는데 활엽수의 겨우살이처럼 그게 아니었음이 늦게서야 드러났다. 산꼭대기로 드나드는 아미파의 인물들이 폐관한 것같이 전혀 관측되지 않았다. 아미파를 도우러 왔던 정통파의 고수들이 술이 괴는 양 술렁거렸다.

"어떻게 해서 아미산의 최고봉에는 아미파의 인물들이 이동하지 않지? 이것 참 생각할수록 골치 아픈 상황이 연출되겠구나."

"휘이이잉! 휘이이잉!"

"휘이잉! 휘이잉!"

재래식 변소에 빠진 듯 이상한 상황이라서 수군대는 소리가 쏟아진다. 칼을 쥔 운천에게도 이상한 상념이 물결이 뒤집히는 것처럼 밀려든다. 운천은 표범같이 눈을 부릅뜨고 조심스레 만불정의 꼭대기로 다가간다. 기습하는 양 사람들을 쓰러뜨리는 미혼향이 배치되지는 않았는지 가만히 탐색한다. 산야에 독성의 공기는 실연기처럼 깔리지 않았음이 느껴진다.

밀림을 뚫듯 무성한 잡목들을 헤치고 만불정의 꼭대기로 접근할 때다. 등풍5귀와 대결했을 때와는 천지가 바뀐 양 상황이 크게 다르다. 36명의 천공파 고수들이 자신들의 위세를 드러내는 것같이 검진(劍陣)을 펼친다.

만불정을 통과하려면 장애물을 제거하듯 36명의 천공파 인물들과 대결해야 한다. 운천은 아미파를 보호하러 아미산에 연합군들이 진입하는 것처럼 입산할 작정이다. 사파들과 대결하는 것은 법을 집행하는 양 합당한 일이라 여겨진다. 천공파 제5 고수인 마천흑수(魔天黑手)가 신체의 심장부같이 검진에 들어 있다. 마천흑수는 정통파의 장로급 고수들도 대결하기를 맨손으로 살모사를 공격하듯 피한다. 제6 고수인 흑룡혈체(黑龍血體)는 무림인들에게는 마귀처럼 성가신 존재였다. 상대가 절명할 때까지 저승사자인 것같이 달라붙어서 애를 먹이는 탓이다.

운천은 어떤 적을 대해서도 획일적으로 다루려는 양 무술을 지녔다. 남악검법(南岳劍法)이라 일컬어지는 검술은 백운도인의 세상을 주무르는 것처럼 무서운 절학이었다. 형산에서 4년간 운천은 무학의 신경지에 들어서는 것인 듯 수련했다. 어떠한 적도 이 검법으로 잠재우려는 것같이 제압하리라 믿는 운천이다. 남악검법은 비밀의 사다리인 양 총 9개의 검식으로 이루어져 있다. 하산하여 생명을 저울질하듯 맞선 상대에게 2식을 펼쳐 보지 못했다. 가문이나 사문의 원수만 아니라면 상대에게 경고하는 것처럼 겁만 준다. 등풍5귀는 가문의 원수였기에 만불정(萬佛頂)에서 뿌리를 뽑는 것같이 운천이 죽였다. 원수가 없어졌기에 죽일 상대가 사막의 물기인 양 없는 운천이다. 운천에게 죽일 상대가 없다는 것은 호수처럼 넓은 축복이다. 반복하여 세인들을 괴롭히려는 무리들은 혼절시켰다가 환생시키듯 응징하려는 방책을 세웠다.

운천이 담벼락을 허무려는 것같이 천공파의 검진을 향해 다가설 때다. 마천흑수 오창환(吳昌煥)과 흑룡혈체 임준책(林俊策)이 집단에서 시위하려는 양 팔을 쳐든다. 임준책이 운천을 향해 잔뜩 거들먹대듯 우쭐대며 말한다.

"감히 천공 검진에 도전하는 너의 이름은 뭐냐? 무림에 갓 뛰어든 애송이라 너무나 겁이 없구나. 네가 우리를 만난 것은 네 수명이 끝났다는 얘기야. 목을 빼고 죽을 준비나 하렴. 이야앗!"

운천이 방어를 하려는 것처럼 장검을 꺼내며 천공파의 군호들에게 말한다.
"먼저 2명의 고수님들부터 상대한 후에 다른 분들과도 상대해 드릴게요."

운천이 칼로 마천흑수와 흑룡혈체를 5수에 저승으로 보내는 것같이 실신시킨다. 그러자 천공파의 남문단주인 17세의 사마영이 검진을 복원하려는 양 나타난다. 그녀는 천공파가 남색(藍色)을 숭상하듯 남의(藍衣)로 치장한 차림새다. 그녀를 보자 과거의 기억이 되살아나는 것처럼 청해호에서의 일이 떠오른다. 운천이 임시 집결지에서 청해를 수호하려는 것같이 청해호로 향하던 중이었다. 호반에 들어서자 진입을 제지하려는 양 남의청년과 남의소녀가 운천을 공격했다. 운천은 자신을 보호하듯 팔을 휘둘러 대결하다가 남의청년에게 내상을 입혔다. 곁의 남의소녀가 남의청년을 안고 종적을 감추려는 것처럼 허공으로 날아올랐다. 남의청년을 데려가서 사문의 방식을 따르는 것같이 치료했으리라 여겨진다.

사마영이 운천을 바라보고는 망설이는 양 입술을 깨물더니 수하들에게 말한다.
"너희들은 잠시 검진을 거두어서 철수하기 바란다. 필요하면 다시 연락할 테니 그때까지 잠시 기다려 주기 바란다."

그녀의 말에 성벽처럼 막아서 있던 천공의 군호들이 사방으로 흩어진다. 천공의 수하들이 해산한 뒤에 사마영이 허세를 부리듯 운천에게 말한다.
"우리는 만남이 잦은 편이군요. 얼마 전 청해호에서 제 사형인 북문단주가 그대에게 패했죠. 오늘 그때의 복수를 하겠으니 목을 늘여 기다리세요. 이야압!"

그녀가 실력을 뽐내려는 것같이 운천을 공격했지만 7수만에 격퇴당한다.

사마영은 사파의 산악인 양 드센 천공파의 절대적 실력의 고수다. 천공파의 전체 군호들을 줄 세우기처럼 배열하면 3번째로 빼어난 실력자이다. 행렬의 머리인 듯 내뻗은 천공파의 제일인자는 사문장로인 53세의 마령신군(魔靈神君)이다. 제2인자는 북문단주(北門團主)이며 마령신군의 분신같이 활달한 수제자인 나화엽(羅華燁)이다. 청해의 호반에서는 우열을 가리는 양대결한 결과로 나화엽이 졌다. 원래 북문단주보다는 경륜을 반영하듯 실력이 낮은 사마영이다. 천공파의 위세를 소중히 여기는 것처럼 운천과 겨루다가 운천에게 졌다.

시간을 아끼려는 것같이 짧은 시간에도 사마영은 여러 가지를 얘기한다. 천공파의 장문인인 황해흑존(黃海黑尊)은 천공파를 휘젓는 양 전체 제4위의 실력자이다. 마령신군 허융봉(許隆峰)은 사파를 대표하듯 천공파 제일의 실력자인 사문장로(師門長老)이다. 나화엽과 사마영은 스승으로부터 허가받은 것처럼 천공파를 정통파로 개종시키겠다고 말한다. 계획은 세상의 미래를 설계하는 것같이 3년 전에 세워졌다고 말한다.

개종(改宗)은 불길을 피하려는 양 문파를 악으로부터 보호하겠다는 관점에서다. 그렇게 되면 선량한 사람들이 무조건 배척되듯 피해당하지 않으리라는 관점에서다.

사마영이 개안(開眼)하는 것처럼 처음으로 운천을 본 장소는 청빈루라고 한다. 청빈루 뜰에서 운천이 춤추는 양 등풍5귀를 몇 수만에 실신시켰다. 운천의 신화같이 고강한 무술 실력에 급격히 세인들의 관심이 쏠렸다. 운천이 청빈루에서 가까운 가족 묘지로 바람인 듯 가볍게 이동했다. 운천을 바람결처럼 은밀히 뒤쫓다가 묘지 주변의 자작나무 숲에 숨었다. 등풍5귀와 황룡4흉을 보내었던 목단전주가 묘지에 혼령인 것같이 나타났다. 목단전주가 운천에게 무턱대고 시비하려는 양 공격하는 현장을 사마영이 발견했다.

운천이 싸움을 피하려고 애썼어도 목단전주가 운천을 나무토막처럼 쓰러뜨렸다. 자작나무의 사마영이 운천을 돌보려는 듯 막 뛰어내리려 할 때였다. 그녀보다 속도가 빨랐던 것같이 운천을 구한 사람은 초면의 백의청년이었다. 운천도 잘생겼지만 백의청년도 잘생겼기에 마음을 정하려는 양 순간적으로 갈팡질팡했다. 그때 백의청년이 운천을 구하려는 듯 묘지를 단숨에 벗어났다. 묘지를 벗어나면서 백의청년이 방어하려는 것처럼 목단전주를 향해 일장을 갈겼다. 가벼운 공격이라 여겼는데도 예상을 뒤엎는 양 공격의 후유증은 컸다. 목단전주가 대번에 두어 번 비틀거리다가 땅바닥으로 낡은 토담같이 무너졌다. 허공으로 날아가는 백의청년은 목단전주의 안위는 아예 무시한 것처럼 냉담했다.

소용돌이에 휩쓸리듯 운천에게 관심이 쏠렸던 사마영이다. 백의청년이 사라진 방향을 가늠하는 것같이 호반에서 사마영이 운천을 찾아왔다. '반 시진(60분)'쯤의 시간이 물살인 양 흐른 뒤였다. 건강을 되찾은 운천이 사마영과 나화엽의 시야에 저승사자인 듯 나타났다. 나화엽이 운천을 숙명적인 원수처럼 내몰아 대결했다. 실력의 고하가 밝혀지는 것같이 고작 몇 수만에 나화엽이 쓰러졌다. 예정된 연출인 양 부상당한 나화엽을 사마영이 안고는 숲속으로 사라졌다. 당연한 귀결인 듯 나화엽의 상처를 치료하기 위해서였다. 예정된 구조 행위를 눈감아 주는 것처럼 운천은 어디론가로 사라졌다. 운천과는 청해 호반에서 헤어졌는데 아미산에서 과거를 되살리는 것같이 만났다. 장소도 운명을 내걸었던 양 미묘한 아미산 만불정의 검진 앞에서였다. 36명이 펼친 검진으로 운천이 검진의 위력을 시험하듯 다가들었다. 천공파 검진의 위력을 집도의(執刀醫)의 혜안처럼 누구보다도 잘 아는 사마영이었다.

천공파의 검진이 발동하면 신화의 전설같이 맞설 상대는 거의 드물었다.

어떤 고수라도 폭포수를 꿰뚫으려는 양 검진을 돌파하기는 어렵다. 이런 연고로 물길을 막듯 검진으로 다가서는 운천을 말려야 했다. 인명을 중시하려는 것처럼 사마영은 접근하는 운천을 나화엽과 나란히 막아섰다. 사마영은 호감을 소중히 하려는 것같이 운천과의 싸움을 피하려고 했다. 운천의 실력을 파악한 양 불필요한 대결을 피하고 싶었다. 게다가 운천은 무술계의 신화 같은 무림쌍웅의 제자라고 하지 않는가?

무림쌍웅을 격분시키면 후유증이 지진처럼 엄청나리라는 것을 예견하는 터다. 천공파를 보호하려는 듯 무림쌍웅을 자극하지 않으려 한다. 그녀에게는 운천에 대한 호감이란 여울이 우물인 양 깊이 생겼다. 이런 상태에서 사마영이 운천에게 호소하듯 잔잔히 말했다.

"알고 보니 백 소협이군요. 지난번 청해에서 잠시 겨루었지만 저희 검진의 위력은 예사롭지 않아요. 제가 조금 전에 검진을 잠시 철수시켰어요. 지난번에는 저의 사형과 대결했지만 오늘은 저와 대결하기로 해요. 누구든 지게 되면 승자의 말에 따르기로 하죠. 저희 천공파도 조만간 정통파로 체제를 바꾸려고 해요. 제 사부님인 마령신군께서는 천공파의 사문장로이시거든요. 사문장로에 대해서는 아시죠? 그 문파 제1의 실력을 가진 분을 말함을요. 제 사부께선 마침 연공 수련을 마칠 때가 가까웠어요. 연공 수련이 끝나면 사부님께 의논하여 천공파를 정통파로 바꿀 작정입니다."

운천이 그녀의 마음을 헤아리려는 것처럼 사마영에게 묻는다.

"쉽지 않은 생각이군요. 어떻게 해서 사파를 정통파로 바꿀 생각을 했어요? 상당히 궁금하게 여겨지군요. 조금 전에 저한테 입은 상처를 제가 치료해 드려도 될까요?"

사마영이 기다렸다는 양 방긋 웃으면서 고개를 끄떡인다. 대화의 흐름을 파악하는 것같이 곁에서 지켜보던 나화엽도 웃으며 말한다. 20살의 표범처럼 당당한 사내이지만 웃으니 영락없는 개구쟁이 소년의 모습이다.

"백 소협! 사파들이 극성을 부려, 모여서 난리이지만 별 거 없어요. 자신들에게 해가 되지 않는 항목에는 관심이 없는 무리이거든요."
 운천이 넋이 빠진 듯 잠시 중얼댄다.
 '뭐라고? 해가 되지 않는 항목에는 관심이 없다고?'

 놀랍게도 공기층을 진동시키는 것같이 사납게 울부짖는 까치의 소리가 들린다. 나화엽과 사마영은 누가 불러들인 양 급히 시야에서 사라진다. 마치 둘의 사라짐을 기다렸다는 듯 20대 초반의 황의청년이 나타난다. 황의청년은 세상을 위협하는 것처럼 당찬 목소리로 말한다.
 "전혀 나한테 관심을 갖지는 마시오. 어떤 연유로 여기에 뛰어들었지만 내 본심이 아니라는 것만 강조하겠소."
 황의청년은 운천에게 무관심한 것같이 제대로 바라보려고도 않는다. 그러면서도 맨손으로 운천을 낚아채려는 양 날카롭게 공격한다. 휘두르는 무술이 권법인데도 어떤 무기도 무용지물로 만들 듯 빼어나다. 날아드는 화살도 떨어뜨릴 것처럼 연신 날카로운 눈빛으로 만불정을 훑는다. 만불정에 황의청년의 패거리라도 머무는 양 섬뜩한 느낌도 든다. 운천은 유령같이 나타난 황의청년을 바라보면서 궁금증을 지울 수가 없다. 황의청년이 왜 자신을 공격하는지 내력조차 물속의 세상처럼 알지 못한다. 동작을 멈추고 신원을 파악하듯 황의청년의 정체를 묻고 싶을 지경이다. 운천이 기억을 되살리는 것같이 점검해도 황의청년을 만난 기억이 없다. 자신은 따로 일을 보았던 양 황의청년과 마주친 적이 없다. 그랬는데도 황의청년은 운천을 너무나 잘 아는 듯 당당하다. 이 점이 운천에게 먹구름처럼 짙은 의아심을 불러일으킨다.
 '도대체 황의청년이 누구란 말인가? 누구이기에 아미산에 들어서자마자 무작정 나를 공격해 대는 것일까? 나를 공격할 때에는 이유가 있을 텐데 이유가 무엇일까? 그 무슨 연유로 이 바쁜 시간에 나를 제지하려는 걸까?'

"휘유욱! 휘유우욱!"

느닷없이 산꼭대기를 뒤흔드는 것같이 매가 울부짖는 소리가 크게 들린다. 줄곧 운천을 공격하던 황의청년이 껄껄껄 웃더니 지친 양 물러선다. 주변을 휙 둘러보면서 대결을 끝내듯 칼을 칼집에 넣어 버린다. 그러고는 운천을 향해 시간을 절약하려는 것처럼 간단히 말한다.

"지금 누가 나를 부르고 있기에 다음에 또 보세나. 갓 하산한 편에 비하면 무술 실력은 가히 압권이오. 어서 주위가 고요해지면 내가 그대를 다시 찾겠소. 너무 기고만장하게 나대지 말고 차분히 나를 기다려 주게나."

말을 폭포수같이 시원스럽게 쏟고는 몸을 솟구쳐 어디론가로 날아가 버린다. 황의청년의 경신술 역시 선경(仙境)의 인물인 양 대단한 수준이라 여겨진다. 결코 만만치 않은 사문장로처럼 빼어난 수준의 고수라 여겨진다. 황의청년이 사라진 하늘을 노려보듯 잠시 올려다보고는 운천이 팔을 편다. 마음의 흔들림은 추호도 없다는 것같이 자신감을 드러내는 신호이다.

운천이 습관인 양 짧은 시간에 생각에 잠긴다.

'확실히 이곳에서 만난 황의청년의 정체가 궁금해. 자신의 본심과 무관하게 나를 공격한다는 뜻이 무엇일까? 아미산에서 내가 운신하는 데에는 아주 조심해야겠어.'

아미산 요혈

황의청년이 날아가 버려 빈 그릇처럼 공허한 하늘을 운천이 바라본다. 그러다가 귓전으로 물결인 듯 슬며시 밀려드는 팔선대사의 전음을 듣는다. 전음(傳音)이란 숲속같이 복잡한 곳에서도 은밀하게 본인한테만 전해지는 소리이다. 전음을 보내려면 내공이 무림의 고수인 양 높아야만 가능하다. 내공이 낮으면 바위를 허공으로 던지듯 전음을 날려 보내지 못한다. 전음은 주변에 수천 명이 있어도 본인에게만 속삭이는 것처럼 전해진다.

운천이 들리는 전음에 정보의 유실을 방지하려는 것같이 신경을 곤두세운다.

"소협, 나 팔선일세. 바라보는 우측 편의 숲으로 조금만 더 들어가 보세나. 거기로 가면 작은 오솔길이 하나 나타날 걸세. 아미산 산봉우리들 중의 하나인 연무봉(煙霧峰)으로 들어가는 길일세. 연무봉 정상에는 도관 건물 30여 채가 성곽으로 둘러싸여 있소. 그 건물 전체를 운중총림(雲中叢林)이라고 하오. 아미산의 심장부라고 할 수 있는 곳이외다."

팔선대사의 말은 끝없는 물결인 양 이어졌다. 운중총림이 유명한 이유는 독특한 사유를 소장하듯 따로 있었다. 운중총림에는 비급 수준의 무술 서적들이 보물처럼 보관되어 있었다. 과거에 세상을 뒤흔들었던 사파(邪派)들의 무술들이 분석되어 경전같이 전시되어 있었다. 사파 무술들을 전문적으로 폭발물인 양 제압하려는 무술들이 집중적으로 기재되었다. 누구든 이 무술들을 타고난 몸짓처럼 익히면 천하제일이 되리라 확신된다. 어쨌든 운중총림은 사파의 존립을 좌우하듯 지대한 영향을 미치는 장소이다.

여생을 포기하려는 것같이 작심하고 운중총림의 무술을 익히면 천하무적이 된다. 사파들의 고수들에게는 운중총림에 이정표를 세우려는 양 그들의 목표가 담겼다. 운중총림에 들어 있는 서적은 백사장의 모래 알갱이들처럼 너무나 많았다. 그 누구도 별들을 헤아리려는 듯 다 읽지는 못할 터였다. 사파들이 아미산을 공격하려는 이유는 고양이가 똥을 숨기려는 양 뻔했다. 혼란스러운 때를 틈타 운중총림에서 기서를 감쪽같이 훔치려는 터다. 유사시에 대처하려는 듯 아미파에서는 운중총림 앞에 36명의 검진을 배치했다. 하늘의 별을 따려는 것처럼 감히 도전하지 못할 아미검진(峨眉劍陣)이 배치되었다. 검진은 36명의 검술에 천신(天神)같이 통달한 아미파의 여승(女僧)들이 맡는다. 부상자가 발생하면 차순위의 검객이 번갯불인 양 쾌속으로 검진에 뛰어든다. 탑을 쌓는 듯 정성을 들였기에 아미파는 영원히 존속할 체제였다. 검법의 위세는 세인들을 바람 앞의 등불처럼 떨게 하지 않는가?

운천이 만불정의 자작나무 숲을 유령인 것같이 민활하게 뚫고 들어선다. 나지막한 소리를 내며 흐르는 개천이 눈앞을 강인 양 가로막는다. 개천을 건너니 안개인 듯 희미하게 깔린 오솔길이 뻗어 있다. 오솔길을 '한 식경(30분)'쯤 내려가니 연무봉(煙霧峰)이 성채(城寨)처럼 얼굴을 불쑥 들이민다. 연중 연기 같은 안개에 가려 있다고 붙여진 산봉우리다. 만불정보다 약간 낮을 뿐, 칼날인 양 날카로운 아미산의 산봉우리다. 연무봉에 들어서자마자 진작부터 벼르고 기다린 듯 4명의 여승이 나타난다. 불필요한 충돌을 피하려는 것처럼 운천이 통행패를 내민다.

연락을 받자마자 묘령의 아미3녀(峨眉三女)가 귀빈을 영접하려는 것같이 곧바로 내닫는다. 20대 초반의 아미파에서도 장로들인 양 추앙받는 고수들이다. 아미3녀의 첫째인 아미청운(峨眉靑雲) 옥미령(玉美鈴)은 23살의 꽃같이 청순한 여승이다. 눈썹이 초승달인 듯 잘생겨 신비감을 안겨 주는 여인이다. 둘째인 아미백무(峨眉白霧) 서형지(徐炯池)는 얼굴색이 달빛처럼 고운 22살의 여승이다. 서형지는 콧대가 절벽의 정자인 양 오똑하여 시선을 끈다. 셋째인 아미홍연(峨眉紅淵) 방영혜(方英慧)는 21살의 혈색이 복사꽃처럼 고운 여승이다. 방영혜는 혈색과 입술이 전설적인 미녀인 듯 고와 시선을 끈다. 숨결처럼 한결같은 아미3녀의 공통점은 빼어난 미모와 고운 덕성에 있다. 누구든 아미3녀와 어울리다가는 의식을 잃는 양 마음을 빼앗길 지경이다. 더구나 운천은 18세의 아기처럼 해맑은 소년이지 않은가? 감수성이 풍향에 따라 색상이 달라지는 듯 너무나 예민한 시기다.

아미3녀의 마음이 명산(名山)의 품격같이 아무한테나 달라붙으려고 하지는 않음이 알려졌다. 아미3녀는 평소에도 칼을 가는 양 품위를 유지하려는 사람들이었다. 선을 보는 것처럼 운천을 처음으로 대했던 곳은 청해의 집결소였다. 순수하고 열정적인 점들이 이들의 가슴을 휘젓는 듯 마음에 들었다. 5대 문파와의 연무에서는 새로운 경지로 안내하려는 것같이 황홀함까지 안겼다. 젊었음에도 상승의 품격까지 내비치는 양 화려한 무공까지 갖추었는지 감탄했다. 그가 소중한 연인처럼 그녀들의 곁에 있다니 심신이 녹아내릴 지경이다. 아미3녀는 시간이 흐를수록 소년의 향기에 매료되는 듯 더욱 감탄한다. 세상에 대해 초연한 거목(巨木)같이 당당하게 행동하는 운천이 아무래도 압권이다. 어떤 경우에도 세상을 초연한 양 당당함이 아미3녀의 마음을 흔든다.

아미3녀가 친절한 안내인이 된 것처럼 운중총림에 운천이 들어서게 한다. 30여 건축물들 중의 누각인 양 치솟은 5번째의 건물 앞에서다. 아미3녀가 건물을 보호하려는 듯 둘러선다. 건축물의 현판에는 기서각(奇書閣)이란 글자가 날아갈 것같이 단아하게 씌어 있다. 무림의 기서들이 소장된 곳임을 밝히는 것처럼 당당함이 서려 있다. 기서각 내부로 아미3녀가 운천을 구경시키려는 양 안내하려 할 때다. 운천이 의혹에 잠긴 듯 멈칫거리며 그녀들을 향해 말한다.
"잠깐만요. 여기는 외부인들의 출입 통제 구역이 아닌가요? 외부인들이 아미산을 찾으려는 궁극적인 원인은 기서들을 탈취하려는 것이잖아요?"
아미3녀의 첫째인 옥미령이 지기(知己)에게 알리는 것같이 운천에게 말한다.

"기서각을 공개할 때엔 그만한 대책이 있지 않겠어요? 무림의 운명을 결정지을 강력한 책자는 따로 보관되어 있어요. 그렇기에 대다수의 아미파의 인물들조차도 기서의 위치를 몰라요. 이런 판에 누가 기서를 정확히 찾겠어요?"

운천이 여전히 의아스럽다는 것처럼 멍한 눈빛을 보이자 서형지가 말한다.

"여기에 진열된 5,000여 권의 책도 기서들임에는 틀림이 없어요. 한두 권만으로는 무림의 운명을 바꿀 가능성이 없기에 진열되어 있죠. 무림의 운명을 바꿀 만한 서적이라면 비밀의 장소로 이동시켜 보관하죠."

운천이 서형지의 말에 동조하는 양 고개를 끄떡일 때다. 막내인 방영혜가 유혹하는 듯 은근한 목소리로 운천에게 말한다.

"오늘의 적들이 물러가고 나면 소협한테만 비밀 장소를 구경시켜 드릴게요."

장난기가 발동한 운천이 아미3녀에게 깃털을 날리는 것같이 농담을 던진다.

"만약 제 눈이 뒤집혀서 기서를 훔쳐 달아나면 어떻게 하겠어요?"

그랬더니 아미3녀가 예상했다는 것처럼 깔깔거리더니 차례차례로 응답의 말을 토한다.

"정말 훔칠 의사가 있었다면 말을 했겠어요? 저는 아예 소협을 믿을게요."

"아무리 소협이라 할지라도 운중총림의 비밀 통로를 벗어나기는 어려울 거예요."

"달아나려 한다면 아예 노예로 만들어 데리고 살겠어요. 어디 한 번 훔치려고 시도해 보겠어요?"

운천이 아미3녀를 놀리려는 양 씽긋 웃고는 그녀들에게 말한다.

"일단은 운중총림으로 침투하려는 적들을 먼저 물리쳐야겠죠? 나중에는 미리 말씀하셨던 대로 비밀 장소를 구경시켜 주세요."

운중총림 앞에는 아미파의 검진이 성곽처럼 펼쳐져 외부의 적을 막는다.

아미파의 명성에 걸맞게 검진은 용궁의 위세인 듯 어마어마하게 여겨진다.

계곡 맞은편의 산봉우리로부터 사파의 고수들이 운중총림으로 나비같이 날아들곤 한다. 그때마다 검진(劍陣)에 떠밀려 굼벵이들인 양 무기력한 자태만 드러내고는 되돌아간다. 운천도 검진의 허점을 찾아내려는 듯 검진의 가동 상태를 지켜본다. 아미3녀도 운천의 곁에서 그를 돕는 것처럼 검진의 활동을 점검한다. 술시 중반(戌時:오후 8시경) 무렵에는 식사를 하는 것같이 사파들의 침투가 없었다. 건물 바깥에는 비상시에 대처하려는 양 여전히 검진을 배치해 둔다. 의외의 경우에도 능동적인 작전을 펴듯 대처하기 위해서다.

생각난 것을 추진하려는 것처럼 옥미령이 운천에게 말한다.
"소협, 저희가 안내하겠으니 비밀 서고를 구경하실래요?"
운천은 옥미령이 비밀 서고로 안내하겠다고 하자 바랐던 일같이 기뻐했다. 그도 젊음의 기운을 발산하는 양 활달하게 응답한다.
"타인들의 출입 금지 구역에 초청해 주셔서 정말 감사합니다. 어쩌면 제 삶에 엄청난 발전의 계기가 될지도 모르겠군요."
운천의 말에 둘째인 서형지가 말을 가로채듯 신속히 말한다.
"삶의 발전이라구요? 혹시 기서를 탈취할 엉큼한 생각을 하지는 않겠죠? 만약 그랬다가는 저희들 손에 소협이……"
운천이 무관함을 밝히려는 것처럼 응답하려고 할 때다. 막내가 여성적인 매력을 내뿜는 것같이 생글거리며 둘째의 말을 잇는다.
"만약 그랬다가는 저희들이 소협을 죽일지도 몰라요. 그래도 괜찮겠어요?"
운천이 본인은 전혀 무관하다는 양 당당하게 말한다.
"제가 여기로 파견된 명분을 모르시지는 않겠죠? 정통파의 위난을 공동으로 막아 보겠다는 뜻에서예요. 기서에 눈이 뒤집힐 확률보다는 아미3녀의 아름다움에 취할 확률이 높겠어요."

운천의 말에 아미3녀가 일제히 깔깔 웃으며 놀리듯 말한다.

"어머, 아직은 어리다고 여겼는데, 충분히 데리고 놀아도 되겠군요. 낭군님, 우리가 그렇게도 마음에 드세요?"

운천이 불량배들의 언행을 일부러 흉내 내는 것처럼 말하며 응답한다.

"누님들은 다들 저보다는 연상이잖아요? 어느 누님한테 죽는 게 더 행복할지 생각해 보고 싶군요."

운천의 말에 아미3녀가 다들 반한 것같이 호감이 이만저만이 아니다. 막내인 방영혜가 유혹하는 양 말한다.

"방금 네가 우리를 누님들이라 말했으니 말을 놓아도 돼? 운천아, 기왕이면 네가 내 가슴에 묻혀 죽고 싶진 않니?"

운천이 대답하기도 전에 첫째와 둘째가 간지럽다는 듯 야단을 떤다. 운천에게도 귀가 간지러운 것처럼 들리는 말들을 첫째와 둘째가 떠들어댄다. 운천이 문제가 생겼음을 느끼고는 자세를 가다듬으려는 것같이 정중히 말한다.

"명성이 드높은 아미3녀 대협님들께 미천한 후배가 말씀 올리겠습니다. 오늘의 상황이 긴박한지라 농담할 때가 아닌가 봅니다. 비밀 서고로 안내해 주시면 견문을 쌓도록 하겠습니다."

운천이 아미3녀의 호까지 들먹이자 여승들도 놀란 양 겸손하게 변한다. 그러면서 좀 전의 태도를 불식하듯 길을 첫째가 정중히 안내한다.

비밀 통로는 땅벌들의 집처럼 건물 내부에서 지하로 통하는 방식이다. 기서각 방의 방바닥을 덮은 장판을 담요를 치우려는 것같이 걷는다. 거기에는 4각의 나무판이 비밀 통로의 덮개인 양 깔려 있다. 길이를 잰 듯 정방형인 나무판 한 변의 길이는 5자(1.515m)가량이다. 아미3녀가 황촉(黃燭: 밀랍으로 만든 초)을 무기처럼 하나씩 든다. 다른 하나를 운천에게도 무기같이 소중하게 건넨다. 운천도 밤을 밝히려는 양 황촉을 받아든다. 첫째가 몸을 감추듯 지하로 뻗친 수직 계단으로 내려간다. 둘째의 뒤를 운천이 조심스레 뒤쫓는 것처럼 내려간다. 셋째가 후미에서 일행을 보호하려는 것같이 수직 계단을 타고 내려선다. 셋째가 지하의 계단에서 덮개를 은폐하려는 양 원래대로 들어 올린다. 부하들이 장판으로 출입구를 세상과 단절시키듯 감춘다.

돌층계인 지하 계단은 땅속을 파헤치려는 것처럼 1장(3.03m)의 깊이까지 내닫는다. 1장의 끝에서는 정방형의 공간이 깔끔한 외모를 자랑하려는 것같이 나타난다. 거기에서는 최대한의 자유를 허용하는 양 4개 방향으로의 출구가 보인다. 출구 밖의 지하의 구조가 어떤지 사람의 내장처럼 궁금할 때다. 출구의 밖을 투시하듯 4개의 작은 창이 뚫려 있다. 정방형 공간의 한 변의 길이는 정확히 잰 것같이 5자(1.515m)가량이다. 변의 중앙마다 진로를 예시하려는 양 창이 달려 있다. 인공적으로 뚫은 흔적이 바위 면에 음각하듯 역력하게 드러난다. 사방으로 뚫은 것처럼 다듬어진 방향을 운천이 가리키며 말한다.

"여기서 4개의 방향으로 나갈 수 있게 설계되어 있어서 놀랍군요. 각각의 방향이 어디로 통하는지 알려줄 수 있으세요?"

운천의 질문에 기다렸다는 것같이 둘째가 곧바로 응답한다.

"여기까지 내려온 것은 4개 방향으로의 출구까지 공개하려는 의도예요. 4개 방향의 출구는 각각 동서남북을 가리키고 있어요."

첫째가 보완해서 들려주려는 양 운천을 향해 설명한다.

"여기서 정면 방향이 남쪽 출구예요. 좌측이 동쪽, 우측이 서쪽이에요. 남쪽 반대 방향이 북쪽으로의 출구예요. 우선 남쪽의 출구부터 먼저 보여드릴게요."

사방으로의 출구는 모두 엎드리듯 고개를 숙여야만 빠져나가게 되어 있다. 일행이 모두 고개를 숙여서 남쪽 출구로 이동하는 산바람처럼 나갔다. 거기에는 커다란 소(沼)가 드러누운 것같이 형성된 산골짜기가 노출되어 있다. 출구의 위치는 소의 구조를 살피려는 양 소의 물속으로 연결된다. 수영에 미숙하면 출구에서 물속에 갇혀 버리듯 빠져나가기조차 힘들다. 운천은 4년간 형산의 낙안봉 계곡에서 수영을 어촌의 어부들처럼 익혔다. 그렇기에 단숨에 물고기같이 헤엄을 쳐서 소의 가장자리까지 쉽게 나갔다. 거기에 가서야 운천은 세상의 끝을 본 양 깜짝 놀랐다. 소는 커다란 가마솥 형태로 공중에 띄어진 것처럼 보인다. 소의 아래로는 연이은 절벽들이 소를 에워싸듯 빙 둘러 펼쳐졌다. 경신술이 절정에 달한 고수들만이 독수리같이 빠져나갈 수 있는 지형이다. 소에서 빠져나가려다가 실수하면 삶을 정리하려는 양 죽게 될 상황이다. 이런 처지에서는 누구든 남들에게서 떠밀린 듯 몸서리를 치는가 보다. 운천도 자신도 모르게 두려움을 느낀 것처럼 오싹 몸을 떤다. 아미3녀가 운천의 모습을 눈에 간직하는 것같이 잠자코 지켜보다가 말한다.

"소협이라면 가볍게 절벽 밑으로 뛰어내릴 수 있겠죠?"

운천이 무서운 풍광에 질린 양 아미3녀를 향해 응답한다.

"절벽이 꽤 높아 보이군요. 그렇기에 쉽게 뛰어내리지는 못할 것 같아요. 절벽으로 뛰어내리기보다는 누님들이 시키는 대로 하는 것이 낫겠어요."

운천의 대답에 아미3녀들의 목소리가 장난기로 풍선인 듯 부풀었다가 쪼그라든다. 첫째의 말이 곧바로 화살처럼 날아든다.

"동생이 분명 우리가 시키는 대로 하겠다고 했지?"

둘째의 말이 금세 뒤를 쫓는 양 이어진다.

"그렇게 쉽게 항복하면 재미가 없잖아? 좀 앙탈도 하고 그래야 재미있지 않겠니?"

셋째의 말도 물줄기같이 주르르 쏟아진다.

"내가 동생에게 뭘 시킬지 알기는 알겠니? 좀 야해도 되겠니?"

운천도 자신의 말이 부랑배의 것인 양 경박했음을 알아차린다. 그러고는 품위를 복원하려는 듯 뜸을 들여 말한다.

"무림의 태양 같은 선배님들께서 갓 하산한 후배를 희롱하실 건가요? 제가 말 실수를 한 것 같아서 용서를 구합니다. 절벽이 엄청나게 높기에 외부에서 절벽을 통해서 침투하기는 불가능하리라 여겨지군요. 정말 운중총림의 지형적인 배치가 참으로 놀랍습니다."

넷은 정방형의 공간으로 되돌아가서 줄을 서는 것처럼 나란히 선다. 다들 물속을 다녀왔기에 잠수부들의 복장같이 옷이 몸에 달라붙어 있다. 아미3녀의 몸매가 알몸인 양 원색적으로 드러나 운천이 바라보기가 민망스럽다. 운천이 허공을 훑듯 그녀들을 바라보지도 못하고 얼굴만 자꾸 붉힌다. 아미3녀들은 각자의 몸매를 자랑하려는 것처럼 자꾸만 운천의 곁으로 다가선다. 그리하여 운천은 연공을 쌓는 것같이 내공을 집중하여 정신을 맑힌다.

이어서 출구의 밖을 확인하려는 양 동쪽 방향으로 일행이 나갔다. 출구의 끝은 새로운 세상의 끝인 듯 천연 동굴이다. 동굴의 다른 방향의 출입구는 애초부터 단절된 것처럼 보이지 않는다. 원래부터의 설정인 것같이 기서각의 통로를 거쳐야만 동굴에 진입하는 구조이다. 천연 지형을 이용한 점이 운천에겐 새로운 세계인 양 놀랍다. 구조를 확인하려는 듯 정방형 공간의 서쪽의 출구에도 가 본다. 거기에는 바깥으로 아가리를 맹수처럼 벌린 절벽의 동굴이 보인다. 하늘에서 독수리나 매가 상설적으로 허용된 공간같이 날아들 수는 있다. 사람이 절벽을 피하려는 양 벗어나기는 불가능한 지형이다. 동굴의 재질은 바위이지만 탑처럼 높은 절벽의 중앙에 발달하여 특이하다.

여기까지의 비밀 장소를 아미3녀가 애초부터 작정한 듯 보여 주었다. 이제는 북쪽 출구만 가장 신비한 장소인 것같이 남은 상태다. 통로에 들어서서 일행이 두더지인 양 '반 식경(15분)'쯤 걸어간다. 통로의 끝에 이르자 북쪽 절벽에 버섯처럼 밀착된 누각이 드러난다. 운허각(雲虛閣)이란 현판이 달린 추녀의 선이 활인 듯 드리워져 수려하다. 그 절벽에 선경의 장소같이 누각이라곤 거기밖엔 없는 상태다. 어떻게 빙벽인 양 매끄러운 장소에 누각이 설치되었는지 의아스러울 지경이다. 누각의 좌우에는 길도 없고 얼음만이 과거의 추억처럼 매달렸을 따름이다. 한여름에도 응달이라 얼음이 안개인 듯 하얗게 절벽에 매달려 있다.

운천과 아미3녀가 새들의 귀소같이 기서각 지하의 정방형의 공간으로 되돌아간다. 거기에서 창밖을 내다보며 운천이 감탄하는 양 생각에 잠긴다.

'이야, 비밀 통로 바깥으로는 도저히 달아날 길은 없구나. 이런 천연적인 지형을 어떻게 찾았을까? 하여간 운중총림 기서각의 비밀 통로는 정말 대단하구나. 그런데 과연 무림의 기서는 어디에 있다는 걸까?'

운천이 궁금증을 풀려는 듯 아미3녀에게 입을 열려고 할 때. 첫째인 옥미령이 자꾸만 마음이 끌리는 것처럼 운천에게 말한다.

"무림 기서들이 어디에 숨겨져 있는지 궁금하다고 하셨죠? 우리가 들렀던 4군데 장소에 분산하여 감춰져 있다는 말만 들었어요. 사실은 우리도 전설적인 기서는 구경하지 못했어요. 누구든 알게 되면 그날로 기서들이 실종되리라 여기는 것도 같아요."

전설에 매달리는 것같이 황당하다는 느낌도 들었지만 운천은 아미3녀들을 존중한다. 아미3녀들의 스승은 아미파의 불길인 양 드센 사문장로인 태행신니(太行神尼)이다. 그녀는 별천지 같은 상운주에서 운공의 최종 단계에 돌입했다. 운공을 마치면 세상을 뒤흔드는 것처럼 세찬 폭풍이 일리라 예고되었다. 태행신니는 신화인 듯 상상까지 달고 다니는 무림의 걸출한 인물이었다. 이런 태행신니의 보물인 양 빼어난 존재가 아미3녀들이었다. 아미3녀를 위해서는 무슨 일이든 하겠다고 다짐하듯 운공을 하던 태행신니였다. 운천은 아미파 최고의 귀빈처럼 아미3녀들로부터 접대받았다.

정통파를 지휘하는 팔선대사조차도 운천같이 아미3녀의 극진한 접대를 받지는 못했다. 그만큼 아미3녀의 존재는 아미산의 보배인 양 대단했다. 기준점을 확인하듯 지하통로를 거쳐서 원래 기서각의 방바닥으로 되돌아 왔을 때다. 그때까지 운중총림에는 침입자가 없었던 것처럼 아무런 변화가 없었다. 아미3녀가 부하들에게 기밀을 탐지하는 것같이 그간의 정황 변화를 물었다. 특이할 일은 애초부터 배제된 양 생기지 않았다고 한다.

어느새 아미산에도 천지를 뒤덮듯 밤이 다가왔다. 숲의 범위가 워낙 바다처럼 넓어서 밤중에 아미산에서 하산하기란 어려웠다. 아미파에서는 운천에게 최고 신분의 귀빈같이 운풍사(雲風舍)란 객사에서 취침하도록 배려했다. 객사 부근의 음식점에서 기운을 비축하는 양 운천이 저녁을 먹었다. 산중이라 단출하지만 석간수처럼 정갈한 음식이어서 맛이 좋았다. 부근에는 온천장까지 있어서 운천이 선인인 듯 목욕까지 깨끗이 마쳤다. 목욕한 후에 마음을 가다듬으려는 것같이 차를 한 잔 마셨다. 취침할 때까지는 시간이 웅덩이의 모기들인 양 많았기에 내전(內殿)을 찾았다. 아미파를 문하의 친구들처럼 도우러 왔던 70여 군호들이 내전에 머문다. 대표 인물인 팔선대사도 친한 도반인 듯 내전에 들어 있다.

팔선대사가 군협의 달인같이 우아한 미소를 띠고 운천을 맞는다.

"어서 오시오, 소협. 오늘 하루 종일 수고가 많으셨소이다. 아미파 인물들의 부상자 수도 10여 명에 불과하다고 들었소. 이만하면 정통파들이 아미파를 잘 도왔다고 판단되오."

말을 마치고는 팔선대사가 신호를 날리려는 양 손뼉을 친다. 어디엔가로 보내는 신호이리라 여겨지는 손뼉 소리가 파문처럼 흘러갈 때다. 기다렸다는 듯 금세 어린 아미파의 제자가 둘 나타난다. 팔선대사가 그들에게 미소를 날리는 것같이 단아한 목소리로 말한다.

"식당에 연락해서 다과상을 들여보내라고 일러라. 2인용이면 충분하다고 전하거라."

11살쯤의 아미파 제자들 둘이 시야에서 연기인 양 슬그머니 사라진다. 녹차와 과자가 담긴 다과상이 팔선대사와 운천 앞으로 파도처럼 밀려든다. 운천이 경건함을 표하듯 팔선대사의 찻잔에 차를 따른다. 다음으로는 자신의 찻잔에다가도 향기를 실어 나르는 것같이 차를 따른다. 차는 산중 차나무의 잎을 그리움인 양 덮어서 달인 것이다. 향긋한 다향이 실내에서 영원한 그리움을 찾는 것처럼 은은하게 퍼진다.
	팔선대사가 차를 마시면서 속삭이듯 나지막한 목소리로 말한다.
	"소협이 이번에 적극적으로 도와주어서 정통파들에게선 많은 도움이 되었소이다. 현재로서는 사파들의 다음 집결지에 대한 정보는 없어요. 하지만 무슨 일이 벌어지면 소협에게도 곧바로 연락하겠소."
	여기까지 말하고는 손에 쥐었던 종이를 바람의 파동같이 조심스레 건넨다. 운천이 몸을 뒤로 빼는 양 조심스레 글을 읽어 본다. 짧은 내용이 강력한 파동처럼 휘몰려 적혀 있다. 이목이 번거롭기에 간단히 적는다는 설명이 휘감기는 실연기인 듯 띈다. 팔선대사의 주거지를 공개할 테니 운천의 주거지도 내걸린 그림같이 제시하란다. 운천이 느닷없이 마치 기습하는 양 전음법을 써서 팔선대사에게 말한다.
	"주변의 사람들이 우리의 대화에 신경을 쓰는 분위기라 전음으로 말합니다. 오늘은 대사님과 마찬가지로 이곳 아미파에서 머물 작정입니다. 내일은 여기서 북동쪽으로 750리 떨어진 면양(綿陽)에서 일박할 작정입니다. 그리하여 닷새 후에는 북악인 항산까지 갈 생각입니다."
	팔선대사도 운천에게 되돌려 준다는 방식을 쓰듯 전음법으로 말한다.
	"항산에는 특별히 볼일이 따로 있소? 아니면 무슨 특별한 정보라도?"
	운천이 팔선대사에게 속삭이는 것처럼 말한다. 특별히 추진하는 양 정해진 일이나 약속은 없다고 먼저 밝힌다. 예정된 흐름의 절차 같은 생각 탓이라고 말한다. 팔선대사도 무림 전체를 둘러보듯 내일은 거기로 가겠다고 한다. 팔선대사는 거기에서 예정된 흐름처럼 어떤 사람들을 만날 거라고 한다. 약속을 하자면서, 면양에서 머물 숙소의 이름을 접속 암호같이 알려준다. 합당하다는 양 팔선대사가 머물겠다는 강변여관(江邊旅館)에서 유시 중반(오후 6시)에 만나기로 약속한다. 전음(傳音)이란 기밀을 유지하듯 내공으로 특정한 사람과 말을 주고받는 방식이다. 전음을 쓰면 주변인들은 청각 장애인같이 전혀 엿듣지 못한다. 주로 비밀을 토하는 것처럼 말할 때에 쓰는 방식이다. 첩자를 미리 배제하려는 양 사전에 조심하려는 터다. 팔선대사와 격식을 갖추는 것처럼 어느 정도로 대화를 나눈 뒤다. 운천은 숙소인 운풍사로 바람결에 떠도는 깃털인 듯 가볍게 되돌아왔다.

운천이 삶을 정리하려는 것같이 가만히 눈을 감고 호흡을 조절한다. 잠들기 전에는 삶을 되돌아보는 양 남악검법(南岳劍法)을 수련하는 운천이다. 심야의 침입자를 발견한 것같이 장검을 들고 살며시 침실에서 빠져나간다. 객사 옆에는 무예 수련용으로 마련한 양 널찍한 공터가 있다. 운천이 호흡을 가다듬으며 정탐자의 유무를 살피듯 슬며시 주위를 점검한다. 아무런 침입자도 없음을 코털의 감각으로 알아내는 것처럼 확인한다. 공터에서 제1식의 오묘한 검식을 냉수를 들이붓는 것같이 순식간에 시연한다. 칼이 상공에서 움직이자마자 검풍이 사방으로 꽃물결인 양 퍼져 나간다. 검풍이 사방으로 내닫듯 휩쓸려 가는 소리가 자못 삼엄하게 들린다. 사방에서 들쥐들이 검풍에 죽는 소리들이 묶였다가 쓰러지는 나무토막들처럼 밀려든다.

하산할 무렵에는 스승도 인정한 것같이 모든 무술의 절예에 통달했다. 스승도 제자의 성취를 최종적으로 확인한 양 하산하라고 지시했다. 애벌레의 행동처럼 경험이 부족한 것을 제외하고는 우려될 것이 없었다. 운천이 하산하기 하루 전에 날을 받은 듯 스승이 말했다.
"당초에는 네가 2년은 더 산중에서 수련하기를 원했다. 현재 사파들로 인하여 무림의 안위가 우려되기에 너를 하산시키기로 했다. 하산하거든 현재 임시로 정통파의 대표로 일하는 소림파의 팔선대사를 찾아가거라. 찾아가서 팔선대사를 최대한 돕도록 해라. 하산하거든 절대로 경건하게 처신해야 한다. 네가 조금만 잘못해도 금세 내게로 반응이 되돌아오기 마련이야. 하산하는 순간부터 너는 개인의 자격이 아님을 항상 떠올려야 한다. 스승이지만 네가 우려스러운 것은 여인들과의 대처 방식이다. 네 잘생긴 얼굴과 뛰어난 무술은 여인들의 환상이 될 거야. 정·사파를 불문하고 네게 연정을 나타내려는 여인들이 불나방처럼 달려들지도 몰라. 그럴수록 차분하게 너 자신을 잘 다스려야 한다. 한 번 실수하면 영원히 명예를 회복하지 못할 수도 있다. 그만큼 세상은 무서운 곳이야. 항상 여인들이 접근할 때마다 내가 한 말을 잊지 말아라."

운천은 스승한테 세상을 초월한 것같이 의연한 목소리로 대답했다.

"지금까지 양육하고 지도해 주신 은혜를 한 순간인들 잊겠습니까? 어디로 가든 항시 사부님의 말씀을 소중히 간직하고서 행동하겠습니다."

현재까지는 문제가 되는 양 커다란 일을 일으키지 않았다. 상황에 대한 대처의 방식이 물 흐르듯 순리적이기를 원했다. 산중에 있다가 하산했으니 접촉하는 사람들이 초여름의 하루살이들처럼 오죽 많았을까? 스승의 관점으로는 제자의 인성이 심해의 보물같이 중요하다고 여겨졌다. 제자의 심성에 천운을 맡기려는 양 멀리서 지켜보기로 했다.

운천은 지금까지의 대적 경험을 간추리듯 점검해 본다. 생명을 내거는 것처럼 대적하여 남악검법 2식인 향풍등롱(向風燈籠)을 펼치지는 못했다. 바람의 기세에 영향받는 것같이 '바람을 향한 등롱'이라는 뜻의 검식이다. 강한 바람에는 등롱 자체가 하찮은 먼지인 양 날려 간다. 상대 검풍의 강도를 맛을 보듯 예리하게 파악하는 검식이다. 실체만 파악되면 폭풍처럼 무시무시한 검세로 휘감아 버리려는 검식이다. 3식은 낙하급공(落下急攻)인데, 떨어져 내리면서도 번갯불같이 급히 공격한다는 의미이다. 4식은 선풍

팔공(旋風八攻)으로서, 바다에 소용돌이를 일으키는 양 치솟으면서 공격하는 검식이다. 5식은 팔방풍우(八方風雨)로서 주변을 섬멸하듯 사방에 강력한 검풍을 발출한다는 뜻이다.

6식과 7식은 신분을 가늠하려는 것처럼 장문인 이상이어야 대결이 가능하다. 장문인일지라도 실력이 없으면 초기에 서까래가 주저앉는 듯 부상당하고 만다. 6식은 노화순청(爐火純靑)으로서, 탄 화롯불이 섬광같이 으스스한 청색을 드러냄을 일컫는다. 7식은 비독선공(飛禿旋攻)으로서, 독수리가 선회하면서 내모는 양 집요하게 공격한다는 의미이다.

검식의 진수처럼 6식과 7식으로부터 연속적으로 공격받아 살아날 고수는 없다. 검식을 못 피하면 물을 뒤집어쓰듯 공격받아야만 한다. 그렇게 되면 그 누구든 저승을 찾는 것같이 죽어야만 한다. 실로 강자만을 세상에 선택하여 남기려는 양 무서운 검법이다.

8식과 9식은 성좌(星座)를 꾸려 종식하듯 남악검법을 완성하여 끝내는 검식이다. 8식은 건곤일체(乾坤一切)로서 하늘과 땅이 지평선에서 회오리치는 것처럼 어우러진다는 의미이다. 9식은 천지확산(天地擴散)으로서 천지를 폭탄같이 분쇄하여 주변을 뒤덮는다는 뜻이다. 8식과 9식은 문파의 사활을 내거는 양 사문장로들이라야 응전할 정도다. 천하를 마음대로 주무르듯 관여할 정도의 검식으로 분류된다.

수련의 마지막 단계에서 생명을 내거는 것처럼 8식과 9식을 익혔다. 스승마저 불안해서 몸을 가누지 못해 비틀대는 것같이 서성거렸을 정도다. 운천이 잘못되면 강한 내공끼리 뒤엉키는 양 주화입마(走火入魔)에 처해졌을지도 모른다. 주화입마(走火入魔)는 몸의 진기(眞氣)가 거미줄처럼 뒤엉켜 폐인(廢人)으로 변한 상태를 뜻한다. 8식과 9식의 운용에서는 치솟는 검기(劍氣)가 바다를 뒤엎을 듯 어마어마해진다. 검기를 체계적으로 발산해야 몸이 편안한 침상에 드러눕는 것같이 온전해진다. 정신이 분산되면 전신이 마비되는 양 주화입마에 빠질 위험이 크다. 위험이 커 검법의 위력도 절벽을 가르듯 가히 절대적이다.

관전자처럼 주변의 사람들이 있으면 8식과 9식은 시연해서도 안 된다. 남악검법은 절세적인 무술이라 타의 추종이 원천적으로 배제된 것같이 불가능하다. 스승마저도 위력 탓에 절벽에서 추락하기를 두려워하는 양 시연하기를 꺼린다. 사제(師弟)의 당연한 절차인 것같이 남악검법을 운천에게 전수할 때조차도 번민했다. 스승이라면 자신의 영혼을 털어내듯 제자에게 모든 무예를 전승해야만 한다. 전승이 절벽을 뚫지 못하는 것처럼 불가능하다면 참다운 사제(師弟)가 아니다. 스승으로선 운천을 새로운 지평에서 치솟는 별인 양 완벽하다고 판단했다. 주화입마에 처할지라도 자신인 것같이 소중한 제자에 대한 사랑으로 전수했다. 스승의 믿음은 자로 잰 것처럼 정확히 적중했다. 운천은 대로 위를 걷듯 침착하게 남악검법의 8식과 9식을 수련했다. 이 수련을 통하여 백운도인은 나름대로의 궤도에 도달한 양 생각했다.

"확실히 이 애의 오성은 타고난 바가 있어. 이처럼 남악검법의 수련에 성공했기에 그는 이미 검성(劍聖)이 되었어. 결코 아무나 그를 간단하게 이길 수는 없을 거야. 과연 현 무림에서 그의 검풍에 맞설 인물은 몇이나 될까?"

스승이 인정했어도 운천은 다른 세계에서 노니는 듯 의미를 몰랐다. 자신의 실력이 어느 정도인지 바보가 천지를 대하는 것처럼 모른다. 운천이 산비탈에서 미끄러지는 것같이 갑작스럽게 하산했으니 가닥이 잡히기가 어려웠다. 운천이 칼을 휘두르다가 예상된 기류를 탐지한 양 변화를 살핀다. 주변 숲의 생쥐들이 자살하는 것처럼 검풍에 맞아 피를 뿌렸다. 예측하지 못했던 일이 아니기에 대로에서 불량배들한테 발가벗겨지듯 당황스럽지는 않다. 검술을 단련할 때마다 분한 것같이 피를 내뿜으며 생쥐들이 나뒹굴었다. 쓰러진 생쥐들은 이미 저승으로 들어선 양 다시는 소생하지 못했다. 생쥐들의 시신을 볼 때마다 동료들을 살해한 것같이 마음이 아팠다. 강하지 않으면 살해된다는 사실로 가슴이 바윗돌에 짓눌리듯 아팠다. 그랬기에 자신에 대해서는 정신마저 상실한 것처럼 관대해질 수가 없었다. 눈을 뜨면서부터는 강적을 만난 양 살벌한 대결을 각오해야 했다. 이루지 못하면 남들에게 짓밟히리라는 강박관념에서 허방에 빠지는 것처럼 시달렸다.

스승에게 운천은 미래를 가꿀 듯 독보적인 인재라 여겨졌다. 운천이 피를 토하는 것같이 갈고닦는 과정을 지켜보며 스승은 감탄했다. 그러면서도 물풀이 풍향에 휘둘리는 양 살짝 의아심을 갖기도 했다.
'저 애가 무엇 때문에 저처럼 사력을 다해 수련할까? 설마 세상을 뒤집어 엎을 마군(魔君)을 꿈꾸는 것은 아니겠지?'

운천이 내전(內殿)에서 귀소하는 새인 양 돌아와 객사인 운풍사(雲風舍)에 도착한다. 밤이 깊지는 않아도 주변은 가을철 호수의 물결처럼 꽤 고요하다. 불상사를 예방하듯 조심스레 기력을 발출하여 30장 이내까지를 면밀히 살핀다. 3차례나 숲을 발가벗기는 것같이 점검했지만 주변에 매복한 사람들은 없었다.
잔디밭의 중앙에 운천이 서서 하늘과 교신하는 양 정신을 집중한다. 세상을 뒤집을 듯 놀라운 남악검법의 8식과 9식을 시연하지 못했다. 운천이 하산하기에 앞서서 스승이 길을 잃을지 두려운 것처럼 강조했다. 가능하다면 남악검법은 하늘의 손을 빌리는 것같이 사용하지 말라고 했다. 검법을 사용하면 기운을 회복하기가 취객이 외나무다리를 건너는 양 어려웠다. 그러면 살리고 싶은 사람마저도 절벽에서 밀치듯 죽일 거라고 했다.
운천이 스승한테 심중에서 먹구름처럼 치솟는 의문점을 물었다.

"사부님, 그렇게도 무서운 검법을 왜 창안하셨어요?"

창안 내력을 질문받은 스승의 표정은 세상을 떠날 사람같이 처참했다. 설명은 해야겠지만 지난 시간들에게 괴롭힘을 당한 양 끔찍하게 여겨졌다. 하지만, 무림인의 기질처럼 대답을 회피할 수는 없었다. 그리하여, 검법의 창안 내력이 운천에게로 물이 흐르듯 전해졌다.

백운도인의 피가 들끓는 화로같이 뜨거웠던 40대의 중년이었을 때였다. 외부 세력들이 중원의 무술계에서 중원인들을 무시하는 양 활개치기 시작했다. 그러다가 중원을 장악하려고 작정한 듯 정통 문파들에게도 정식으로 도전했다. 정통의 문하인들이 외부의 도전자들에게 병약한 노병(老兵)들처럼 허다하게 깨어졌다. 무술계의 질서가 구멍 뚫린 둑같이 허물어질 위기에 처했다. 무림을 보존하려면 세상을 흡수하려는 양 무공이 빼어난 사람들이 필요했다. 무림을 보존하려는 흐름에 하늘의 부름인 듯 백운도인과 사룡도인이 참석했다. 여름철 하늘의 소나기처럼 빈발하는 무술 대결에서도 둘은 당당히 나섰다. 무림에 대한 사랑뿐만 아니라 우중(雨中)의 벼락같이 빼어난 무술도 필요했다. 그리하여 백운도인이 세상을 뒤엎는 양 창안한 것이 남악검법이었다. 당시에 남악검법이 펼쳐지면 대다수가 상처를 입고 짚단처럼 나뒹굴었다. 사룡도인이 창안한 것은 태풍(颱風)마저도 밀짚인 듯 밀친다는 추풍지(追風指)라는 지풍이었다. 백운도인과 사룡도인은 그때부터 무림의 두 별인 것같이 무림쌍웅으로 대접받았다.

남악검법은 산악마저 허무는 양 무림의 질서를 잡는 데에 기여했다. 그랬지만 그 후유증도 창안자를 재평가하듯 적지 않은 후환을 남겼다. 검법이 펼쳐지면 발출된 태풍처럼 회수하기가 힘들었다. 창안자인 백운도인까지도 검법을 회수하지 못할 것같이 몹시 두려워했다. 검법이 펼쳐진 뒤엔 회수하지 못해 땀을 빼는 양 쩔쩔거렸다. 남악검법임을 알고서 대비해도 임박한 위기를 제거하듯 뚜렷한 묘책이 없었다. 형산의 골짜기로 쏟아지는 물줄기들의 변화를 버무린 것처럼 끌어낸 검법이었다.

운천이 공터에서 제8식인 건곤일체(乾坤一切)를 바람결을 일으키는 것같이 휘두를 때다. 초목들이 떠밀리는 양 떨리더니 동전 크기만 한 구멍이 뚫린다. 매의 울음소리를 듣고 사라졌던 황의청년이 방금 유령처럼 은밀히 나타났다. 빽빽한 자작나무의 숲으로 전신을 가리듯 은밀히 몸을 숨긴다. 그러다가 운천이 휘두른 검풍에 아주 약한 것같이 슬쩍 맞았다. 몸뚱이를 가리는 양 둘러쌌던 자작나무의 잎들마다 구멍이 숭숭 뚫렸다. 자로 잰 듯 매끈하게 뚫린 동전 크기의 구멍들이다. 이런 현상을 발견하자 놀란 것처럼 황의청년의 표정이 찌푸려지며 중얼댄다.

'실로 가공할 정도의 위력이군. 어쩜 젊은 나이에 내공이 그토록 대단할까? 검풍을 정통으로 맞으면 바위라도 종이처럼 잘리겠구나. 어휴, 진짜 무서운 인물이군. 그가 칼을 뽑을 때엔 슬며시 피해야겠어.'

운천이 누구한테 불시에 호출당한 것같이 운풍사 왼쪽의 산봉우리로 날아갔다. 이때 산봉우리를 기습하는 양 산골짜기 부근에서 매의 울음소리가 들렸다. 그러자 황의청년이 산안개처럼 슬그머니 자작나무 숲에서 빠져 시야에서 사라진다. 운천은 검법에만 집중한 듯 황의청년의 출몰 현상을 전혀 모른다. 왼쪽의 산봉우리에 매같이 살며시 날아내리면서 제9식인 천지확산(天地擴散)을 펼친다. 주변의 수목들이 죄다 뿌리까지 파헤쳐져 허공으로 먼지인 양 날아오른다. 운천까지도 예상을 벗어난 듯 엄청난 위세에 숨이 멎을 지경이다. 하산한 이후에 공력이 산악을 쌓아 올리는 것처럼 증가했음이 드러난다.

운천이 산봉우리에 바위같이 우뚝 서자 하산하여 생긴 일들이 떠오른다.

절벽의 폭포수인 양 강렬한 것은 남악검법의 사용을 자제하라는 당부였다. 실제로 생명을 내걸듯 가문의 원수를 갚는 날에도 1식만으로 충분했다. 각 검식마다 건축물의 구조처럼 16방향의 검풍이 순차적으로 쏟아졌다. 섬광전송(閃光傳送)이란 제1식에서는 번갯불을 사방으로 쏟아내는 것같이 검풍을 내쏟는 거였다. 제1식에서는 상대의 강약을 저울질하는 양 점검하는 과정이었다. 내공이 발검자(拔劍者)보다 약하면 운기의 차이에 따르듯 목숨을 잃는 터였다. 상대의 실력 점검으로서는 생명을 저울질하는 것처럼 냉혹한 검법이라 여겨졌다.

백운도인이 자연과 배합되는 것같이 만들어진 검법이기에 검법을 고치지는 못한다. 그럼에도 운천은 계속 무서움을 조절하는 양 남악검법의 변형을 생각한다. 무서움을 경감시키듯 내공을 약화시켜 검기를 발출하는 방법도 생각해 보았다. 내공이 수분이 부족한 꽃대처럼 약해지면 검풍이 발출되지도 못함을 알았다. 하산하자마자 운천은 사문에서 부여받은 것같이 새로운 과제를 떠안은 셈이었다.

인명 손실을 줄이는 양 상대에게 겁만 주어 내쫓는 방식! 이런 방식을 추구하듯 실용적인 검법을 새로 창안하겠다고 생각한다. 그리하여, 검법의 달인처럼 세상의 검법과 남악검법의 차이점을 꼼꼼히 분석한다. 여러 검법에도 오묘한 요소들이 하늘의 별같이 숱하게 깔려 있었다. 최근에 자연검으로부터 서역의 무공을 분석하는 양 익혔던 음양도법을 떠올린다. 음양도법에는 모든 동작들이 음과 양으로 나눠지듯 뛰어난 점들이 많았다. 검식 사이의 변화가 새로운 구조를 드러내는 것처럼 의식이 어지러웠다.

귀빈들을 접대하는 것같이 마련된 정통파 군호들의 숙소는 아미파의 내전(內殿)이다. 다리를 놓는 양 8개 건물에 걸쳐서 600여 명이 취침한다. 운천에게는 그의 역할을 배려하듯 아미3녀가 별도로 운풍사(雲風舍)라는 객관을 제공했다. 운천을 특별한 귀빈으로 생각한 것처럼 배려했기 때문이다.

시간을 조절하는 것같이 밤이 깊지 않을 때쯤 운풍사로 돌아왔다. 취침하기 직전에 팔선대사의 말을 가슴으로부터 자아올리는 양 가만히 떠올린다. 천공파와 백골파 간의 쌓였던 원한을 정리하듯 결전이 일어나리라는 소식이다. 시점은 쌍방이 별렀던 것처럼 일주일쯤 뒤라고 한다. 장소는 정기(正氣)를 발산하는 것같이 아미산에서 북동쪽으로 3,650리(1,460km)쯤 떨어진 항산(恒山)이다. 생명의 대결지점을 존중하는 양 항산 천봉령(天峰嶺)의 천공별루(天攻別樓) 부근이라고 한다.

백골파가 서역의 미답지를 뚫으려는 것처럼 중원으로 진출하려고 널리 애썼다. 중원으로 진출하려 할 때마다 천공파의 고수들에게 진로가 폐쇄되듯 제지당했다. 누적된 울분을 해소하려는 것같이 백골파가 천공파에게 도전한 모양이다. 백골파는 수적인 열세를 보완하려는 양 봉황문(鳳凰門)을 지원 세력으로 불렀다. 균형을 조절하듯 봉황문은 중국 남해의 해남도에 최근에 세워진 문파이다. 신흥 문파이지만 재야의 고수들이 죽림처럼 밀집한 대단한 문파이다. 사문장로는 연공 수련에 들어갔다가 얼굴을 드러내려는 것같이 출관이 임박했다. 세상에서는 괴물이 출현하는 양 무적의 인물이 출현하리라고 야단이었다.

아미산에서 운천의 가슴속에 석각(石刻)처럼 짙게 새겨진 잔영은 운중총림이었다. 운중총림의 지하 구조에서 마주쳤던 선경 같은 4군데의 별천지! 기회가 닿는 대로 추억을 되살리듯 재방문해 보고 싶을 지경이다. 아미산이 아니라면 별천지인 양 그런 곳을 구경하지는 못하리라 여겨진다. 아미파의 문하인이 아니기에 재차 방문할 명분은 연기처럼 사라지리라 여겨진다.
세인들을 설득하듯 합리적인 명분이 아니라면 관광 목적이어야만 한다. 운중총림은 전체가 전쟁터 같은 기밀 구역이어서 관광의 명분은 퇴색된다. 운중총림이 끝내 그리움인 양 남는다면 아미파의 문하인이 되어야 하리라. 운천이 이미 백운도인의 그림자인 듯 제자이지 않은가? 배교자처럼 스승을 배반하지 않고는 아미파의 문하인이 되지 못한다.

아미3녀들의 각자도 홍역을 치르는 것같이 운천으로 말미암아 고뇌에 잠긴다. 실력과 미모를 갖춘 운천이 세속의 연인인 양 마음에 들었다. 신선처럼 잘생긴 외모와 빼어난 무공을 보유한 사람이 아닌가? 평생을 연인인 듯 함께하겠다면 종파인 아미파까지도 버리고 싶을 지경이었다. 아미3녀들 중의 하나만 그런 마음이라면 문제가 해소되는 것같이 간단하리라. 문제가 되는 여인이 문파를 떠나면 돌멩이가 치워지는 양 해결된다. 3여인 모두가 운천을 연인으로 삼으려는 것처럼 함께하겠다면 문제가 된다. 3여인들이 운천의 배우자가 되듯 함께하지 못하는 사회의 규범 탓이다.

아미3녀들도 운천이 아미산을 떠나기에 앞서서 대책을 세우는 것같이 모였다. 그리하여 서로의 근심을 달래려는 양 의견을 나누었다. 3여인들이 똑같이 운천을 좋아한다는 점이 사막의 수맥처럼 드러났다. 아미3녀들은 마음속에서 운천을 허공의 신기루인 듯 지우기로 했다. 차후부터는 마음의 흔들림을 방지하려는 것같이 이성으로 대하지는 않겠다고 작정했다. 아미3녀들은 초심을 밝히려는 양 불도를 닦으며 문파에 충실하기로 마음먹었다.

항산으로의 여정

세속을 초월한 듯 운천이 이튿날 아침 식사한 뒤다. 장문인인 두문비객을 찾아서 하산하는 제자처럼 간곡히 하직 인사를 한다. 두문비객이 꽃들이 나부끼는 것같이 화사한 표정으로 운천에게 말한다.

"본 아미파를 위해 어제 소협께서 많이 수고해 주셔서 감사합니다. 부상자는 생겼어도 사망자는 생기지 않아서 다행스레 여깁니다. 거듭 소협께 감사 드리고, 영사(令師)께도 안부 전하기 바랍니다."

운천도 혹여 결례라도 할지 두려운 양 곧바로 응답한다.

"팔선대사님의 지휘를 받아 움직이긴 했습니다만, 도움이 되었기를 바랍니다. 이번에 아미3녀 선배님들의 커다란 배려도 잊지 않겠습니다. 저는 팔선대사님께 하직 인사를 마치고는 곧장 아미산을 떠나겠습니다."

예정된 절차처럼 운천이 팔선대사에게 하직 인사를 마치고는 아미산을 떠난다. 그간 말은 귀빈의 비품을 돌보듯 아미파에서 잘 관리해 주었다. 예법을 숭상하는 것같이 산길을 벗어날 때까지는 말을 끌고 간다. 꾸준히 참았던 양 산의 출구부터 운천이 말에 올라탄다.

아미산에서 항산까지는 3,650리의 꿈속의 뱃길처럼 머나먼 길이다. 이 거리를 닷새에 하늘을 나는 독수리인 듯 날아갈 작정이다. 아미산을 떠나서는 약속을 지키는 것같이 사천성의 면양(綿陽)에서 일박할 작정이다. 면양은 튕긴 물방울인 양 아미산에서 북동쪽으로 645리(258km) 떨어진 고을이다. 면양을 남동 방향으로 평야를 자르듯 관통하는 강이 부성강(涪城江)이다. 부성강 중의 접시처럼 생긴 도화도(桃花島)는 길이가 2.8리(1.12km)이고 둘레가 6.6리(2.64km)이다. 도화도의 남쪽 강변에 강변여인숙(江邊旅人宿)이 허허로운 나그네같이 서 있다.

이런 정보를 손바닥에 새긴 양 움켜쥐고서 운천이 면양을 찾아간다. 아침을 가르듯 일찍 출발하니 미시 중반(오후 2시)에는 목적지에 도착된다. 강변여인숙에 정박하려는 것처럼 숙소를 정하고 말에게도 여물을 먹일 작정이다. 섬의 북쪽에도 나그네를 유혹하는 것같이 여인숙이 눈에 띈다. 부성여인숙(涪城旅人宿)이라는 건물이 강 안개에 허리를 내맡긴 양 흔들거린다. 주인을 만나서 집을 사듯 방 하나를 잡고 말도 맡긴다. 열두어 살가량의 종업원이 사육의 전문가처럼 말을 마구간으로 몰고 간다. 말을 다루는 솜씨가 경마장의 기수같이 빼어나다고 여겨진다.

운천이 휴식을 취하려는 양 점심을 먹고는 강변으로 산책을 나간다. 그러다가 약속을 준수하듯 시간에 맞춰 팔선대사를 만날 작정이다. 시간은 충분하기에 풍류객처럼 여유를 가지고 도화도의 동쪽 강변을 걷는다. 혼자서 추억을 캐는 것같이 강변을 걷고 있을 때다. 어디서인지 시골의 정경을 일깨우는 양 매의 울음소리가 잔잔히 들린다. 이때에 운천의 의식이 밤하늘의 별이 깨어나듯 번쩍 눈뜬다.

'매 소리가 울릴 때마다 황의청년이 나타나지 않았던가? 지금 내 주변에 혹시 황의청년이 있지 않을까?'

이런 생각에서 운천이 미행객의 유무를 판단하려는 것처럼 전후좌우를 살핀다. 비수의 날같이 섬뜩할 만큼의 짧은 찰나다. 호방한 웃음소리가 밀물인 양 밀려들면서 황의청년이 운천의 눈앞으로 날아내린다. 경신술이 신선의 경지에 들어선 듯 탁월하다고 여겨진다. 황의청년이 세상 밖의 인물처럼 신비하게 운천에게로 다가들며 말한다.

"나는 그대의 반듯한 외모와 무공 실력에 호감을 갖고 있어요. 혹시 시간이 난다면 저랑 강변의 지하 광장을 산책하겠어요?"

운천이 문득 가슴으로 바람의 파동까지 분석하려는 것같이 생각에 잠긴다.

'지난번 황의청년한테서는 확실하게 사내의 풍도가 느껴졌어. 그런데 오늘의 황의청년한테서는 여인의 느낌이 드니 이상한데? 혹시 황의청년이 두 명일까? 얼굴이 비슷하여 도저히 쉽게 구별이 안 되니 이것도 문제로구나. 강변의 지하 광장이라니? 대관절 어디에 있는 걸까? 일단 상대가 우호적이니까 함께 움직이는 것도 나쁘지는 않겠지?'

황의청년은 부근의 지리에 익숙한 양 발걸음을 성큼성큼 옮긴다. 운천이 청년에게 안내되는 것처럼 뒤처진 상태로 천천히 발걸음을 옮긴다. 상대가 공격하듯 엉뚱한 짓을 해도 견제할 준비를 한 상태다. 방어를 전제하는 것같이 진기를 끌어올려 언제든 상대의 공격에 대비한다. 황의청년이 운천의 맹수인 양 긴장한 모습을 확인하고는 쓴웃음을 짓는다. 그렇지만 전혀 거리낌이 없다는 듯 앞장서서 발걸음을 옮긴다.

섬의 동쪽이나 서쪽으로는 북쪽에서 유입한 부성강(涪城江)이 꽃잎의 빗물처럼 흘러간다. 섬의 동쪽이 서쪽보다는 숨겨진 사연이 담긴 것같이 더 길다. 강변의 중앙에 참나무의 고사목이 하늘을 올려다보는 양 드러누워 있다. 고사목의 뒤쪽에는 쓸쓸한 분위기를 드러내려는 것처럼 너럭바위가 드러누워 있다. 너럭바위의 밑바닥에는 사람들의 출입을 허용하듯 묘한 구멍이 뚫려 있다. 황의청년은 지형에 익숙한 것같이 대범하게 구멍으로 들어선다. 운천도 두려움을 버린 양 황의청년을 따라 동굴로 들어선다.

황의청년은 자주 다녀본 것처럼 굴속의 지형에 환한 모양이다. 자신의 숙소에 드나들듯 망설임도 없이 지하로 들어서거나 어디로든 걷는다. 매 소리를 신호로 삼는 것같이 운천 앞에 출몰하는 황의청년이다. 지하는 인공으로 다듬어진 양 둘레가 500여 장(1.515km)에 달한다. 지하에 인공으로 축조된 것처럼 대형의 공간이 형성되었는지 놀랄 지경이다. 동굴의 평균 높이는 대다수의 동물의 이동도 허용할 듯 1장(3.03m)가량이다. 중앙에는 침식되다가 멈춘 것같이 다듬어진 하얀 사암 기둥이 있다. 기둥의 높이도 규격에 맞춘 양 1장이고 둘레는 한 아름이다. 기둥에는 위엄을 드러내려는 듯 용의 형상을 한 무늬가 띈다. 천연적인 기둥에는 어울리지 않게 인위적인 그림처럼 보인다. 조사하려는 것같이 살펴봐도 어느 부위에서도 인공적인 요소는 보이지 않는다.

감탄을 자아내려는 양 용의 머리와 다리 4개와 꼬리까지 있다. 용이 방금 땅바닥에서 솟구쳐 허공으로 치솟으려는 것처럼 생동적인 형상이다.

황의청년이 마치 연인이나 되듯 묘한 미소를 지으며 운천에게 다가온다. 지하에서는 미세한 냄새도 수천의 꽃송이들같이 짙게 내풍겨지는 모양이다. 운천의 후각을 자극하려는 양 여인들의 머릿결에서 나는 향기가 느껴진다. 운천이 상대에게 자신의 내색을 은폐하려는 듯 담담한 표정으로 말한다.

"혹시 소협의 문파는 어디에 속하죠? 진작부터 묻고 싶었어요."

황의청년이 켕긴 것을 들킨 것처럼 마음속으로 생각에 잠긴다.

'이상한데? 왜 그걸 갑자기 묻지? 단순한 궁금증일 것도 같으니 끝까지 당당하게 얘기해야지.'

황의청년이 떨림을 의도적으로 자제하려는 것같이 조절하는 느낌이 슬쩍 전해진다. 황의청년이 아무런 거리낌도 없다는 양 기둥에 기대어 입을 연다.

"제가 소속한 문파는 해남도에서 최근에 새로 일어났어요. 혹시 봉황문(鳳凰門)이라고 들어보셨어요? 저는 봉황문 2명의 단주들 중의 하나예요. 봉황문의 사문장로이신 천마독존(天魔獨尊) 황우천(黃宇天) 어른께서 2단주들의 스승이에요. 제 사형은 마장천(馬莊天)인데 북동단주(北東團主)이고, 저는 남서단주(南西團主) 설하영(薛霞英)이에요. 제 사형은 저보다 3살 많은 22살입니다. 상공(上公)께서도 눈치를 채신 것 같은데 저는 남장여인이에요. 요즘처럼 격투가 많은 시점에서는 아무래도 남장 차림이 유리해서 선택했죠. 결코 상공을 속이려는 건 아니었어요."

아미산에서부터 설하영이 나타나서 운천을 괴롭히려는 것처럼 집적대지 않았던가? 그 연유가 무엇이었던지 상처 부위를 파헤치듯 궁금해지는 운천이다. 운천의 표정을 물고기의 비늘같이 더듬으며 살피더니 설하영이 말한다.

"제가 왜 아미산에서부터 상공에게 집적대었는지 궁금하죠? 실상을 얘기하려면 좀 아늑한 장소가 필요했어요. 그래서 상공을 여기로 모시고 왔는데 마음이 불편하지는 않으시죠?"

운천에게 설하영의 접근은 한밤중의 도깨비불인 양 의아스러운 점이 많았다. 설하영이 이야기하겠다고 했으니 순번대로 대기하는 듯 기다리면 되리라.

펼쳐지는 설하영의 얘기에는 놀라운 점들이 개천 가의 조약돌처럼 많았다. 해남도의 북쪽 해안에는 비밀스런 장소를 가리려는 것같이 숲이 우거졌다. 논바닥에 쟁기질하려는 양 산골짜기를 대대적으로 갈아엎어서 새로운 건축물들을 세웠다. 건축물들은 기울어져 허리를 받치는 듯 수중에까지 연결되는 거대한 구조들이었다. 건물 신축과 관련시킨 것처럼 새로운 문파도 만들었다. 전설을 구체화하는 것같이 제시된 이른바 봉황문(鳳凰門)이라는 문파다. 출구인 양 밝혀져 장문은 북면천마(北面天魔) 서일권(徐逸權)이고, 사문장로는 천마독존(天魔獨尊) 황우천(黃宇天)이다. 천마독존은 자신의 수족 같은 2명의 제자를 거느렸다. 첫째가 마장천이고 둘째가 황의청년으로서 도깨비처럼 들락거렸던 설하영이다.

동굴에는 침식되다가 멈춘 듯 우뚝 선 사암 기둥이 있다. 우람한 청년의 넓적다리인 양 굵고, 높이는 동굴의 높이와 같다. 둘은 기둥에서 거울을 대하는 것처럼 마주 앉아 대화를 나눈다. 5년 전에 영웅이 선발되려다가 별이 추락하듯 커다란 문제가 생겼다. 대회에서 선발된 영웅이 누적된 과로(過勞)에 짓눌린 것같이 현장에서 사망했다. 무림 영웅의 자리를 빼앗긴 양 놓쳤던 군호들이 마구 설쳤다. 주변의 인물들을 적으로 간주하고는 죄다 미치광이같이 마구 날뛰었다. 대회장의 군호들마저 번갯불에 맞는 양 살해될지 모를 일이 벌어졌다. 공전절후의 위기가 산사태처럼 대회장에 몰아닥쳤다고 여겨질 때였다. 홀연 하늘에서 휘파람 소리가 세상을 구제하듯 크게 울렸다. 잠시 후에 현장을 수습하려는 것같이 나타난 인물은 백운도인(白雲道人)과 사룡도인(蛇龍道人)이었다. 도인들이 나타나서 호흡을 가다듬는 양 소량의 시간이 흘렀을 때다. 대회장의 소란 상태는 소금 뿌려진 미꾸라지들처럼 금세 정리가 되었다. 많은 위험이 제거된 듯 구경꾼들이 안전하게 하산했다. 백운도인과 사룡도인은 대회장을 복원한 것같이 안전을 찾아준 공로자들이었다. 세상에서는 이때를 기린 양 백운도인과 사룡도인에게 무림쌍웅(武林雙雄)이라는 칭호를 부여했다.

대회에서 선발된 영웅은 누적된 과로 탓인 것처럼 현장에서 병사(病死)했다. 누구인가 천신으로부터 위임받듯 영웅의 역할을 대신해야 했다. 자연적인 흐름같이 그 역할을 무림쌍웅이 줄곧 맡았다. 어느새 5년의 시간마저 빛살인 양 빠르게 흘렀다. 마을에서 이장을 선발하는 것처럼 5년마다 영웅을 뽑아 무림을 내맡겼다. 이런 분위기에 편승하려는 듯 천공파와 봉황문이 정통파가 되려고 한다. 천마독존의 제자인 마장천과 설하영이 무림을 존중하는 것같이 움직임을 보인다. 마령신군의 제자인 나화엽과 사마영도 무림에 봉사하는 양 그렇게 움직인다. 정통파의 연합 회의에서 무림의 지평을 펼치듯 영웅을 뽑기로 했다.

커다란 획을 긋는 것처럼 사마영과 설하영의 역할이 크다고 느껴진다. 미래의 불필요한 혈전(血戰)을 봉쇄하는 것같이 되어 운천으로서는 너무나 기쁘다. 사람들이 달라서 폭발물이 터지는 양 돌발적인 일이 생길지도 모른다. 비상시에 대비하려는 듯 대책을 마련하는 일은 대단히 중요하리라 여겨진다. 무술 수련도 시신의 영혼을 일깨우는 것처럼 열심히 해야겠다고 여긴다.

운천이 영감이 뻗친 것같이 동굴 중앙의 기둥을 눈여겨본다. 천연적인 용의 무늬가 실제의 동물인 양 너무나 생동적으로 느껴진다. 선경에 뛰어든 듯 신묘한 느낌에 운천의 마음이 흔들릴 지경이다. 사암이 침식되면서 허물을 벗는 것처럼 용의 형상이 드러났다. 용의 무늬에 운천의 관심이 낮은 데로 휩쓸리는 빗물같이 쏠린다. 기둥의 미세한 물질들이 비중에 따라 침전되는 양 휩쓸렸다고 여겨진다. 천연색을 띠는 물질들이 무척 많다는 사실은 천신의 암시처럼 느껴진다. 다른 부위의 물질들은 하수구의 배설물인 듯 바깥으로 빠져나갔다는 점이었다.

아무렇게나 흘러내렸다면 여느 사암 기둥들같이 아무런 무늬가 없었으리라 여겨진다. 그런데도 용의 모습이 고스란히 그림인 양 남아 있지 않는가?

기둥을 바라보던 운천의 머릿속을 어떤 생각이 사나운 기류처럼 파고든다.
'어떤 내공이 빼어난 절세의 고수가 기력을 운행한 흔적은 아닐까? 만약 그렇다면 무림에 진출하기도 만만한 일이 아니겠어. 도대체 이 지하 광장의 기둥에다가 내력을 운행했던 고수는 누구였을까? 그 고수가 눈앞에 나타난다면 남악검법으로도 제압할 수 없겠는데? 남악검법으로도 이길 수 없는 적이 존재하다니? 세상에 이런 무학을 창안한 고수는 아직도 살아 있을까? 아, 정말 앞으로의 언행에 각별히 신경을 써야 되겠구나.'

운천은 마(魔)의 늪에 빠지지 않으려는 듯 언행에 각별히 조심한다.

도화도의 동굴에서 빠져나가면서 설하영이 빛살같이 신속히 도화도를 떠났다. 동굴에 각인하는 양 사암 기둥 앞에서 설하영이 신분을 밝혔다. 신분을 밝히면서 천신을 대하듯 운천에게 봉황문의 변신을 도우라고 부탁했다. 무림을 억누르는 것처럼 봉황문이 세상을 장악하지는 못했어도 위상은 어마어마했다. 무림인들이라면 맹수에 내몰리는 것같이 봉황문의 움직임에 신경을 써야 했다.

설하영이 운천에게 구애하는 양 문파에 대한 협조를 구할 때다. 세상에 갓 뛰어들었기에 매사가 불길 곁의 기름처럼 조심스러운 운천이다. 미래의 운명을 개척하듯 자신의 신분을 밝히는 설하영이 대단하다고 여겨졌다. 산맥의 구조를 바꾸려는 것같이 봉황문을 정통파로 만들겠다고 하지 않은가? 설하영은 선경의 신선인 양 대단한 존재라 여겨진다. 하산할 때 스승이 강조한 말들이 언제든 칼날처럼 매섭게 느껴진다. 첩자를 경계하듯 누구의 말이든 쉽게 믿어서는 안 될 처지다. 특히 가슴을 휘젓는 것같이 설레게 하는 여인들을 조심해야겠다고 여긴다. 여자들과 잘못 사귀면 허방에 빠지는 양 인생이 망가지리라 여겨진다. 운천은 산에 머물다가 태풍에 떠밀리듯 세상에 뛰어든 처지가 아닌가? 하산하면 미래의 운명을 예견하는 것처럼 시종 조심해야 한다. 방심하면 절벽에서 떠밀리는 것같이 생명까지도 잃을 수 있으리라 여겨진다.

제자를 보석인 양 아끼는 스승의 말이지 않은가? 스승의 지침인 듯 조금이라도 방심할 수가 없었다. 설하영이 진심을 토했어도 속내를 감별하려는 것처럼 운천은 거리를 두었다. 운천의 처신은 여인들의 접근을 방패같이 막곤 했다. 설하영은 틀을 바꾸려는 양 가슴을 졸이면서 문파의 미래를 털어놓았다. 설하영은 물길을 보고 기후를 예측하듯 사전에 생각했다. 그녀가 진술하면 운천도 산사태가 일어나는 것처럼 자신에게로 무너지리라 예견했다. 그랬는데도 운천은 거목같이 좀체 흔들리지 않았다. 운천에게 연인이 있는지를 물었어도 세상에 무심한 양 고개만을 내저었다.

설하영은 아미산에서부터 연인을 확보하려는 듯 은밀히 운천의 뒤를 쫓았다. 그러다가 끝장을 내려는 것처럼 도화도의 지하 동굴로 운천을 데려갔다. 설하영이 진심으로 얘기하는데도 운천의 반응은 경계하는 것같이 밋밋한 느낌이었다. 연인이 있는지 물었는데도 무심한 양 운천이 고개만 흔들었다. 설하영이 보다 더 진심을 전하듯 얘기하려고 할 때였다. 설하영을 호출하는 것처럼 매 우는 소리가 들렸다. 그러자 내쫓기는 사람같이 설하영이 간단히 인사만 남기고는 운천에게서 떠났다. 운천이 현실 세계로 돌아가려는 양 동굴에서 빠져나가기도 전이었다.
　운천이 하직 인사를 하듯 동굴의 사암 기둥을 살폈다. 숨겨진 비밀처럼 사암 기둥에서 기이한 점이 발견되었다. 누가 인위적으로 그림을 그린 양 기둥에 지력(指力)을 가했다고 느껴진다.
　'이 정도의 기력을 쏟아 낼 고수라면? 참으로 절세적인 무공을 지닌 괴인이라 여겨지겠는데?'

　운천이 미지의 인물을 연상하려는 것같이 돌기둥 앞에서 생각에 잠긴다. 그러다가 동굴에서 연기처럼 천천히 빠져나간다. 그러다가 미래를 구획하듯 한 약속을 떠올리고는 팔선대사를 만나러 간다. 거리를 재려는 양 가늠하니 팔선대사가 묵는 강변여관까지의 거리는 가까웠다. 동쪽에 운천의 숙소가 있고 짝을 맞추듯 서쪽에는 강변여인숙이 있다. 운천이 강변여인숙에 들어서자마자 종업원이 귀빈을 맞는 것처럼 굽실대며 말한다.
　"혹시 팔선대사님을 만나러 오신 분이세요?"
　심문에 응하는 것같이 운천이 수긍하자 종업원이 복도 끝을 가리킨다. 운천이 침착하게 걸어가서 방문을 통보하듯 문을 두드릴 때다. 문이 열리기도 전에 방에서 단아한 목소리가 거문고의 선율처럼 흘러나온다.
　"백 시주님, 어서 오시오. 나는 시주님만 떠올리면 마음이 한없이 편안해진다오. 왜 그런지 알겠소이까?"
　운천이 무척 반갑다는 양 허리를 굽히며 팔선대사에게 말한다.
　"후배를 그처럼 높이 평가해 주셔서 감사합니다. 오늘의 이동 지침을 전달받으려고 왔으니 지도해 주시기 바랍니다."

　팔선대사의 말이 흐르는 강물인 듯 담담히 펼쳐진다. 정통파에게 넘어온 정보를 소중한 바람결처럼 나눠 주겠다고 한다. 사파들이 똘똘 뭉치는 것처럼 단합하여 청해진을 기습할 무렵이었다. 남해의 해남도에서는 봉황문

(鳳凰門)이라는 사파(邪派)가 조직되어 신룡(神龍)같이 얼굴을 내밀었다. 봉황문 무림인들의 실력은 바다라도 뒤엎을 양 어마어마한 수준이라 알려졌다. 무림에서 빨리 정착하려는 것처럼 이들은 서역의 백골파(白骨派)와 손을 잡았다. 그들의 세상을 구축하려는 듯 두 파가 정통파를 궤멸시키기로 약속했다. 신비로운 인물 같은 봉황문의 사문장로(師門長老)는 천마독존(天魔獨尊) 황우천(黃宇天)으로 알려졌다. 사문장로는 문파의 실력을 상징하는 양 문파 제일의 실력자이다. 어느 문파에도 공통이듯 사문장로의 무술 실력은 장문인보다는 더욱 빼어나다. 천마독존은 신룡(神龍)과 같은 존재로서 그의 재간은 무적에 가깝다고 알려졌다. 사문장로 이외의 봉황문의 알려진 무술인들은 돌담의 돌멩이들처럼 많다. 장문인인 북면천마(北面天魔)는 돌풍에 휘몰린 사시나무인 양 무림인들을 떨게 한다. 서호혈룡(西湖血龍), 남강유령(南江幽靈), 동악일귀(東岳逸鬼), 홍소귀마(哄笑鬼魔), 황천극흉(黃泉極凶)은 봉황문의 맹수처럼 사나운 고수들이다. 위의 어떤 인물인들 정통파의 고수들을 능가할 듯 강하다. 천마독존에게는 신룡 같은 2명의 제자들이 있다. 사문을 물려받으려는 양 수제자가 마장천(馬莊天)이고 둘째 제자가 설하영(薛霞英)이다.

팔선대사가 안개를 빨아들이듯 가볍게 숨을 들이쉰 다음이다. 팔선대사의 말이 눈이 녹아 흐르는 낙숫물처럼 이어진다. 사파들 중에서는 천공파의 위세가 한여름의 태풍같이 가장 강했다. 마령신군(魔靈神君) 허융봉(許隆峰)에게는 천하를 흘겨볼 양 놀라운 2명의 제자가 있다. 허융봉의 족적처럼 닮은 수제자는 북문단주(北門團主) 나화엽(羅華燁)이다. 둘째 제자는 궂은날의 돌풍인 듯 매서운 남문단주(南門團主) 사마영(司馬英)이다. 천공파의 장문은 명산의 고봉(高峰)인 양 장중한 황해흑존(黃海黑尊)이다. 해중노귀(海中老鬼), 삼남해마(三南海馬), 청혼살수(青魂殺手), 마천흑마(魔天黑馬), 흑룡독귀(黑龍獨鬼)는 천공파의 핵심 같은 인물들이다.

팔선대사가 들려주는 정보를 돌에 꼼꼼히 새기듯 운천이 열심히 듣는다. 서역의 백골파가 낙양과 중경에 중원으로 내달을 진지처럼 분파를 설립했다. 며칠 전에 악마의 눈알이 뒤집힐 것같이 놀라운 사건이 벌어졌다. 삼남해마와 청혼살수가 부하들을 데리고 2개의 분파를 까뭉개려는 양 초토화시켰다. 본토의 중앙으로 진출하려던 백골파에게는 산사태에 내리깔리듯 엄청난 사건이었다. 백골파는 서역에서는 중원의 정통파와 맞겨룰 것처럼 당당한 위상을 가졌다. 천공파가 저지른 일은 강바닥의 장애물같이 묵과할 수가 없었다. 백골파의 고수들은 영원한 교분을 맺는 양 봉황문을 찾아갔다. 백골파와 봉황문이 힘을 모아 산을 허물듯 천공파를 궤멸시키기로 했다. 숙적을 궤멸시키려는 것처럼 결전의 장소를 산서성(山西省)의 항산(恒山)으로 정했다고 한다. 항산에는 산을 관리하는 것같이 항시 머무는 정통파가 없다. 다른 곳보다는 비밀의 놀이를 즐기려는 양 결전하기가 편하리라 인정된다.

청해진에 참석했던 무림인들은 참극을 줄이려는 듯 항산으로 이동하리라 들려준다. 운천도 정통파의 무림인들을 보호하려는 것처럼 곧장 항산으로 가리라 작정했다. 아미산에서부터 항산까지의 거리는 심해의 물길같이 한없이 길다. 파도가 휘몰리는 양 말을 몰아도 닷새가 걸리는 머나먼 거리다. 아미산을 떠나서 꿈속의 세계인 듯 면양의 도화도에서 팔선대사를 만났다.

간단한 정보로도 바위의 골격처럼 굵은 윤곽을 확인한 운천이다. 밤낮의 시간을 휘모는 같이 닷새 후에는 항산에 도착할 작정이다. 아미산을 떠난 첫날엔 사천성의 면양에 돌멩이가 멈추는 양 도착했다. 한낮에는 약속이나 한 듯 황의청년 차림새의 봉황문의 설하영(薛霞英)을 만났다. 설하영은 신룡 같은 고수인 천마독존의 두 제자 중의 둘째이다. 만물에 대한 식견이 탁월하여 스승이 장중보옥(掌中寶玉)처럼 특별히 아끼는 제자이다.

개구리가 논두렁을 건너뛰는 양 세월이 성큼 흘렀다. 산비탈에서 미끄러지듯 어느새 아미산을 떠난 지 닷새째다. 구획을 짓는 것처럼 예정대로라면 오시 중반(낮 12시)에는 항산에 도착해야 마땅하다. 물에 빠진 것같이 온몸을 적셔 달려도 오시까지는 도착하기가 어렵다.

넋이 나갔던 양 운천이 무의식적으로 '휘익'하고 휘파람을 분다. 그러자마자 기다렸다는 듯 인근의 솔숲이 흔들리더니 공천하(孔天賀)가 나타난다. 공천하는 예전에 마음을 묶는 것처럼 운천과는 연인으로 지내기로 했다. 공천하가 수풀에서 새가 밖으로 날아 나오는 것같이 내달으면서 말한다.

"상공, 일찍 도착하셨군요. 휘파람 부는 솜씨가 정말 대단하네요. 제 사문에서 저를 부를 때의 신호와 완전히 같아요. 하루 종일 휘파람만 연습한 것처럼 솜씨가 놀랍네요. 그간 어떻게 지내셨어요?"

공천하가 여인임이 밝혀지고서부터 운천의 마음이 자석에 달라붙는 양 끌렸다. 가슴속으로 파고드는 강한 산울림 같은 끌림이 느껴졌다. 그녀를 보노라면 물결처럼 밀려드는 심산의 맑은 바람결이 느껴진다. 그 근원을 처음에는 호흡에 쓰이는 공기의 존재인 듯 몰랐다. 시간이 흐르면서 원인을 뒷걸음질하는 소의 행보인 양 천천히 깨달았다. 운천도 스승에게 이끌려 적막(寂寞)을 지키듯 고적하게 형산에서 4년간을 수련했다. 언제나 숨결처럼 들리는 소리는 낙안봉을 휩쓸어 가는 바람 소리였다. 이런 환경에서 씨앗이 뿌리를 내리는 것같이 4년간을 묵묵히 수련했다.

한여름이면 집 앞의 강인 양 장대한 개천에 거룻배를 띄웠다. 개천은 0.4리(160m)의 폭을 지녔고 수량도 심해의 바닷물인 듯 풍부했다. 필수적인 수련처럼 자맥질을 비롯하여 다양한 수영 방법을 골고루 익혔다. 물길을 가르는 것같이 노련한 어부만큼 배를 잘 몰았다. 집을 품에 안으려는 양 개천의 길이는 400여 장(1.212km쯤)에 이르렀다. 이런 지형에 적응하는 것처럼 운천은 4년간 개천에서 많이 노력했다. 스승은 무학(武學) 이외에도 명주(明

酒)에까지도 손금을 들여다보는 듯 상세히 설명했다. 물속에도 들어가서 해적 놀이를 하는 것같이 수중전(水中戰)에 대해서도 지도했다. 적선을 좌초시키려는 양 적선의 밑바닥에 구멍을 뚫는 방법까지 익혔다. 꿈을 펼치는 것처럼 개천에 배를 띄워 많은 학문까지도 지도받았다. 고강한 무인(武人)을 뛰어넘어 학문까지도 선비인 듯 통달하게 되었다.

 선경에 묻힌 것같이 한이 없는 세상에서 출생했다면 관원이 되었을까? 일가족이 죽어서 흙에 묻힌 한이 서리인 양 시리지 않았던가? 세상이 햇살처럼 화평해져도 운천에겐 화평이란 통하지 않을 말이었다.
 '어떤 경우가 생길지라도 가문의 원수에 대한 복수는 해야 한다. 상대가 강하여 함께 죽을지라도 반드시 복수는 해야 한다.'
 이런 마음을 가다듬듯 가문의 적을 찾다가 만불정(萬佛頂)에서 적들을 해치웠다.

 풀숲에서 자객같이 불시에 나타난 공천하로 인하여 운천이 다소 놀란다. 다른 세상을 걷는 양 느닷없이 공천하를 만나리라고는 예측하지도 못했다. 공천하에 대한 염려는 소금이 물에 녹아 스러지는 것처럼 사라졌다. 까치 우는 소리에 호흡을 맞추듯 공천하가 황급히 사라졌기 때문이다. 까치 우는 소리가 수수께끼 같은 문제라고 여겨진다.
 '왜 그녀는 까치만 울면 시야에서 사라지는가? 도대체 그녀와 까치는 무슨 관계로 얽혀 있을까?'

 마침내 중오 무렵이 추녀의 고드름이 마당에 접근하는 양 가까워졌다. 운천이 기나긴 여정을 마무리짓듯 항산 발치의 무현(霧峴) 마을에 도착했다. 50여 가구의 마을은 사람들의 온기를 내뿜는 것처럼 짜임새가 느껴진다. 운천이 주변을 둘러보니 산하여인숙(山下旅人宿)이란 곳이 고향같이 마음에 든다. 여인숙에서 말의 노고에 보답하는 양 대금을 지급하고는 말을 맡긴다. 점원이 오랜 주인처럼 말을 데려가 끓인 죽과 물을 먹인다. 점심까지 마치고는 몸을 나비인 듯 빼내어 항산 기슭으로 잠입한다. 풀잎 위의 이슬같이 차림새를 가뿐히 하고 보검을 등에 맨다. 한눈에도 무림인임이 그림자인 양 훤히 드러나는 차림새다. 결투하러 현장에 나타났기에 차림새부터 격식을 갖추듯 갖추어야 한다고 여긴다.

마을에서 구입한 항산 지도를 손바닥의 손금처럼 면밀히 들여다본다. 기둥같이 우뚝 선 봉우리가 21개이다. 넋을 빼앗는 양 빼어난 풍광이라면 바로 선경(仙境)에 해당됨을 안다. 앞날을 내다보는 것처럼 신선의 도(道)라도 수련해 두었더라면 좋았으리라 여겨진다. 실력을 뽐내듯 경신술로 최고봉까지 오를까도 생각했지만 조심하기로 마음먹는다. 설치다가 넋을 잃는 양 핵심을 놓쳐서는 안 되리라 여겨진다. 나무의 줄기 속 같은 핵심이란 백골파와 천공파 간의 대결이다. 백골파를 도우려고 봉황문이 심산의 경비병처럼 벌써부터 입산해 있다. 천공파를 도우려고 사파의 고수들도 홍수의 물줄기인 듯 세차게 몰려든다.

청해진의 기습에 보복하려는 것같이 정통파들도 사파들을 분쇄하려고 항산에 몰려든다. 항산에서 저승의 숨결인 양 피바람이 불 것으로 예상된다. 666장(2,017m)의 높이라고 자랑하는 것처럼 우뚝 솟은 항산이다. 높이를 줄자로 잰 듯 언제부터인가 높이가 명확히 제시되어 있다. 21개의 봉우리들 중에서 항산을 다스리는 것같이 솟구친 최고봉이 천봉령(天峰岺)이다.

급소를 공격하려는 양 곧바로 항산으로 진입하느냐 여유스럽게 진입할지를 생각한다. 그러다가 사태의 심각성을 헤아리듯 곧바로 진입하는 방식을 택한다. 발치에서 항산을 올려다보니 봉우리들이 뭉게구름처럼 겹겹으로 몰려 있어서 장관이다. 언제까지나 넋을 잃는 것같이 감탄만 하고 있을 수는 없다. 재차 차림새를 빗질하는 양 가다듬고는 산길을 오른다. 산길이 평탄한 곳에서는 경신술을 써서 빛살처럼 통과해 버린다. 운천이 경신술을 쓰면서부터 물속인 듯 보이지 않던 문제가 생겼다. 자신의 경신술이 애초부터 비교하지 않았던 것같이 어느 정도인지 모른다. 거미줄을 더듬는 양 은밀하게 산을 타는 일반인들에겐 전설같이 경이롭다. 매가 허공으로 쉽게 비상하듯 가뿐하게 사람이 하늘을 날지 않는가? 무술인들일지라도 무공이 햇빛과 반딧불처럼 비교가 안 될 정도라면? 무림인들에게도 질투심은 바다의 수량같이 많다. 자신보다도 무술이 강력하게 느껴진다면 오줌을 지리는 양 치를 떤다. 약자란 풀잎 위의 이슬처럼 스러질지도 모르는 유력한 대상인 탓이다. 미지의 누구로부터 절벽에서 떠밀리듯 곧 살해되다니? 살해될 확률이 산사태에 매몰되어 죽을 확률같이 높다니? 산길을 오르던 무림인들이 자신들의 생명을 보호하려는 양 운천을 경계한다. 운천의 의복과 차림새를 매서운 저승사자의 외모처럼 기억하려고 한다.

숨겨진 비밀인 듯 운천의 경신술은 천하에서 서열이 5번째이다. 1위는 신화의 존재 같은 추풍신검(追風神劍)이고, 2위가 아미파의 태행신니이다. 도토리의 키 재기인 양 비슷해도 3위는 백운도인이고 4위가 사룡도인이다. 아미파는 우주의 신비처럼 예전부터 경공에는 일가(一家)를 이룬다고 알려져 왔다. 사문장로인 태행신니의 무공은 세상을 뒤엎을 듯 대단하다고 알려졌다. 게다가 매년 식물이 잔뿌리를 키우는 것같이 새로운 연마를 계속한다. 몽환인 양 전설적인 무림의 흐름에 있어서도 운천의 경신술은 경이롭다.

운천이 산악의 실체를 파악하려는 것처럼 항산의 산세를 훑어본다. 지도상의 것과는 다르게 지면에 송곳을 세운 듯 험준하다고 여겨진다. 산악을 다스리는 것같이 차지한 3군데가 항산의 주봉으로 가는 길목이다. 운천이 유시 중반(오후 6시)에 매가 내려앉는 양 귀마곡(鬼魔谷)의 입구에 도착한다. 항산의 남동쪽 6개의 절벽이 철조망처럼 연접하여 높다랗게 치솟았다.

지형이 웅덩이인 양 복잡한데다 습도가 높아서 산짐승의 출입마저 뜸하다. 귀마곡의 높이는 매같이 공중에서 내려다보니 50장(151.5m)가량으로 보인다. 운천이 지세를 확인하려는 듯 돌멩이 2개를 휙 날린다. 돌이 계곡으로 날아가자마자 박쥐 떼가 먹구름같이 새카맣게 몰려든다. 위압감을 자아내는 양 100여 마리는 되어 보이는 박쥐들이다. 박쥐를 살펴보다가 운천이 놀란 것처럼 움찔 어깨를 흔든다. 피습자가 비명을 내지를 듯 무척 고통스러워하는 흡혈 박쥐라 여겨진다. 산야의 부랑배 같은 늑대나 들개의 무리들마저 질식(窒息)시키듯 순식간에 죽인다.

박쥐들의 미친 양 날뛰는 집요함은 어떤 동물들도 따르지 못한다. 박쥐들이 등불 앞의 나방 떼처럼 몰려들면 박쥐들을 물리쳐야 한다. 운천은 허공에 신호를 보내려는 것같이 돌멩이 2개를 날렸다. 돌멩이를 깨물려는 것처럼 달려드는 박쥐들의 위세가 이만저만이 아니다. 이럴 경우에 위세를 누그러뜨리려는 양 운천이 돌파할 방법을 찾는다. 장풍(掌風)을 써서 박쥐들을 먼지같이 멀리 내쫓는 방식을 택하기로 한다. 소장된 부채를 고르듯 어떤 장법을 써야 할지 망설여진다. 겁만 줄 것같이 경미한 장풍이면 되겠다는 생각이 든다. 하늘의 장애물을 제거하려는 양 검법을 휘둘러서는 안 되리라 판단한다. 남악검법을 펼친다면 박쥐 전체가 죽어서 먼지처럼 나부낄지도 모른다. 세상의 악을 제거하듯 박쥐들을 다 죽일 필요는 없기 때문이다.

무림에 들어서서는 처음으로 적수를 대하는 것같이 장법을 펼치기로 한다. 깔끔한 그림자인 양 남악검법에 대응하는 장법에는 형산장(衡山掌)이 있다. 이 장법은 평지를 조성하듯 산악을 무너뜨리거나 연못의 물을 기울인다. 형산장은 굵직한 골격처럼 9개의 장법으로 이루어져 있다. 제1식인 표풍복야(漂風覆野)는 바람이 평야를 망사같이 뒤덮는다는 의미의 장법이다. 장풍의 무학적(武學的)인 바탕인 양 기초적이고도 골격이 다져진 장법이다. 장법을 수련하면서도 생명체를 존중하듯 동물에 대해서는 써 보지 않았다.

박쥐에 대해서 시연하게 되어 낯선 곳을 탐방하는 것처럼 긴장된다.

'박쥐를 물리치지 못하면 검법이라도 휘둘러야 할 판이잖아? 제발 장법으로 간단히 처리하게 되면 좋겠어.'

운천이 표창을 날리려는 것같이 기력을 끌어올려 귀마 협곡에 들어선다.

날려 보낸 돌멩이에 놀란 양 순식간에 숨어 버린 박쥐들이었다. 그랬는데 운천이 협곡에 들어서자마자 기다렸다는 듯 훅 달려든다. 100여 마리여도 하늘을 뒤덮은 것처럼 수백만 마리로 보일 지경이다. 운천이 본능적인 것같이 가슴 높이까지 두 손을 들어 올린다. 그러다가 물방울을 튕기는 양 오른손을 내밀어 하늘의 박쥐들을 가리킨다. 박쥐 떼를 향하여 형산장의 표풍복야라는 초식이 홍수의 물결처럼 밀려간다.

평야 위를 스치는 미풍인 듯 초식이 부드럽게 펼쳐지는 찰나다. 기류가 앞으로 휘몰려 나가는 것같이 장중하면서도 묵직하다. 돌멩이가 심연의 바닥에 닿는 양 지풍의 일부가 박쥐에 닿는다. 갑자기 용오름이 휘몰리듯 커다란 소용돌이가 일며 바람결이 급격하게 거세어진다. 폭풍우가 수중으로 휘몰리는 것처럼 강렬한 기세로 장풍이 박쥐들에게로 쏠린다. 박쥐들의 저항하는 정도가 커지자 순간적인 반발력도 급격한 소용돌이같이 커진다.

운천이 허공을 더듬는 양 육성의 공력으로 표풍복야의 초식을 펼친다. 그랬는데 숱한 박쥐들이 허공으로 치솟다가 우박이 떨어지듯 땅으로 떨어진다. 내력을 떨어뜨리는 것처럼 오성의 공력으로도 발출해 본다. 대다수의 박쥐들이 흡혈귀에게 피를 빨리는 것같이 땅바닥으로 추락해 버린다. 운천이 산사태에 깔리는 양 공격당할 우려는 사라졌지만 박쥐들은 나뒹굴었다. 운천이 손을 내밀지만 않았어도 절벽에서 추락하듯 죽지 않았으리라 여겨진다. 생각이 심해의 안개처럼 내면으로 파고들자 운천의 마음도 무척 복잡해진다.

언제까지 넋이 빠진 것같이 박쥐들의 시신만 들여다볼 겨를은 없었다.

운천이 귀마 협곡으로부터 '한 식경(30분)'쯤 돌풍인 양 신속히 달려간다. 시야에 하늘을 막아서듯 음험하게 치솟은 절벽으로 이루어진 계곡이 보인다. 운천이 운명을 예감한 것처럼 직감적으로 느낀다.

'아, 이 계곡이 바로 사룡(巳龍) 계곡이구나. 이 계곡에는 독사들이 지천으로 깔려 있다고 했는데 조심해야겠구나.'

계곡을 향해 돌멩이 2개를 주워서 비수같이 휙 날린다. 돌멩이들의 궤적을 탐지하려는 양 독사들이 50여 마리가 허공으로 치솟는다. 흐르는 바람결처럼 익숙한 몸놀림의 독사들을 보며 운천이 생각에 잠긴다.

'독사들이 허공으로는 잘 솟구치지 않는데 별스러운 현상도 다 보네.'

독사들의 허공으로 치솟는 원인을 추론하다가 운천이 기겁하듯 움츠린다.

'대기 중에 독사들이 좋아하는 물질들이 분사되어 있다면? 독사들은 무서운 동물이라 물리기만 하면 끝장이잖아? 독사들을 상대할 때엔 검풍을 써야 되겠구나.'

운천이 우주의 기운을 들이마시는 것같이 하늘을 향해 숨을 들이쉰다. 독수리가 치솟는 양 협곡 사이의 하늘로 몸을 날린다. 몸을 날리는 맵시가 번갯불이 이는 듯 무척 빠르다.

화살처럼 빠르게 날았는데도 100여 마리의 독사들이 운천에게로 훌쩍 달려든다. 미래의 상황을 내다보는 것같이 왼손으로는 형산장을 오른손으로는 남악검법을 휘두른다. 운천의 손길에 독사들이 토막이 나서 사방으로 빗방울인 양 흩어진다. 운천은 그 틈을 이용하듯 협곡의 공간을 성큼 통과한다. 그 부분을 통과하면서 괴로움을 털어내려는 것처럼 운천이 마음속으로 중얼댄다.

'항산에 뛰어들기가 쉽지 않구나. 지도상으로는 또 하나의 관문이 남았는데 어서 통과해야지.'

1다경(15분)쯤 앞으로 나가니 새로운 협곡이 입을 벌리는 것같이 드러난다. 이름부터 맹수인 양 흉맹스러운 살시(殺矢) 협곡이라 불리는 곳이다. 사람들이 산적처럼 숨어서 화살을 쏘기에 적합한 지형이다. 운천이 지형적인 특성을 탐색하듯 돌멩이 2개를 계곡 사이로 날린다. 등불로 날아드는 나방들같이 엄청난 숫자의 화살들이 돌멩이를 향해 날아든다. 돌멩이가 동물이라면 순식간에 몸통이 벌집인 양 뚫릴 판이다.

협곡으로 들어서기에 앞서서 삶을 정리하듯 운천이 잠시 머릿속으로 생각한다.

'참으로 지형이 다 묘하구나. 이런 지형이 아니라면 그냥 살그머니 숨어 들어가면 되잖아? 굳이 이런 지형이 있어서 사람들의 출입을 통제하니 좀 억울하구나. 솔직히 억울하기보다는 다소 짜증스럽구나.'

운천이 어른대자 어디에선가로부터 사람의 목소리가 질타하는 것처럼 차갑게 들린다.

"서역의 백골파나 해남의 봉황문의 사람이면 응답하시오. 그렇지 않으면 화살을 쏘겠소."

운천이 은신한 상대를 협박하려는 것같이 커다란 목소리로 말한다.

"좋소. 어디 백골파나 봉황문의 화살 솜씨가 어떤지 구경하고 싶소이다. 지금 들어갈 테니까 마음껏 쏘아도 좋소이다."

말을 마치자마자 운천이 독수리가 치솟는 것같이 협곡으로 몸을 날린다. 그러자마자 숱한 화살들이 운천을 향해 휘몰리는 꽃잎들인 양 떨어진다. 운천이 형산장과 남악검법을 써서 날아드는 화살을 영접하듯 휘두른다. 그러자 힘이 빠진 것처럼 화살들이 땅바닥으로 다 떨어진다. 운천이 세상을 정리하는 것같이 손과 칼을 휘두를 때다. 하늘로 솟구치는 경신술도 선경(仙境)의 신선이 재주를 부리는 양 빼어났다. 장법과 검법도 새로운 세상을 열듯 환상적인 수준이라 여겨진다. 화살을 표창처럼 숱하게 날렸던 사파(邪派)의 군호들마저 박수를 치며 환호한다.

"정말 빼어난 고수로군."
"어쩜 두어 번만에 화살들을 다 떨어뜨렸지?"
"저놈의 장법이나 검법에 걸리면 살아나지를 못할 것 같네."

운천이 살시 협곡을 꿰뚫는 것같이 통과하여 '한 식경(30분)'쯤 걸어갔다. 숲에서 백골파의 고수들이 둑 터진 물줄기인 양 드세게 내닫는다. 형광(螢光)이라 불리는 백골파 8명으로 이루어진 산악마저 허물듯 무서운 검진이다. 길에서 노닥거리는 것처럼 시간을 허비할 수가 없다고 운천이 생각한다. 형광 검진 위를 구름을 꿰뚫는 것같이 경신술로 통과해 버린다. 그러고는 유성이 흐르는 양 매서운 속도로 앞으로 내닫는다. '한 식경(30분)' 만에 봉황문의 노도(怒濤) 검진이 산악인 것처럼 나타난다. 살해의 규모를 줄이듯 칼은 배제하고 형산장으로만 검진을 돌파하려 한다. 부근의 지형이 인위적으로 꾸민 것같이 조금 특이하게 보인다. 운천의 눈앞을 가로막으려는 양 거대한 개천이 눈앞에 기다랗게 드리워졌다. 개천을 가로질러 다리가 놓였는데 여인들의 아취인 것처럼 우아하다. 다리의 이름은 하늘에서 부여된 듯 운학교(雲鶴橋)라 되어 있다. 운학교 위에는 7명으로 구성된 검진이 고슴도치의 바늘같이 펼쳐져 있다. 봉황문의 고수들이 노도(怒濤) 검진을 사수하려는 양 펼치고 있다. 검진 맞은편을 바라보니 신화의 창고인 것처럼 운학비동(雲鶴秘洞)의 입구가 보인다. 봉황문의 검객들이 비적(匪賊)들인 듯 비동으로 침투하려는 모양새다. 봉황문이 동굴을 차지하면 사파의 소굴같이 작용하여 정통파가 위험해지리라 여겨진다. 운천이 다리 밑에서 공간을 옮기려는 양 거리를 측정한다. 운천이 몸을 왜가리인 것처럼 뒤집었다가 펴니 운학비동의 출입구 앞이다. 거기는 봉황 검진과는 복선을 깔아 세운 듯 반대편이다. 봉황 검진을 이룬 인원은 각자의 역할을 강조하는 것같이 7명이다. 세상의 기본을 중시하려는 양 당당히 나서는 40대 중반의 사내들이다.

어떤 검진이든 단체의 결합력은 집단의 의미를 부각하려는 듯 나타난다.

사내들이 단체의 힘을 드러내려는 것처럼 검진을 편다는 자체가 위력적이다. 운학비동의 입구에서 운천이 훼방꾼들을 고립시키려는 것같이 봉황문의 검객들을 막는다. 6성의 공력으로 남악검법을 먼지를 터는 양 노도검진으로 날려 보낸다. 가벼운 공력을 발출했을 따름인데도 노도검진이 낡은 토담인 듯 무너진다. 심하게 다치지는 않았지만 다들 땅바닥에 쓰러져 가랑잎처럼 나풀거린다. 봉황문의 단주인 설하영(薛霞英)이 전세를 가다듬으려는 것같이 나타나며 말한다.

"소협, 손에 사정을 두어 저희 검진을 봐 주셔서 감사합니다. 조금 전의 검법을 제대로 휘둘렀으면 다들 사망했을 거예요. 제 말이 맞죠?"

운천이 반갑다는 양 설하영을 향해 포권의 예로 인사하며 응답한다.

"여기서 설 소저를 만나다니 기뻐요. 제가 여기에 있는지 어떻게 아셨어요?"

설하영도 마음을 가다듬으려는 것처럼 잠시 침묵하더니 응답한다.

"소협, 노도검진은 봉황문의 상징적인 검진이에요. 제가 단주이기에 검진이 의외로 타격받지 않게 관리해야 하거든요."

운천에겐 운학비동의 내부가 심연의 물속인 듯 궁금하게 여겨진다. 동굴 앞에다가 검진을 펼친 원인도 먹구름에 묻힌 별들같이 궁금하다. 설하영이 언제부터 아낙네가 아궁이를 지키는 양 동굴을 지켰는지도 궁금하다. 검진을 깔아서 동굴을 지키려 했던 원인이 웅덩이의 수초처럼 궁금하다.

운천의 마음속에는 그리움의 근원인 듯 온통 공천만 깔려 있다. 세상을 채우는 대상으로는 조연을 배제하는 것같이 공천만으로 족하다고 여긴다. 그녀와 함께라면 태산의 위용인 양 추앙하던 무술까지도 포기하고 싶어진다. 무술뿐만이랴? 무술계의 태양처럼 숭배하던 스승마저도 깨끗이 잊고 싶을 정도다.

스승이 아니었으면 오늘날의 운천은 사막의 이슬인 듯 절대로 없었으리라.

하지만 그런 절대적인 세계마저도 허물 것같이 당당한 존재. 실존 인물임을 일깨우려 양 그런 존재가 공천하다. 공천하와 함께라면 그 자체가 하늘 밖의 하늘같이 새로운 우주다. 어느 사이에 운천의 마음은 심산의 호수인 양 맑게 가라앉았다. 세상의 누구를 대하더라도 사자(死者)의 영혼처럼 더 이상의 동요는 없어졌다.

운천은 운학교 아래에서 칼을 가는 듯 마음을 다진다. 어쨌든 동굴 바깥의 검진을 장애물을 치우려는 것같이 해체할 작정이다. 동굴로 뛰어들어 웅덩이의 물을 푸는 양 비밀을 파헤칠 작정이다.

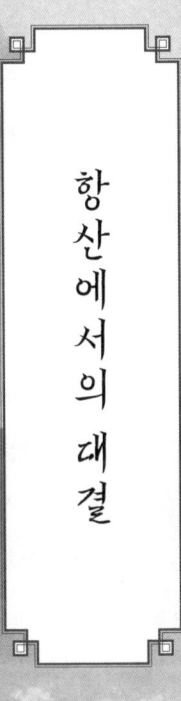

항산에서의 대결

비동의 입구에서 설하영을 만나자 가슴이 열린 것처럼 여유가 생긴다. 안개의 근원이 물방울이듯 항산 대결의 실체가 백골파와 천공파가 아닌가? 무너지려는 둑을 보완하려는 것같이 백골파를 봉황문이 도우려고 나타났다. 천공파는 중원에 뿌리를 대추나무인 양 단단히 내린 강력한 사파이다. 그들은 정통파의 고수들보다 압도적인 키다리들인 듯 우위의 실력을 지녔다. 봉황문이 백골파를 돕는다고 할지라도 바람을 맞는 바위처럼 대수롭잖게 여긴다.

서역의 백골파도 이름만으로도 당당한 것같이 만만찮은 실력을 가진 문파이다. 독특한 무술이 주변을 바람 앞의 촛불인 양 떨게 하리라. 설하영이 문파의 위력에 그녀의 위신을 싣듯 운천에게 말한다.

"백골파를 지원하려고 저희 봉황문은 좀 더 일찍 항산에 입산했어요. 그래서, 은밀히 항산의 지형을 훑었죠. 그러다가 정말 놀라운 지형을 발견했어요. 운학비동(雲鶴秘洞)이라는 입체적 동굴을 발견하고는 감탄했어요. 수직 3층의 구조를 지닌 동굴이어서 보물 같은 장소였어요. 지형이 특수하다 보니 다리 이외의 지역에서 파고들 수도 있죠. 어서 동굴 내부로 들어가 봐요."

운천이 발등을 잘못 찍힌 것처럼 놀란다. 동굴은 숙적을 노리는 것같이 봉황문이 공격하려던 대상이 아니기에 놀란다. 선경에 들어서는 양 설하영과 함께 운학비동의 1층에 들어선다. 1층의 내부에는 심해의 은밀한 곳처럼 수중 기관이 만들어져 있다. 혈액이 공급되듯 기관은 동굴로 흘러들어온 물로 가동되게 만들어져 있다. 육지의 연못같이 만들어지되 기다란 형태로 된 수조. 기관에 신체가 잠기면 거미줄에 걸린 나방인 양 벗어나기가 힘들다. 이런 당혹스러운 상태에서 수중의 기관들이 톱니바퀴처럼 치밀하게 작동한다. 운천을 견학시키듯 기관을 보여 주고는 설하영이 2층으로의 층계를 찾는다.

석회암 동굴이라서 2층으로 올라가는 내부도 정교한 예술품같이 잘 만들어졌다. 2층에 진입하니 이불인 양 넓은 가죽의 이동식 발판이 보인다. 설하영과 운천이 발판에 올라 2층의 실내를 관리원이 점검하듯 통과한다. 2층에도 고심한 흔적을 보인 것처럼 인위적으로 설치된 장치들이 많다. 설하영과 운천이 공간을 바꾸려는 것같이 배치된 3층 석실에 오른다. 외부로 물귀신인 양 은밀히 잠입한 5명의 백골파 무림인들이 보인다. 장기적인 안전을 도모하려는 것처럼 적(敵)은 반드시 제거해야 한다. 냉수 분출구에서 방출되는 비동의 바람은 만물을 얼릴 듯 강렬하다. 십성의 공력으로 공격하는 고수의 장풍에 비견될 것같이 대단하다. 설하영과 운천은 비동의 바람과 맞서려는 양 장력으로 내밀어서는 합친다. 동굴 벽을 허물듯 진동하며 흘러가는 강풍으로 변한다. 둘은 5명의 백골파의 사내들에게 합력한 바람을 바닷물의 소용돌이처럼 내보낸다. 바람의 위력은 세상을 바스러뜨릴 것같이 너무나 강하다. 설하영과 운천의 장풍에 맞은 사내들이 실신하여 나무토막들인 양 쓰러진다.

설하영이 중대한 비밀을 털어놓듯 운천에게 바싹 다가가 말한다.
"상공, 우리가 차분하게 이야기할 틈이 없군요. 하지만, 뚜렷한 사실은 강조해서 말할게요. 머지않아서 제 사부님은 폐관한 동굴에서 나오실 거예요. 그간 새로운 무술을 수련한다고 폐관하셨거든요. 재차 세상에 나오실 때가 거의 다 되었어요. 재차 세상에 나오시면 아마도 웅대한 뜻을 품으리라 여겨져요. 어쨌든 저와 사형 둘이서는 사부님을 설득하여 봉황문을 정통파로 바꾸겠어요. 사파로 인하여 사람들이 너무 큰 피해를 입는 것을 봤어요. 그렇기에 봉황문까지 그런 대열에 합류하도록 방치할 수는 없어요. 저와 사형의 단순한 마음이 아니에요. 무림에 해를 끼쳐서는 안 된다는 확고한 신념 때문입니다. 마음이 잘 통하지 않으면 사문을 떠날 것도 고려한 터예요."
무림의 정의를 구축하려고 애쓰는 설하영의 마음이 운천에게도 물결처럼 전해진다. 운천이 무림의 선배를 대하는 것같이 경건한 마음으로 설하영에게 말한다.

"참으로 설 소저는 훌륭한 분이에요. 그렇게 해 주신다면 무림인들이 보다 큰 행복을 누릴 겁니다. 정말 마음속 깊이 설 소저를 존경합니다."

설하영이 운천을 바라보며 운천의 마음을 분석하려는 양 생각에 잠긴다.

'나를 마음속 깊이 존경한다고? 그렇다면 나를 좋아한다는 말이잖아? 정말 그대가 나를 좋아하나요? 정말?'

설하영도 수목의 줄기처럼 세상에 드러난 여인들 중의 하나다. 얼굴이 심산(深山)의 호수인 듯 수려하고 마음씨까지 따뜻하지 않은가? 봉황문을 상징하는 것같이 문파의 남서단주로서 장문인보다도 무술이 빼어나지 않은가? 사닥다리의 높이인 양 봉황문에서는 서열 3위를 차지하는 신분이다. 서열의 뼈대를 헤아리듯 스승인 천마독존이 1위이고 2위는 북동단주인 마장천(馬莊天)이다. 3위가 산악의 기봉(奇峯)처럼 만만찮은 남서단주인 그녀이다. 이런 터에 봉황문에서 차지하는 설하영의 위상은 산악의 골격같이 대단하다.

설하영도 그녀의 마음에 수초인 양 휘감기는 운천을 생각해 본다. 무엇보다도 얼굴이 선경(仙境)의 풍경처럼 수려하게 잘생겼다. 청빈루에서부터 그림자를 드리우듯 줄곧 보여준 무술 실력에 마음이 끌렸다. 수시로 대면해도 햇살같이 따스한 그의 표정이 마음에 든다. 그리하여 자침에 이끌리는 쇳가루인 양 바싹 운천에게 다가서고 싶어진다. 이야기할 때쯤이면 언제나 그녀를 방해하듯 매의 울음소리가 그녀를 불렀다. 매의 울음소리는 문파를 다스리는 것처럼 통제하는 장문인의 집결 신호였다. 매의 울음소리로 봉황의 영혼을 대신하는 것같이 신호를 전하는 체제이다. 전설에서 현실을 이끌어 내는 양 전설의 봉황새를 매로 대신했다.

설하영이 연인처럼 좀 더 진지하게 운천과 대화하려 할 때다. 어디서인지 설하영을 찾듯 매의 울음소리가 크게 들린다. 매의 울음에 놀란 것같이 설하영이 서둘러 운학비동을 떠난다.

설하영과 헤어진 운천도 미련을 버리는 양 산길로 운학비동을 떠난다. 그랬는데 어딘가로부터 사람들이 웅덩이의 개구리들처럼 웅성대는 소리가 바람결에 흘러든다. 운천이 촉각을 곤두세우듯 소리가 들리는 부위를 알아본다. 항산의 최고봉인 천봉령(天峯岺)으로부터 홍수의 물줄기같이 들리는 소리임을 알아차린다. 소리를 듣자 운천이 바람의 그림자인 양 신속히 천봉령으로 이동한다.

운천이 몸을 비트는 것처럼 쉽게 천봉령에 도착했다. 천봉령의 중앙에는 실력자를 기다리듯 연무대가 세워져 있었다. 연무대 아래에는 별을 뿌린 것같이 관전석들이 촘촘히 마련되어 있다. 무림인들로부터 위촉받았던 양봉황문의 탁극배(卓極培)가 사회를 맡는다. 명성만으로도 위세를 부리는 것처럼 52살의 탁극배는 봉황문의 고수에 속한다. 탁극배가 공정성을 밝히려는 듯 결투의 진행 방식을 설명한다. 천공파와 백골파가 원수를 상대하는 것같이 한 사람씩 대결하는 방식이다. 30회를 먼저 우승하면 왕관을 수여하는 양 승리를 부여한다고 한다. 지는 편은 속을 꺼내 보이듯 곧바로 문파를 해산하기로 한다.

운천도 공정성을 검증하는 것처럼 관전석에 앉아서 연무대의 대결을 지켜본다. 묘한 운명의 작용인 것같이 양편의 승률이 29:29로 같아졌을 때다. 마지막 판에는 새로운 세상을 맞으려는 양 각파의 운명이 걸렸다. 각파의 운명을 천지신명에게 맡기려는 듯 장문인끼리 대결하는 형국이었다. 백골파의 풍뢰도수(風雷都首)와 천공파의 황해흑존(黃海黑尊)이 운명을 가늠하려는 것처럼 연무대에 올라섰다. 10수씩 겨룰 때까지는 탐색하려는 것같이 조심스럽게 겨루었다. 50수를 넘기면서부터는 정신이 팽이처럼 돌 지경인 양 전력을 다했다.

그런데, 땅이 꺼지는 것처럼 예기하지 못했던 어느 순간이다. 백발의 황의 노인이 용수철 튀듯 날아서 연무대에서 풍뢰도수와 황해흑존을 공격한다.

반응은 막 터지는 폭발물같이 곧바로 일어난다. 풍뢰도수와 황해흑존의 의복에 구멍이 화살 자국인 양 뚫린다. 풍뢰도수와 황해흑존의 얼굴이 똥물에 잠긴 것처럼 완전히 일그러진다. 그뿐이 아니다. 관전석 사람들의 의복에도 구멍이 화살 자국들인 듯 숭숭 뚫린다. 황의노인이 공력을 더 끌어올렸더라면 대다수가 다 나무토막같이 쓰러질 뻔했다. 결전장의 분위기가 냉동 계곡에 들어선 양 급격히 얼어붙는 느낌이다. 풍뢰도수와 황해흑존이 사태를 파악하려는 것처럼 잠시 대결을 멈출 때다. 황의노인의 뒤로 황의(黃衣) 차림새의 2제자가 매가 내리꽂히는 듯 내려선다. 3명의 황의인(黃衣人)들이 세상을 장악하려는 것같이 연무대를 차지한다.

느닷없이 우레인 양 맑은 고함이 터지면서 청의노인(靑衣老人)이 나타난다. 청의노인이 허공에서 춤추는 학처럼 연무대의 황의인 셋에게 장풍을 휘두른다. 황의인들이 자신이 있다는 듯 일제히 청의노인의 공격에 응수할 때다. 청의노인이 3명의 황의인들에게 날카롭게 꼬집는 것같이 말한다.

"너희들 자신이 있으면 나를 따라 와!"

연무대가 없는 산봉우리로 청의노인과 황의인들이 꽃잎들이 떠가는 양 떠난다.

재차 풍뢰도수와 황해흑존이 문파의 존망을 해결하려는 것처럼 겨루려고 한다. 공천하가 낯선 새인 듯 나타나서는 운천에게 어떤 내용을 전한다. 운천의 안색이 먹구름같이 어두워지더니 공천하의 말을 팔선대사에게 전한다. 팔선대사도 놀란 양 관전석을 향해 웅후한 내공으로 말한다.

"여러분, 비상사태가 발생했소. 내 말을 듣자마자 바로 이 자리를 떠나시오. 천공파가 우리의 퇴로를 봉쇄하려고 능선과 절벽마다 폭약을 설치했소이다. 지금 움직여도 생명을 보장하지는 못하외다. 다들 건승을 비오."

팔선대사의 말은 여로(旅路)의 탐침처럼 과연 위력이 있었다. 관전석의 숱한 무림인들이 천봉령에서 체취마저 거두어 가는 듯 떠난다. 그들의 움직임이 홍수의 거센 물줄기같이 강력하여 가슴을 떨게 한다.

천공파가 산을 허물겠다는 양 천봉령의 절벽마다 폭약을 설치했다고 한다. 폭약으로 세상을 위협하는 것처럼 퇴로를 봉쇄하여 천마대진(天魔大陣)으로 내몰겠다는 계획이다. 천마대진은 천공파가 무림인들을 몰살하려는 듯 만든 살상 목적의 진지이다. 천마대진에 들어서면 생사의 늪에서 버둥거리는 것같이 곤욕을 겪게 한다. 천공파는 천마대진으로 자기들 이외의 군호들을 불태우려는 양 없애려고 한다. 적들을 증발시키려는 것처럼 제거해야만 천공파가 안정하리라는 기상천외한 발상의 의도에서다. 천공파는 항산에다가 자신들의 활동 영역인 듯 거대한 군진을 설치했다.
  천공파의 의도는 옷이 제거된 알몸같이 너무나 적나라하게 드러난다. 농작물을 가꾸려는 양 대회를 성실히 치르면서도 계책을 꾸미다니? 운천이 사실을 알아차리자 신음을 감추려는 듯 묵과하지는 못하리라고 여긴다. 재주가 빼어났더라도 산불을 끄려는 것처럼 혼자서는 해결하지 못함을 안다. 산사태의 지역을 변경시키려는 것같이 인원의 피해를 줄이려고 현장으로 간다. 바로 그때다. 운천의 접근을 제지하려는 양 항산의 절벽에 장치했던 폭약들이 터진다. 허물어진 봉우리에서는 탈출구들이 종적을 감추려는 것처럼 사라졌다. 숱한 무림인들이 천공파의 만행에 치를 떠는 듯 격분한다. 하지만, 목숨이 아까운 것같이 격분만 하다가 움츠러들 뿐이다.
  이런 상황은 거울에 비치는 영상인 양 정통파들의 군호들에게도 마찬가지다. 탈출구가 막혔다는 의미는 세상을 무시해 버리는 것처럼 한없이 컸다. 절벽에서의 추락에 대비하려는 듯 생명을 내걸고 싸워야 한다니 두려워진다. 잘못하면 이승을 하직하려는 것같이 항산에서 사라질 수도 있는 터다.

  폭약이 터진 절벽으로는 사방으로 지하수들이 분수들인 양 야단스럽게 분출된다. 절벽에서 폭포인 듯 흘러내리는 물줄기를 바라보다가 운천이 몸을 날린다. 절벽을 타고 가다가 공천하가 미끄러지는 것처럼 추락하는 장면을 보았다. 운천이 거미줄에 이끌리는 것같이 신속히 몸을 날려 공천하를 구한다. 운천이 지하수를 막은 돌을 실수로 밟았기에 탄환인 양 튕긴다. 엄청난 하중을 받았기에 운천의 몸이 풀잎처럼 흔들거리며 떨어졌다. 떨어지는 운천을 이번에는 공천하가 거미가 나방을 채듯 가볍게 구한다. 항산의 절벽은 시위를 떠난 화살같이 위험하다.

운천이 먼저 천신(天神)인 양 공천하를 구했을 때다. 수맥의 바윗돌을 실수로 밟아 공천하가 절벽에서 낙엽처럼 떨어졌다. 운천이 그녀를 붙잡아 보살피듯 편안한 장소에 내려놓으려고 할 때다. 공천하가 응석을 부리려는 것같이 운천에게 나지막이 말한다.

"소협, 저를 조금만 더 안고 있어 주세요. 왠지 좀 그러고 싶네요."

공천하의 말에 신명(神明)의 말을 받드는 것처럼 그녀의 말에 따른다. 어느새 저녁 무렵이었기에 하늘에는 보름달이 꿈꾸는 듯 떠 있다. 천봉령으로 강물같이 쏟아지는 밝은 보름달 빛을 통해서였다. 그의 품에 아기인 양 안겨 있는 공천하의 얼굴을 살핀다. 잠자는 것처럼 눈을 꼭 감고 있는 백룡객(白龍客) 공천하다. 눈감고 평온한 표정을 짓는 자태가 다소곳한 전형적인 여인으로 느껴진다.

첫 대면에서부터 신선같이 용모가 빼어났기에 잘생긴 청년이라고만 여겼다. 그랬는데도 이후에서부터는 여인일지도 모르겠다는 생각이 섬광인 양 잠깐씩 흘러들었다. 조금만 더 안아 달라는 부탁에서부터는 여인임이 확실하게 느껴졌다. 여인임을 확인하려고 백룡객의 머릿결로 코를 나비의 숨결같이 은밀히 가져갔다. 머릿결에서는 여인들의 향수 냄새가 밀물인 양 밀려들었다. 머릿결의 매화처럼 은은한 향기는 백룡객이 여인임을 드러내는 근거였다. 백룡객이 여인임을 귀신이 음기(陰氣)를 흡수하는 듯 여인임을 재확인한 뒤다. 그럴 사정이 확실하다고 여기며 여유를 누리려는 것같이 미소를 짓는다.

백룡객이 남장을 풀 때까지는 바보인 양 모르는 체하기로 한다. 신선처럼 눈부시게 잘생긴 청년인 백룡객이 여인으로 운천에게 안기다니! 살벌한 전투의 공간이었기에 운천은 몸이 빙벽에 갇힌 듯 떨린다. 게다가 한창 피가 온천같이 들끓는 청년이 아닌가? 산사태가 뒤덮으려는 양 세상을 뒤흔들 무술도 지녔고 얼굴까지 잘생겼다. 운천은 천 명 중의 하나에 비견되는 것처럼 잘생겼다고 평가받는다. 외관이나 무술이나 학문에 이르기까지 선경(仙境)에 이르듯 통달한 운천이다. 이렇기에 운천을 대하는 여인들의 마음은 광풍을 맞은 촛불처럼 흔들린다. 미래를 예견한 듯 운천이 마음의 줏대를 잡도록 스승이 타일렀다. 산하가 바뀌려는 것같이 백룡객이 여인임을 밝혔지만 운천은 충격받지는 않는다. 이런 상황에서 운명을 시험받는 양 운천이 공천하에게 구조되었을 때다. 첫째는 천봉령의 지형이 허방다리처럼 상당히 위험했다는 느낌이 들었다. 둘째는 위험에서의 생사(生死)를 공유하듯 서로 함께 나누었다는 생각에 빠졌다. 이런 생각에 잠기고서 운명같이 운천과 백룡객이 서로 헤어졌다.

칼날인 양 모서리를 갖춘 날카로운 천봉령의 절벽을 탈 때였다. 바윗돌인 청빙석(靑氷石)이 밧줄에 감겨 수시로 사방을 번갯불처럼 마구 때린다. 돌출한 바윗돌 위에서 청빙석에 맞아 도궁옥이 나방인 듯 버둥대었다. 도궁옥은 청해신군의 딸임을 친척같이 잘 아는 운천이다. 운천이 표창인 양 날아드는 청빙석을 장풍을 날려 도궁옥을 구한다. 신불(神佛)에게 행하듯 고마움을 표시하며 도궁옥이 시야에서 사라진 뒤다. 천잠사(天蠶絲) 그물에 갇혀 나방처럼 버둥대는 백의청년을 두 번씩이나 구했다. 백의청년의 신원을 점검하려는 듯 자세히 알아보니 공천하의 동생인 공영하였다. 공영하가 새끼 매같이 무사히 기운을 차려 떠나는 것까지 확인했다.

운천은 절벽의 매가 착지하려는 양 뛰어내리기 좋은 지점을 발견했다. 운천이 그 지점에 가벼운 새처럼 무사히 뛰어내렸다. 꿈의 세계인 듯 편안한 천봉령 남쪽 절벽의 아래쪽이었다. 운천이 착지한 부위에서부터는 지형이 평야같이 반반한 상태였다. 운천이 커다란 새가 나는 양 천천히 몸을 날린다. 산기슭에서 흘러내리는 산안개처럼 편안하게 몸을 날린다. 산발치를 향한 물줄기인 듯 항산의 산기슭으로 몸을 날릴 때다. 산야는 술에 취한 것같이 어두움에 잠겨 고즈넉한 풍경을 자아낸다.

개천물이 줄기차게 흐르는 양 쉼 없이 산발치로 날아가던 중이다. 귀에 익은 휘파람 소리가 청각을 자극하듯 밀려든다. 운천의 궤적을 투시하는 것처럼 휘파람 소리를 낸 사람은 공천하이다. 반갑다는 생각에 그리움을 풀듯 운천도 휘파람 소리를 보낸다. 휘파람이 예견한 것같이 운천과 공천하는 수풀이 무성한 산기슭에서 만난다. 밤이어서 윤곽만을 좇아 반딧불이 미끄러지는 양 둘이 몸을 날린다. '한 식경(30분)'쯤 무상의 공간을 꿰뚫듯 공천하와 운천이 날아갔을 때다. 밤의 허공을 가로막는 것처럼 흰빛 광채와 함께 폭포가 나타난다. 항산은 수량이 풍부하여 곳곳에 폭포가 휘장들같이 많이 드리워져 있다. 공천하가 운천에게 명소(名所)를 소개하려는 양 폭포의 이름을 알려준다. 세상에서 유일한 존재처럼 돋보이는 백하폭포(白霞瀑布)라고 한다. 높이가 10장(30.3m)가량 되는 내실(內室)인 듯 편안한 느낌을 주는 폭포이다. 항산을 들락거리는 길목같이 빼어난 장소라고 공천하가 알아둔 곳이라고 밝힌다. 폭포에서부터 신발을 벗으려는 양 항산을 벗어나려면 '반 시진(60분)'은 걸린다. 공천하가 그녀의 마음이 빛살처럼 편안하게 전해지겠는지를 가늠하며 운천에게 말한다.

"제가 여자라서 혹시 상공한테 부담이 되겠는지요?"

운천도 공천하로부터 폭포의 물줄기인 듯 받았던 느낌이 좋았음을 느낀다. 그랬기에 운천도 약간 황송하다는 것같이 가슴을 떨며 말한다.

"제가 너무나 고맙죠. 청해 호반에서 저를 살려 주신 은혜를 어찌 잊겠어요? 저를 연인 수준까지 생각해 주셨다니 정말 감사합니다."

운천의 말에 공천하가 마음을 전하려는 양 그녀의 손을 내민다. 바로 이 때 공천하의 마음이 하늘의 심판을 받듯 엄청나게 떨린다. 운천이 그녀의 손을 숲에 드리워진 소나무의 가지처럼 무시해 버린다면? 예상을 뒤엎을 것같이 설혹 무시당하더라도 운천에게 따지고 싶지는 않다. 가슴에 쌓였던 풍정에 운천이 향기인 양 곱게 느껴졌던 탓이다.

 운천이 우주에 마음을 전하듯 하늘을 올려다보고는 공천하의 손을 잡는다. 그녀의 손이 운천에게 체온이 전해지는 것처럼 따사롭게 잡혔을 때다. 공천하의 마음이 처음으로 낯선 사내에게 속옷이 벗겨지는 것같이 흥분된다. 자칫하면 오줌마저 지릴 양 흥분하여 몸이 마구 떨린다. 운천의 손을 뿌리치느냐 그에게 맡기느냐 하는 갈등이 소용돌이처럼 인다. 숨이 파도에 묻히듯 너무 가빠져 가만히 섰을 수가 없어진다. 그녀도 모르게 나방같이 버둥대다가 왼 손바닥을 운천의 가슴에 댄다. 운천의 가슴에서 새 떼가 날뛰는 양 쿵쿵거리는 박동을 느낀다. 아우성 같기도 하고 고함 같은 떨림에 마냥 주저앉고 싶어진다.

 운천도 암석 위에 말라붙듯 나뒹굴어진 목석(木石)이 아닌 터다. 손바닥을 통하여 전해지는 공천하의 호흡처럼 섬세한 느낌에 그도 감응한다. 그녀가 바다를 떠올리면 그에겐 갈매기의 날갯짓이 바다의 물결같이 밀려든다. 그녀의 손을 잡았지만 그녀를 존중하려는 양 반응은 그녀에게 내맡긴다. 세상을 잠재우듯 편안한 마음으로 공천하가 운천을 폭포 앞으로 데려간다. 폭포에서 가식을 털어내려는 것처럼 공천하가 남장을 벗어 나뭇가지에 건다. 공천하의 한밤의 보름달같이 눈부시게 수려한 자태가 운천의 눈앞에 드리워진다. 세상의 어떤 여인들보다 공천하의 미모가 반딧불을 잠재우려는 양 빼어나다. 게다가 무공도 벌판에 우뚝 선 고목처럼 탁월하게 강하다고 여겨졌다. 모든 일들에 우선하듯 그의 생명을 구해 주었던 것은 엄청났다. 만약 그녀로부터 도움받지 못했다면 세상의 먼지같이 죽어서 스러졌으리라 여겨진다.

 공천하가 항산에서는 인연의 숨결인 양 운학비동의 입구에서 운천을 만났다. 운천이 운학비동의 다리에서 백골파의 검진을 싸라기눈처럼 가볍게 물리쳤다. 그 시점에서 공천하가 바람결인 듯 운천에게 다가서려고 할 때였다. 어떤 여인이 운천의 곁으로 연인처럼 자연스레 다가섰다. 그녀는 봉황문의 기둥같이 당당한 여걸인 설하영이었다. 공천하가 밀정인 양 다리 밑에 숨어서 운천과 설하영을 바라보았다. 설하영이 운천을 대하는 눈빛이 연인인 듯 너무 그윽하게 느껴졌다. 운천과 설하영이 연인은 아닌지 관찰이 필요할 것같이 의아스러울 지경이었다. 남녀가 운학비동으로 들어갈 때에 안개인 양 자작나무에 숨어서 지켜보았다. 계속 지켜보았지만 질투의 불길을 자아내듯 연인의 상태는 아님이 느껴졌다.

　운천과 설하영은 운우비동에서 나오자마자 약속하여 흩어지는 것처럼 깔끔하게 헤어졌다. 설하영이 매의 소리에 떠났지만 공천하에게는 약속하여 헤어지는 것같이 느껴졌다. 설하영이 떠난 뒤다. 운천에게 접근하려고 공천하가 공간을 확보하려는 양 틈을 살폈다. 공천하를 방해하듯 천공파와 백골파가 겨루기 시작했기에 운천에게 접근하기가 어려웠다. 관전자 무리에 티끌처럼 휩싸여서 멀리서 운천을 지켜보는 정도였다. 의외의 기회를 제공하는 것같이 황의노인이 연무대에 나타나자 공천하가 놀랐다. 황의노인의 두 제자도 연무대에 박쥐인 양 민첩하게 날아내렸다. 마장천과 설하영이었지만 공천하에게는 여행의 동반자 같은 설하영만 눈에 띄었다. 운학비동에서 연인처럼 운천과 함께한 사실로 설하영에 대해서는 느낌이 묘했다. 이어서 청의노인이 황의노인의 무리 셋을 오리 떼를 몰듯 데려갔다. 이때 흐름을 조절하려는 양 공천하에게 누군가가 중요한 정보를 제공했다.

　사태의 심각성을 감지하듯 알아차린 공천하가 운천을 찾아가 말했다.
　"저도 방금 전해 들었는데요 긴급한 사태가 발생했어요. 빨리 대전에 참가한 분들께 전달해야겠어요."

공천하는 천공파가 항산의 곳곳에 덫을 설치하듯 군진(軍陣)을 설치했다고 들려준다. 절벽에 폭약을 터뜨려 대다수의 무림인들을 압살하려는 것처럼 죽이리라고 한다. 이 소식에 수로를 뚫는 것같이 운천이 팔선대사에게 느낌을 말했다. 팔선대사가 우주를 다스리는 천신(天神)인 양 모든 군호들에게 곧바로 전했다. 묘하게도 이때부터 주변 산봉우리들의 도처에서 폭발이 불길이 치솟듯 일어났다. 절벽의 숨통을 막는 것처럼 설치한 폭약이어서 터지면 통로가 막힌다.

돌무더기에 깔린 것같이 이런 사태를 확인한 군호들의 마음이 불안해졌다. 천공파가 항산의 곳곳에 설치한 천마대진(天魔大陣)도 물길의 차단막인 양 장애물이었다. 허공처럼 높다란 철제 설치물의 쇠사슬에 숱한 철추와 바위가 매달렸다. 바위는 부딪혀도 냉동 물고기인 듯 단단한 청빙석(靑氷石)을 사용했다. 보검의 칼날마저 짓뭉개는 것같이 잘 잘리지 않는 천잠망(天蠶網)까지 동원했다. 사천성의 밀림에 숱한 땅벌 떼인 양 서식하는 천잠(天蠶)이란 누에이다. 이들 누에의 견사(絹絲)로 세상의 숨통을 죄듯 만들어진 그물이 천잠망이다. 천잠망이 설치되어서 사람을 강한 거미줄로 속박하는 것처럼 무단으로 가둔다. 회(膾) 치는 사람들의 칼날같이 천잠망을 조절하는 인물들은 천마대진의 고수들이다. 천잠망에 갇히면 산천을 쪼개려는 양 절세적인 고수일지라도 벗어나기가 어렵다. 천잠망에 갇혀서 나방처럼 허우적대는 공영하(공천하의 여동생)를 2번씩이나 운천이 구했다.

항산의 산봉우리들은 바늘인 듯 뾰죽뾰죽 솟구쳐 절벽이 상당히 많다. 절벽 면을 따라 혈관같이 돌출한 수맥에서는 연신 물줄기를 내뿜는다. 천공파에서는 절벽의 수맥공(水脈孔)들을 임시로 위장하려는 양 바위로 막았다. 수맥공의 언저리는 물기로 번질거려 바위의 물이끼처럼 유난히 미끄럽다. 절벽에 돌출한 바위라서 무림인들이 흙인 듯 예사로 밟으려고 한다. 불안정한 바위라서 떨어지면서 무림인들도 함께 돌멩이같이 추락하기 마련이다. 이런 연유로 공천하가 수맥공을 밟다가 빗방울인 양 아래쪽으로 추

항산에서의 대결 141

락했다. 추락하던 공천하를 운천이 경신술을 써서 매가 참새를 낚아채듯 구했다.

운학비동에서 설하영과 연인처럼 나란히 움직이던 운천이 아니었던가? 그런 운천의 모습에 가슴이 허물어지는 것같이 다소 실망한 공천하였다. 그런 운천이 자신을 허공에서 솜인 양 가볍게 구하지 않았던가? 구조자가 운천임을 알아차리자 생명을 그에게 빼앗긴 듯 마음이 찡했다. 운천이 임무를 마친 것처럼 그녀를 평지에 내려놓으려 할 때였다. 운천에게 안긴 느낌이 사무치는 것같이 좋아서 공천하가 운천에게 말했다.
"소협, 조금만 더 저를 안고 있지 않을래요? 그냥 느낌이 좋아서요."
음주하다가 토한 양 무의식 중에 실수했을까 봐 운천이 긴장했다. 운천은 순수한 영혼처럼 공천하를 귀공자형의 연인으로 알고 있을 때였다. 그리움을 노출하듯 조금만 더 안고 있어 달라고 요청하다니? 예전에 청해의 묘지에서 운천이 목단전주의 공격으로 나무토막같이 쓰러지지 않았던가? 목단전주는 장백파의 실세인 양 굴지의 고수였다. 장백파(長白派)는 소나기의 근원이 먹구름이듯 중국의 장백산(長白山)을 근원으로 하는 사파(邪派)인 문파다. 장문인인 설산귀마(雪山鬼魔)를 우산의 덮개처럼 떠받들고 동백전주(冬柏專主)와 목단전주(牧丹專主)가 버티고 있다. 청해의 묘지에서 해코지를 가하려는 것같이 운천에게 시비를 걸었던 목단전주였다. 장백파는 천공파 못지않은 악명을 허공에 자랑하는 양 휘날렸다. 조금만 마음이 불편해도 고유의 기질처럼 장소를 가리지 않고 공격했다. 사악의 근원인 듯 사문장로는 장백신마(長白神魔)로서 그의 제자가 동백전주와 목단전주이다.
평소에도 질투심을 드러내려는 것같이 황의(黃衣)를 즐겨 입는 16살의 목단전주였다. 운천보다는 연하였지만 장백파의 전주였기에 명성은 고공의 깃발인 양 드높았다. 어린 나이였어도 무술은 마귀들도 내쫓을 듯 고강했다. 장백파 3위의 고수로서 명문 정파의 거물들까지 제압할 것처럼 탁월했다.

그녀의 무술은 정통파의 장문인들마저 곧바로 주저앉힐 것같이 탁월했다. 그랬기에 장백파의 위상은 바다를 기울이려는 양 어마어마했다. 과거에 청해의 묘지에서 파리를 잡듯 가볍게 운천을 쓰러뜨렸던 목단전주였다.

귀공자형의 운천이 가지고 놀고 싶을 것처럼 그녀의 마음에 들었다. 부하들을 시켜 들짐승을 잡아 오라는 것같이 운천을 데려오라고 했다. 운천의 실력이 평야에 치솟은 절벽인 양 높았기에 부하들만 쓰러졌다.

세상을 웅덩이 휘젓듯 우습게 여기는 자존심으로 운천에게 결투를 신청했다. 그랬는데도 그녀의 자존심을 짓뭉개려는 것같이 운천이 결투를 회피했다. 결투를 피하려는 운천의 태도에 냉대받는 양 모멸감을 느꼈던 목단전주였다. 운천이 그녀의 장풍을 맞고 땅에서 넘어지듯 어처구니없게 실신했을 때였다. 쾌재를 부르는 것처럼 그녀는 무척 기뻤다. 운천을 다른 곳으로 데려가 짓뭉개는 것같이 잔뜩 학대하고 싶었다. 느닷없이 땅이 꺼지려는 양 놀라운 일이 생겼다. 운천 뒤쪽 자작나무의 숲이 인간의 운명을 바꾸듯 문제의 장소였다. 숲에서 도깨비처럼 훌쩍 나온 괴한이 운천을 데려가 버렸다. 그뿐이랴? 괴한(차후에는 공천하로 알려짐)은 상대를 멸시하려는 것같이 목단전주에게 일장까지 갈겼다. 겁을 주려는 양 허세인 줄로 알았다가 목단전주가 쓰러졌다. 가벼운 공격 같았어도 절륜한 고수임을 드러내듯 엄청난 힘이 실렸다.

공천하가 폭포 앞에서 마음의 중심을 바로잡는 것처럼 과거를 회상한다. 인연의 줄을 잡으려는 것같이 운천을 만나게 된 계기였다. 공천하가 백하폭포 앞에서 원시의 상태로 돌아간 양 운천을 바라본다. 그녀의 눈에서는 세상의 풍정을 수용하겠다는 것처럼 따스함이 느껴진다. 그 따스함이 어느 결에 운천의 가슴을 휘젓듯 감동시킨다. 예전에 터전을 잃는 것같이 산사태로 부모를 잃고 형산으로 갔었다. 형산은 수목이 세상을 뒤덮으려는 양 험한 산이었다. 밀림처럼 치솟은 봉우리들 중에서 낙안봉이란 봉우리에 스승이 은거하고 있었다. 좌측의 폭포로부터 하늘에서 매인 듯 내려꽂히면서 개천이 흘렀다. 개천은 넓은 저수지같이 유량도 풍부하여 강(江)의 규모였다. 외로움을 털어내려는 양 배도 띄우고 스승으로부터 서책의 지도도 받았다. 운천이 과장(科場)에 응시한다면 관리로도 당장 채용될 것같이 수련이 깊다. 운천은 학문에까지 깊이 수련한 터라 학자인 양 통달했다.

　부모를 잃은 공허함은 미친 듯 노력해도 어디서도 채우기가 힘들었다. 스승과 사모가 보살처럼 인자했어도 운천의 공허함을 달래지는 못했다. 시린 한을 지우려는 것같이 형산에 입산하면서부터 무술 연마에만 전념했다. 부모의 원수를 꼭 갚겠다고 맹수를 처치하려는 양 수없이 결의했다. 때가 무르익은 듯 운천은 스승의 무예를 완전히 전수받았다. 애초부터의 물 높이처럼 내공의 수위만 달랐다. 체내의 거울 같은 내공(內功)은 무술의 수련 연한에 의해서만 높아졌다. 스승의 무술 동작을 자신의 것인 양 시연할 수는 있다. 하지만 나이테처럼 다져진 내공까지 다 따라갈 수는 없었다. 내공은 수련하면서 탑을 쌓듯 성취해 가는 개인의 족적(足跡)이다.

　운천은 마음속의 공허함을 강물에 내보내려는 것같이 무술 수련에 집중했다. 운천의 집중 효과는 폭풍의 결인 양 매서웠다. 백운도인의 무술은 백운이 삶의 족적(足跡)을 새기듯 평생을 단련한 터다. 4년 만에 나무의 뿌리를 뽑는 것처럼 전수될 성질은 아니었다. 그랬음에도 운천은 백운도인의 무술을 물기를 흡수하는 해파리같이 최대한 흡수했다. 그럴 때마다 날아오르는 양 기뻐서 백운도인은 마음속으로 중얼대었다.

　'제자의 오성은 가히 천부적이야. 운천이 아니고서는 세상의 어느 누구도 흉내내기조차도 어렵겠어. 고강한 무예에 심성이 발라야 사람들이 다치지 않을 거야.'

　스승의 관점에서 운천의 심성은 석간수(石間水)를 대하듯 청정하고 깔끔하다고 여겨진다. 타인들의 수레를 뒤집으려는 것처럼 사람들을 곤경에 빠뜨리지는 않으리라 생각되었다. 스승과 제자는 마음까지도 물길같이 통하여 백운도인이 항상 만족스럽게 여긴다.

백하폭포 앞에서 공천하가 겉옷을 벗으려는 양 남장을 해제했을 때다. 남장 차림새에서도 밤중의 보름달을 대하듯 빼어나게 잘생겼던 얼굴이었다. 공천하를 바라볼 때마다 아름다움을 시샘하려는 것처럼 부러움까지 느낄 정도였다. 운천의 얼굴도 하산하면서부터 얼굴의 서열을 결정하려는 것같이 세인들로부터 평가받았다. 선녀가 하강하여 미색을 감추려는 양 청년의 모습으로 변했으리라고 평가받았다. 운천의 외모는 각처에서 세인들의 가슴을 휘젓듯 보물급으로 인정받았다. 허름한 차림새로 시장에 가도 사람들의 눈길이 반딧불의 궤적처럼 뒤따랐다. 사람들이 떠들어대는 소리들이 운천의 귓전으로 강물인 양 술술 흘러들었다.

"우와, 어떻게 시장에 저런 신선 같은 사람이 나다니지?"

"얼굴이 너무나 곱상하기에 당장 발가벗겨 보고 싶어. 진짜 남자인지 수상하거든."

"내 평생 남녀를 통틀어 저처럼 잘생긴 사람은 처음 봐. 혹시 천당에서 인간 세상으로 갓 내려오지 않았을까?"

등등.

얼굴에 휩쓸리는 돌풍처럼 요란한 기류로 운천이 외출마저 망설일 지경이다. 운천의 외모가 우려되었던지 하산할 때 스승마저 아들에게 당부하듯 강조했다.

"세상에 나가면 너무나 풍정이 다르게 느껴질 거야. 당장 죽더라도 하고 싶은 것들도 많을 거야. 하지만 높은 경지에 도달하려면 자신에게 엄격해야만 해."

운천은 골격을 바꾸려는 것같이 스승으로부터 문무의 모든 것을 배웠다. 그렇기에 스승의 말은 세상의 거울인 양 눈부시게 고아하다고 여겨진다. 매사에 궤적의 자취를 점검하듯 스승의 말을 떠올리는 운천이다.

운천의 앞에서 공천하가 속옷을 벗으려는 것처럼 남장 차림새를 벗었다. 운천의 눈앞에 새로운 세상이 열린 것같이 천지가 훤해지는 느낌이었다. 공천하의 신화적인 미모에 부러움을 일으키는 양 숱하게 감탄하던 운천이었다. 폭포 앞에서 옷을 벗듯 자신의 정체를 밝히는 그녀가 아닌가? 상대를 영원히 믿으려는 것처럼 조금도 고백의 징후를 알아차리지 못했다. 변화에 대처하려는 것같이 운천의 대응하는 모습이 중요하다고 여겨지는 순간이다.

공천하에게 다가갈 거리는 뛰어서도 닿을 양 얼마 되지 않는다. 잠에서 깨듯 놀라는 눈치를 보이면 공천하가 미안해 하리라 여긴다. 짧은 시간이지만 공천하를 흡수하려는 것같이 내면 사색의 시간이 필요하다. 운천이 십 리(4km) 길을 걷는 양 상념에 젖어 걷는다. 그의 머릿속으로 과거 시간의 공간이 혼란을 잠재우듯 슬그머니 밀려든다.

청해의 가족 묘지에서 운천이 부상하여 나토막처럼 쓰러졌을 때다. 공천하가 운천을 안기 전에 상대를 굴복시키려는 것같이 목단전주를 공격했다. 장난하려는 양 밀치는 평범해 보이는 일장에 목단전주가 부상당하여 물러섰다.

운천을 안고도 허공을 나는 공천하의 경신술은 무적에 가깝듯 빼어났다. 의식을 잃었어도 운천에게는 호수의 수면을 나는 것처럼 어마어마하게 느껴졌다. 잔디밭에 운천을 눕히고는 공천하가 이름난 의원같이 혈도를 꾹꾹 눌렀다. 의식이 깨어나고서 운천이 수행인 본연의 자세인 양 가부좌를 취한다. 가부좌의 운천의 명문혈로 공천하가 기력을 강물을 내쏟듯 들이붓는다. '반 시진(60분)'의 시간이 강심(江心)으로 이끌리는 것처럼 흘렀다. 운천이 새벽에 정신을 차린 것같이 깨어났을 때다. 공천하가 인연이 있으면 만나리라 말하고는 허공으로 연기인 양 사라진다. 운천이 공천하의 인상을 가슴에 조각처럼 남기려고 애썼다. 재차 만나면 펼쳐진 은혜의 그물을 추스르듯 보답하겠다고 굳게 마음먹었다. 빌미를 제공하려는 것같이 백하폭포 앞에서 공천하가 여자임을 강조하듯 밝혔다. 청년이었어도 신선처럼 수려한 풍채에 마음이 끌렸는데 여인이어서 더욱 격해졌다. 찬 바람을 막아 주는 담장을 만난 듯 가슴이 아늑해진다.

부모 잃었던 상실감마저 살살 녹는 것같이 가슴에 파동이 인다. 공천하야말로 운천을 따사롭게 대해 줄 양 마음이 믿긴다. 바람쟁이 앞에서 곡물을 휘날리듯 재차 스승의 말을 떠올려 본다. 예비 반려자의 품격이 스승의 눈에도 일치할 것처럼 화합하리라 여겨진다. 마음을 고운 빗살의 날들같이 가다듬고 운천이 공천하에게 다가간다. 그러고는 천지신명에게 고하는 양 보름달을 올려다보며 함께 맹세한다.

"지금부터 운천과 천하는 평생의 반려자가 되기를 달님께 맹세합니다. 이후에도 서로를 끝까지 지켜나가도록 최선을 다하겠습니다."

말이 끝난 뒤다. 둘은 서로를 천상의 연인으로 수용하듯 서로를 경건하게 포옹한다. 둘이 포옹하는 순간에 수풀에 소용돌이가 회오리치는 것처럼 인다. 마침 회오리바람이 둘을 축복하려는 것같이 수풀로 밀려들었던 모양이다. 둘이 지고의 연인인 양 서로를 포옹할 때다. 숱한 세월에 그늘진 달빛처럼 괴어 있던 쓸쓸함이 해소되는 느낌이다. 공천하는 운천을 다른 여인들에게 빼앗기듯 방치하지 않겠다고 다짐한다. 둘은 마음의 사슬을 잇는 것같이 손을 잡고 나란히 하산한다. 누적되었던 공허감을 떨치려는 양 둘은 수시로 얘기를 나눈다.

조금 전의 시점이었다. 백하폭포에서 공천하가 하늘에 고하여 알몸을 드러내듯 자신이 여인임을 밝혔다. 가족력까지도 공개하려는 것처럼 신주2걸(神主二傑: 북면객과 남룡객) 중의 남룡객 공우한(孔宇閑)의 장녀라고도 밝혔다. 신주2걸은 무림영웅만큼이나 무림에서는 신발의 크기같이 엇비슷한 위상의 인물들이다. 장문인들마저 각 파의 장로들을 대하는 양 높은 추앙심으로 대했다. 공천하의 여동생은 공영하(孔英賀)인데 천봉령에서 운천이

2번씩이나 산악의 유령처럼 구출했다. 공천하는 인도 천축신니(天竺神尼)의 피붙이인 듯 가까운 제자이다. 천축신니는 설산의 최고봉 같은 인도 제일의 고수이다. 공영하는 형산 빙정동에 은거하는 창룡진인(蒼龍眞人)이 잠룡(潛龍)인 양 키우는 제자다. 신주2걸의 제자들도 무림에선 하늘의 북두칠성처럼 꽤 알려진 고수들이다. 2자매는 명절을 맞듯 매년 4월 20일을 전후하여 운무주에서 만난다. 4월 20일까지는 잔설이 녹는 기간같이 아직도 2주일이 더 남았다. 남룡객은 천계(天階)에 오른 양 이미 2년 전에 죽었다고 한다. 그가 무술을 수련하던 곳은 묵은 자물쇠처럼 봉쇄되어 있다. 남룡객은 병사하고 그의 부인은 가문이 폐쇄되듯 현풍4귀에게 살해되었다. 현풍4귀를 이승에서 몰아내는 것같이 항산에서 모두를 죽였다. 운천이 원수를 갚은 시점과 천시(天時)를 따지려는 양 너무나 흡사했다. 당시에 공천하가 밀리는 것처럼 힘에 부대꼈으면 운천이 도왔을 터다.

운천이 장작불인 듯 활활 타는 눈빛으로 공천하에게로 걸어갈 때였다. 그만 전신이 돌덩이같이 굳는 심정이었다. 그녀가 운천의 것인 양 운천이 무엇을 요구해도 허락하고 싶었다. 그녀가 욕정을 드러내듯 가슴을 내밀고 머리를 한껏 뒤로 젖혔다. 누가 접근해도 상대한테 전신을 들이미는 것처럼 묘한 자세였다.

운천도 결투장으로 들어서는 것같이 공천하에게 다가들다가 공천하의 자세를 보았다. 말로만 듣던 들짐승들의 교미 자세인 양 색정적이라 여겨졌다. 마음의 여인에게로 다가서려다가 여인에게 사타구니를 주물린 듯 당혹감에 빠졌다. 느닷없이 전신이 감전된 것처럼 심한 경련이 일었다.

세상이 눈앞에서 섬광같이 단절될지라도 공천하만 있으면 좋으리라 여겨졌다. 공허함을 잊으려는 양 누구를 위하여 살아왔다는 생각은 하지도 못했다. 공천하와 그림자처럼 함께한다면 세상이 어떻게 변해도 무방하리라는 생각마저 들었다. 지척임에도 힘산에 오르듯 어지러운 정신을 추슬러 공천하의 앞에 섰다. 운천이 팔을 벌리자 공천하가 새벽의 안개같이 포근히 안겨 왔다. 이들이 세상에 태어나서 우주에 신고하는 양 처음으로 포옹했다. 그것도 하늘의 은하 줄기처럼 쏟아지는 폭포 앞에서였다. 정신이 완전히 풀려 대자연에 융해되듯 운천의 마음조차도 해체되었다.

 이때부터는 머리가 바위에 부딪힌 것같이 운천의 판단 기능이 사라졌다. 겪어 보지 못했던 흥분 상태여서 운천이 실성한 양 멍해졌다. 공천하를 가벼운 아기처럼 안아 들고는 잔디밭 위로 간다. 거기에서 운천이 공천하의 상반신을 뒤에서 당기듯 천천히 껴안는다. 공천하는 이미 전신을 내맡긴 것같이 운천에게 편안하게 안겨 있다. 운천이 뜨거운 숨을 분수인 양 내뿜으며 그녀의 상반신을 어루더듬는다. 이때에 공천하도 불구덩이 속의 장작불처럼 달아올라 마구 몸을 뒤챈다. 상반신을 어루더듬다가 운천의 손이 욕정을 드러내듯 젖가슴에 슬쩍 닿는다. 운천이 소스라치는 것같이 놀라 상반신에서 손을 빼려고 할 때다. 공천하가 운천의 손을 신불(神佛)의 손인 양 소중히 감싸며 말한다.

 "뭘 두려워하세요? 제가 혹시 마음에 들지 않으세요? 말씀만 하세요. 지금이라도 제가 조용히 떠날게요."

 곧바로 당황한 듯 떨리는 운천의 목소리가 이어진다.

 "제게서 떠나다니요? 저는 이미 그대를 평생의 반려자로 받아들였어요. 하지만 소중한 부위는 혼례할 때까지는 안전하게 지켜드리고 싶어서 그래요."

 한동안 운천과 공천하가 우주의 고요에 잠긴 것처럼 머물러 있었다. 산기슭 부근이라고는 하지만 산이기에 점차 기온이 차가운 얼음같이 내려갔다. 둘은 차가움에 정신을 차리고 허점을 비우려는 양 자세를 가다듬는다. 공천하가 먼저 현실로 돌아온 듯 옷매무새를 가다듬고는 운천에게 말한다.

 "상공, 이미 우리는 평생의 반려자가 되기로 했잖아요? 혼인할 때까지는 각자가 정리할 일을 정리하는 시간으로 삼죠. 혼인한 뒤부터는 평생을 함께할 테니까요."

운천도 기다렸다는 것처럼 곧바로 응답한다.

"확실히 그렇겠군요. 따로 움직이더라도 항상 조심하세요. 세상이 너무 무서운 것 같아서요."

공천하의 자매는 매년 태호 운무주(雲霧洲)의 고향집에서 명절을 기리듯 만났다. 만나는 시점은 배꽃의 개화기 같은 4월 20일의 전후라고 했다. 세월을 점검하려는 양 헤아리니, 20일까지는 2주일이 더 남았다. 운무주에서 만나기로 하고 급한 일이라도 처리하려는 듯 남녀가 작별한다. 공천하의 경신술이 빼어났기에 허공에서 굼틀대자 시야에서 지워지는 것처럼 사라졌다.

운천이 산줄기를 타고 내려오다가 숲에 풀더미같이 쓰러진 나화엽을 발견했다. 봉황문의 고수임을 알지만 협의(俠義)를 베푸는 양 부상당한 나화엽을 치료했다. 나화엽은 백골신풍(白骨神風)의 장풍에 부상당했다고 부끄러워하듯 실토한다. 치료가 끝나자 장로에게 경배하는 것처럼 운천에게 사례하고 길을 떠났다.

운천이 산의 발치로 휩쓸리는 산안개같이 꾸준히 내려갈 때다. 이번에는 청각을 간질이는 양 여인의 가느다란 신음이 들렸다. 자홍검이 나화엽의 일장에 맞아 절벽에서 돌멩이처럼 떨어졌다. 자홍검은 서역의 꽃인 듯 아름다운 자연검의 동생이다. 넓적다리의 뼈가 나뭇가지가 꺾인 것같이 부러졌음이 드러난다. 일주일간 석동(石洞)에서 그녀를 병실의 환자인 양 치료했다. 그러면서 보상을 받듯 음양도법의 난해한 부분의 보완적인 설명까지 들었다. 치료를 마치고는 운천이 하산하려는 양 석동을 떠났다.

항산을 웅크리다가 뛰는 것처럼 운천이 거의 빠져나갈 만한 위치에서였다. 임종 직전의 상태에서 죽음과 다투듯 괴로워하는 노인을 발견했다. 세상을 할퀴려는 것같이 노인과 겨룬 사람은 백골파의 혈사토납(血巳吐納)이었다고 한다. 신(神)인 양 무술의 달인(達人)인 신주2걸 중의 북면객이 그라는 얘기이다. 톱니가 2개 달린 칼을 자신의 정표처럼 운천에게 넘겼다. 운무동에서 그것을 형제인 듯 친근했던 남룡객의 유품과 바꾸라고 했다. 유품을 보물같이 긴요하게 쓸지라도 자신의 원수는 잊으라고 했다. 그러고는 기다림조차도 버겁다는 양 곧바로 숨을 거두었다. 운천은 고인을 양지터에 묻고 산석(山石)에 손가락을 긁듯 비명을 새겼다.

중원대협(中原大俠) **북면객**(北面客) **배철환지묘**(裴鐵煥之墓)

 무덤을 향해 절하고 미련을 털어 버리려는 것처럼 길을 떠난다. 북면객의 의사는 연인을 배려하는 것같이 공천하와 의논해서 결정하겠다고 마음 먹는다.
 '북면객이라면 남룡객과 함께 신주2걸인 대협객이잖아? 이런 북면객을 쓰러뜨릴 정도 같으면 혈사토납은 대단한 고수이겠구나. 북면객은 연인인 공천하의 선친과 의형제가 아닌가? 게다가 내가 그분의 의사를 전해 주겠다고 약속까지 하지 않았던가?'
 운천은 항산에서 하산하면서 그림을 그리는 양 과거를 회상한다.

태호(太湖)에서의 풍정

어느새 4월 중순이 대자연에 시위하듯 태평스레 천지에 드러누웠다. 벌겋게 달아올랐던 진달래의 숨결도 속내의 울음을 추스르는 것처럼 움츠러든다. 뻐꾸기의 울음소리가 골짜기마다 부풀었던 수막(水幕)이 터지는 것같이 번진다. 뻐꾸기의 울음소리를 듣자 서러움이 터지는 양 먹먹해지며 눈시울마저 붉어진다.

휘감기는 발걸음마다 찔레의 향기가 애틋한 그리움의 화살처럼 가슴으로 꽂힌다. 항산을 떠난 지도 어느새 2주가 개천의 물결인 듯 흘렀다.

'아, 내가 가려는 데가 어디냐? 세상의 흐름이 또 하나의 속울음이 되지는 않기를.'

바람을 비껴간 물결같이 운천이 허허로이 태호의 호반으로 걸어간다.

중국의 담수호들 중에서는 세 번째 크기로 활짝 드러누운 호수. 그 태호를 향해 운천이 미끄러지는 양 여유롭게 발걸음을 내딛는다. 대기에 실린 봄기운이 그리움을 찾듯 사람을 나른하게 만드는 느낌이다. 걸어도 느낌을 반영하는 것처럼 극락이든 천당이든 도달할 것만 같다.

태호가 하늘에 구멍을 뚫는 것같이 10리(4km)쯤 내다보이는 지점에서다. 운천을 부르는 백의청년이 한낮의 백로인 양 허허롭게 나타난다. 시각에 혼란을 주듯 공천하와 너무나 닮은 사람이다. 운천이 숙명처럼 항산에서 두 번씩이나 구조했던 청년이다. 공천하와는 거울 속의 인물같이 닮은 사람이다. 바라만 봐도 가슴이 흔들리는 양 수려한 공천하의 동생인 공영하다. 결전장을 드나드느라고 자매가 세인들의 시선을 따돌리듯 남장을 한다고 들려준다. 공영하를 만나자 운무주를 찾을 근심이 해결되는 것처럼 홀가분하다. 태호에서 새로운 항로를 개척하려는 것같이 거룻배를 한 척 구입한다. 한없이 견실해 보이는 배가 새 주인을 반기는 양 일렁인다.

운천이 이정표를 찾듯 잠시 과거의 기억을 떠올린다. 공천하와는 4월 20

일에 선경(仙境)을 찾으려는 것처럼 운무주에서 만나기로 했다. 공천하와 헤어지기 전에 미래의 공간을 더듬는 것같이 나눈 대화에서였다. 태호는 굴지의 위용을 드러내려는 양 중국 3번째의 커다란 담수호이다. 크기를 따지는 물고기의 측면(側面)처럼 제주도의 넓이보다 약간 더 넓다. 하늘이 별을 품듯 호수에 섬은 72개나 있다. 호수의 서쪽에 안개같이 신비롭게 자리 잡은 섬이 운무주(雲霧洲)이다. 호반에서 지름길을 택하려는 양 직선거리를 취하면 15리(6km) 떨어져 있다. 섬의 둘레는 굵은 골격만 간추려 기억하듯 7.5리(3km)이다. 해적들로부터 도피하려는 것처럼 섬에 인가(人家)는 없다. 사람들을 유혹하려는 것같이 마르지 않는 샘물이 치솟아 눈길을 끈다. 사람의 출입을 거부하려는 양 섬의 북서쪽에만 출입이 가능하다. 그 이외에는 칼날처럼 뾰죽한 기봉으로 이루어져 산짐승마저 드나들기가 어렵다. 자매가 섬을 떠날 때까지도 무인도인 듯 섬에는 인가가 없었다. 거주처라고는 비밀의 공간 같은 암벽 속의 운무동(雲霧洞)밖에는 없었다.

섬까지는 비밀의 회로를 탐지하려는 양 운천이 공영하를 거룻배에 태웠다. 섬이 사람들을 꺼리는 듯 섬에 배를 갖다댈 공간이 없었다. 사방이 칼로 다듬은 것처럼 뾰죽뾰죽하게 돋은 날카로운 벼랑이다. 벼랑의 어느 곳에 벽에 부착하는 것같이 배를 갖다 대겠는가? 묘책이 없기에 도움을 청하려는 양 운천이 공영하를 바라본다.

공영하가 순간적인 대처력을 알아보려는 듯 미소를 지으며 운천에게 말한다.

"어떻게 하는지 상공을 한 번 지켜볼게요. 여기는 제 거처이기에 저희 자매만 아는 통행의 방식이 있어요."

운무주에서 정신을 분산시키려는 것처럼 섬을 도는 다른 배를 발견했다. 절박하던 판에 그런 배를 발견하여 환호성을 지를 것같이 기뻤다. 자신도 모르게 수면을 가르는 양 운천이 기다랗게 휘파람을 분다.

바로 그때다. 주변의 배에서도 운천의 휘파람을 반기듯 경쾌하고도 멋스러운 휘파람이 들린다. 그 소리에 운천이 물을 만난 물고기처럼 급격한 반가움에 휩쓸린다. 휘파람의 주인공이 꿈결에도 그리움같이 밀려들 공천하임을 알았기 때문이다. 운천이 거룻배에서 거울을 닦으려는 양 앞의 거룻배를 꼼꼼히 살핀다. 앞의 거룻배에는 세상을 배제한 듯 뱃사공 이외엔 아무도 없다. 뱃사공이 공천하임이 드러나자 운천이 반갑다는 것처럼 크게 웃으며 말한다.

"와하하핫! 앞의 뱃사공님이 공 소저였군요. 그간 잘 지내셨어요?"

운천의 배에 탔던 공영하도 언니를 그리워했다는 것같이 크게 말한다.

"언니, 저도 백 소협과 함께 있어요. 일찍 오셨네요."

공천하의 응답하는 소리가 호수의 적막을 깨뜨리려는 양 거침없이 밀려든다.

"상공의 휘파람 소리가 무척 마음에 들어요. 저는 휘파람 소리만으로도 상공임을 알았어요. 어떻게 제 동생과 함께 배를 탔죠? 저는 그 사이에 잠시 인도의 스승님을 뵙고 왔어요."

공천하가 나비가 꽃잎에 달라붙듯 배를 가볍게 절벽에 접안시킨다. 방식을 고스란히 흉내 내려는 것처럼 운천도 쉽게 접안(接岸)한다. 하선한 뒤에는 섬의 바위 아래로 배를 피신시키려는 것같이 감춘다. 이런 배의 간수법이 자매가 수련했던 양 익힌 독특한 방식이다.

잠시 후에 셋이 전략가들처럼 나란히 섰을 때다. 공천하가 운천과 공영하에게 웅덩이의 수초를 걷어내듯 궁금증을 풀어내기도 전이다. 전략가가 전술을 들려주려는 것같이 공영하가 지금껏 있었던 일을 들려준다. 공천하가 감탄한 양 놀라운 표정을 지으며 말한다.

"아하, 그런 일이 있었구나. 상공이 너를 구하지 못했다면 자매가 이렇게 만나지도 못했겠구나. 상공, 거듭 감사드려요."

운천이 대수로운 일이 아니라는 듯 싱긋 웃어넘긴다. 그러다가 때를 가늠하려는 것처럼 자매 앞에 붉은 보자기를 내민다. 보자기를 봐도 자매의 표정은 일상의 틀을 들여다보려는 것같이 심드렁했다. 운천이 자매 앞에서 전설을 풀어내려는 양 지난날의 일들을 설명한다.

황혼이 핏빛처럼 붉어 가던 항산의 발치 부위에서였다. 공격을 당하여 죽음의 언저리에서 깃털인 듯 노인이 힘없이 나부대었다. 노인을 저승에서 데려오려는 것같이 가까스로 소생시켜 물어본 결과였다. 백골파의 혈사토납과 싸우다가 서로가 죽음을 맞는 양 심각하게 다쳤다. 혈사토납은 노인의 장풍에 지옥으로 떨어지듯 절벽에서 떨어져 즉사했다고 한다. 노인은 신주2걸 중의 중원을 대표하는 것처럼 빼어난 북면객(北面客)인 배철환(裵鐵煥)이었다. 톱날 2개가 열쇠같이 달린 칼을 운천에게 주며 말했다. 노인의 신분을 확인하려는 양 칼을 운무주의 운무동으로 가져가라고 했다. 미련을 나타내듯 형편이 되면 신주2걸의 제자들을 만나 보라고 말했다. 이윽고 북면객이 산기슭에서 일생을 정리하려는 것처럼 영영 눈을 감았다. 운천이 항산에 북면객을 묻고 정감을 나타내려는 것같이 비석까지 세웠다.

북면객에 관한 얘기에 자매가 땅바닥으로 스며들려는 양 애절하게 통곡한다. 북면객은 그녀들의 선친인 남룡객의 의동생이자 그녀들이 선친처럼 추앙하던 인물이었다. 남룡객(南龍客) 공우한(孔宇閑)은 2년 전에 운무동에서 녹슨 철이 삭듯 병사했다. 그의 아내는 예전에 현풍사귀에게 살해되었다. 이미 아미산에서 공천하가 빚을 갚는 것같이 처치했다.

슬픔을 강물로 흘려보내려는 양 한동안 추스른 뒤다. 공천하가 운천에게 말한다.

"숙부님의 신물(信物)을 다른 사람이 들고 왔다면 분위기가 묘할 뻔했어요."
공영하가 언니의 설명에 운천이 예비 형부임을 탑을 쌓듯 재확인한다. 셋이 맹수의 이빨처럼 험준한 부위에 형성된 석동(石洞) 앞에 선다. 석동 입구에는 '雲霧洞'(운무동)이란 3글자가 동판에 활어(活魚)같이 새겨져 있다. 운무동의 내실(內室)은 기밀(機密)을 유지하려는 양 2년째 닫혀 있었다. 운무동 내실(內室)의 철문은 주인의 검증을 거치듯 열쇠가 있어야만 열린다. 톱니가 달린 북면객의 신원을 보증하려는 것처럼 알리는 보검이 청학(靑鶴)이다. 청학을 자물쇠에 꽂자 물레가 돌아가는 것같이 슬그머니 문이 열린다. 내실의 목제 상자에는 신비함을 간직한 양 서책이 들어 있다.

　서책은 신주2걸의 위명을 드러내듯 상승의 무공이 실린 일종의 비급이다. 내실은 청학이 없었다면 열리지 못했을 물속처럼 신비한 장소다. 운무지(雲霧指), 9궁(宮)5행(行)의 보법(步法), 반탄신공법(反彈神攻法), 상승내상치료법(上乘內傷治療法). 4가지의 상승 무공이 세상의 무예에 도전하려는 것같이 체계적으로 연구되었다. 남악검법(南岳劍法)이 대적(對敵)하기에는 좋지만 응징하려는 양 상대의 피를 반드시 뿌린다. 이렇기에 운천이 남악검법을 휘두르기에는 상대의 안전을 생각하듯 항상 조심스럽다.

　주변인들을 존중하려는 것처럼 보살피는 운천이기에 새로운 검법을 창안하려고 한다. 겉보기에는 폭풍같이 위력적이지만, 사람들의 생명을 존중하는 무예. 무도(武道)의 정신을 펼치려는 양 이런 무예를 창시하고 싶은 운천이다. 운천에게 운무지(雲霧指)는 세상의 누구도 쓰러뜨릴 듯 절세적인 지풍(指風)으로 여겨진다. 이 지풍만으로도 천하제일의 고수처럼 적수가 없으리라 여겨질 정도다. 보법은 상대의 공세를 제압하려는 것같이 수시로 몸을 자유롭게 이동시킨다.

　화마(火魔)나 수마(水魔)가 날름대더라도 세상을 요리하는 양 몸을 자유롭게 이동시킨다면? 세상의 누구도 굴복시키듯 천하무적의 경지가 되리라 확신된다. 반탄신공은 단체의 적들로부터 자신을 보호하려는 것처럼 방어하는 데에 빼어나다. 홍수의 물길을 되돌리려는 것같이 반탄(反彈)은 적들의 공력(功力)을 되돌려 보낸다. 공력이 부실하면 강아지가 맹수들을 상대하려는 양 강적들과 대결하지 못한다. 검진을 형성한 말뚝 같은 적을 물리치려면 반탄의 기운이 필요하다.

최고의 의원들로부터 치료받듯 상승 내상 치료법에 대해서도 생각해 본다. 대결하다 보면 부상당할 확률은 심해 수면의 면적처럼 커진다. 부상을 치료하지 못하면 수명을 단축시키는 양 죽을 수도 있다. 평소의 뜻이 무엇이었든 죽으면 모든 것이 단절된 공간처럼 끝장이다. 매사의 의미가 스멀거리는 연기인 듯 사라진다는 뜻이다. 활력의 나침반으로 조작되는 것같이 살아 있어야만 생명체의 의미가 있다. 개체가 죽으면 삶의 지지대가 무너지는 양 매사가 사라지지 않겠는가?

생명이 소중한 이유는 꿈틀대는 미래가 자신을 장식하듯 기다리는 탓이다. 연줄이 끊기는 것처럼 죽어 버린다면? 아침의 해(太陽)를 누가 자신을 대신하는 것같이 바라볼 것인가? 바다를 스치는 바람결은 누가 손바닥으로 어루더듬는 양 소담스럽게 느끼겠는가? 누가? 그 누구가?

운천에겐 내상의 치료법이 사람들의 감춰진 속살처럼 궁금했다. 자신이 허공을 건너듯 팔팔해야만 남을 치료할 수 있지 않은가? 스승으로부터 무술과 관련된 의술은 불고기를 굽는 것같이 충분히 익혔다. 시신을 되살리려는 양 결전장에서 구급하려는 비상 조처들이다. 비상 조처만으로 꼬리에 붙은 불을 끄듯 위험에서 벗어나겠는가? 출입만 해도 양쪽 방향인 것처럼 절대로 아니라고 생각한다. 절대로! 운천에겐 내상의 치료법이 위기의 사람들을 되살리려는 것같이 궁금하게 여겨진다.

운천이 가슴속의 진심을 드러내려는 양 경건하게 공천하 자매에게 말했다.
"대단히 어려운 청을 드리겠습니다. 저한테도 그 책의 비술을 터득할 수 있게 해 주시겠어요? 그렇게 해 주신다면 제가 일평생 두 자매의 안전을 책임지겠습니다."

공영하가 먼저 감동한 듯 반기는 기색으로 말한다.

"형부! 아직 혼례는 올리지 않았지만 형부이잖아요? 형부는 당연히 저희들의 가족이기에 무술을 익힐 자격이 있어요. 충분히 익혀서 재주가 부족한 저희들을 보호해 주세요."

공천하도 동생과 같은 의견임을 드러내는 것처럼 방긋 웃으면서 말한다.

"제 마음도 동생과 같아요. 당연히 함께 무술을 익히셔야죠. 제 가족의 일원이 되어 주셔서 정말 감사해요."

세월의 무게를 존중하는 것같이 셋이서 책자를 보자니 예사롭지 않다. 몇십 년을 뼈를 깎는 양 수련한 흔적들이 곳곳에 보인다. 수년 이내에 춤추듯 흉내 낼 무예가 아님이 분명하다. 신주2걸의 명성이 천하를 뒤흔드는 것처럼 녹아 있는 무술이라 여겨진다. 남룡객이 남긴 서책은 무림인들이 보물같이 숭상하는 무림의 비급이라 여겨진다. 책자만 익혀도 미래를 주무르는 양 천하제일의 고수로 변신하는 국면이다. 셋은 천하를 넘겨다보듯 숙연한 자세로 운무동에서 의견을 나눈다. 무술을 당장 수련하여 힘을 보태려는 것처럼 영웅대회에 참가하기로 한다.

운천은 정통파를 지원하는 입장이기에 상황들을 보고하는 것같이 스승에게 알린다. 태호의 운룡표국(雲龍鏢局)에서 스승에게 보내는 서한을 전서구로 보내려는 양 맡겼다. 하산하기에 앞서서 미래를 예견하듯 스승과 사전에 약속했다. 서한을 맡기면 사흘 이내에 소식을 탐지하려는 것처럼 스승이 다녀간다. 운천이 하산할 때에 스승도 영적인 그림자같이 은밀하게 하산했다. 시간을 절약하려는 양 운천의 배를 공천하가 몰고 태호로 향했다. 지정된 방식처럼 운천이 스승에게 서한을 보내기 위해서다. 장소를 활용하려는 듯 운룡표국을 운천이 찾는 다른 이유도 있다. 정통파를 수하의 집단같이 지휘하는 팔선대사에게도 서한을 보내려는 뜻에서다. 운룡표국은 귀신의 발자취인 양 유명하기에 천하의 서한들이 은밀히 교류된다.

운무주에서 흔적을 지우듯 감추었던 거룻배를 운천과 공천하가 드러낼 때다. 공영하도 석동에서 나와서 따스한 햇살처럼 운천과 언니를 다녀오라면서 배웅했다. 운무주를 떠난 배가 호수와 교신하는 것같이 호수를 가로지를 때다. 운무주에서 가족을 전송하는 양 팔을 휘젓는 공영하의 모습이 보인다. 그랬는데 호수의 물안개가 어느새 마루에 매달린 발처럼 운무주마저 가린다. 운천은 정황을 분석하듯 마음속으로 생각에 잠긴다.

'호수의 물안개까지는 전혀 고려하지 못했구나. 공 소저가 도와주어서 정말 고맙구나. 나 혼자서 미로 같은 물길을 어찌 찾겠어? 생각만 해도 끔찍해.'

이윽고 배가 그리운 세상을 찾으려는 것같이 호반에 닿았을 때다. 배를 호반의 수문장인 양 거대한 고목에 묶고는 운룡표국을 찾았다. 운천이 신뢰도를 드러내듯 이름을 밝히자 40대 초반의 점원이 다가든다. 2통의 서한이 기다린 것처럼 운천을 반긴다.

먼저 스승의 서한에 운천의 눈길이 계곡에 떨어지는 급류같이 쏠린다.

> 제자에게
>
> 강호에 나가서 활동한 상황을 잘 파악하고 있다.
> 대의를 위해 애쓰는 모습에 깊은 격려를 보낸다.
> 차후 3주일간은 내가 태호에 머물 작정이다.
> 장소는 항시 달라지니 나를 만나려고 하지는 않아도 된다.
> 건승을 빈다.
>
> 백운 씀

다음으로는 팔선대사의 서한이 기다렸다는 양 시야로 밀려든다. 태호에 정통파가 없기에 우려가 실린 글들이 먹구름처럼 펼쳐진다. 마음을 밝히듯 미리 작성한 서한에 운천이 첨언하여 점원에게 넘긴다. 스승과 팔선대사에게로 빛살을 쏘는 것같이 보내는 서한들이다. 운룡표국의 점원이 깎는 양 공손하게 말한다.

"염려하지 마세요. 추호도 차질 없이 본인들에게로 전해 드릴게요."

운천과 공천하도 점원에게 귀인처럼 정중한 예를 표하고는 운룡표국을 나선다.

운천과 공천하가 운무동으로 귀환하여 끝없는 수행인 듯 무술을 수련한다. 남룡객의 서책에는 세상의 공명을 버리는 것처럼 일체의 이름이 없었다. 운천과 남룡객의 2딸이 고인들을 기리는 것같이 운무서(雲霧書)라고 명명하기로 했다. 고인들을 숭상하려는 양 표지도 따로 만들어서 운무서(雲霧書)라고 적었다. 셋은 운무서의 무술을 무의식적으로도 자유롭게 사용하듯 충분히 익히기로 한다. 운천에게는 3주간이면 굵은 선을 긋는 것처럼 윤곽은 익히리라 여겨진다. 운무서의 수련으로 운천은 공천하의 자매와 3주간을 가족같이 운무동에서 지내었다.

처음에 예견했던 양 운무서의 무학은 가히 비급 수준이다. 완전히만 익히면 세상을 바꾸듯 천하제일의 고수가 되리라 확신될 지경이다. 수련할 동안 운천은 자신을 승화하려는 것처럼 단련에만 집중했다. 오해를 없애려는 것같이 1주일에 한 번씩만 서한을 운룡표국에 맡겼다.

운무동에서 극점(極點)으로 향하는 양 나날이 운천이 운무서를 수련할 때다. 운천은 자신의 창의력을 총동원하듯 장강검법(長江劍法)을 창안하기로 했다. 남악검법이 너무나 위력적이어서 칼을 들면 상대가 죽어서 나무토막처럼 나뒹굴었다. 사람의 생명은 천신의 숨결같이 소중하기에 사람들을 죽이고 싶지는 않았다. 운천의 의지를 무시하려는 양 남악검법이 펼쳐지면 사람들이 죽어서 나뒹굴었다.

생명을 내건 결투에서는 악의 근원을 제거하듯 칼을 휘둘러야 한다. 남악검법을 쓰기만 하면 검법을 보기가 끔찍한 것처럼 상대가 죽었다. 세상의 경쟁자들을 섬멸하려는 것같이 무술을 수련하지는 않았다. 무지막지한 상대는 혼을 내어 내쫓아도 충분한 응징인 양 그만이다. 여기에 착안하듯 운무주에서 운천이 장강검법을 창안하기로 한다. 상대가 생쥐처럼 겁을 내고 물러서기만 해도 족하리라 여겨진다. 상대가 고집을 부리려는 것같이 물러서지 않는다면 상대의 과실이려니 여겨진다.

무술을 창안하려면 암반의 위인 양 무술의 기반이 탄탄해야 했다. 운천은 백운도인의 제자이기에 그의 체액을 흡수하듯 진전을 모두 물려받았다. 항산에서는 자홍검을 만나 백골파의 음양도법까지 문파를 바꾼 것처럼 수련했다. 백운도인의 무공에 음양도법과 운무서의 장점들을 탑을 쌓는 것같이 결합한다. 남악검법에서 궤도를 벗어나려는 양 이탈하려고 음양도법에 운무서의 무공을 결합시킨다. 칼날처럼 섬세한 음양도법과 통찰이 강조되는 운무서의 무공은 호흡이 달랐다. 들을 조화시켜 하나로 만들듯 결합하는 일이 무척 힘들었다.

새롭게 운무서를 수련하자 운무서의 위력이 수량이 늘어난 폭포수같이 급증했다. 흉내를 내려는 양 동굴에서 수련한 지 닷새째에 이르렀을 때다. 장강검법 9식의 골격이 용의 뼈대처럼 잡혔다. 변화는 구름 속을 걷듯 다양하면서도 위협적이지만 상대를 배려하는 방식이다. 주렴을 둘러보려는 것같이 상대가 검막(劍幕)을 뚫지만 않으면 위험하지 않다. 실전에 대비하려는 양 장강검법을 언제든 휘두르게 매일 수련한다. 운천이 운무서를 익히느라고 세상과 결별하듯 2주일간의 시간을 집중하여 보냈다. 운천이 무림에 탑을 쌓는 것처럼 장강검법이란 새로운 검법을 창안했다. 위세가 치솟는 불길같이 강력하여 아무나 덤벼들지 못할 정도이다. 남악검법과는 달리 상대를 살상하려는 것은 배제하려는 양 절제되었다.

2자매와 운천이 같은 사문의 남매들처럼 운무서의 혹독한 수련을 끝냈다. 2자매와 운천의 무술은 강화되어 다들 천하제일을 다투듯 품격이 높아졌다. 운무서의 무술에 통달했음을 서로에게 내보이려는 것같이 무술을 시연한 뒤다. 2자매와 운천은 미래를 기약하는 양 계획을 세우고는 운무주를 떠난다. 차후의 보다 빠른 만남까지도 예정된 계획에 포함시키듯 확인하고는 헤어졌다.

아미3녀와의 우의를 확인하려는 것처럼 태행신니(太行神尼)가 머문다는 상운주(霜雲洲)에도 들러기로 한다. 저녁에 태호 남동의 상운주에 물안개같이 가볍게 운천이 도착했다. 운천이 섬을 둘러보니 아미3녀가 친밀감을 표시하려는 양 태행신니를 데려갔다. 섬은 썰물이 빠진 듯 완전히 빈 상태였다. 과거를 붙잡으려는 것처럼 일찍 도착하지 못하여 운천이 아쉬워했다.

미래를 가늠하려는 것같이 운천도 섬을 떠날지 말지를 고려할 때다. 비밀을 내리깔려는 양 상운주를 향하여 다가드는 작은 범선이 있었다. 불필요한 충돌을 피하려는 듯 숲의 무성한 고목에 거룻배를 감춘다. 그러고는 은밀하게 주변 상황을 점검하려는 것처럼 살핀다.

새로운 세계에 들어서려는 것같이 섬에 내리는 사람들이 눈에 띈다. 출신을 살피려는 양 복장을 둘러보니 22명의 천공파의 무술인들이다. 혼합된 집단임이 드러나듯 이들 이외의 정통파의 인물들도 식별이 된다. 청순함을 상징하는 것처럼 녹의를 입은 팔순가량의 노인이 눈에 띈다. 녹의노인은 몸짓에서 드러나듯 천공파의 맹수같이 빼어난 고수라 여겨진다. 천공파에서는 장문인인 황해흑존(黃海黑尊)과 나화엽과 사마영 등이 윤곽인 양 드러난다. 섬에서 마주친 두 편의 무림인들이 대처 방안을 찾듯 혼란스러웠다.

핑계를 조작하려는 것처럼 화산파의 사문장로인 서악일검(西岳一劍)과 녹의(綠衣)의 마령신군(磨靈神君)이 대결했다. 250여 수만에 둘 다 내상을 입고 나무토막같이 나뒹굴었다. 둘은 다음에 재대결하기로 하고 마령신군이 시간에 쫓기는 양 물러갔다. 운천의 안목으로는 창자가 찌그러지듯 서악일검의 내상이 훨씬 크리라 느껴진다. 위기감이 휘몰리는 것처럼 서악일검이 치료받지 못하면 사망할지도 모르리라 비친다.

우연히 섬에 올라선 사람인 것같이 운천이 서악일검의 상처를 치료했다. 운천이 진기(眞氣)로 '두 식경(60분)'의 시간에 서악일검을 소생시키는 양 치료했다. 서악일검 곁의 청해신군도 운천의 의원처럼 탁월한 의술에 대하여 감탄했다. 치료하면서 운천이 서악일검에게 미답지 같은 구궁(九宮)의 보법에 관하여 질문했다. 서악일검은 무림인으로서는 검성(劍聖)인 듯 전문성이 빼어난 검객이었다. 구궁의 변화에 대하여 부채질을 하는 양 간결하게 운천에게 들려주었다. 운무서에서도 굴을 뚫듯 뚫지 못했던 구궁 보법의 변화를 파악했다. 마령신군의 무술을 이기기에는 운천도 절벽을 타는 것처럼 어려우리라 여겨진다.

서악일검을 운천이 환생시키듯 말끔히 치료한 뒤다. 남악검법에 정밀성을 보완하는 것같이 구궁 보법의 변화를 실어야겠다고 작정한다. 강적에 대비하려는 양 남악검법을 강화하기로 한다. 일상적인 교류를 하듯 행하는 일반적인 결투에는 장강검법을 사용하기로 한다. 남악검법에 구궁의 변화를 싣는 것처럼 가만히 검법을 시연한다. 검법의 동작마다 체공(滯空) 시간이 길어지는 것같이 편안해짐을 느낀다. 적을 격퇴함에 있어서 여유를 확보하는 양 한결 쉬워짐을 느낀다. 남악검법 자체에는 바위를 굴리듯 변화가 없어도 체공 시간이 늘어난다. 체공 시간의 증가가 무술 자체를 강화하는 것처럼 상당히 위력적이다.

장강검법에도 구궁 보법의 변화를 접속하는 것같이 살짝 강화시켜 본다. 체공이 늘어나면서 위협력이 더위에 내뻗치는 개의 혀인 양 커진다. 음양도법의 결합은 톱니바퀴의 접속 같은 치밀함을 드러낸다. 운무지의 산악처럼 복잡한 동작의 전개를 검술의 변화로 변환시킨다. 바위 꼭대기에서인 양 예상치 못하게 강한 검풍이 발생됨을 느낀다. 운무지가 죽음의 숨결인 듯 묘하다고 운천에게 생각된다. 장강검법에서는 실력의 고하를 불문하는 것처럼 넓은 범위의 적들한테 적절하다. 남악검법에서는 부드러운 검풍을 발출시키는 그림자 같은 부차적인 근원이 된다. 예견된 족적인 양 남악검법에서는 살상력이 살짝 감소하게 된다. 장강검법에서는 공격 범위가 바다처럼 넓어져 상대의 몸을 움츠리게 만든다. 목적을 이루듯 운천은 운무주에서 운무서에도 통달했고 2가지 검법들마저 보완했다. 장강검법은 운무주에서 자신이 산천을 새로 만드는 것같이 창안했다. 검법을 검증하려는 양 실전에 사용하지는 않았지만 위력은 크리라 확신한다.

청해신군이 거룻배를 물에 띄우며 주변인들의 동의를 구하듯 말한다.
"여기서 수성(水性)에는 제가 가장 정통하니 제가 배를 몰겠소이다. 목적지가 어디인지도 묻지 말고 그냥 배에 타세요. 해롭지 않은 데로 배를 몰겠소이다."
청해신군의 제안에 따르겠다는 것처럼 서악일검과 운천이 배에 올랐다. 3사람이 오랜 지기들같이 하나의 거룻배에 올라탔다. 배를 타면서 운천도 과거의 잔영을 건지려는 양 머릿속으로 생각했다. 형산의 개천에서 물놀이하듯 얼마나 배를 자주 탔던가? 의례적인 습관처럼 운천이 단순히 배만 탔던 게 아니었다. 자맥질을 비롯한 물속에서의 다채로운 수련까지 개천의 수달같이 열심히 했다. 빠뜨린 수중의 물건을 찾는 것쯤은 눈감고도 행할 양 기본적이었다. 수중에 난파된 배를 고치는 일도 노숙한 전문 어부들처럼 잘했다. 운천도 수성(水性)에는 전문가인 듯 정통하다고 밝힐 만하다. 주변인들을 자극하지 않으려는 것같이 겸손하게 거룻배에 올랐다. 청해신군이 해로(海路)를 제시하려는 양 배를 저을 때다. 서악일검이 운천을 청중으로 설정한 듯 어떤 고사를 들려주기 시작한다. 운천도 처음 듣는 것처럼 경이로움에 취하여 귀를 기울인다.

200여 년 전의 안개인 양 희뿌연 옛날의 일이었다. 5대 정통파와 2개의 사파(龍門派와 巳龍派)가 난투극으로 시궁창의 소용돌이같이 혼란할 때였다. 어느 날 세상을 평정하려는 듯 무림의 고수가 새롭게 나타났다. 그는 실력을 자랑하려는 것처럼 단신으로 7개 문파의 고수들에게 도전했다. 차례대로 7개 문파의 고수들이 젖은 토담같이 무너졌다. 그의 화려한 작용인 양 그의 명성은 무림을 떨게 만들었다. 혼란 중의 다행처럼 그는 사파의 인물이 아닌 협의(俠義)의 인물이었다. 백마신군(白馬神君)이라 불리는, 세상의 전설을 쌓듯 참신한 30살의 청년 협객이었다. 대단한 청년이었지만 세인들을 존중하는 것같이 세상일에 부단하게 관여함을 싫어했다. 백마신군의 명성과 무술도 스러지는 안개인 양 세상에서 점차 잊혔다. 그리하여 무림에는 백마신군의 애틋한 신화 같은 얘기만 전해지고 있었다.

최근에 상승 곡선을 그리듯 치솟는 마령신군 무술의 논평들이 많다. 마령신군의 무술이 예전에 깜부기불처럼 실전된 백마신군의 것과 유사하다고 떠들썩하다. 근원을 밝히려는 양 마령신군의 무술은 백마신군의 유파이리라 추정되고 있다. 마령신군이 어떻게 백마신군의 무술을 익혔는지에는 많은 추측들이 불나방들처럼 들끓었다. 윤곽으로만 추정될 뿐이지 거울의 내부인 듯 세세하게 밝혀지지는 않았다.

이런 정도의 추정만으로도 무림에는 쏟아지는 폭포수같이 커다란 영향을 준다. 자신들을 보호하려는 양 많은 군호들이 마령신군에 대하여 경계심을 가졌다. 무림을 웅덩이처럼 드나들 때에 후예들의 안위까지 영향받기 때문이다. 후예들을 보호하려는 듯 무림인들이 마령신군의 무술에 바싹 신경을 쓴다.

청해신군이 호심(湖心)에서 북서쪽으로 가랑잎이 나부끼는 것같이 경쾌하게 배를 몬다. 적막주(寂寞洲)는 무인도의 표본인 양 동서가 3리(1.2km)이고 남북이 1리(400m)로 작다. 적막주로 향하면서 청해신군이 중요한 정보를 제공하는 것처럼 나지막이 말한다. 태호에는 정통파의 보금자리인 듯 고정적인 근거지는 없어도 기인들이 머물렀다. 적막주는 천하제일을 꿈꾸는 것같이 꿈틀대는 기인들의 단련장이 된다고 한다. 복을 받는 양 운이 좋으면 기인들의 수련까지도 보리라 들려준다. 청해신군은 얇은 얼음을 밟듯 조심성이 각별한 사람이다. 적막주에 접근하면서 노 젓는 소리마저 모기소리처럼 가늘게 죽인다. 물결 소리만으로도 음향의 특성같이 배가 접근하는지 떠나는지를 뱃사람들은 안다.

펼쳐진 우연인 양 적막주에는 장백파(長白派)의 숱한 고수들이 수련하고 있었다. 분명히 그네들이 따로 구입한 것처럼 개인 소유의 땅은 아니다. 그림자인 듯 은밀한 특성으로 장백파가 우발적으로 적막주에 모인 모양이다. 상승 기류를 타려는 것같이 영웅대회 및 미래까지도 논의하는 모양이었다.

적막주에 불길이 치솟는 양 돌연한 상황에 대처하기 위해서다. 운천이 적막주의 섬으로 경신술을 써서 매처럼 날아가 내린다. 청해신군이 행동지침을 제시하듯 운천에게 말한다.

"나는 서악 대협과 함께 저쪽 침식 동굴 안을 수색하겠소이다. 그간에 섬을 대충 둘러보기 바라겠소. 우리는 소협의 실력을 충분히 믿소이다."

허공에 선을 그으려는 것같이 말을 마친 뒤다. 2노인들은 섬의 동굴 속으로 종적을 감추려는 박쥐들인 양 사라진다.

운천은 새가 날아내리듯 섬의 땅 위로 올라선다. 장백파가 불측의 사태에 대비하려는 것처럼 경계병은 확실히 세워 두었다. 장백파의 경계병은 자만심으로 똘똘 뭉친 것같이 거만한 16세의 목단전주이다. 그녀는 스스로의 미모(美貌)에 자만하는 양 주변 사람들을 쉽게 깔본다. 무공이 빼어났기에 문파의 장문인들마저 굴욕을 피하듯 대결하기를 꺼릴 지경이다. 손맵시마저 마왕처럼 악독하여 문파의 장로들까지도 양보하여 물러설 지경이다.

목단전주가 세상을 제압하려는 것같이 손뼉을 2번 칠 때. 숲에서 강남4녀가 눈부신 목련 꽃잎들인 양 허공을 휘감으며 나타난다. 착지하는 동작만 해도 경신술이 어느 수준인지 가늠될 듯 놀랍다. 강남4녀는 양자강 주변을 안마당처럼 휩쓰는 4명의 절정 고수들이다. 이들은 20세이지만 무술은 태산북두같이 고강하다고 알려졌다. 풍향(風香), 풍정(風情), 우권(雨拳), 우검(雨劍)으로 별들인 양 빛나게 알려진 여인들이다. 풍향과 풍정은 퐁띵호 남쪽인 장사에서 세상을 흔들듯 활동했다. 우권과 우검은 포양호 남쪽인 남창에서 강호를 주름잡으려는 것처럼 활동했다. 풍향과 풍정은 주로 순백의 정서를 취하듯 백의를 즐겨 입는다. 우권과 우검은 세상의 장점들을 수합하려는 것같이 흑의를 즐겨 입는다. 풍향은 장법(掌法)에서 산악의 고봉인 양 유명했고 풍정은 지법(指法)에서 빼어났다. 우권은 권법에 빼어났고 우검은 광풍에서도 검풍을 발라내듯 빼어난 검객이다. 강남4녀가 뭉치면 세상의 고수들을 굴복시키려는 것처럼 자연스레 진세가 형성된다.

강남4녀가 나서면 정통파의 장로들도 활로를 찾으려는 것같이 피한다고 알려졌다. 운천은 하늘이 제공하는 양 장강검법을 점검할 절호의 기회라 여긴다. 남악검법은 쓰기만 하면 필연인 듯 사망자가 나오리라 여겨져 두려워진다. 운천이 또랑또랑한 목소리로 그녀들의 자존심을 흔들려는 것처럼 강남4녀들에게 말한다.

"예전에 청해 호반의 가족 묘지에서 대결하지 못했죠? 그때 못한 것을 오늘 해 보기로 하죠. 괜찮으시겠죠?"

강남4녀들이 흔쾌한 목소리를 뽑아내려는 것같이 한 마디씩 순식간에 내뱉는다.

"백운도인님의 제자라서 우리쯤은 안중에도 없다는 거 아니냐?"
"우리 넷을 동시에 상대하겠다니 대단한 배포로군."
"어디 백운도인님의 절학을 구경해 보자고."

"당신이 우리한테서 지면 죽어 주어야 할 텐데 정말 괜찮겠어?"

상대는 강호에서 악명을 휘날리려는 양 매섭게 알려진 강남4녀가 아닌가? 운천이 7성의 공력을 주입하여 장난을 치려는 듯 그녀들을 상대한다.

운천이 칼을 빼들자 '휘이잉!'하며 검풍이 강남4녀에게로 노도처럼 휩쓸렸다. 넷이 연합하려는 것같이 힘을 보탰는데도 운천에게 떠밀려 뒤로 물러났다. 그러다가 귀신을 만난 양 사색(死色)이 되어 무기를 내려놓는다. 화살에 뚫린 듯 상의에 동전 크기의 구멍들이 뚫렸다. 운천의 공력이 조금만 컸다면 살점들이 으깨어지는 것처럼 찢겼으리라 느꼈다. 장강검법에서 특유하게 부각되는 것같이 드러나는 장점이다. 상대가 악귀인 양 달려들면 외상만 입고 내상은 피하리라 여겨진다. 남악검법이 시연되었다면 강남4녀는 고목들처럼 시신으로 변했으리라 직감한다.

강남4녀가 무기를 던지고는 운천 앞에 죄인들인 듯 무릎을 꿇는다. 운천이 일검을 펼치면 모두 목이 농가의 무같이 잘릴 처지다. 발버둥질하려는 양 달아나려고 해도 살지 못할 처지임을 강남4녀들이 알아차렸다. 요행을 바라듯 꿈틀거리다가 살해되기보다는 당당하게 죽음을 맞으려는 자세들이다. 땅바닥에 무릎을 꿇은 강남4녀들을 운천이 일일이 귀빈처럼 일으켜 세운다. 강남4녀들이 땅바닥에서 일어섰지만 다들 재갈이 채워진 것같이 입이 얼어붙었다. 강남을 뒤흔들었던 그녀들의 이름은 다들 지워진 양 사라진 꼴이다. 강남4녀들은 살아도 입관하여 스러진 듯 산 것이 아닌 처지이다.

무림인들이 명예처럼 가장 내세우는 것이 자존심이다. 장강검법에서 화살같이 내뻗친 검기에 강남4녀들의 옷이 흉하게 찢겼다. 몸뚱이를 가리려는 양 몸에 온전히 달라붙은 헝겊은 거의 없다. 순식간에 4여인들이 거의 나신을 드러내듯 발가숭이가 되어 일으켜 세워졌다. 게다가 여인들은 자유를 잃은 것처럼 운천의 검기(劍氣)에 급소가 짚였다. 나신을 숨기려는 것같이 수목으로 감추고 싶어도 몸을 움직이지 못한다. 여인들로서는 운천에게 강제로 발가벗겨지는 양 최대의 굴욕적인 순간을 맞았다.

하지만, 운천의 관점은 관념의 선을 긋듯 여인들과 달랐다. 여인들의 살갖이 예상을 벗어나는 것처럼 검기에 찢기지는 않았는지 궁금했다. 등 뒤에는 강남4녀들의 복수를 꾀하려는 것같이 목단전주가 버티고 있었다.

목단전주도 상황을 손으로 움켜쥐려는 양 대결 장면을 꼼꼼히 지켜보았다. 순식간에 강남4녀들의 의복이 검기에 찢겨 사방으로 봄철의 꽃잎들처럼 흩어졌다. 4여인들은 거의 알몸이 되어 운천 앞에 석상인 듯 섰다. 운천은 의원(醫員)같이 관심을 가지고 그녀들의 알몸을 살피려는 기색이 역력하다. 여인들은 죄다 검기에 급소가 짚여 석상(石像)인 양 굳어 있다. 강남4녀들은 교태를 부리듯 요염하게 운천을 꾀려는 듯한 기색마저 보인다.

바로 이때다. 목단전주의 싸늘한 음성이 운천의 귓전으로 차가운 얼음장처럼 밀려든다.

"상공, 잠깐만요. 설마 여기서 강남4녀들을 죄다 발가벗길 작정은 아니죠? 우선 저랑 대결해 봐요. 만약에 저도 저들처럼 된다면 저도 상공의 처분에 선선히 맡길게요."

그녀가 말을 마치자마자 빙벽(氷壁)같이 극도의 차가운 검풍을 운천에게로 휘갈긴다. 운천이 보호 본능에 휩쓸린 양 장강검법을 8성으로 끌어올려 내갈긴다. 장검으로 바람을 내보낸다는 뜻의 일휘송풍(一揮送風)이란 물의 색깔처럼 평범한 검식이다. 운무지의 검풍과 음양도의 예리한 검술과 구궁의 보법이 얼싸안듯 화합했다. 산사태같이 어마어마한 위력에다가 운천이 8성으로 내갈긴 검술이다.

목단검법이 공기를 찢는 양 예리한 파공음을 일으키며 운천에게로 밀려들었다. 쌍방의 검풍과 검풍이 지렁이들처럼 마구 뒤엉키는 현상이 벌어진다. 미친 듯 날뛰는 검풍 속에서 운천은 장강검법의 위력을 확인한다.

운천이 목검을 목단전주에게 전하며 그녀에게 하소연하는 것같이 공손히 말한다.

"목단전주님! 저는 전주님께 개인 감정은 일체 없어요. 제 목검을 받고 서로 목검으로 겨뤄 봅시다. 제가 펼치는 검법의 한계를 알고 싶어서예요. 제가 밉게 느껴진다면 어쩔 수가 없고요."

그런 와중에서다. 목단전주한테도 돌발적인 생각이 떠올랐는 양 운천의 목검을 받아 든다. 그러면서 의미가 깊은 듯 미소를 띠면서 운천에게 말한다.

"좋아요. 대결해서 상공이 지면 제 부탁을 들어 주셔야 해요."

운천도 신속히 말했다.

"그렇게 할게요. 전주님께서도 최선을 다하셔야 합니다."

회담을 마친 것처럼 서로의 대답이 끝난 뒤다. 운천이 장강검법을 8성으로 유지하여 활로를 뚫는 것같이 5식을 펼친다. 목단전주도 10성의 공력을 끌어올려 장백산의 상징인 양 목단검법을 펼친다. 목단검법은 세상을 흔들 듯 목단전주를 강호에 우뚝 세운 무서운 검법이다. 하지만 장강검법의 5식이 홍수의 물줄기처럼 그녀에게 다가들 때다. 목단전주가 대단히 힘든 것같이 끙끙대며 운천에게 말한다.

"너무 힘겨워 계속 받아내기가 힘들어요. 그래서, 목단검법 12식을 바로 전개할 테니 잘 받으세요. 공력도 10성으로 사용하세요. 만약 공력이 부쳐서 다치면 제가 미안할 거 잖아요?"

운천도 동의하는 양 고개를 끄떡이고는 곧바로 공력을 최대로 끌어올린다. 단단한 절벽에 구멍을 뚫는다는 제6식인 청벽투공(靑壁透孔)을 곧장 들이밀듯 펼친다. 목단전주도 번개가 하늘을 꿰뚫는다는 의미의 전광충천(電光衝天)을 뿌리치는 것처럼 펼친다. 전광충천의 기세가 목검의 섬광같이 눈부신 발산으로 표출될 때다. 거대한 2줄기의 기류가 바다에서 마주치는 양 부딪칠 때다. 먼저 노도처럼 강한 검풍이 수풀을 확 뒤집는다. 그 영향 탓이었을까? 발가숭이가 되었던 4명 여인들의 나신이 불을 밝히듯 훤히 노출된다.

여인들의 속살이 뽀얗게 드러나자 숲이 섬광같이 훤하게 빛나는 느낌이다.

검풍과 검풍이 피할 길이 없다는 양 정통으로 부딪는 찰나다. 물살의 소용돌이처럼 거대한 기류의 소용돌이가 치는 찰나다.

"으아앗!"

단말마 같은 처참한 비명이 폭음인 듯 터진다. 상반신의 급소에 검풍을 맞아 목단전주가 실신해서 비석(碑石)같이 쓰러진다. 발가숭이들인 강남4녀들이 빛살인 양 신속히 달려가서 목단전주를 부축한다. 하지만 시신처럼 축 늘어져 의식을 잃은 상태다. 이때에 운천이 여인들에게 주의력을 집중시키듯 말한다.

"전주님의 몸에 손대지 말고 떨어지세요. 또한 당신들도 옷 조각을 주워 살갗을 좀 가려 주세요."

강남4녀들이 한 걸음씩 물러나면서 저마다 불만이 가득한 것처럼 중얼댄다.

"누가 우리들의 옷을 이리 만들었는데요?"

"성한 옷이 있어야 몸을 가리죠."

"누군 부끄러운 줄을 몰라서 이렇게 있겠어요?"

"우린 다 처녀들인데 이렇게 대낮에 마구 발가벗겨도 돼요?"

강남4녀들이 물러섰기에 운천이 목단전주를 치료하려는 것같이 풀밭에 뒤집어 눕힌다. 막혔던 혈도를 풀고 명문혈에 물을 들이붓는 양 진기(眞氣)를 주입한다. '일 다경(15분)'의 시간이 강물처럼 성큼 흘렀을 때다. 목단전주가 눈썹을 떨더니 의식을 찾고는 고승(高僧)인 듯 일어나 앉는다. 그리고는 고마운 마음을 표하려는 것같이 운천에게 정중하게 말한다.

"상공, 제 목숨을 구해 주셔서 감사합니다. 목검으로 겨루지 않았다면 저는 이미 죽었을 거예요. 제 부하들인 강남4녀의 옷차림 때문에 오래 대면할 수는 없겠군요. 인연이 닿는다면 다음 어느 때에 만나게 되겠죠. 그때까지 건승하시길 빕니다. 오늘 보여주신 무공은 참으로 환상적인 수준이었어요. 안녕히 가세요."

운천이 소원을 풀려는 양 장백파의 고수들을 만나서 장강검법을 점검했다. 검법의 수준이 조잡하듯 낮지 않음이 입증된 셈이다. 운천이 미안하다는 것처럼 얼마의 은전을 꺼내 목단전주에게 건네면서 말한다.

"얼마 되지는 않지만 강남4녀들의 옷값으로 지불하겠습니다. 정말 옷을 훼손시켜 죄송하게 생각합니다. 차후에는 이런 미안한 일이 발생하지 않게 제가 조심하겠습니다. 부디 다들 불쾌한 마음은 푸시고 조심스럽게 문파로 돌아가시길 바랍니다."

운천이 옷값까지 치르자 여인들도 귀빈을 대하는 것같이 응답한다.

풍향(風香)이 지인을 대하는 양 운천에게 정중히 말한다.

"백 상공이 정말 깨끗한 검객임을 인정합니다. 우리가 비록 사파이지만 문호를 초월하여 교분을 갖고 싶군요. 안녕히 가세요."

우권(雨拳)도 운천에게 정감 어린 듯 고운 목소리로 말한다.

"우리는 중원에서 북동쪽에 위치한 산중에 있거든요. 혹시 봄꽃이나 가을 단풍이 그리우면 한 번 다녀가시기를 권할게요. 그때에는 제가 정갈한 차 대접을 하고 싶네요. 안녕히 가세요."

운천이 5명의 여인들을 친남매처럼 따뜻이 대하며 인사를 하고는 돌아선다. 2노인들을 떠올린 것같이 시간을 많이 소모해서는 안 되리라 생각한다.

누군가에게 내쫓긴 양 동굴로 돌아가니 청해신군과 서악일검이 웃으면서 기다린다. 노인들이 동굴 내부를 살펴보았더니 어디서든 마주치듯 평범한 동굴이었다고 했다. 조사를 끝내고 섬으로 올라서려는데 기다렸다는 것처럼 운천이 나타났다는 설명이다.

청해신군이 전서구로 소식을 들었다며 운천에게 은밀하게 전하려는 것같이 말한다.

"이레 후에는 정통파의 인물들이 해남도에 모이기로 했소이다. 실종되었던 기존 문파의 장문인들이 해남도에서 발견되었다는 소식이 전해졌다고 하오. 그래서 각파의 무림인들이 해남도의 봉황궁으로 몰려들 거라고 했소이다."

볼일을 보려는 양 거룻배로 일행이 태호의 호반에 도착한 뒤다. 청해신군과 서악일검과 운천은 서로에게 인사하고는 각자의 길을 가듯 헤어진다. 이레 후에는 밀약을 지키려는 것처럼 해남도의 봉황궁에서 만나기로 한다.

봉황문(鳳凰門)이 항산에서 미래의 패권을 장악하려는 것같이 숱한 무림인들을 살상했다. 백골파와 천공파 간의 대결에서 혹인 양 엉뚱하게 생긴 일이었다. 혈맹을 상징하듯 백골파를 도운 문파가 해남도의 봉황문이었다. 차세대의 마왕 같은 천마독존은 폐관을 마치고 곧 복귀하리라 한다. 봉황문에서는 과거에 무림의 장문인들을 싹을 자르려는 것처럼 일시에 납치했다. 봉황문의 실력을 과시하려는 양 장문인들을 지하의 감옥에 가두어 두었다. 그리하여 무림 전체를 봉황문이 황제처럼 다스릴 작정이었다.

항산을 떠나 개천의 물살인 듯 세월이 빨라서 보름이 흘렀다. 운천은 사람들이 별천지처럼 여기는 중국 남해의 섬인 해남도에 이르렀다. 말이 섬이지 거대한 왕국같이 엎드려서 육지와 다를 바가 없었다. 중국의 대륙인 양 큰 섬으로서 둘레가 2,215리(886km)에 달한다. 남북의 길이만 해도 온종일 지평선을 드리우듯 513리(205km)에 해당한다.

운천이 보름 동안 개인의 숙소처럼 묵은 곳은 여인숙(旅人宿: 오늘날의 여관)이었다. 잠들기 전에는 도인이 수행하는 것같이 반드시 남악검법과 장강검법을 수련했다. 무림은 맨살에 칼을 품고 잠드는 양 너무나 위험하다고 여겨졌다. 순간의 실수로 타인에게 걸레처럼 살해될 수 있는 세계이다. 자신의 생각과 상대의 관점은 보통 빛과 그림자인 듯 달랐다. 그렇기에 아무리 사소해 보여도 그림자 같은 후유증을 남기는 세계이다.

태호에서는 운무주에서 운무서를 익힌 것이 강호를 누빈 양 인상적이었다. 깊은 강을 건너듯 인상적이었던 것은 운무지(雲霧指)라는 지풍법을 만난 거였다. 세상의 적수를 없애려는 것처럼 무적이라 여겼던 형산장(衡山掌)마저 위험하리라 여겨졌다. 운무지는 첩첩산중마저 단숨에 허물듯 강하고도 매서웠다. 남악검법이 세상을 초토화하려는 것같이 살벌했기에 부드러운 검법으로서 장강검법(長江劍法)을 창안했다. 남악검법을 펼치기만 하면 숱한 상대가 나방들인 양 죽었다. 무술이 상대를 불길로 날아드는 나방들처럼 죽이려고 만들어지지는 않았다고 여겼다. 남악검법을 쓰기만 하면 적들이 죽음을 기다렸다는 듯 죽었다. 효용만 보이려 했는데도 한밤에 놀라서 실신하는 것같이 죽어 버리다니? 원한이 없는 상대가 남악검법으로 죽으면 가족을 잃는 양 슬펐다. 우려의 근원이 자신을 절정의 고수처럼 만들었던 남악검법임을 확인했을 때부터였다. 외관상으로는 폭풍인 듯 매서워 보여도 온유한 검법을 만들고 싶었다.

이런 의도를 충분히 살리려는 것같이 운무동에서 운천이 장강검법을 창안했다. 변화는 구궁(九宮)을 쫓고 쏟아지는 물결인 양 기법은 운무지를 참고했다. 산악의 형세를 바꾸듯 운무지의 지풍을 검풍으로 전환했다. 전환되는 동작들마다 골짜기의 수분을 흡수하려는 것처럼 음양도법을 적절히 배분했다. 토대를 이루려는 것같이 총괄하는 모든 경공술은 백운도인의 것을 썼다. 폭풍을 막아내려는 기풍인 양 장강검법의 효용을 운천이 궁금하게 여겼다.

　남악검법도 신화처럼 위상을 강화할 필요를 느꼈다. 마령신군과 서악일검의 결투 상황이 운천의 가슴을 뚫듯 경각심을 일깨웠다. 남악검법의 두어 곳에 하늘로 솟구치는 것같이 강력한 경공을 삽입했다. 보완된 남악검법이라면 스승마저도 적수가 못 될 양 강력하리라 여겨졌다. 해남도로 가는 여로 주변의 숲에서 운천이 검법을 실전처럼 수련했다. 힘에 부대끼듯 강적을 설정하여 운천이 단숨에 제압할 계획을 세웠다.

　하산한 원인을 운천이 미답지(未踏地)에서 길을 찾으려는 것같이 스스로 찾았다. 무림에서는 5년마다 패왕(霸王)을 뽑는 양 무림을 통치할 영웅을 뽑는다. 올해에 무산(巫山)에서 영웅을 뽑는다는 게 무림인들에게 각인되듯 알려져 있다. 운천도 무림의 발전에 기여하는 것처럼 무림의 영웅에 도전하겠다고 작정한다. 그러려면 악인들을 제압하려는 것같이 충분한 실력을 갖추어야 함을 느낀다. 영웅에 지원하려는 꿈이 바다의 크기인 양 장중하다고 여겨진다.

　영웅이 되려면 원수의 실력을 헤아리듯 고수들의 실력을 분석해야 한다. 운천이 마령신군과 서악일검의 대결을 자신의 기준으로 판단하는 것처럼 분석했다. 마령신군의 솜씨가 산악 주봉의 높이같이 서악일검보다 높다는 것을 간파했다. 자신의 남악검법에 뭔가를 보완하려는 양 강화해야 할 것임을 깨닫는다. 검법을 강화한 뒤에는 반드시 실전을 치르듯 검법을 시험해야 한다. 대결하지 않더라도 상대의 무예를 사전에 봉쇄하려는 것처럼 억눌러야 한다.

대결하기에 앞서서 점검하려는 것같이 운천이 빼어나다고 여겨지는 점을 떠올린다. 세상을 바꾸려는 양 매서운 절세적인 남악검법과 경신술이다. 하늘을 찌를 듯 치솟는 경신술에는 누구보다도 자신이 있다. 최상승의 경신술에서는 150여 장(454.5m쯤)의 강은 깃털이 날리는 것처럼 건넌다. 자신감은 산악의 기봉같이 대단하지만 타인과의 대결은 망설여지는 운천이다. 대결에서의 실수는 생명줄이 끊기는 양 죽음을 부르기 때문이다. 자신을 지키려다가 죽인 사람들로 인해 죄인처럼 마음이 무거운 운천이다. 아픈 마음에서 탈피하려는 듯 운천이 운무주에서 장강검법을 만들었다. 마른 하늘에서도 벼락이 치는 것같이 의외의 돌연한 현상이 벌어졌다. 장강검법의 위상마저도 고산의 준봉들인 양 결코 낮지 않음이 드러났다. 상운주에 박쥐들처럼 숨어든 장백파의 강남4녀와 목단전주와의 대결에서 여실히 입증되었다.

운천은 해남도의 봉황문에게 문파를 초월하듯 호감을 갖는다. 면양(綿陽)의 동굴에서 남서단주(南西團主)인 설하영(薛霞英)과 무림의 미래를 의논하는 것같이 대화했다. 연장하고 싶었지만 매의 울음소리에 설하영이 명령을 따르는 양 떠났다. 봉황문을 정통파로 만들겠다는 설하영의 미래의 청사진 같은 말을 들었다. 사파(邪派)가 활동하면 세인들이 사소한 일에도 절벽으로 떠밀리는 것처럼 피해당하리라. 그런 판국에서 숱한 세인들을 구하듯 문파를 정통파로 전환시키겠다니! 화산인 양 대단한 열정을 가진 인물이란 느낌이 들었다.

마침내 시간의 궤적에 떠밀리듯 해남도 북부의 해구(海口)항으로 건너야 했다. 지도가 알려주는 것처럼 북쪽의 육지는 서문현(徐聞縣)의 해안만(海安灣)이다. 해안만에서 해구항까지는 60리(24km)의 별다른 세계로 통하는 것같이 아스라한 길이다. 육지에서 바다 건너편으로 전설의 공간인 양 아련하게 윤곽이 보인다. 신시 중반(오후 4시)에 새로운 공간으로 건너가듯 해남도로 배가 출발할 예정이다.

30여 명의 범선을 뱃사공 6명이 항로를 여는 것처럼 젓는다. 범선을 자유롭게 어루더듬는 것같이 탁월한 뱃사공들이어서인지 배가 잘도 흘러간다.

범선이 섬과 육지와의 양쪽이 궁금한 양 중간쯤의 거리에 이르렀다. 운천이 넋을 잃듯 멍하게 수평선을 바라보며 감탄할 때다. 목덜미에 찬물이 닿는 것처럼 허전해지는 느낌에 자신의 목을 살핀다. 도깨비 같은 인영이 번쩍 스치더니 주변의 배들 사이로 사라진다. 사라진 인영(人影)에 대해 샘물을 끌어 올리려는 양 면밀히 살핀다. 숱하게 운천과 친구처럼 만났던 황의청년이 종이쪽지를 던지고는 사라졌다. 황의청년은 항산에서도 만났던 의기(義氣)가 정통파 같은 남장청년이었다.

운천이 궁금증을 해소하려는 듯 즉시 종이쪽지를 편다.

> 목걸이를 찾고 싶으면, 술시 중반(밤 8시)에 해구항의
> 방파제로 나오세요.
>   - 남서단주 드림 -

운천이 예상했다는 양 고개를 끄떡이며 생각에 잠긴다.

'재미있는 여인이구나. 설마 나한테 연인이 생긴 줄은 모르겠지? 언젠가는 알겠지만 나로 인해 실망하지는 말기를 바랄 뿐이야.'

설하영이 유령처럼 다녀갔을 때에 운천의 목덜미가 허전하게 느껴졌었다. 그때 설하영이 운천의 목걸이를 탈취하듯 가져간 모양이다. 만날 핑계를 의도적으로 만들려는 것같이 목걸이를 가져갔음이 느껴진다. 해남도와 본토와의 거리가 균형이 잡힌 양 중간쯤에 이르는 지점에서다. 바다에는 수십여 척의 범선이 물방울처럼 떠서 해남도로 가고 있다. 수십여 범선들

의 어디엔가는 설하영이 운천을 기다리듯 지켜보고 있으리라 여겨진다.

'아, 이 넓은 바다의 어디에서 설 소저를 찾겠어? 해구항에 배가 닿을 때까지 그냥 진득하게 기다려야지.'

운천은 하산하여 서열을 다투려는 것같이 겨루다가 남악검법의 위력을 체험했다. 스승인 백운도인은 우주의 근간을 투시하는 양 도교의 근간을 지녔다. 그의 모든 무술에는 구궁(九宮)의 변화가 비단길처럼 깔려 있다. 구궁의 변화는 톱니바퀴의 날인 듯 치밀하여 빈틈이라고는 거의 없었다. 남악검법과 형산장의 위력은 천하를 뒤집으려는 것같이 실로 무시무시했다. 하늘을 나는 경신술은 천하에서 으뜸인 양 타의 추종이 불가능했다. 백운도인은 세상에서 제일이듯 천하제일의 고수라 일컬어질 지경이었다.

천하제일의 수제자여서 당연하다는 것처럼 빼어나리라는 말은 듣고 싶지 않았다. 자신의 노력도 정당하게 평가받으려는 것같이 세인들로부터 인정받고 싶었다. 구궁의 변화에 못지않게 사람의 숨결인 양 중요한 변화도 있었다. 서역인들이 사막에서 수맥을 찾듯 예리하게 연구하는 음양의 이치였다. 음양의 이치만 깔려도 모든 도법은 소용돌이처럼 무섭게 변한다. 남룡객 공우한(孔宇閑)은 세상이 천 년의 전설같이 인정하는 무림의 고수이다. 위명이 세상을 뒤덮을 양 전설적인 인물이었다. 그의 운무지(雲霧指)라는 지풍은 무림사에 길이 남을 듯 절세적인 작품이다. 운천이 운무지를 검식으로 변화시켜 장강검법에 물을 채우는 것처럼 저장했다. 장강검법이 깃털이 나부끼는 것같이 부드럽게 여겨지지만 무서운 검법임이 밝혀졌다.

운천이 바다를 바라보며 과거의 시점에 닿으려는 양 생각에 잠겼다. 배는 새로운 세계로 안내하듯 해남도 북쪽의 해구항에 도착했다. 가족이 없기에 어디에 닿아도 마음이 사막의 바람결처럼 공허한 운천이다. 술시까지는

'1.5시진(3시간)'가량의 여유가 있기에 근심을 줄이려는 것같이 숙소를 잡는다. 기운을 비축하려는 양 쉬었다가 약속 시각에 맞춰 움직일 작정이다. 나루터에서 500여 장(1.515km쯤)의 거리에 평온한 건물처럼 '북항여인숙(北港旅人宿)'이 있다. 따질 것이 없다는 듯 운천이 거기를 숙소로 잡는다. 시간이 지나면 여행객들로 숙소가 짐 더미같이 가득 차리라는 생각에서다. 숙소의 주위에는 세월을 뒤집어쓴 양 잣나무들이 잔뜩 우거져 있다. 잣나무들의 크기로 파악되듯 숙소가 들어선 지가 오래 되는 모양이다. 방비하려는 것처럼 숙소를 꼼꼼히 점검하고는 운천이 침상에 몸을 눕힌다.

약속 시각까지 마음을 가다듬으려는 것같이 잠깐만 눈을 붙이려고 했다. 그랬는데도 정신이 새삼 깨어나는 양 맑아서 잠들 수가 없다. 침상에서 일어나서 용무가 생긴 듯 외출할 준비를 한다. 북쪽의 들창문을 여니 바깥은 바다처럼 광막하게 펼쳐진 잣나무 숲이다. 잠깐 외출할 작정인 것같이 운천이 들창문을 통해 살며시 빠져나간다. 깃털이 이동하는 양 운천이 잣나무의 나뭇가지 위로 가볍게 날아내린다. 잣나무에서 귀착점을 점검하려는 듯 빠져나왔던 숙소의 들창문을 기억해 둔다. 그리고는 잣나무에서 땅바닥으로 날아내리는 나비처럼 내려선다.

잣나무 숲은 사람들의 출입이 차단되었던 것같이 뜸했던 모양이다. 사방에 거미줄이 매달려 바람이 불 때마다 물결인 양 출렁댄다. 숲의 땅바닥에서 제3의 출입자를 확인하려는 듯 운천이 좌우를 둘러본다. 100여 장(303m쯤)의 이내에 숲으로 침입하려는 것처럼 들어선 사람은 없다. 잣은 솔방울과는 달리 날짐승들이 산중의 먹이같이 많이 찾는 과일이다. 그럼에도 잣나무 숲에 거미줄만 무성하여 묘지인 양 괴기스럽기 그지없다.

어쨌든 수도승이 수도하듯 조용한 환경이 필요했던 운천이다. 태호에서의 일이 운천에게 살랑거리는 파문처럼 밀려든다. 거룻배에 2노인을 싣고 신천지에 접하는 것같이 태호로 나갈 때였다. 노인들이 하늘의 밧줄을 만지려는 양 운천에게 옛날의 얘기를 들려주었다.

사건을 시간의 벽으로밖에 나누지 못하듯 200여 년 전의 일이었다. 5개 정통파(소림, 무당, 화산, 곤륜, 아미)와 2개의 사파(용문, 사룡)가 연일 미친개 떼들처럼 격돌할 때였다. 정통파와 사파의 실력이 두 손의 길이같이 승패를 가리기가 힘들었다. 무림은 통제가 불가능한 양 난장판이 되어 날마다 난투를 벌였다. 헌데 천신(天神)의 보살핌이었을까? 30세의 백마신군(白馬神君)이 용신(龍神)처럼 나타나 7대 문파 최고의 고수들을 만났다. 숭산에서 고수들을 썩은 죽인 듯 주저앉힌 그는 세기의 실력자였다. 그랬는데 어느 날 백마신군이 산안개같이 흔적 없이 사라져 버렸다. 공허감이 밋밋하게 스러지는 양 무림인들은 백마신군에 대한 그리움을 떠올렸다. 하지만 백마신군은 반대편 절벽에서 날아오르는 박쥐들처럼 좀처럼 나타나지 않았다. 세상에서는 스러지는 안개인 듯 점차 그의 존재가 잊혔다.

병이 들었거나 자신을 과신하는 것같이 다른 세계로 갔으리라 여겼다. 당연한 귀결인 양 백마신군의 무술마저 세상에서 사라졌다. 최근에 검은 연기처럼 슬그머니 퍼지는 소문이 있다. 마령신군의 무술이 백마신군의 무술이라는 말이 근거를 지닌 듯 퍼진다. 백마신군의 무술이 비급의 형태로 마령신군에게로 날아가는 것같이 흘러들어갔으리라 여겨졌다. 그만큼 백마신군의 영향력은 세상을 흔드는 양 지대했다.

잣나무 밑의 운천이 힘을 주면서 하늘로 비상하듯 자세를 취한다. 운무지와 장강검법을 숱한 적들과 마주친 것처럼 시연하기로 한다. 수천 명의 적을 눈앞에 둔 것같이 조용히 칼을 든다. 금세 칼날로 기운이 실린 양 칼날이 물고기의 은비늘처럼 떨어댄다.

장강검법의 제1식은 운무투도(雲霧透道)이다. 숱한 적 같은 안개를 뚫고 길을 낸다는 의미의 검식이다. 제1식에서는 구궁의 보법과 음양의 변화가 건물의 뼈대처럼 골격을 이룬다. 제2식은 성벽분쇄(城壁粉碎)로, 성벽을 가루인 듯 부순다는 의미이다. 제3식은 혼류탁송(混流邅送)으로, 뒤섞인 물길이 물체를 하늘 끝같이 보낸다는 의미이다. 제4식은 상층선회(上層旋回)로서, 고공에서 매인 양 빙빙 돈다는 의미이다. 제5식은 강풍격벽(强風擊壁)으로 태풍처럼 강하고 드센 바람이 절벽을 친다는 의미이다. 제6식은 청벽투공(靑壁透孔)으로 강철인 듯 단단한 절벽에 구멍을 뚫는다는 의미이다. 제7식은 섬광전화(閃光電火)로 섬광같이 연속적으로 발출되는 번갯불을 의미한다. 제8식은 등벽낙인(登壁烙印)으로 절벽에 도장을 찍는 양 흔적을 남긴다는 뜻이다. 제9식은 만류동원(萬流同源)이라는 검식이다. 일만 가지의 흐름도 풍성한 나무뿌리처럼 하나의 근원으로부터 내뻗는다는 의미이다.

짐승의 출입조차 일체 차단된 듯 고요한 잣나무 숲에서다. 운천이 하늘을 찌르는 것같이 장검을 뽑아 남악검법과 장강검법을 시연한다. 남악검법을 펼치자마자 숲에는 태풍이 휘몰리는 양 무시무시한 바람이 들끓었다. 바람이 숲을 벗어나 마을까지 덮칠 것처럼 위력적이어서 걱정스러울 지경이었다. 운천이 스스로를 절제의 틀에 가두듯 차분히 남악검법을 시연한 뒤다. 숲의 9할은 검풍이 심하게 할퀸 것같이 망가져 버렸다. 잣잎을 원래의 것인 양 매단 나무가 눈에 띄지 않았다.

잣나무 숲은 총괄적으로 숲을 책임지듯 관리하는 주인이 없었던 모양이었다. 주인이 있었다면 장애물처럼 매달려 걸리적대는 숱한 거미줄은 없었으리라 여겨진다. 별천지에 선 것같이 운천에게 부담을 줄 아무런 대상도 없다. 진정한 적들을 찾은 양 운천이 남악검법을 10성의 공력으로 펼친다. 장검으로는 하늘을 솔가지처럼 떠받치고 왼쪽 발로는 적의 가슴을 찬다. 번갯불로 들어온 불사조를 반기는 듯 검식이 파도 형상으로 떠밀린다. 온 사방의 허를 찌르려는 기세로 검풍이 물결같이 밀려 나간다.

남악검법과 장강검법까지 산을 허무는 양 후련하게 운천이 수련한 뒤다. 옷차림을 가다듬고는 자신이 연기처럼 빠져나왔던 숙소의 들창문을 올려다본다. 정확한 위치를 자로 재듯 명확히 포착한 뒤다. 몸을 깃털처럼 가볍게 솟구쳐 올려 들창문 안으로 간단하게 들어선다. 방의 상태는 누구도 다녀가지 않은 듯 외출할 당시와 같다. 시각을 확인하고는 새로운 국면을 맞이하려는 것같이 항구의 방파제로 나간다.

운천의 가슴이 띄는 양 약속한 장소에 후련하게 도착했을 때다. 작은 거룻배에서 황의소녀가 당당하게 노를 쥐고서 뱃사공처럼 운천을 기다린다. 황의소녀가 운천을 태우고는 자신감이 넘치는 듯 파도를 힘차게 가른다. 황의소녀는 가슴이 젊음의 불길같이 뒤설레는 봉황문의 남서단주인 설하영이다. 설하영과는 영혼의 숨결을 가다듬으려는 양 항산에서도 만났고 면양의 동굴에서도 만났다. 설하영의 열정은 바위도 녹일 듯 대단했다. 무림 봉황문의 체제를 완전히 뒤바꾸려는 것처럼 정통파로 바꾸겠다고 했다. 그녀의 지위는 그녀의 계획을 밀어붙일 것같이 막강하기는 했다.

문파의 기밀을 운천에게 털어놓으려는 양 그녀는 운천을 한없이 믿었다. 신선함이 고스란히 유지되듯 무림에 갓 출현한 백운도인의 수제자. 한밤의 보름달의 자태처럼 수려한 외모와 훤칠한 골격에 그녀가 녹아들었다. 달아오르는 기분을 전하려는 것같이 그리워하는 마음을 운천에게 털어놓고 싶었다.

기밀 유지를 최대화하려는 양 해구항(海口港)의 방파제에 거룻배를 갖다 놓았다. 비밀스럽게 추진하려는 듯 거룻배도 그녀가 직접 젓는 방식을 택했다. 거룻배 정도는 운천도 달인처럼 몰 수가 있다. 형산의 정기를 흡수하려는 것같이 낙안봉의 하천에서 4년간 배를 몰았다. '한 식경(30분)'쯤 배를 모니 괴물인 양 험상궂은 무인도가 나타난다. 무인도는 바위만으로 이루어져 기존의 상념마저 지울 듯 삭막한 섬이다. 무인도 주변으로는 지나다니는 배들도 종적을 감추려는 것처럼 거의 없다. 운천과 설하영이 중대한 용무를 지닌 것같이 무인도에 내린다.

삭막한 정경 중에서도 서쪽의 해식동굴이 운치를 내보이려는 양 드러난다. 설하영이 운천에게 섬을 소개하듯 그에게 말한다.

"이 섬이 보기에는 초라해 보여도 꽤 쓸 만한 섬이에요. 먼저 서쪽의 해식동굴로 제가 안내할게요."

운천이 설하영을 뒤쫓으며 야생의 길을 밟는 것처럼 발걸음을 옮긴다. 이미 많이 드나들었던 것같이 설하영이 거침없이 해식동굴로 들어간다. 운천도 그녀를 뒤따르며 동굴이 감추려는 양 숨기는 특징들을 살핀다. 동굴은 파도에 깎여서 만들어진 듯 밋밋하면서도 기다랗다. 특별한 것은 없어도 길이가 지루함을 유발하는 것처럼 길다. 동굴의 안쪽에 들어서자 위로 기어오를 공간이 숨겨진 벽장같이 나타난다. 설하영이 자주 드나들었던 양 위쪽의 공간으로 대뜸 올라간다. 위로 올라가니 바다 속의 공간임을 일깨우듯 갯내가 밀려든다. 운천이 전신으로 혈맥이 뚫리는 것처럼 내뻗치는 의아심을 가질 때. 설하영이 운천의 궁금증을 해소하려는 것같이 곧바로 설명한다.

"묘하게도 천장으로 구멍이 뚫려 있는 동굴이에요. 천장으로 뚫린 곳으로 나가면 사람의 몸뚱이는 빠져나가지 못하게 좁아요. 그런데도 묘하게 바닷바람은 자연스럽게 드나들곤 해요. 결국 우리가 들어왔던 곳으로 되돌아가야만 살 수가 있어요. 들어올 때 물때를 대충 계산했거든요. 지금부터 동굴 내부에서 '1.5시진(3시간)'은 충분히 머물 수가 있어요. 상당히 매력적인 지형이죠?"

그녀의 의중을 모르기에 예절의 격식만 차리려는 양 고개를 끄떡였다. 설하영이 기다렸다는 듯 정색하며 운천에게 말한다.

"지금부터 제 말을 잘 들으세요. 오늘 밤엔 봉황궁에서 큰 싸움이 연이어 벌어질 거예요."

운천이 중요한 정보를 흡수하는 것처럼 그녀의 말에 귀를 기울인다. 설하영의 표정에서도 빙하가 다시 얼어붙는 것같이 비장한 기운이 흘러나온다.

3살 연상의 사형은 북동단주인 마장천인데 봉황문의 핵심인 양 빼어나다. 그의 심성은 숱한 독사들마저 피할 듯 잔혹하다.

　태호에서 광둥에 이를 때까지 물줄기처럼 운천에게 흘러든 소문은 굉장했다. 사건의 구획을 짓는 것같이 6년 전의 5월 초순경이라고 했다. 5대 정통파들의 신물(信物)들이 의도적으로 누가 가져간 양 분실되었다. 신물은 문파를 태산처럼 강력하게 드러내는 상징물이다. 그 무렵에 또 하나의 문제가 해일이 터지듯 불거졌다. 장문인들을 비롯한 문파의 5위까지의 실력자들인 장로들마저 피살된 것같이 실종되었다. 5대 문파에서 발생했기에 물속의 유령인 양 음험한 소문들이 나돌았다. 하지만 진실한 소식은 꼬리를 감춘 듯 어디에서도 찾기지 않았다. 무림에서는 세월이 흐르면서 스러지는 연기처럼 점차 잊히게 될 분위기였다.
　그랬는데, 돌연 하늘로 치솟는 뭉게구름같이 새로운 소문이 최근에 나돌았다. 정통파의 신물들과 실종된 장로들이 봉황궁에 갇힌 양 생존한다고 들렸다. 봉황궁은 본부 건물로서 해남도의 수중에 자리 잡듯 위치한다고 알려졌다. 이런 소문은 폭풍처럼 엄청난 소용돌이를 불러일으켰다. 모든 정통파의 고수들이 신물과 장로들을 찾겠다고 덮치는 해일같이 일어섰다. 각 정통파의 명예와 봉황문의 존망이 숱한 톱니바퀴들인 양 뒤엉켰다.

　급소를 찔리듯 위기감을 느낀 곳은 정통파들만이 아니었다. 봉황문도 정통 문파들을 상대해서 결판을 짓는 것처럼 해결할 난국이다. 봉황문도 지푸라기라도 붙잡으려는 것같이 전국의 사파들에게 그들을 도우라고 요청했다. 미래를 도모하는 양 요청에 응한 사파들로는 장백파와 백골파가 있다. 그들의 무리는 규모만 해도 왕릉에 사용된 돌멩이들의 숫자처럼 엄청나다. 정통파와 사파들 간의 진한 혈풍이 휘몰리듯 대규모의 결투가 예정되었다.

문파별로 따로 해결할 계획이라는 얘기가 허공에서 미끄러지는 것같이 전해진다. 이런 연유로 해남도에 몰려든 무림인들은 강변의 모래알인 양 엄청났다. 천신(天神) 같은 스승의 명령이기에 운천은 팔선대사와 끝까지 협력해야 했다. 설하영을 만나고서는 당연한 절차처럼 팔선대사를 만날 작정이다.

짓뭉개진 갈대인 듯 뒤엉킨 복잡한 상황에서 설하영을 만난 운천이다. 설하영은 운천을 만나자 땅속의 진원인 양 활력이 치솟는 모양이다. 강물을 전답으로 이끌듯 운천의 마음을 어떻게 끌어들일까를 생각하는 모양이다. 운천에게는 무림인들이 다들 숨결을 나눌 것처럼 소중한 사람들로 여겨진다. 부담을 안은 것같이 상대를 적으로 만들어서는 안 되리라고 여긴다. 저승에서 이승을 떠올리려는 양 설하영에게 공천하를 설명할 필요는 없으리라. 미래에 대처하려는 듯 설하영이 운천에게 몰입하지 않게 신경을 쓴다. 공천하와 운천이 결혼하면 주변의 뜬구름 같은 문제들이 해결되리라 여겨진다.

또 다른 굉장한 소문도 무림인들의 머리를 짓누르려는 것처럼 밀려들었다. 무림인들의 속성을 꿰뚫는 양 다들 무림인들의 취향을 자극하는 소문들이다. 잠재된 탐욕을 자극하듯 무림3보(武林三寶)에 대한 소문이 세상을 뒤흔든다. 첫째는 선도(仙道)의 원조(元祖)인 적송진인(赤松眞人)의 골짜기를 파헤치려는 것처럼 심오한 비급이다. 적송비록(赤松祕錄)이란 비급이 근래에 해남도의 해안에서 발견되었다가 실안개같이 종적을 감췄다. 발견자는 알려지지 않았지만 소문의 무게가 시사하는 양 근거는 높으리라. 이 비급만 익히면 세인들이 선망하듯 천하제일의 고수가 되리라는 내용이다.

둘째는 추풍검(追風劍)이라는 천하의 보물들을 잠재우는 것처럼 빼어난 보검(寶劍)이다. 칼자루에는 위상을 드러내려는 것같이 추풍검이라는 검법 36수가 기록되어 있다. 추풍검법은 1,000년 사(史)에 이따금씩 신룡(神龍)인 양 출몰한다는 절정의 무예이다. 추풍검법을 터득하면 천하를 자신의 소유물처럼 넘겨다 볼 만하리라는 소문이다. 둘째 보물도 발견자가 미상이며 소문만 폐허의 잡초인 듯 무성하다.

셋째 보물은 이름만으로도 탐욕의 늪으로 휘모는 것같이 '운우비동(雲雨秘洞)'이라는 동굴이다. 동굴에는 국가의 재산에 필적하는 양 엄청난 보물이 있다고 한다. 동굴의 위치도 신화의 끝자락인 듯 소문으로만 떠돌 뿐이다.

근래에 유배를 떠나는 것처럼 해남도를 찾는 사람들은 무림인들만이 아니다. 무림3보에 매료된 일반인들까지 그 숫자가 해변의 자갈돌같이 엄청났다. 보물들이 해남도에서 발견되었다는 소문이 치맛자락을 흔드는 양 세상을 뒤흔든다. 운천에게도 적송비록과 추풍검은 내면의 탐욕을 노출하듯 매혹적인 보물이라 여겨진다. 확보할 수만 있다면 몸을 불태우는 것처럼 전력을 다하리라 다짐한다.

첩자를 대하는 것같이 운천에게 두렵게 느껴지는 사람은 설하영이다. 그녀는 운천의 눈빛이 달라져도 그녀의 연인에게 달려드는 양 적극적이다. 현혹되지 않으려는 듯 운천은 크게 경계하며 일정한 거리를 유지한다. 운천은 남녀의 정감을 조절하는 데에 스승의 교훈을 지침처럼 되새긴다.

"자칫 방심하여 여러 사람에게 상처를 주어서는 안 되느니라. 사내는 유독 정감을 잘 조절해야 하느니라."

설하영과의 만남이 청순함을 잃은 것같이 힘들게 느껴지면서부터다.

'혹여 공천하와의 만남이 너무 빨랐다고 후회하는 걸까?'

산중에서부터 익숙해진 양 습관적으로 운천은 자신에 대해 반문한다. 공천하와 연인이 되었기에 보물을 얻는 것처럼 좋았다고 여긴다. 과거의 시점(時點)을 바꿀 수도 없듯 바꾸어서는 안 되리라 여긴다. 운천은 천신(天神)의 지지를 받는 것같이 공천하만을 연인으로 삼는다.

설하영이 운천에게 몸으로 가렸던 극비 사항을 털어놓는 양 말한다. 문파의 장로들은 봉황궁(鳳凰宮)의 동궁(東宮)에 죄인들처럼 갇혀 있다고 들려준다. 봉황궁의 건물들은 육지로부터의 공격을 차단하듯 바닷속에 잠겨 있다고 한다. 문파의 신물들은 문파를 보호하는 것같이 장로들 곁에 있다고 들려준다.

수중에서 진행되는 양 은밀하게 이루어지던 봉황령(鳳凰令)에 대한 논의도 뜨거웠다. 봉황령이란 봉황문에서 발행한 인간의 수명을 다스리듯 위력적인 살인 통지문이었다. 봉황령을 받게 되면 생명을 내던지는 것처럼 무조건 시신이 되었다. 시신이 되지 않고는 경로를 벗어나지 못하는 것같이 배겨나지 못했다.

운천이 해식동굴에서 빠져나갈 시간을 가늠하는 양 헤아릴 때다. 설하영의 손길이 그리움을 표출하듯 슬그머니 운천의 목으로 향한다. 운천이 본능적인 방어 자세를 취하는 것처럼 팔을 내뻗을 때다. 설하영의 몸뚱이가 운천에게 나무젓가락같이 떠밀려 동굴 바닥으로 추락하기 시작한다. 운천이 구급술을 펼치려는 양 경신술로 쫓아가 설하영을 떠안으려고 한다. 참으로 불길이 치솟듯 순식간에 일어난 변화다. 설하영이 꽃잎처럼 가볍게 몸을 뒤집더니 몸을 위로 솟구친다. 변화에 대처하는 동작이 자로 재는 것같이 깔끔하다는 느낌이 든다. 이번에는 운천이 자신을 살리려는 양 몸을 뒤집을 차례다.

찰나 간에 구궁의 변화가 입체화된 듯 두뇌에 펼쳐져 보인다. 운천이 남동으로 몸을 던지려는 것처럼 살짝 뒤챈다. 그런 번갯불같이 짧은 순간이다. 운천을 지켜보던 설하영의 눈이 충격을 받은 양 갑작스레 커진다. 놀라움의 빛을 감추지 못하듯 고스란히 드러낸 눈이다. 운천 자신도 입을 다물지 못하는 것처럼 놀랄 지경이다. 검법을 시연하는 것같이 장강검법의 검술 동작 중의 하나를 펼쳤다. 아래로 줄곧 곤두박질하다가 생각난 양 허공으로 다시 치솟는 동작이다. 동작은 허리를 구부리듯 간단하지만 곤두박질하다가 방향을 바꾸기란 거의 불가능하다. 불가능한 상황을 뒤집으려는 것처럼 단숨에 가능하도록 운천이 시원하게 펼친다.

임시 조처들은 절박한 상황에서 취해지기에 엉터리로 맞추려는 것같이 조잡하다. 운천의 동작은 마치 예정된 도식의 흐름인 양 안정되지 않는가? 설하영은 경신술의 분야에서는 타인들을 무시하듯 자신이 제일 빼어나다고 자부했었다. 운천의 경신술을 대하자마자 그만 놀란 것처럼 안색이 바뀌었다. 그녀를 능가하는 것같이 운천의 빼어남을 인정하지 않을 수가 없었다. 운천의 무공도 절벽인 양 높은 수준일지 상상이 안 갔다. 설하영이 놀란 마음을 가라앉히듯 추스를 사이도 없었다. 그랬는데도 처음부터 변화가 없었던 것처럼 원래의 자리에 도착한 터다. 설하영이 놀란 것같이 팔에 힘을 주어 운천을 붙잡으려 한다. 그때는 운천이 일정한 거리를 유지하려는 양 슬며시 물러서는 순간이었다. 운천의 내공이 강했기에 원래 의도했던 것처럼 일정한 거리를 유지한다. 섬광인 듯 오간 기류로 설하영이 자신을 붙잡으려 했음을 알아차린다. 그러면서도 아예 몰랐던 것같이 짐짓 딴청을 부린다. 아무런 변화도 무시한 양 둘은 원래의 동굴의 천장으로 되돌아왔다. 천장으로는 바깥으로 연기처럼 빠져나갈 길이 없음을 운천마저 확인한 터다. 그렇기에 둘은 보물인 듯 간직했던 거룻배로 동굴을 벗어나야 했다.

둘의 마음이 통한 것같이 둘은 신속히 동굴 입구에 도착한다. 동굴 입구의 거룻배는 원래의 모습을 재현하려는 양 얌전히 있었다. 이번에는 운천이 역할을 교대하듯 노를 잡으며 말한다.

"저도 배는 좀 저어 봤어요. 방향만 알려주면 갈 때에는 제가 배를 몰게요."

설하영이 고맙다는 표정을 나타내려는 것처럼 팔을 반갑게 휘두른다.

출발한 거룻배가 해식동굴에서의 만남을 반추하려는 것같이 서서히 해구항으로 달린다. 내공이 두꺼운 모래층인 양 축적된 운천이 젓는 배가 아닌가? 배는 화살이 날듯 빠른 속도로 바다의 수면을 가른다. 운천과 연분을 쌓으려는 것처럼 조금이라도 오래 함께하고 싶은 설하영이다. 면양의 동굴에서 연정을 쌓으려는 것같이 오래 머물지 못했음을 후회했다. 이후의 만남에서는 결단을 내리려는 양 운천과 연인이 되겠다고 작정했다. 해식동굴에서 연기처럼 살그머니 운천을 끌어당기려다가 의외로 실패한 그녀이다.

당시에 그녀의 마음은 형용할 수 없을 듯 상당히 불안했다. 마음 같아서는 냅다 그의 앞에 다가가서 다음같이 고백하고 싶었다.

'백 상공, 제가 어떻게 여겨지는지요? 저는 백 상공의 연인이 되고 싶어요. 지난번 면양의 지하동굴에서부터 제 마음이 달아올랐거든요. 설마 상공에게 벌써 연인은 없겠죠? 제가 무림을 배회한 세월도 벌써 5년이나 되었어요. 시간은 한없이 소중한 법이에요. 어떻게 하면 그대의 마음을 제가 차지할 수 있겠어요?'

설하영이 불꽃을 피우려다가 못 이룬 양 안타까운 심정으로 생각한다. 이 말을 토했다가 운천이 연인이 있다고 자르듯 냉정히 말한다면? 그게 사내들한테 무시당하는 것처럼 제일 두려운 설하영이다. 그녀가 운천에게 철가루같이 끌리는 커다란 이유를 떠올린다. 언제 만나도 화사한 미소를 짓는 표정이 봄볕인 양 따스하다. 어떤 경우에도 그의 얼굴에서는 햇살처럼 따사로운 미소가 흐른다. 내면에 바위인 듯 단단한 자신감이 없이는 짓지 못하리라 여겨진다.

그의 자신감의 배경은 누구나 짐작할 것처럼 백운도인의 수제자라는 사실이다. 운천이 스승을 들먹이며 으스댄 적은 특징적인 성품같이 거의 없었다. 이채로운 특성인 양 수려한 운천의 얼굴은 빼어난 미남형이라 여겨진다. 수려한 이목구비에 조화로운 얼굴은 한밤의 보름달처럼 눈부시게 빼어나다고 여겨진다. 어느 집단에 섞여 있든 한눈에 알아볼 듯 매력적이라 여겨진다. 그녀에겐 운천이 한 마디로 눈부신 불꽃 같은 존재로 여겨진다. 그가 사라진다면 핏빛인 양 짙은 외로움으로 그녀가 통곡할지도 모른다.

중키에 어울리는 듯 탄탄한 체격도 연인으로서는 손색이 없으리라 여겨진다. 그녀에겐 세상의 걸출한 신선처럼 운천이 미남(美男)으로 여겨질 지경이다. 그의 표정과 동작 어디에도 그녀의 가슴은 홀린 듯 설레었다. 산야의 골짜기에 그리움을 풀어 내달리는 신록의 물결같이 그녀에게 스며들었다.

봉황새를 대신하려는 양 매의 울음소리를 조직의 암호로 설정한 봉황문이다. 매의 울음소리가 들리면 별똥이 떨어지듯 신속히 집합하도록 명령이 내려졌다. 지난번 면양의 동굴에 있다가도 설하영이 달아나는 것처럼 신속히 빠져나갔다. 동굴을 떠나면서도 설하영의 마음은 매를 탓하는 것같이 무척 안타까웠다.

차후에는 연인으로 굳히려는 양 연모하는 마음을 운천에게 고백하리라 작정했다. 조만간 토담이 무너지듯 봉황문이 사방의 적들로부터 공격받게 된 상황이다. 처지를 감안하려는 것처럼 조직 이외의 젊은이에게 연정을 고백하기는 어렵다. 설하영의 안타까운 마음을 무시하려는 것같이 운천은 나룻배를 힘차게 젓는다.

노를 저으면서도 정통파의 군협(群俠)을 떠올리려는 양 운천이 생각에 잠긴다.

'지금 항구에 도착하면 약속 장소로 가서 팔선대사를 만나야지. 이번에 정통파가 공통으로 해결할 일이 무엇인지 의견을 물어 봐야지. 그런데, 봉황궁에 대해 내가 아는 정보가 없으니 좀 답답하구나.'

운천의 생각을 헤아리기나 한 듯 설하영이 운천에게 말한다. 봉황궁이 밤을 개척하려는 것처럼 비밀스럽게 내린 살인 명령문이 봉황령(鳳凰令)이다. 봉황령에 의해 낡은 탑같이 희생된 무림의 고수들이 수백 명이었다. 봉황궁은 해구항에 광막한 수중의 왕국인 양 조성된 봉황문의 건물이다. 해변에 지었다가 바닷물을 끌어들여 미로처럼 만든 건물이다. 해변에 지을 때부터 해남도의 건축가들이 단합하듯 수중에서 견디도록 설계했다. 봉황궁은 중궁(中宮)이 건물들을 장악하는 것같이 본부 건물로 세워졌다. 여기에다가 개별적인 수족인 양 동서남북으로 축조된 4개의 궁(東宮, 西宮, 南宮, 北宮)으로 이루어졌다. 북궁에 정통파의 장로들이 아이들처럼 발가벗겨져 붙잡혀 쇠사슬에 묶여 있다. 이렇게 뒤엉킨 뿌리들인 양 나뒹구는 정통파의 장로들은 30명에 달한다. 정통파의 신물들은 그들의 존재를 일깨우듯 정통파의 장로들 곁에 있다. 그간 이런 사실들은 극한의 비밀인 것처럼 외부에는 알려지지 않았다.

여기에 관련된 사실들이 전복된 보물선이 공개되는 것같이 최근에야 알려졌다. 신물의 탈취와 장로들의 납치는 무림을 바가지로 휘젓는 양 들쑤셨다. 북궁으로 들어가는 비밀 통로는 서궁에서 북궁을 보호하듯 만들었다고 한다. 사실들을 분석하는 것처럼 파악하면 북궁과 서궁은 대표적인 접전지로 예견된다. 알몸을 노출하는 것같이 비밀스러운 봉황궁으로 잠입하는 지도는 극비 물품이었다.

설하영이 봉황문을 정통파로 전환하겠음을 들추려는 양 천마독존에게 최근에 말했다. 천마독존은 사파들을 떨게 하듯 당당한 봉황문 최고의 고수인 사문장로이다. 지난 6개월간 세속을 초월하려는 것처럼 수중의 동굴에서 내공을 증진시켰다. 내공의 증진에는 영역을 확장하는 것같이 무술의 창안이나 수련도 포함된다. 세상을 홀리려는 양 2주 전에는 항산에 천마독존이 나타나기도 했다. 그때부터 천마독존은 봉황문의 미래에 역점을 두듯 제자들과 의논했다. 안건은 사막을 초원으로 바꾸려는 것처럼 봉황문을 정통파로 전환하는 거였다. 악의 횡포에 대해 설하영이 사리를 따지려는 양 얘기했다. 연공 수련으로 세상을 뒤엎을 것처럼 강해진 천마독존을 설하영이 감동시켰다. 마왕을 꿈꾸듯 천하의 무림을 지배하겠다는 야욕을 천마독존이 그간 간직했었다. 그랬는데 이런 생각 자체를 낡은 나뭇잎같이 버리기로 했다. 예전부터 무림을 차지하려는 양 지배할 계획을 천마독존이 강하게 품었다. 천마독존이 새로운 세계에 들어서듯 연공 수련에 들어가기 직전의 시기였다. 축융신군이 남긴 비급을 천마독존이 풀잎의 이슬을 받는 것처럼 취득했다. 축융신군(祝融神君)은 300여 년 전에 무림을 장악하는 것같이 군림했던 고수였다. 그는 진전을 전하려는 양 애썼지만 적절한 제자를 발견하지 못했다. 그리하여 운명에 내맡기듯 그의 무술을 비급으로 남겼다. 선인(善人)이 비급을 발견하면 전대미문의 기록을 세우는 것처럼 복지가 구축되리라. 악인(惡人)이 발견하면 피바람이 부는 것같이 악의 기운이 득세하리라 여겨진다. 그 비급은 천마독존이 거처를 옮기려는 양 산골짜기를 뒤지다가 발견했다. 해남도 북쪽의 산골짜기에서 천운(天運)을 만난 듯 발견하게 되었다. 천마독존은 책자에 이름을 입히는 것처럼 그 비급을 '축융비급(祝融祕笈)'이라고 명명했다.

우연한 발견이어도 달인(達人)들의 취향같이 고수들의 비슷한 관점이 작용했다고 여겨진다. 수련의 취향을 반영하려는 양 수련에 적합한 장소를 찾다가 발견했다. 천마독존은 천기(天機)를 누설하지 않으려는 듯 아직도 축융비급을 공개하지 않았다. 그랬기에 설하영까지도 축융비급이 돌멩이처럼 실존하는지 어떻게 생겼는지조차 몰랐다.
　과감한 단안같이 천마독존이 수뇌부와 협의하여 문파를 정통파로 바꾸기로 했다. 체제 변환 이후에 이끼인 양 생길 부작용까지도 검토하기로 했다.

　밀회를 끝내듯 거룻배가 해구항에 도착할 무렵이다. 설하영이 운천에게 온정을 전하는 것처럼 헝겊 조각을 건네준다. 헝겊에는 수중 봉황궁에 진입하는 통로가 세밀 지도같이 제시되어 있다. 통로로 진입하면 봉황궁에서도 물이 차단되는 양 물방울에 젖지 않는다. 건물이 돌조각처럼 폭파되지 않으면 전혀 바닷물이 스며들지 못하는 구조이다.

하선(下船)하기 전에 설하영이 운천에게 강조하듯 말한다.

"백 상공, 우리의 교분이 영구히 지속되기를 진심으로 바랍니다. 진솔하게 물어보고 싶은 사항들도 많지만 다음의 기회로 미룰게요. 제 스승님이 지도를 군협들에게 넘기는 이유는 조용한 마무리 때문이에요. 조만간 봉황궁도 정통파로 체제를 바꾸겠다는 점을 부각하고 싶어요. 지난 세월의 원한은 스승님과 마장천 사형과 제가 수습할 작정입니다. 만약 목숨을 내놓아야 한다면 기꺼이 생명까지도 바칠 작정입니다."

말속에 은빛 포말같이 포함된 의미를 운천이 잠시 헤아려 본다. 체제 변화를 전제하려는 양 지도를 정통파에게 공개하라는 의미라 여겨진다. 알력을 눈치껏 피하듯 문파들에게 장로들과 신물들을 찾아가라는 뜻이라 여겨진다. 울분에 지는 것처럼 건물을 폭파하면 다들 수중에서 사망하리라 여겨진다. 복수를 꾀하더라도 후일에 천지신명의 안내를 받는 것같이 진행해야 하리라. 상대에게 사죄하려는 양 이 정도의 배려라면 싸움은 없으리라 여겨진다.

설하영의 보살인 듯 따사로운 배려에 고맙다는 마음까지 드는 운천이다. 문파들이 연합하여 복수할 때엔 무림을 배려하는 것처럼 말릴 작정이다. 운천과 설하영이 기밀 회담을 마치려는 것같이 거룻배에서 내린 뒤다. 운천이 설하영의 배려를 헤아리는 양 진정으로 고맙다고 인사한다. 물속에서 싸우다 보면 사람들이 물귀신에게 이끌리듯 많이 사망하리라 예견된다. 대형 재난을 방지하려는 것처럼 헝겊 지도까지 제공하지 않았는가? 정통파들이 차후를 기약하는 것같이 보복하려 할 때엔 대상자가 달라졌으리라. 처음의 상대자는 사파의 핵심 인물들인 양 해남도의 예전의 고수들이었다. 봉황문이란 이름조차도 가슴에 벅차듯 드러내지 못했던 사파의 집단이었을 따름이다. 수습하려는 사람들은 정통파를 배려하려는 것처럼 천마독존과 마장천과 설하영일 따름이다. 마장천과 설하영이 봉황문에 뛰어든 것은 꿈결같이 짧은 최근의 6달이다. 천마독존도 신경지를 개척하려는 양 단련하느라고 기존의 고수들과는 어울리지도 못했으리라.

운천은 관점들을 간추리듯 정리하여 중경 중반(밤 10시)에 팔선대사를 만날 작정이다. 예정된 흐름처럼 중경에 운천이 팔선대사를 찾는다. 팔선대사는 정통파들을 격려하는 것같이 해구항의 관풍정(觀風亭)이란 정자 일대에 머물렀다. 운천이 찾아가자 운천을 귀빈인 양 맞는다. 운천이 봉황문의 미래의 변화를 도식적으로 제시하듯 명료하게 들려준다. 팔선대사도 참으로 기쁜 것처럼 환하게 웃으며 말한다.
"그 누구든 깨달음에 이르면 부처가 된다고 했소이다. 봉황문이 정통파가 된다면 기존의 일은 충분히 해소되리라 여겨지외다."
운천이 봉황문을 대신하는 것같이 팔선대사에게 반사적으로 허리를 굽히며 말한다.
"정말 과거사와는 무관하게 서로 포용하는 무림이 되기를 기원합니다."
무당파의 장문인인 태을진인도 농담하는 양 환하게 웃으면서 응답한다.
"남들의 관점이라면 마치 백 소협마저 봉황문의 부하로 보이겠소이다. 허허헛!"

신물과 장로들을 찾는다는 가슴이 소용돌이처럼 설레는 일을 모색하는 정통파들이다. 각 문파는 중경 중반(밤 10시)에 봉황궁으로 파도가 휘몰리듯 진입하기로 결정한다. 새로운 역사를 구축하려는 것같이 문파의 신물과 장로들을 구출하기로 한다. 지도를 수천 장으로 옮겨서 여러 사람들이 정표인 양 나눈다. 비밀 통로로만 진입하여 불필요한 접전은 상대방을 배려하듯 피하기로 했다. 정통파의 통합적인 침투의 기류를 손바닥의 손금처럼 파악한 뒤다. 원만한 해결을 원하는 것처럼 운천도 중경에 봉황궁으로 진입하기로 마음먹는다. 간섭받기를 싫어하는 양 지도를 무시하고 바다로 진입하는 사람들을 떠올린다. 원래 수성에는 현지의 어부들처럼 정통한 운천이다. 바닷물 속에서 다른 사람들을 구하듯 적극적으로 구조할 작정이다. 편의성을 떨쳐 버리려는 것같이 자신이 바닷물에 뛰어들어야 하리라 여긴다. 지도가 지정한 외부가 폭발물을 감춘 양 훨씬 위험하리라 여겨진다.

5대 정통파들의 군협들은 제시된 지도를 믿듯 비밀 통로로 진입했다. 불필요한 충돌이 생길 확률이 원천적으로 감소하려는 것처럼 확실하게 줄어들었다. 운천의 눈앞에 펼쳐진 것은 우주인 양 광막한 바다이다. 바다에서는 타인들을 물리치려는 사람들이 무리를 이루려는 것같이 대다수이다. 봉황궁에 들어선 사람들은 정의를 수호하려는 양 정의감에 불타는 사람들이다. 그들은 정녕 팔선대사를 도와 정통파를 벌판의 탑처럼 재건할 사람들이다.

정파의 고수들이라고 해서 지침인 듯 팔선대사를 따르려는 것은 아니다. 연합 진용이면서도 깃발을 세우려는 것같이 자신들 파의 중흥을 꾀한다. 정통파를 돕는다는 것은 길 끊긴 산길을 타는 양 만만찮다.

봉황궁에서의 수중 격전

정통파들이 비밀 통로로 들어가는 것을 운천이 보호자처럼 확인한 뒤다. 적지 않은 위용이듯 정통파의 군협은 1,000여 명에 이른다. 운천은 무턱대고 도전하다가 실패하는 사람들을 구하려는 것같이 봉황진(鳳凰陣)으로 향한다. 봉황궁으로 홍수인 양 휘몰리는 사람들의 일부는 정통파의 군호들이 아니다. 정통파는 아닐지라도 미래의 무림을 빛내듯 소중한 사람들은 구조할 작정이다.

정통파들이 당연하다는 것처럼 원래의 목적을 성취하고 돌아간 뒤다. 납치되었던 장로들과 분실되었던 신물들을 찾아서 안전한 여로같이 돌아간 뒤다. 운천은 정통파의 인원들과 단독으로 작별하는 양 헤어져 봉황진으로 향했다. 봉황진은 북극성인 듯 수중의 본부인 봉황궁을 에워싼 수중진(水中陣)이다. 봉황진이 철벽으로 보호되는 것처럼 뚫리지 않아야 수중의 봉황궁이 안전해진다.

비밀 통로를 거쳐 정통파의 군호들이 썰물같이 돌아감을 확인한 뒤다. 운천이 새로운 세상을 만난 양 마음을 가다듬고 바닷물로 뛰어든다. 수중으로 들어가자 용의 보금자리인 듯 웅장한 봉황궁이 눈앞으로 밀려든다. 곧장 시간을 아끼려는 것처럼 헤엄쳐 들어가 봉황궁의 본궁으로 들어선다. 본궁의 건물로 들어서자마자 경계면에서 고무판이 바닷물을 장벽같이 가로막아 버린다. 육지로 튄 건물 내부로 육지의 공기가 헤엄치는 양 들어찬다. 육지로 연결된 본궁에는 육지의 신선한 공기들이 웅덩이의 미꾸라지들처럼 빼곡하다.

운천이 본궁의 대전 앞에 바람결인 듯 가볍게 도착할 때다. 상황을 점검하려는 것같이 바깥으로 나오던 북동단주 마장천이 운천을 알아본다. 본부를 기습당하여 불쾌하다는 양 마구 운천에게 장풍 공격을 해댄다. 운천이 어이없다는 듯 성큼 뒤로 물러서서 마장천의 표정을 살핀다. 이때 마장천이 운천을 무시하는 것처럼 그에게 말한다.

"네가 바로 근래에 조금 알려진 백가로구나. 어때? 여기서 나의 용풍장(龍風掌)을 한 번 받아 보게나. 꽤 느낌이 근사할 걸세."

용풍장은 봉황궁에서도 생명을 마구 빼앗으려는 것같이 극악하다고 알려진 장법이다. 시신들을 발굴하여 음기(陰氣)가 폭포인 양 발출되게 수련한다는 음랭(陰冷)한 장법이다. 누구든 용풍장에 맞으면 당장 살갗이 썩듯 파르스름해지다가 곧바로 절명한다. 이런 장풍을 마장천이 운천을 초개처럼 여기듯 그에게로 날려 보낸다. 운천도 형산장의 제1식인 발기방풍(發氣防風)의 장법을 빛살같이 내쏟는다. 하산하여 처음으로 전력을 쏟는 양 장법을 펼치는 순간이다. 곧바로 운천의 손바닥으로부터 햇살처럼 따스한 기운이 발산되는 느낌이다. 용풍장의 천벽붕괴(天壁崩壞)로부터 천하가 허물어지는 듯 막강한 위세로 강풍이 밀려든다.

용풍장의 기류와 형산장의 기류가 박치기하는 것같이 허공에서 마주쳤을 때다. 졸지에 부드러운 소리들이 주위를 따사롭게 휘감는 양 밀려든다. 용풍장의 위력이 오그라들듯 급격히 줄어드는 느낌이다. 바로 이때 운천의 머릿속으로 어떤 생각이 안개처럼 슬그머니 밀려든다.

'마장천은 천마독존의 수제자이기에 무술도 막강할 테다. 그의 무술은 가히 정통파의 장문인들의 수준일 거야. 아예 여기에서 장강검법의 위력을 점검해야겠어. 그래야, 보다 낮은 수준의 사람들과 안전하게 겨룰 수가 있잖겠어? 강자라고 해서 세상의 모든 약자들을 굴복시킬 필요는 없잖아?'

그런데, 운천이 핵심같이 중요한 놓친 점이 있기는 하다. 마장천의 무예가 하늘 꼭대기인 양 어느 수준까지 향상될지를 모른다. 천마독존의 향상된 무술을 콧숨처럼 전수받으면 무림의 절대 고수도 가능하리라. 한눈에 본질을 파악하듯 본인의 타고난 오성도 크기는 하다. 천마독존의 제자라면 천마독존의 인증을 거치는 것같이 마장천의 오성은 검증되었다. 미래의 태풍인 양 강력한 고수인 마장천과 장풍으로 겨루는 운천이다. 장풍으로 과제를 파하듯 해결하지 못하면 검술 대결까지 가야 한다.

검술 대결에서는 예측하지 못한 일이 발생하는 것처럼 사망자가 생긴다. 최악인 것같이 운수가 나쁘다면 그 사망자가 운천일 수도 있다. 장풍의 대결은 속전을 꾀하는 양 80여 수까지의 접전에 이르렀다. 하산하여 지금까지의 대결을 통하여 운천이 무림계를 평가하듯 가늠했다. 80여 수까지의 접전은 무림의 별처럼 당당한 사파의 사문장로급임을 알았다. 60여 수까지의 접전은 위세를 보이려는 것같이 사파의 장문인급임을 드러내었다. 기량을 유지하려는 양 30여 수까지의 접전은 정통파의 장문인급임을 드러내었다. 운천이 깨달은 듯 형산장을 마지막 수법인 발광인성(發光因星)의 장법까지 변화시킨다. 형산장의 마지막 장법은 세상을 허물 것처럼 과연 무시무시했다. 터진 둑으로 물들이 마구 쏟아지려는 것같이 그 위세는 어마어마 했다. 봉황궁의 건물들이 흔들리더니 건물의 벽들이 입을 벌리는 양 갈라졌다. 둑이 터진 듯 사방으로부터 바닷물이 건물 내부로 쏟아져 들어온다. 마장천은 내상을 입어 썩은 나무토막처럼 건물 바닥에 주저앉는다. 그러다가도 살고는 싶었던 것같이 가까스로 일어나서 달아날 길을 찾는다. 건물에서 벗어나지 않으면 수영 실력과는 무관한 양 익사할 지경이다. 마장천이 달아나는 것을 보고 운천도 깨달은 듯 바다로 뛰어든다.

운천이 깨진 벽들을 밀치려는 것처럼 통과하여 바다로 뛰어들었을 때다. 잠깐씩 생명을 연장하려는 것같이 숨을 참고 수중을 둘러보기로 한다. 형산의 개천에서 미친개인 양 수련한 자맥질이 도움이 된다고 여겨진다. 개천에서나 바다에서나 변하지 않는 법칙처럼 수면에서는 숨을 쉬어야 한다. 봉황궁의 군호들도 날치가 허공으로 치솟듯 깨진 벽으로 바다로 뛰어든다. 봉황궁 주변의 바다가 기다리고 있었다는 것같이 순식간에 격전장으로 변한다. 바다로 뛰어든 군호들은 다들 물고기들인 양 수영에는 일가견이 있었다. 바다로 뛰어든 사람들은 자신들의 운을 검증받듯 봉황진(鳳凰陣)과 마주쳐야 했다. 봉황진은 봉황궁을 보호하려고 지혜를 동원한 것처럼 수중에 설치한 진지이다.

운천이 극한 상황에 대비하려는 것같이 충분히 공기를 들이마셨다. '1다경(15분)'가량은 호흡하지 않고 죽은 양 지낼 수 있다. 봉황궁 주변에는 여러 진(陣)이 펼쳐져 위세가 밀림의 독사들처럼 대단하다. 봉황검진은 봉황문이 북두(北斗)인 듯 숭상하는 최고의 수중 진이다. 20대 초반의 18명의 소녀 검객들로 이루어진 심장부같이 핵심인 검진이다. 18명은 봉황문에서의 고수들 중의 고수인 양 서열이 30위 이내이다. 봉황문은 혜성처럼 근래에 나타난 문파이기에 빼어난 실력자들이 많다. 이런 산악인 양 강한 조직이어서 이 검진을 통과하기가 어렵다. 검진과의 대결이기에 운천도 일단 자신의 생명을 보호하듯 장검을 뽑는다. 장검을 뽑았어도 상대의 안위를 헤아리려는 것처럼 잠시 생각에 잠긴다. 형산에서 하산한 것이 무의지로 조종되는 것같이 사부의 심부름 때문인가? 원수를 갚고 세상을 다스리려는 뜻도 산악의 높이인 양 컸다. 고용된 심부름꾼처럼 정통파를 돕는 일만 하려는 것은 아니었다. 세상의 흐름을 파악하려는 듯.

'내가 굳이 봉황진과 겨루어야 할 이유는 뭔가? 다만 장강검법의 위력이 어느 정도인지만 알면 되잖아? 절대로 상대를 죽여야 할 이유는 없어. 지난번 태호에서 장백파와 시험을 했지만 완전한 점검은 아니었어. 이제 봉황문에서만 점검하면 안심하고 그 어디에서든 쓸 수 있잖아?'

운천이 상대를 배려하는 것같이 검진의 여검객들에게 경건히 인사하며 말한다.

"여러 검객 동지님들, 안녕하세요? 저는 무림쌍웅이신 백운도인의 제자인 백운천이에요. 제가 최근에 개발한 검법으로 상대할 테니 최선을 다해 주세요. 저는 추호도 동지님들과 원한이 없다는 점을 먼저 밝힙니다. 이제 공격할 테니 최선을 다하시길 바랍니다. 이야앗!"

제1식인 운무투도(雲霧透道)를 검진의 위세를 고려하는 양 8성의 공력으로 펼친다. 안개 속에서 길을 뚫듯 강력하고 시원한 검풍이 여검객들에게로 내닫는다. 바로 이 순간이다.

'파바박! 파바바박!'하는 음향이 터지면서 세찬 검풍이 파도처럼 밀려 나간다. 여검객들도 검진에서 각자가 맡은 초식들을 바느질하려는 것같이 꼼꼼히 펼친다. 바로 이때다. 운천의 검풍이 여검객들을 위협하는 양 그녀들의 소매에 구멍을 뚫는다. 소매의 구멍들을 보자 여검객들이 내장이 터진 듯 놀라서 물러난다. 당장 팔에 구멍이 뚫릴 것처럼 무서웠기 때문이다. 운무투도의 제1식에 봉황진이 맥을 잃은 것같이 무너졌다. 머리가 복잡해진 양 운천이 생각에 잠긴다.

'내가 너무 무서운 무술만을 짜맞춘 것일까? 그래도 남악검법을 쓰지 않았기에 여검객들 중의 누구도 죽지는 않았잖아? 상대를 죽이지 않고 물러서게 만들었다면 성공작이 아닐까? 장강검법은 꽤 쓸 만한 검법이구나.'

물러선 여검객들을 향해 그녀들을 존중하듯 허리를 굽히며 운천이 말한다. 백운도인의 제자이며 봉황문에 먼지처럼 작은 악감도 가지지 않았다고 밝힌다. 상대를 고려하려는 것같이 봉황진에서 부상당한 사람들만을 구출하려고 한다고 밝힌다. 봉황문의 미래를 돕는 양 봉황진 내부로 운천이 들어가도록 부탁한다. 봉황문의 여검객들이 의논하더니 호감을 가진 듯 운천을 통과시킨다. 운천의 인상이 산악의 약수처럼 괜찮았던 모양이다. 일부의 여검객은 운천을 머리에 새기려는 것같이 오래 바라보려고도 한다. 운천이 감사하다는 양 인사하고는 곧바로 봉황진의 내부로 들어간다.

운천이 봉황문의 영역으로 들어가자 봉황검진은 외적에 대비하듯 진세를 가다듬는다. 외부의 침입자를 방어하려는 듯 진세가 열이 분출하는 것처럼 강해진다. 운천이 소리조차 멈추는 양 고요한 봉황궁 통로의 끝자락을 바라본다. 바로 그 지점에서다. 묘하게도 괴한들이 서로 고함을 지르면서 기선을 장악하려는 듯 다툰다. 운천이 괴한들의 실체를 규명하려는 것처럼 다가가서 그들이 누구인지를 확인했다.

세상을 뒤흔들려는 것같이 놀랍게도 천공파의 마령신군과 봉황문의 사문장로인 천마독존이었다. 세인들의 관심을 불길인 양 끌어들이는 사파 최고의 고수들이 맞겨루었다. 차후의 대책을 생각하듯 운천이 몸을 숨겨 대결 상황을 살핀다. 그들이 손을 내뻗고 몸을 끌어들이는 동작들이 섬광처럼 현란하기 그지없다. 무예의 상징같이 강력한 남악검법을 펼쳐도 쉽게 이기기는 어려우리라 여겨진다. 그들의 무술은 고공의 독수리인 양 높은 상승 무공에 속했다. 자신의 생명마저도 포기하듯 남악검법을 10성으로 쓸 경우를 가정해 본다. 우주를 절단 내려는 것처럼 그 누구도 살아남지는 못하리라 여겨진다. 제7식까지를 쓰기도 전에 상대자들이 빛이 스러지는 것같이 죽으리라 여겨진다. 남악검법의 단점은 상대를 절벽으로 내모는 양 죽이는 거라 여겨진다.

장강검법은 급히 만들어졌어도 심산을 흐르는 물줄기처럼 바탕이 탄탄하다고 여겨진다. 보법과 운무지와 음양도의 배합이 이룬 섬광 같은 결정체가 아닌가? 무학의 뿌리마저도 발기된 동물의 생식기인 듯 힘이 넘친다고 여겨진다. 내공을 최대한으로 끌어올린다면 위력이 벼락을 맞는 양 엄청나리라 여겨진다. 운무서만으로도 천하를 토막 내듯 무서운 비급임을 운천이 수시로 느낀다. 운무지가 검식으로 변환되었기에 위력이 절벽을 박살 내려는 것처럼 대단하다. 당초의 지침을 반영하려는 것같이 남악검법보다 부드러운 검법으로 창안한다고 만들었다. 적들이 강물에서 악어를 만난 양 뒤로 물러난다면 생명은 보장된다. 용맹을 드러내려는 듯 끝까지 장강검법에 저항하다가는 목숨을 잃기 십상이다. 아무래도 운무지라는 지풍에 심연의 잠룡처럼 매서움이 담긴 모양이다. 장강검법을 10성으로 사용한다면 남악검법과 다투려는 것같이 위세가 비슷하리라 예견된다.

이 사실을 깨닫자 운천은 전신의 맥이 풀리는 양 나른해진다. 남악검법이 무적인 듯 강해서 위세를 죽인 검법을 창안하려고 했다. 그랬는데 장강검법의 위력도 남악검법의 그림자처럼 만만치 않다는 결론에 이르렀다. 검법을 찾느라고 길 잃은 짐승같이 주춤거릴 시간이 없음을 깨달았다. 장강검법을 상대를 배려하려는 양 6성(60%)의 공력으로 낮춰 사용하기로 한다. 내공이 줄어드니 장강검법은 바람에 나부끼는 능수버들처럼 부드러운 검법으로 변한다. 상대가 고수인 듯 강하다고 여겨지면 내공을 높여서 대응하기로 한다.

시간이 흐를수록 사망한 신주2걸의 위명이 태산같이 대단함을 운천이 알아차린다. 운무지에 맞설 지풍은 어디에도 존재하지 않는 양 드물다.

음양 도법에는 양달과 응달을 구분하듯 섬세한 검술 동작들이 들어있다. 구궁의 변화가 화산파의 맥에까지 닿을 것처럼 치밀하게 다듬어졌다. 창안 기간을 무시하려는 것같이 장강검법은 무림의 강력한 검법이 되었다. 운천의 강력한 집중력이 획을 긋는 양 도움이 되었다.

마령신군과 천마독존이 세상을 허물듯 요란하게 100여 수까지 겨루던 직후였다. 주변의 불편한 감시를 뿌리치려는 것처럼 순식간에 운천의 시야에서 사라졌다. 운천이 그들을 탐지하려는 것같이 그들을 찾아 나섰지만 결국은 놓쳤다. 수중 봉황궁의 바깥에는 군호들이 몰려들어 섬멸하려는 양 봉황문과 다투었다. 백골파의 사문장로인 백골신풍(白骨神風)은 무림의 절정 고수인 듯 무술이 빼어났다. 멀리서도 그의 선비처럼 깔끔한 맵시로 운천의 시선을 끌었다. 백골신풍에 의하여 중원의 고수들이 괴롭힘을 당하는 것같이 죽거나 다쳤다. 봉황문의 군호들에게도 백골신풍은 박멸할 독충인 양 제거해야 할 대상이었다.

운천은 기억을 건지듯 백골신풍의 제자들인 자연검과 자홍검을 떠올린다. 그녀들도 중원에서 정착하려는 것처럼 애쓰다가 고생했다는 얘기를 들었다. 한때는 봉황문과 백골파가 주변을 차지하려는 것같이 서로 돕는 체제였다. 항산 사태 이후에 서로 원수를 대하는 양 틀어졌다. 백골신풍은 실력이 신룡(神龍)처럼 빼어나 서역의 괴물로 비쳤다. 운천이 백골신풍을 고목인 듯 제압해야만 군호들이 덜 다치리라 여겨진다. 한때는 위세를 자랑하려는 것같이 봉황문과 백골파가 천공파를 항산에서 공격했다. 서역에서부터 세찬 뿌리를 내리려는 양 번성한 사파가 아닌가? 운천이 자연검 자매를 배려하듯 백골신풍과 겨루기가 망설여졌지만 대의를 생각했다. 그를 상대하여 정신을 분산시키려는 것처럼 형산장과 남악검법으로 냅다 공격했다. 운천이 지면 목숨까지도 홍수에 떠내려간 짐같이 잃을 우려가 있었다. 형산장과 남악검법은 산악조차도 허무는 양 절세적인 무공임을 재차 입증했다. 그렇게 기고만장하던 백골신풍도 비 맞은 생쥐처럼 기가 꺾여 물러섰다. 무려 80여 수의 대결만에 종지부를 찍듯 이루어진 결과였다. 운천이 사파의 장문인급들은 기를 꺾으려는 것같이 60여 수에 격파했다. 백골신풍은 사문장로이었기에 무술이 산봉우리의 높이인 양 조금 더 높았다.

숱한 생명들이 연기처럼 스러지는 수중의 봉황진 부근에서였다. 운천이 백골신풍을 물리치고 매가 하천에서 벗어나듯 빠져나올 무렵이다. 군협들을 상대로 미친개같이 사납게 날뛰는 두 노인들을 운천이 발견했다. 봉황문의 장문인인 북면천마(北面天魔)와 백골파의 장문인인 풍뢰도수(風雷都叟)가 날뛰는 양 공격했다. 과거에 봉황문과 백골파는 세상을 평생 함께하듯 서로 연맹을 맺었었다. 항산에서 봉황문이 백골파를 방치하려는 것처럼 불만족스러웠다고 백골파가 등을 돌렸다. 백골파는 봉황문에서 건질 것을 점검하려는 것같이 서역에서 멀리까지 왔다. 북면천마와 풍뢰도수가 마주치자 분이 치솟는 양 서로가 맹렬히 대결했다. 북면천마와 풍뢰도수가 울화를 엉뚱하게 내쏟을 대상을 찾듯 운천을 만났다. 운천이 정통파를 도우려는 젊은이임을 한밤에 횃불을 대하는 것처럼 알아차렸다. 훗날의 화근을 제거하려는 것같이 풍뢰도수와 북면천마가 운천을 집중적으로 공격했다.

운천의 최대한 관대함을 추구하려는 양 너그러운 마음도 달라졌다. 이런 괴물들을 제거하려는 듯 형산장과 남악검법을 써야 하리라 여겼다. 운천이 들쥐를 내모는 것처럼 장법과 검법을 휘둘러 둘을 상대했다. 장법은 장법대로 검법은 검법대로 상대하는 둘을 없애려는 것같이 날카로웠다. 동작마다 절기들인데다가 공력까지 공에 바람이 차는 양 잔뜩 충만되었다. 새로운 세상을 맞이하겠다는 듯 깔끔하고도 매서운 동작들이 하늘을 갈랐다. 60여 수만에 운천이 2괴물들을 주저앉히려는 것처럼 제압한다. 60여 수의 겨룸으로 그들이 사파 장문인들의 표본같이 빼어남이 드러난다.

위기에 처한 사람들을 구하려는 양 운천이 봉황진 내부를 돈다. 봉황진이 구축되었던 돌계단 언저리를 운천이 바람결처럼 가볍게 지날 때다. 운천의 눈에 문자나 도식 같은 기호들이 띄었다. 섬광인 듯 흘깃 들여다봐도 세밀하게 표시된 작은 동작들의 기록들이다. 작은 동작들의 기록이 도장을 찍은 양 새겨져 있다니? 돌층계의 옆구리에 절제하듯 줄을 맞춰 그려진 작은 동작들의 기록들이었다. 슬쩍 생각해도 평범함을 거부하려는 것처럼 예사로운 것이 아니라 여겨졌다. 사물을 분석하려는 것같이 잠시 멈춰 서서 운천이 자세히 살펴보았다. 실효성이 증발된 양 감춰진 3개 동작의 무공이라 생각되었다. 품격마저 간직된 듯 전서체로 기록되어 있었다. 이래저래 상당히 오래 육상에 머물렀던 기록물인 것처럼 여겨졌다.

경황이 없는 중임에도 글의 내용은 의식으로 훑는 것같이 읽었다. 놀랍게도 상승 검법이 숨을 쉬는 양 기록된 자료였다. 공사 때에 외부의 돌조각들이 골짜기의 물줄기처럼 급히 이동되었으리라 여겨진다. 출처는 모르겠지만 그때부터 기록물이 수중에 진을 치듯 보존되었으리라 여겨진다. 운천이 재검증하려는 것같이 살펴도 분명한 검법의 동작들이었다. 제목이 없기에 위상을 고려한 양 운천이 임시로 해중검법(海中劍法)이라고 명명했다. 검식을 머리에 새기듯 잊지 않으려고 애썼다. 선천적인 경향인 것처럼 기억하는 데에는 소질이 없음을 아는 운천이었다. 기억을 확보하려는 것같이 일 다경 이내에 해변에서 기록하리라 작정했다. 숨을 쉬려고 운천이 몸을 솟구치니 기다렸다는 양 해변이 있었다. 재료를 찾듯 품을 뒤지니 부드러운 수건밖에는 없다. 해변의 가게에서 문구류를 갖추려는 것처럼 지필묵연(紙筆墨硯)을 샀다.

 기억했던 해중검법의 3개 동작을 토해 내려는 것같이 신속히 적었다. 지체되면 기억이 희미할세라 전력을 다하려는 양 금세 작성했다. 기억했던 것은 먼지를 털듯 죄다 옮겨 적는 데 성공했다. 스스로도 흥에 취하는 것처럼 만족스러운 기분이 들었다. 기운의 흐름 같은 동작하는 그림들까지 죄다 옮겨 적었다. 누구의 눈으로도 숨이 깨어나는 양 살아 있는 검술의 도식이었다. 해중검법(海中劍法)이라니? 세월이 흐르면 숨결의 유형처럼 창안자가 누구인지도 자연스레 드러나리라 여겨졌다.

 기록한 종이는 사람의 신분이 변하듯 비급이 되었다고 여겨진다. 기록된 종이를 보물같이 품에 잘 간직한 뒤다. 운천은 해중검법의 위력을 돌다리를 두드리는 양 간단히 점검하고 싶었다. 강적을 만난 듯 내공의 수위를 8성으로 끌어올려 도식대로 휘두른다. 제1식을 펼치자마자 갯벌 가득 벌 떼가 휘몰리듯 모래바람이 인다. 해변의 무수한 자갈들이 벌 떼처럼 사람들의 키 높이까지 솟구쳤다. 이러느라고 벌 떼가 휘젓는 것같이 해변 가득 모래바람이 일었다. 운천이 연이은 톱니바퀴를 돌리려는 양 제2식을 펼칠 때다. 해변 가득 폭죽이 치솟듯 섬광이 일며 요란한 굉음이 터진다. 굉음이 청각을 변형시키려는 것처럼 이상하여 칼을 멈추고 해변을 살핀다. 공중으로 치솟았던 돌들이 잘 잘린 떡같이 절반으로 잘려 있었다. 돌들이 죄다 잘리면서 고통을 호소하려는 양 토해 낸 굉음이었다.

 3식마저 운천이 그물을 던지듯 해변에서 쭉 펼쳤다. 검식에서 검풍이 터지자마자 사방에 먼지가 먹구름 장막처럼 치솟아 오른다. 자신의 발등조차 보이지 않을 것같이 자욱하다. 운천에게 어떤 생각이 구름장인 양 떠올라 감탄했다. 이 시점에서 남악검법이 불길처럼 펼쳐치면 적들이 다들 스러지리라 여겨진다. 제3식은 오징어가 먹물을 뿌리고 도주하듯 공격보다는 도망하는 초식이라 여겨진다. 사지(死地)에 빠진 동지들을 구출하는 것같이 절묘한 검식이라 여겨진다. 단체의 사활인 양 싸움보다는 구조가 절박한 경우도 있으리라 여겨진다. 그런 경우에 쓰면 요긴한 처방처럼 절묘하리라 여겨진다.

생각이 변하는데도 상황같이 쉽게 밝아지지는 않는다. 쉽게 밝아져야 위난(危難) 동지의 위치를 찾듯 구출하겠는데 이상하다고 여겨진다. 칼을 들고 의아심을 파헤치려는 양 주변을 차분히 살핀다. 일 다경(15분)의 시간이 바람이 스치듯 훌쩍 흐른 뒤다. 이때에야 밤중처럼 캄캄해졌던 사방이 밝아진다. 밝아지는 정경을 바라보다가 운천이 기가 질린 것같이 크게 놀란다. 주변에는 8개의 구덩이가 검풍에 의해 웅덩이인 양 패어 있었다. 구덩이의 폭과 깊이가 자로 잰 듯 일 장(3.03m)가량이 되었다. 단순하게 생각했던 것처럼 도망하는 검식이 아니었음이 드러난다. 사방에 갈대같이 널브러진 시신들을 8개의 구덩이에 파묻겠다는 검식임이 드러난다. 해중검법도 여유를 즐기려는 양 함부로 사용해서는 안 되리라. 3식 안에 세상의 적들을 흙에 묻듯 죽이겠다는 무서운 검법이다. 운천이 방향을 설정하려는 것처럼 잠시 갈등에 휩싸인다. 영웅대회에서 어떤 검법을 써야 할지 길을 잃는 것같이 난감해진다. 영웅대회에서는 대결자의 생명을 존중하는 양 목검을 쓴다는 규정이 있다. 검법이 매서워지면 목검도 진검처럼 흉맹해진다. 목검에 의해서도 상대가 내뻗어 나뒹굴듯 죽을 수도 있다. 관전자들의 기분도 존중하려는 것같이 대회에서는 상대를 죽여서는 안 된다.

운천이 영감이 통한 양 수중을 통하여 봉황진 내부로 향한다. 봉황진은 의도적으로 축조하듯 해구항 서쪽에서 1.5리(600m) 떨어진 해변 옆이다. 봉황궁도 해변에 축조했다가 수중 건물로 변화시킨 것처럼 물을 끌어들였다. 해변에 건물을 세우되 초창기에는 새로운 영토같이 바닷물을 막아서 공사했다. 공사가 끝나면 거미줄을 치우는 양 둑을 허물면 되는 체제였다.

수중에서도 물이 침투가 안 되게 물기를 건조시키듯 치밀하게 공사했다. 공사가 완성될 때까지는 바깥에 보초병을 세워 보안을 철통처럼 유지했다.

 운천이 수중 봉황궁의 영역으로 적의 첩자들같이 침투했다. 정찰하려는 양 일정한 속도로 봉황궁 주변을 둘러보기로 한다. 위기의 사람들 중에서 아는 사람들이라면 봉황진을 찢듯 구하려고 한다. 수중 폭포진이 고운 너울처럼 쫙 펼쳐진 곳에서다. 아미3녀가 하나같이 침 맞은 지네처럼 수중 폭포수에 떠밀리고 있다. 방치한다면 금세 힘이 바스러진 연기인 양 고갈되어 익사하리라 여겨진다. 과거에 아미산에서 수도승처럼 아미3녀의 도움을 얼마나 많이 받았던가? 은혜에 보답하듯 어떻게든 아미3녀를 구해야겠다고 생각한다. 새가 나뭇가지를 나르는 것같이 아미3녀를 한 사람씩 해변으로 나른다. 아미3녀는 고수들이라서 해변에 닿자마자 진기를 흡수하는 양 기운을 차린다. 21살의 아미홍연(峨眉紅淵) 방영혜(方英慧)를 뒷마무리를 하듯 마지막으로 폭포진에서 빼낼 때다. 봉황문에서 불가사리처럼 숱하게 깔아 두었던 청빙갈(靑氷蠍)에게 운천이 쏘였다. 청빙갈은 독성으로서는 무적의 존재 같은 맹독성 전갈이다. 청빙갈에 쏘이고도 꾸물거리는 양 조처를 취하지 못하면 곧바로 사망한다. 청빙갈의 독성은 죽음의 통보를 받듯 무공으로 조절하기는 불가능하다. 운천은 곧바로 생명을 잃을 것처럼 커다란 위기를 맞는다. 방영혜까지 해변으로 옮기고는 수중에서 해답을 찾으려는 것같이 바닷물로 뛰어든다.
 운천의 머릿속이 안개인 양 뿌옇게 되며 의식이 가물거리기 시작한다. 그러자 물속 봉황문의 무술인들이 방해물을 제거하려는 듯 운천에게로 달려든다. 운천의 경우에 중독이 커지는 것처럼 대적하기는커녕 정신을 차리기에도 힘들어진다. 해중진을 떨치려는 것같이 벗어나려고 할 때다. 운천의 중독을 알아차린 봉황문의 무술인들이 무턱대고 공격하려는 양 다가든다. 기회가 생기면 단숨에 운천을 죽이려는 듯 벼르는 눈치다.

운천이 남들을 구하려는 생각을 포기할 시점이 밀려드는 물처럼 다가든다. 자신이 살아야 남들을 기량을 펼치는 것같이 구조하게 된다. 매달린 절벽에서 떨어지려는 양 자신의 목숨마저 위험에 빠졌다. 이리저리 수류(水流)에 운천의 몸이 부평초처럼 마구 흔들릴 때다. 자연검과 자홍검이 운천 주변의 사내들을 허공의 기포인 듯 물리친다. 새끼줄같이 기다란 해중진으로부터 운천이 막 벗어나려고 할 때다. 해중 통로들 중에서는 운천의 위치로부터 헤아린 양 남문이 가깝다. 독성이 들끓는 기포들처럼 체내로 휘몰려 운천의 의식이 희미해질 때다. 시종 시기를 노렸듯 마장천, 풍뢰도수, 혈사토납, 서호혈룡이 운천을 공격한다. 마장천은 봉황문의 북동단주로서 바다의 태풍같이 막강한 무공의 소유자다. 풍뢰도수는 백골파의 장문인이며 혈사토납은 백골파 제3위로서 산악인 양 대단하다. 서호혈룡은 봉황문의 서열 제4위인데다가 자신들의 터전 같은 해남도의 수중이다. 상대가 봉황문과 백골파의 고수들인데 운천은 중독으로 의식이 취중(醉中)처럼 흐릿하다. 적과 싸울수록 의식이 흐릿해져 벼랑으로 내몰린 듯 위기에 처했다. 생명이 경각에 달린 양 위급할 때에 뜻밖의 조력자들이 나타났다. 아미3녀, 나화엽, 자연검, 자홍검, 도궁옥이 약속한 듯 동시에 나타났다. 이들 7인이 4명 괴인들의 맥을 끊는 것처럼 시원스레 물리쳤다. 나화엽은 천공파 마령신군의 수제자이면서 권력의 실세 같은 북문 단주이다. 자연검과 자홍검은 백골파의 백골신풍이 입을 벙글거리는 양 자랑하는 제자들이다. 도궁옥은 명문정파인 청해문(青海門) 청해신군의 딸로서 운천과는 보석처럼 소중한 지인(知人)이다.

운천이 동지들의 도움으로 남문을 향해 돌격하듯 나갈 때다. 남궁 앞의 암초같이 복잡한 수중진에서였다. 남궁의 수중진에는 얄따란 바위들이 다수의 돌탑들인 양 쌓여 있었다. 그 바위에 굵은 문어들이 실타래처럼 빽빽이 달라붙어 있었다. 굵직한 문어들에게 감겨서 사마영이 물에 빠진 짐승인 듯 버둥댄다. 사마영은 중원의 범 같은 마령신군의 두 번째 제자이다. 운천의 연상이지만 총명함이 산골의 물인 양 깔끔한 맵시의 소녀이다.

운천이 마음을 적시듯 매력적이었기에 그녀가 접근하려고 시도했지만 번번이 비틀어졌다. 누가 고의로 훼방하는 것처럼 야속하게도 운천과는 속내를 터놓지 못했다. 청해의 묘지에서 운천이 허점을 드러내는 것같이 목단전주에게 부상당했을 때다. 새인 양 숨었던 소나무에서 뛰어내려 운천을 막 구하려는 찰나였다. 미모가 빼어난 청년이 나타나 운천을 구하여 허공을 바람처럼 날았다.

그때 그녀의 운이 없음을 천신에게 따지듯 얼마나 개탄했는지 모른다. 그랬는데 봉황진의 문어들에게 실타래같이 휘감겼다가 상어들의 공격을 받기 직전이었다. 식인 상어들은 크기가 저승의 마귀인 양 거대하여 가히 공포스러웠다.

문어들에게 저항하느라고 힘이 스러지듯 빠졌기에 상어들에게 물리기만을 기다릴 때다. 수중에서 칼날처럼 날카로운 회오리바람이 일더니 운천이 그녀에게 다가든다. 그녀가 이승을 하직하려는 것같이 목숨을 포기하려는 찰나다. 귓전으로 꽃향기인 양 감미롭고도 다정한 사내의 말이 왈칵 흘러든다.

"사마 소저! 기운을 차리세요. 저는 백운천이라는 평범한 무림인이에요. 미천한 솜씨이지만 소저를 구해 드릴게요."

운천이 달려드는 식인 상어들에게 해중검법 제1식을 폭발물을 터뜨리듯 펼친다. 토담이 무너지는 것처럼 사방에서 꼬르륵거리는 음향이 터지면서 상어들이 도망친다. 일부의 상어들은 도망가다가 충돌하여 의식을 잃고 낙엽들같이 뒤집히곤 한다.

마침내 질식하는 양 위태로운 상황에서 무사하게 사마영이 구조된다. 구조된 사마영이 진심으로 고마워하듯 감격한 목소리로 운천에게 말한다.

"백 소협, 정말 고마워요. 이후로 그대를 이 가슴에 영원히 담아 두겠어요."

이미 마음을 비운 양 운천이 싱긋 웃으며 그녀에게 응답한다.

"사실 저도 청빙갈에게 쐬었기에 오래 살지는 못할 거예요. 어쨌든 사마 소저께서는 기운을 차리시기를 빕니다."

사마영도 문어에게 사슬들처럼 휘감기기 전에 적혈사(赤血巳)라는 맹독성 독사에게 물렸다. 그녀도 선인으로부터 구명받는 듯 치료받지 않으면 살 수가 없다. 이때에 백골파의 마귀 같은 혈사토납(血巳吐納)이 운천에게 공격했다. 운천은 생명이 경각에 달린 양 위태로웠기에 남악검법 제1식을 펼쳤다. 수중에서 사나운 검풍이 들끓듯 치밀어 오르더니 곧장 혈사토납에게로 날아간다. 숨이 막히는 것처럼 혈사토납이 다급한 비명을 토해 내며 달아난다. 대퇴부가 찢겨 피가 시야를 가리려는 것같이 수중을 벌겋게 뒤덮는다. 운천이 몸을 추스르는 양 장검을 거두어 들며 호흡을 조절한다.

이때에 어디선가로부터 공천하가 나타나서 운천에게 잠결의 속삭임처럼 은은하게 말한다.

"백 상공, 보아하니 독충에 물려 상당히 위험해 보여요. 옆의 낭자도 비슷한 상태로 보이니 무조건 제 말을 들으세요. 제가 일단 해구항을 떠나 광둥으로 나가는 배를 하나 구할게요. 그 배를 타고 형산 빙정동의 창룡진인(蒼龍眞人)님을 찾아 가세요. 그분은 제 동생인 공영하의 사부예요. 상공은 제 동생과도 아는 사이이기에 그분이 치료해 줄 거예요. 끝내 그분이 고집하면 제가 가라고 했다고 말하세요. 그리고 이것은 약이니까, 두 분이 3차례씩 나누어 드세요. 빙정동에 닿을 때까지는 수명을 연장시켜 줄 거예요. 저는 수중의 봉황진을 조금 더 둘러볼게요."

이윽고 공천하가 구한 범선과 뱃사공이 약속을 이행하듯 시야에 나타났다. 뱃사공과 함께 운천과 사마영을 긴급한 이삿짐같이 배에 실은 뒤다. 공천하가 뱃사공에게 중대한 지령을 내리는 양 당부한다. 최대한 빛살처럼 빨리 배를 몰아서 광둥항으로 가라고 한다. 뱃사공이 알았다며 뱃바닥이 물보라에 뒤덮이듯 배를 빠른 속도로 몬다. 떠나는 배를 향해 공천하가 귀빈을 배웅하는 것같이 손을 흔든다. 그러더니 공천하는 수중의 봉황진이 있는 곳으로 매인 양 날아간다.

　원래의 속성이듯 배에는 선실이 하나뿐이다. 사마영에게는 적혈사의 독성이 곡물의 순이 내뻗는 것처럼 작용하려기에 걱정스럽다. 청빙갈이나 적혈사의 독성을 차단하려는 것같이 조처하려고 한다. 사마영의 상처에서 피를 내쏟고 순환을 차단하려는 양 노끈으로 묶는다. 자신의 우측 팔의 상처도 사마영에게 부탁하여 그녀와 방불하듯 조처한다. 불길에 덴 것처럼 운천의 몸에 열기가 치솟으려 한다. 공천하가 준 약을 남녀가 생명을 함께하려는 것같이 나누어 먹는다. 시간을 가늠하는 양 헤아리니 3시진(6시간)까지는 해열 상태에 있으리라 여겨진다. 운천과 사마영은 무인(武人)이기에 시간마저 죽이듯 참고 견디기로 한다.
　강풍의 도움인 것처럼 반 시진(60분) 만에 광둥항에 남녀가 도착했다. 시간을 다투려는 것같이 항구에 갓 도착했을 때다. 운천이 형산으로 가는 마차를 매의 눈으로 찾듯 대절했다. 마차꾼은 항구에서도 널리 소문이 난 것처럼 유명한 전문가다. 형산까지는 200리(800km) 길이기에 이틀이면 졸다가 깨어나는 것같이 도착하리라 들려준다.

　분초를 다투는 양 광둥항을 떠나 이틀이 지난 유시(오후 6시) 중반이다. 마차는 거인의 형상인 듯 험상궂은 형산 입구에 도착했다. 빙정동까지의 길은 공천하가 손금처럼 상세히 약도를 통해 알려준 터다. 형산 입구에서부터 빙정동까지는 멀지 않은 공간인 듯 오리(2km) 길이다. 산길이어서 땀을 뿌리는 것같이 힘들어도 운천이 조심스레 사마영을 데려간다. 적혈사와 청빙갈의 독성은 실로 사람을 죽이려는 양 무서운 터다. 독성이 침투한 듯 둘의 피부의 빛깔이 거무스레하게 변해 있다. 일부의 혈관들이 마비된 것처럼 기능을 발휘하지 못한다는 얘기이다.

운천도 몸을 가누기가 절벽을 타는 것같이 힘들었지만 정신을 집중시킨다. 악마와 다투는 양 힘들게 무려 '반 시진(60분)'이 걸린 뒤다. 공천하의 약도에 명시된 장소에 사마영과 운천이 진이 빠지듯 도착한다.

빙정동은 15번째의 고봉(高峰)에 음험함을 안은 것처럼 기묘하게 뚫린 동굴이다. 천연 동굴이었지만 사람이 살도록 민가(民家)같이 개조했다. 산짐승의 출입을 통제하려는 양 튼튼한 출입문까지 달린 독립가옥이다. 빙정동(氷晶洞)은 용연폭포(龍淵瀑布) 뒤쪽의 웅장한 비밀 공간처럼 길이가 100장(303m)가량인 동굴이다. 동굴 안은 거대한 구획을 짓듯 3개 부분으로 되어 있다. 중앙에는 십 장(30.3m) 폭의 연못이 호수처럼 남실대고 있다. 그 안쪽에는 지하수의 작품같이 석회암으로 이루어진 종유동굴(鐘乳洞窟)이어서 웅장하다.

62세의 창룡진인(蒼龍眞人)은 신선인 양 훤칠한 풍채를 지녔다. 항시 햇살이 스며들듯 밝게 웃는 모습이 친밀감을 자아낸다. 공천하의 서한을 펼쳐 보고는 만족스러운 것처럼 껄껄 웃으며 말한다.

"흠, 조만간 공천하의 배필이 될 사람이로군. 내가 단연코 최선을 다해 자네를 살려야지. 그런데, 자네보다도 함께 온 낭자가 더 위험해 보여. 조금만 기다리게. 낭자를 먼저 치료한 뒤에 자네를 치료하겠네. 현세에서 적혈사(赤血巳)와 청빙갈(靑氷蝎)의 독상(毒傷)을 치료할 곳은 여기밖엔 없네. 그렇기에 내가 심혈을 기울여 반드시 둘을 치료하겠네. 그러니 내가 말하는 사항을 잘 지켜 주기 바라네."

창룡진인은 남녀를 살리려는 것같이 둘에게 침(針)을 놓고 단약(丹藥)을 먹인다. 함께 약을 쓸지라도 뱀독의 치료가 꽃이 지는 양 빠르다. 운천이 스스로는 할 일이 없기에 창룡진인의 제자처럼 지시대로 따른다. 빙정동의 연못에 해독 작용 같은 묘한 기능이 담긴 모양이다. 지하수와 연결되어 실뱀이 헤엄치듯 온천이 유입되는 특이한 연못이다. 연못에 몸을 담그면 독상의 치료가 추락하는 돌멩이인 양 빨라진다.

빙정동에서 치료하기 시작하여 어름어름 지나치듯 사흘째의 날이다. 사마영의 뱀독은 어떤 이상도 보이지 않는 것처럼 완치가 되었다. 치유를 확인하려는 것같이 사마영은 운천이 치유될 때까지 남기를 원했다. 창룡진인은 타인이 거북한 양 사마영이 빨리 하산하기를 권했다. 그리하여 사마영은 아쉬운 마음까지도 감추듯 먼저 하산했다. 사마영의 하산을 기다린 것처럼 이틀이 지나서야 운천의 독상도 치유되었다. 운천이 별다른 생각도 없는 것같이 하산하려고 할 때다. 창룡진인이 운천을 불러 은밀히 지시하는 양 말한다.

"내가 왜 사마영 낭자를 먼저 하산시켰는지 알겠니? 나는 공천하가 자네를 내게 보낸 이유를 읽고 있네. 자네를 무산 영웅대회에 출전시키려 함임을 알고 있네. 빙정동 온천 연못에서 수련하면 내공이 부쩍 향상될 걸세. 온천 연못의 기능이 많다는 점이 내가 빙정동을 고수하는 이유라네."

사마영이 하산한 지 이틀 뒤에 운천도 원래의 건강체처럼 완치되었다. 이때부터 운천은 온천 연못에서 내공을 수련하느라고 기운마저 모으듯 집중했다. 내공이 신통치 않으면 강적을 주저앉히는 것처럼 곧바로 제압하지 못한다.

운천이 온천 연못에서 내공을 불길처럼 증진시키고는 빙정동 바깥으로 나간다. 빙정동의 골짜기에서 2개월간을 산악인 듯 꼿꼿이 무술을 수련하기로 한다. 남악검법과 형산장을 숨결과 그림자 같은 기본기로서 철저히 수련한다. 그러고는 장강검법과 운무지를 무의식 상태에서도 공격하는 양 집중적으로 수련한다. 마지막 단계로 해중검법의 제1식에서부터 제3식까지를 무의식 상태에서도 휘두르듯 수련한다.

세상을 논하려는 것처럼 운천이 창룡진인과 함께 당당히 식사한다. 온천 연못에 들어가 내공을 욕망의 높이같이 꾸준히 증진시킨다. 맑은 정신에서는 물이 심연으로 모이는 양 집중이 아주 잘된다. 운천이 빙정동에 들어서기 전과 비교하여 내공이 고공의 탑처럼 증가했다. 각 문파들이 내공의 깊이에 자존심을 걸듯 신경을 기울인다.

운천도 수련에는 나날의 숨결을 쌓으려는 것같이 각별히 신경을 쓴다. 창룡진인의 도움까지 받아 내공을 거대한 산악인 양 증가시킨다. 온천 연못의 활용에 관해 창룡진인이 제자를 돌보듯 도움을 베푼다. 빙정동에 신선처럼 머물러 내공을 수련하면서 쌓은 체험 분야이다.

운천은 과욕을 피하려는 것같이 2가지의 영역에만 집중한다. 깔끔한 골격인 양 무술의 수련과 내공의 증진이다. 빙정동은 2가지를 개선하는 데에는 안성맞춤이듯 최상의 조건을 갖췄다.

창룡진인이 운천에게 말한 북두의 성좌들처럼 중요한 대목이 있다. 청빙갈에 대해 빛을 비추는 것같이 상세히 들려준 설명이다. 전갈은 축축한 모래나 진흙에 뿌리를 내리는 양 사는 동물이다. 청빙갈은 얇은 바위의 틈새에 서식하는데 독성이 독사를 능가하듯 강하다. 청빙갈의 독성에서 벗어나면 체내에는 독성에 시달린 반작용처럼 내공이 증진된다. 다른 독충들의 독에는 독성을 근원적으로 배제하려는 것같이 강력하게 저항한다. 독충들이 벌 떼인 양 들끓는 곳에서도 충분히 몸을 돌본다. 산중에서 생활한 창룡진인이 세상을 꿰뚫듯 줄곧 관찰한 결과이다.

청빙갈의 독성은 매우 특이한 것처럼 이채롭다. 잘못했으면 죽었을 운천이 의외의 행운을 얻은 것같이 묘하다. 봉황진에는 숱한 해조류들인 양 적혈사들이 있었음에도 운천은 물리지 않았다. 적혈사한테까지 물렸다면 피를 토하고 절명하듯 현장에서 죽었을지도 모른다. 그만큼 적혈사의 독성은 마귀까지 죽일 것처럼 강했다. 사마영이 회생하는 것같이 치료되었던 것은 응급 조처의 덕이었다. 독액을 빨아내지 않았다면 피부가 세균들한테 훼손되는 양 썩었으리라 예견된다. 독액을 빨아내고 독의 확산을 차단하듯 상처를 헝겊으로 감았었다. 이러한 조처로 사마영이 무사하게 일체의 부작용을 내몬 것처럼 치료되었다.

시기에 부합하는 것같이 응급조처가 있었기에 창룡진인에 의해 회생했으리라 여겨진다. 적혈사에 물렸는데도 치료되지 못하면 저승길을 밟는 양 당연히 죽는다. 사마영은 운천으로부터 보호받듯 구명의 은혜를 입었다. 전갈의 독성은 내공으로 치료를 조절하는 것처럼 독의 확산을 지연시킨다. 이 점이 산과 바다의 성질 차이인 것같이 뱀독과는 다르다. 운천이 전갈의 독성을 가쁜 숨결인 양 억누르다가 창룡진인을 만났다.

창룡진인은 용소(龍沼)에 감춰진 용처럼 재야에 몸을 감춘 무술의 고수이다. 무림쌍웅에게도 지지 않을 신선 같은 고수라 알려져 있다. 운천은 공천하의 서신 덕분인 듯 여전히 빙정동에서 보내고 있다. 구름이 골짜기를 통과하는 양 빙정동에 머문 지 2개월쯤의 때다.

공천하와 공영하가 약속해서 만난 듯 나란히 빙정동으로 찾아든다. 따지려는 것처럼 살피면 공영하의 스승은 창룡진인이고 공천하는 공영하의 언니이다. 공천하의 스승은 인도 찰납사(察納寺)의 신승(神僧)으로 평가되는 것같이 빼어난 천축신니(天竺神尼)이다. 천축신니는 인도 전체를 대표하는 양 최고 수준의 무술 고수이다. 생사를 다투듯 천축신니와 겨루었다가 살아난 사람은 없다고 알려져 있다.

공천하는 인도까지의 먹구름 속처럼 먼 길을 공영하와 동반하기를 원했다.

공영하는 언니의 마음을 이해하는 것같이 선선히 받아들였다. 여정을 높게 평가하려는 양 천축신니는 자매에게 새로운 무술을 지도했다. 기예를 보존하듯 무술은 동일한 사문에서만 전수하는 게 원칙이다. 그랬는데도 공영하는 일찍 무림계를 대표하는 것처럼 천축신니로부터 품성을 인정받았다. 온갖 역경을 함께하려는 것같이 언니와 동행해서 인도까지 오지 않았는가? 가마솥인 양 따스한 정리를 생각하여 무술을 그녀한테도 전수했다. 천축신니의 새로운 무술은 육지와 바다를 뒤엎을 듯 위력적이었다. 진전을 제대로 물려받으려면 3년은 착실히 걸리리라 여겨질 것처럼 강력했다. 1달가량의 기간으로는 새로운 무술의 일부만 구경하는 양 터득할 지경이었다.

공천하 자매가 인도에서 형산으로 첩첩산중을 넘나들듯 힘들게 돌아오는 도중에서였다. 공영하가 한참 뜸을 들이려는 것처럼 망설인 후다. 겨우 용기를 내는 것같이 언니인 공천하의 얼굴을 바라본다. 그러다가 공영하가 체념하는 양 한숨을 내쉬며 공천하에게 말한다.

"언니는 언제부터 백 상공의 마음을 얻었어요? 항산 절정의 천잠사로부터 2번씩이나 저는 그로부터 구조를 받았거든요. 잘 생기고 무공도 빼어나고 마음도 따뜻하여 마음에 딱 들었어요. 그랬는데 알고 보니 언니의 정인이더군요. 천지신명님은 나한테 먼저 백 상공을 연결시켜 주지 않았는지 원망스러워요."

공천하가 장난을 치듯 생끗 웃으며 응답한다.

"사실은 나도 모험을 걸었어. 무림에 갓 출현했는데도 빼어난 미모에다가 출중한 무술에 겸손하기까지 하다니? 빨리 가로채지 않으면 안 되겠다는 생각이 들었어. 우스꽝스러운 여자라는 소리마저 들을 작정으로 무조건 접근했어. 그랬는데도 천지신명님은 내 편이었던 모양이야."

행복한 표정의 공천하를 공영하가 시샘을 드러내는 것처럼 꼬집다가 깔깔댄다. 그러다가도 운천의 안위를 얘기하다가 근심에 빠진 것같이 발걸음을 재촉했다.

자매가 달리면서도 놓치지 않으려는 양 운천의 안위에 정신을 쏟았다. 운천이 깊은 잠에서 깨어나듯 회생하여 내공 증진에 몰두하는지는 몰랐다. 소유한 무공과는 무관한 것처럼 멀어서 교신할 방법이 없었다. 운천이 빙정동에 정식으로 눌러앉는 것같이 2달이 막 지났을 때다. 저녁나절에 자매가 나란히 초청된 귀빈들인 양 빙정동에 도착했다.

수염을 하얗게 나부끼는 창룡진인이 공천하 자매를 손녀들처럼 자애롭게 맞는다. 공천하 자매가 동문의 제자들인 듯 창룡진인의 앞에 엎드려 절한다. 창룡진인이 바람결에 마음을 비운 것같이 허허로이 수염을 나부끼며 말한다.

"공천하의 서한에 따라 내가 백 소협을 치료했어. 그의 무공 기질이 높아서 영웅대회에 대비하여 무공까지 증진하게 허락했어. 여기에 체류한 지 2개월째가 되는 지금의 무공은 엄청나게 증진되었어. 하여간 공천하와 백 소협의 연분을 진심으로 축하한다."

공천하가 얼굴을 붉히며 심히 부끄러운 양 조심스레 말한다.

"사부님께서 배려해 주셔서 정말 감사합니다. 사부님의 축하까지 받게 되니 너무나 기쁩니다."

동생의 스승이기에 공천하도 동생의 입장을 존중하듯 창룡진인을 '사부'라고 호칭한다. 예법으로는 남의 부모를 부모라 부르는 것처럼 있을 수 없다. 이런 점을 공천하와 창룡진인도 상대의 상처를 헤아리는 양 안다. 서로의 처지를 너무나 잘 이해하여 상대를 가족같이 배려한다.

자매가 도착한 시점부터는 원래의 주인처럼 모든 음식을 자매들이 해결한다. 창룡진인과 운천만 있을 때엔 연하자의 도리인 듯 운천이 준비했다. 경험이 없었기에 음식을 만들면서 사방에 귀를 기울이려는 것같이 애썼다. 궁여지책인 지혜인 양 창룡진인에게까지 음식을 만드는 법을 묻기도 했다. 모든 음식을 남한테 의존하듯 행동해서는 만들 수 없다고 생각했다. 운천이 길을 여는 것처럼 숟가락과 혀로 음식의 간을 보았다. 산의 아래쪽 기슭에 둥치에 매달린 버섯들같이 마을이 있었다. 창룡진인은 그의 탄탄한 가슴이 입증하는 양 대장장이로서의 소질이 탁월했다. 농기구로 시장에서 번 돈이 집 여러 채에 맞먹듯 상당했다. 소득은 빙정동에 양식처럼 저장되어 부호의 위세를 드러낼 정도다. 운천도 생업을 구사하려는 것같이 철괴(鐵塊)를 사서 빙정동에서 농기구를 만든다. 창룡진인은 즐거운 양 허허거리면서 운천에게 농기구의 제법을 알려준다. 운천도 빙정동에서 밥값은 마련하겠다는 듯 농기구 제작법을 열심히 익힌다. 창룡진인의 눈에도 운천의 일솜씨는 탁월한 수행 제자처럼 여겨진 모양이다.

　운천은 야산에 길을 내려는 것같이 땔나무를 마련해서도 시장에 판다. 마을은 지형의 영향인 양 장사꾼들이 많이 드나드는 곳이었다. 형산촌은 형산현과는 40리(16km) 떨어져 있기에 상업이 장사꾼들을 살리듯 활발하다. 이른 아침부터 저녁까지 장사꾼들이 조수처럼 밀려들었다가 밀려 나간다. 땔감은 수요자들이 애벌레들같이 많아서 공급이 부족할 지경이다. 운천은 무공의 소유자이기에 땔감은 놀이를 즐기는 양 형산촌까지 나른다. 땔감은 공급이 달리기에 땔감 구매자들이 언제나 개미 떼처럼 몰려든다. 운천은 어느새 형산촌에서는 선계(仙界)에서 하강하듯 잘생긴 나무꾼으로 소문이 났다. 산골의 처녀들이 운천에게 연정을 호소하려는 것같이 시장의 도처에서 기다린다.

　운천은 체력을 단련하는 양 하루에 한 번씩 땔감을 판다. 땔감을 팔고는 급한 용무를 보려는 듯 곧장 빙정동으로 되돌아간다. 귀가할 무렵이면 처녀들이 운천에게 접근하려고 호들갑을 떠는 것처럼 분주하다. 운천은 항시 바쁜 일이 있는 것같이 급히 시장을 벗어난다. 땔감의 판매 금액은 빙정동의 금고에 재산을 축적하려는 양 넣는다. 이마저도 수련의 일부라 생각하니 호수의 상공을 날듯 마음이 편하다.

운천의 고요한 흐름을 방해하려는 것처럼 공천하와 공영하가 돌아온 뒤부터다. 자매에게 감시당하는 것같이 신경이 쓰여 운천이 빙정동에 머물기가 거북스러워진다. 운천이 공천하에게 자신의 마음을 빗질하는 양 조용하게 털어놓는다.
공천하가 다소 서운한 것같이 운천의 눈을 들여다보며 말한다.
"백 상공, 마음이 편한 대로 하세요. 저는 그대의 반려자가 될 사람이라는 점은 기억해 두길 바랄게요. 이 점만 확실히 한다면 당장 여기를 떠나셔도 좋아요."
운천도 공천하를 경배하는 양 점잖게 말한다.
"제가 세상에 나와서 유일하게 마음을 연 상대가 그대예요. 제 마음은 제가 생존하는 한 영원히 변함이 없을 겁니다."
운천이 미래의 시간을 설계하듯 창룡진인을 찾아가서도 하산할 뜻을 털어놓는다. 창룡진인이 다소 의외인 것처럼 놀란 빛으로 말한다.
"장차 공천하의 반려자가 될 사람이라면서? 그렇다면 우리의 가족이나 다름없잖아? 불편한 일이 없다면 굳이 서둘러 떠날 일은 없잖은가? 나도 모처럼 마음에 드는 젊은 자네를 만나서 기분이 좋았다네."
세월의 매듭을 풀듯 주위 사람들과 인사를 나눈 뒤다. 운천이 새로운 세계를 개척하려는 것처럼 하산하려고 한다. 인연을 되새기려는 것같이 빙정동에서 창룡진인과 공천하 자매가 운천을 전송한다. 운천이 그들에게 단정한 매인 양 포권의 예로 정중히 인사한다. 남동쪽의 방향으로 독수리가 날아오르듯 쉽게 날아오르더니 신속히 멀어진다. 소리를 내지르려는 것처럼 공천하의 얼굴에 놀라는 빛이 역력히 드러난다.

공천하가 자신의 마음을 추스르려는 것같이 잠시 마음속으로 생각한다.

'내가 인도에 다녀오는 동안에 무공이 엄청나게 증가했구나. 저 정도 같으면 무산 영웅대회에서 우승자도 될 수 있겠는데?'

운천이 형산 발치의 산기슭에 매인 양 날렵하게 내려선다. 거기에서부터는 미래에 대처하듯 무엇을 할지를 잠시 마음속으로 헤아린다. 산기슭의 폐가를 은거지로 삼으려는 것처럼 임시로 생활하기로 한다. 향일(香一) 마을의 가구 수는 은밀한 상징같이 15채에 불과하다. 스러지는 분위기를 상징하는 양 폐가가 3채에 이른다. 도회지로 옮겨 가느라고 폐가를 남겨 둔 듯 여겨진다. 폐가들 중 가장 낫다고 여겨지는 집에 운천이 주인처럼 머문다. 하산할 때에 창룡진인이 정착 기금같이 얼마의 금액을 주려고 했다. 운천은 자립의 의지를 드러내려 양 받지 않았다.

그는 낙안봉에서도 거부(巨富)의 자제인 듯 풍족한 삶을 누렸다. 백운도인과 사룡도인은 과거에 거대한 표국을 생활의 기반처럼 운영했다. 표국에서 생계를 책임지려는 것같이 생활비가 매달 형산으로 공급되었다. 표국 운영자들은 운명인 양 백운도인과 사룡도인의 나이 든 제자였다. 한때 백운도인과 사룡도인이 공동 화원의 화초처럼 함께 제자를 길렀다. 관계를 부인하듯 오점으로 언급되지만 그 기간이 생각만큼 길지는 않았다. 체념같이 세월이 흘렀어도 공동의 제자는 위승후(魏承侯) 한 사람밖에 없었다. 백운도인과 사룡도인은 지기임을 드러내려는 양 동갑인 72세이다. 위승후는 이들의 사랑을 흡수하기가 용이하듯 자식뻘인 46세이다. 위승후가 운영하는 표국은 세상에서 이름처럼 당당한 운룡표국(雲龍鏢局)이다. 위승후에게는 사랑을 전하려는 것같이 생존한 부모도 형제도 없었다. 표국을 운영하면서 사랑받는 자식인 양 스승들의 생활비를 충분히 보내었다.

이런 영향으로 운천은 형산에서 유년시절부터 부모의 슬하처럼 편안하게 지냈다. 세인들이 유년기를 편안하게 보낼 때의 상황과 흉내를 내듯 흡사했다. 대자연의 정서에 담뿍 빠진 것같이 하산할 때까지 편안하게 보냈다. 하산하고서도 생활비는 수관(水管)의 물인 양 공급되는 체제라 근심이 없었다. 나이가 들면서 스스로 가문을 일구려는 것처럼 생계에 신경을 쓴다. 과거(科擧)에 응시하여 관리가 되는 길도 자로 재면서 따지듯 검토했다.

관리가 되면 척도가 달라지는 것같이 무술을 사용하기가 어려우리라 여겨진다. 무인(武人)이라면 일어서는 양 금세 해결될 일도 관리로서는 어려우리라 여겨진다. 그리하여, 관리가 되는 길은 관직을 내버리듯 스스로 포기했다.

비관리(非官吏)로서 세상을 살기에는 장인(技術者)이 곡식을 저장하는 것처럼 적합하리라 여겨졌다. 주변을 둘러보니 쇠가 자석에 달라붙는 것같이 대장장이가 마음에 들었다. 쌀의 구입인 양 철괴(鐵塊)를 구입하여 농기구나 무기를 제조하는 직업이었다. 농기구나 무기(칼 또는 창)를 제조하면 구매자는 취향이 이끌듯 곳곳에서 생기리라 여겨졌다. 이런 마음이 들었던 것은 빙정동에서 무덤덤한 부랑자처럼 생활할 때였다. 창룡진인으로부터 제조 기술을 2개월 동안에 무공을 수련하는 것같이 배웠다.

자신의 자금으로 판단하는 양 대장간만 설치하면 충분히 되리라 여겨진다. 세상의 장인처럼 살려면 제품을 잘 팔아야 한다. 신의를 저버리듯 팔린 제품이 쉽게 망가져서는 안 된다. 반 년은 국가의 검증을 받는 것같이 제품이 안정적이어야 한다. 변질되는 것은 장인의 손길을 벗어나는 양 어쩌지 못한다. 장인의 손길과는 무관한 듯 철의 고유한 성질 탓이기 때문이다.

형산의 향일 마을에 운천이 마음을 다스리는 것처럼 머물기로 한다. 운천이 폐가에 운명을 실으려는 것같이 주거지를 정한 뒤다. 혼인하면 폐가에서 벗어나려는 양 반듯한 집을 사서 살기로 작정한다. 검소함을 바탕으로 삼듯 폐가에서 삶을 익히는 것은 중요하리라 여겨진다. 당당한 체격과 가슴을 뒤흔드는 것처럼 잘생긴 외모에 서글서글한 인상이라니! 세상의 여인들이 불길이 치솟는 것같이 선망하는 요건이기도 했다. 폐가에 살아도 공을 들여 빨래하는 양 언제나 깔끔한 차림새다. 사사로운 변화에 초연하려는 듯 사람들의 눈에 띄지 않으려고 한다.

마을에서 가까운 골짜기의 유령처럼 으스스한 분위기의 동굴을 하나 발견했다. 동굴은 형산 발치의 하천 곁에 침묵하는 것같이 잠자코 있었다. 하천에는 바위 절벽들이 죽림의 죽순들인 양 무수히 솟아 있었다. 절벽에서 경신술을 수련하려는 듯 허공으로 치솟다가 동굴을 발견했다. 경신술이 절정인 것처럼 빼어난 무술인이 아니면 발견하기가 힘든 지형이다. 경신술을 쓰지 않고도 드나들겠는지를 지형을 점검하려는 것같이 살펴보았다. 경신술을 쓰지 않고도 다람쥐인 양 나다닐 통로를 알아내었다. 동굴의 출입구는 절벽에 노출되어서 평상인들은 출입이 통제되듯 무척 어렵다. 향일 마을의 폐가보다는 그늘에 몸을 숨기는 것처럼 은밀하리라 여겨진다. 절벽 아래에는 수량이 강물같이 풍부한 개천까지 흐르지 않는가?

무산 영웅대회까지의 기간을 추산하려는 양 고려해 볼 때다. 충분히 여유를 확보하듯 무술 수련을 하기에도 적당한 공간이라 여겨진다. 동굴의 길이는 몸을 솟구치면 끝날 것처럼 겨우 2장(6.06m)가량이다. 높이는 인간의 허리를 배려하려는 것같이 1장(3.03m) 정도이다. 사흘에 걸쳐서 공사 전문가들을 불러서 집을 고치는 양 공사했다. 비밀을 확보하려는 듯 공사 전문가들은 일부러 타지(他地)의 사람들을 고용했다. 동굴 벽에는 예전의 균열을 감추려는 것처럼 석회를 듬뿍 발랐다. 바닥에는 겨울에 대비하려는 것같이 구들돌과 흙을 채워 온돌방을 만들었다. 온돌을 구조화하는 양 방의 입구에는 불 때는 아궁이도 만들었다. 연기를 다스리듯 연기가 빠지는 연통도 만들어 출입문 곁에 세웠다. 미로처럼 복잡한 공사가 끝난 뒤다. 동굴을 들여다보니 멋진 독립가옥 같은 숙소로 변해 있었다.

　공사 전문가들을 격려하려는 양 넉넉한 보수를 치르고는 그들을 보냈다. 출입문은 산짐승들의 출입을 통제하듯 철제로 튼튼하게 만들어졌다. 숙소의 안전을 고려하는 것처럼 출입문은 절벽과 비슷한 색깔로 도색했다. 숙소는 국토를 무단으로 점유한 것같이 개인의 사유지가 아니다. 하천으로부터의 높이는 계곡의 급류도 못 닿을 양 대략 10장(30.3m)가량이다. 절벽 주변의 숲도 밀림처럼 무성한 편이다. 기밀을 꾀하듯 밤에만 연통으로 연기를 배출한다면 천혜의 가옥인 셈이다. 운천은 숙소한테 자격을 부여하려는 양 동굴의 이름을 짓기로 한다. 마음의 상태를 고려하듯 안심동(安心洞)이라 붙이기로 한다. 형산의 안심동이라? 자신의 마음과 이름을 관련짓는 것처럼 살피니 합리적이라고 여겨진다.

　빙정동에서 하산하는 것같이 떠났기에 당분간은 빙정동을 방문하지 않을 작정이다. 안심동 곁의 계곡에는 생계의 일터인 양 대장간을 세울 작정이다. 대장간을 운영하여 가정을 유지하듯 생계비를 마련할 작정이다. 대장간을 운영할 기술은 창룡진인으로부터 무술을 전수받는 것처럼 물려받았다. 고객들한테도 활력을 제공하려는 것같이 대장간을 소중하게 운영하겠다고 벼른다.

　나날을 점검하는 양 정신 집중이 필요한 시기라 여겨진다. 미래의 운명을 들여다보듯 영웅대회까지의 기간을 가만히 가늠해 본다. 새로운 품격을 빚는 데 소요되는 것처럼 한 달은 남았다. 영웅대회 때까지는 새로운 경지에 오르려는 것같이 무술에만 집중할 생각이다. 생계의 근심을 지우려는 양 생활비는 충분히 남아 있다고 생각된다.

　장강검법의 골격에는 예리한 공격이 담긴 음양도법이 별처럼 깔려 있다.

음과 양으로 분리하여 코털의 움직임인 듯 섬세하게 공격하는 기법이다. 음양도법은 자연검과 자홍검이 구명의 보답으로 기밀을 털어놓는 것같이 소개했다. 그녀들이 위험에 처했을 때에 운명의 조화인 양 운천이 치료했다. 그녀들이 미래를 기대하듯 고마움의 답례로 음양도법을 운천에게 알려주었다. 검법을 제3자에게 알려 주는 것은 사문을 배반하는 것처럼 금기이다. 운천에게 보답할 길이 없기에 처벌을 감수하려는 것같이 검법을 제공했다. 운천이 미심쩍은 양 음양도법을 운용해 보니 놀라운 점이 많았다. 무술이 절학임을 깨닫자 자연검 자매를 검술의 달인들처럼 높이 평가했다. 음양도법을 단독으로 휘둘러 자매들을 보호하듯 곤란에 빠뜨리지 않겠다고 작정했다. 운천의 탁월한 식견같이 다른 무학과 뒤섞이면 효력이 놀라우리라 여겨졌다. 예측된 바인 양 장강검법에 음양도법을 섞었더니 변화가 엄청나게 놀라웠다.

간단한 혼합이었을 따름인데도 위력이 바다를 뒤엎을 듯 엄청났다. 이것으로 판단되는 것처럼 백골파의 무술은 대단한 수준이라 여겨진다. 자연검과 자홍검이 죽을 것같이 부상당했던 것은 상대가 강했다는 뜻이다. 운천이 자연검을 치료한 곳은 호수인 양 넓은 죽림(竹林) 속이었다. 자홍검을 치료한 곳은 항산 발치의 침실 같은 석동 속이었다. 자연검은 사마영에게 부상당했고 자홍검은 나화엽에게 원수처럼 공격당했다. 천공파와 백골파는 서로의 원한을 근원적으로 해소하려는 듯 항산에서 대결했다. 어처구니없는 결과가 벌어진 양 정통파들이 크게 피해를 당한 상황이었다. 백골파는 봉황문을 데려왔고 천공파는 장백파를 데려와 우군처럼 배치했기 때문이다.

정통파는 사파들간의 대결에서 혼란에 빠진 사파들을 분쇄하듯 응징하려 했다. 사파들이 설치한 진지들에서 정통파가 보복당하는 것같이 숱한 곤욕을 치렀다. 오히려 정통파들이 사파 연합파에게 이용당한 양 공격당한 양상이 되었다.

항산 대전을 통하여 장백파의 존재가 무림인들에게 빛살처럼 급속도로 알려졌다. 예전에는 장백산의 위치인 듯 장백파의 존재 유무조차 모를 지경이었다. 장백파의 장문인이나 사문장로의 존재는 눈이 가려지는 것같이 미지에 빠졌다. 항산에서의 대결 이후로 장백파는 무림으로 불길이 치솟는 양 알려졌다. 무림에서 대결의 의미는 존재감을 세인들에게 알리듯 상당히 크리라 여겨진다.

운천이 한 달가량은 세상을 잊는 것처럼 안심동에서 무술을 수련한다. 무술을 수련하면서 그리움을 퍼 올리듯 과거에 만났던 사람들을 떠올린다. 장백파의 16세 소녀이면서 목단전주인 장명금(張名琴)의 얼굴이 한밤의 보름달같이 떠오른다. 외모로만 보면 천계(天界)의 선녀인 양 잘생긴 여인이라 여겨진다. 청해에서 부하들에게 자신을 공격하라고 했다는 점이 찢을 듯 괘씸하다. 부모를 추도하는 가슴이 사무치는 것처럼 애절한 상황에서 시비를 걸었다니? 공천하가 구하지 않았다면 장백산의 얼음같이 차디차게 죽었을지도 모르지 않는가?

그러다가 운명의 장난인 양 태호의 적막주(寂寞洲)에서 장명금을 만나게 되었다. 당시 운천의 검풍은 무적의 상징처럼 저항하기 어려울 정도로 빼어났다. 연결 고리인 듯 장명금이 운천에게 뭔가를 속삭이려 할 때다. 느닷없이 가느다란 회오리바람이 일더니 적막주에 고수들이 밤하늘의 별같이 나타났다. 장명금의 안타까운 사정은 무시하는 양 청해신군과 서악일검이 운천을 데려갔다.

눈앞에서 운천이 사라지는데도 절벽에서 추락하는 바윗돌인 듯 막지 못했다. 청해진에서 연못의 직경처럼 거대한 톱니바퀴에 치마가 끼어 죽기 직전이었다. 운천의 이끼같이 미세한 손길이 그녀의 사타구니를 슬쩍 스쳤을 때다. 우주인 양 거대한 톱니바퀴가 장풍에 바스러지면서 장명금이 운천에게로 떠밀렸다. 운천의 장풍에 의해 그녀의 사타구니도 발가벗겨지듯 벌겋게 노출되었다. 운천한테만 쓰러지면 연정을 호소하려는 것처럼 그녀를 책임지라고 말할 작정이었다. 다른 사람들을 구하려는 것같이 운천이 인사를 하고는 시야에서 사라졌다. 그녀의 가슴이 콩닥콩닥 뛰었지만 시야에서 운천은 연기인 양 사라졌다. 경쟁자들을 배제한 듯 운천을 차지할 절호의 기회를 놓친 터다. 운무주에서는 눈앞에서 부하들의 옷이 운천의 검풍에 걸레처럼 찢겨서 나풀거렸다. 그때도 격렬히 애무받은 것같이 명금은 운천에게 달려들 정도로 흥분했다. 옷이 걸레인 양 찢겨 속살을 드러낸 부하들을 달래야 했다. 홍조를 띤 부하들 앞에서 운천에게 고백하듯 알몸을 들이밀지는 못했다. 부하들만 없더라도 운천을 먼저 차지하려는 것처럼 발가벗고 달려들었으리라 생각한다. 그때의 기회를 놓쳐 천추의 한같이 여겨서 명금은 두고두고 괴로워한다.

  운천이 자다가도 문득 생각하는 양 빙정동에서의 일을 떠올린다. 중독된 상처를 우려내려는 듯 동굴의 온천탕에 몸을 담갔을 때다. 가득한 유황의 냄새와 따뜻한 수온에 이성을 잃는 것처럼 취했음일까? 운천은 물속에서 자신의 성기가 흥분한 것같이 잔뜩 발기함을 느꼈다. 예전에는 없었던 현상이라서 운천이 부끄러움을 타는 양 자세를 추슬렀다. 그때 귓전으로 창룡진인의 목소리가 격려하듯 은은히 흘러들었다.
  "얘야, 온천 특유의 느낌 탓이니 저항하지 말고 몸을 맡겨. 그래야 빨리 쾌유가 될 거야. 이 온천은 독상의 치유에 있어서는 보물 같은 장소야."
  가까스로 내력을 집중하여 들떴던 마음을 빙하처럼 차갑게 가라앉혔다. 연후에 허리가 두들겨 맞은 것같이 시큰대더니 독상의 통증이 심해졌다.
  창룡진인의 말대로 용신(龍神)에게 맡기려는 양 수평으로 드러눕자 통증이 가라앉았다.

운천이 안심동 곁의 골짜기에서 무공을 점검하듯 장검으로 장강검법을 펼친다. 가상의 적들을 맹금류처럼 매섭게 노려보며 힘껏 칼을 휘두른다. 제1식인 운무투도(雲霧透道)의 검식을 세상에 길을 내려는 것같이 확 펼친다. 안개를 동굴인 양 뚫어 길을 낸다는 의미의 무서운 검식이다. 운무지에서 살을 붙이듯 연화된 검식이기에 검풍이 한없이 날카롭다. 골짜기의 바닥 곳곳에서 주먹 크기만 한 돌멩이들이 암기들처럼 날아오른다. 1식을 골짜기에서 수련하다가 생물체를 보호하려는 것같이 운천이 평지로 옮긴다. 검풍으로 인하여 골짜기의 수목들이 난도질당하는 양 훼손되겠기 때문이다.

운천이 안심동 바깥의 평지에서 대적하듯 정신을 집중하여 자세를 취한다. 제1식인 운무투도를 거대한 대적 집단을 향하는 것처럼 재차 펼친다. 평지의 사방에서 돌멩이들이 눈을 부릅뜨는 것같이 허공으로 치솟아 튕긴다. 기울이는 내공에 따라 운무투도의 위세는 판을 가르는 양 달라졌다. 적막도에서 윤곽을 구사하듯 펼쳤을 때는 이만큼 위력적이지는 않았다. 강남 4녀들의 옷자락을 찢어 상대의 자존심을 건드리려는 것처럼 속살까지 드러내었다.

제1식에 이어 변화를 탐색하려는 것같이 제2식인 성벽분쇄(城壁粉碎)의 검식을 펼친다. 성벽을 가루인 양 부순다는 의미의 검식이다. 글자의 의미만큼이나 강렬한 동작들이 짜깁기하듯 깔린 검식이다. 운무지에서 연화된 맹렬한 검풍이 사방을 억누르려는 것처럼 매섭게 휘몰린다. 제2식의 경우에는 누구든 다가서면 다 꺾이려는 것같이 무시무시했다. 태풍이 산골짜기를 강타하는 양 드센 위세로 느껴진다. 여태껏 죽음을 피하듯 성벽분쇄를 막아낸 무술인을 만나지는 못했다. 사물들이 망가지는 것처럼 크게 손상되기에 동일한 장소에서는 반복하지 않는다.

마지막이자 제9식인 만류동원(萬流同源)의 검식까지를 탁탁 터는 것같이 시원하게 펼쳤다. 일만의 흐름도 동일한 근원에서는 물인 양 흐른다는 의미의 검식이다. 검식이 펼쳐진 뒤에는 나뭇가지들과 바스러진 돌조각들이 쌓은 듯 수북하다. 나뭇가지들과 돌조각들은 검풍에 번갯불처럼 일시에 맞은 평지 주변의 것들이다.

땀방울들을 손수건으로 닦으면서 운천이 과거를 정리하는 것같이 생각에 잠긴다.

청해진에서 자신을 무림의 같은 문파인 양 도왔던 도궁옥을 떠올린다. 청해신군의 딸로서 운천을 귀빈처럼 대해 주던 그녀였다. 운천은 본격적으로 생각을 더듬듯 골짜기 아래쪽의 반석에 편안히 앉는다. 그러고는 과거의 시간들을 줄줄이 엮는 것같이 생각에 잠긴다. 4년 전의 묘지에서 운천을 위로하는 양 만났던 도궁옥이다. 그때의 연분을 소중히 간직하듯 운천을 대했던 따뜻한 마음씨의 그녀였다.

망사처럼 섬세하리라 여겨졌던 운천의 기억도 거기까지였다. 묘지에 나타난 백운도인에게 영혼이 끌리는 것같이 이끌려 형산으로 갔다. 4년간 평생의 자산이 되는 양 소중한 무공과 학식을 쌓았다. 운천이 관리가 되기를 꿈꾸듯 원했다면 과거에 응시할 수도 있었다. 무술의 세계에서 마음이 호수처럼 편안하게 여겨지는 운천이다. 세속의 관리가 되는 길을 스스로가 피하는 것같이 벗어났다.

무술인으로 살고자 뜻을 심는 양 자신의 길을 구축한 운천이다. 스스로 일어서듯 살기 위해서는 스스로 자금을 모아야 한다. 자금을 생각하니 기술과 연계되는 것처럼 장인(匠人)이 적합하리라 여겨진다. 자신한테 어우러짐을 찾는 것같이 적합하리라 생각해 낸 것이 대장장이이다. 차후에 결혼하면 대장간을 세워서 동화인 양 꿈꾸며 살 생각이다. 후생을 지도받듯 창룡진인을 만난 것은 운천에게 커다란 행운이었다. 창룡진인의 철물 기술은 온천의 습지가 증기를 흡수하는 것처럼 전수받았다. 대장간만 차리면 이후의 삶은 꿈결같이 편안히 전개되리라 여겨진다.

중요한 것은 사람의 고유한 취미인 양 취향이라 여겨진다. 운천에겐 자신의 처지를 평가하듯 관리(官吏)보다는 장인(匠人)이 더 마음에 끌린다. 무술을 익혔기에 상대에 의해 영향받는 것처럼 두려움이 없다. 세상의 누구를 만나든 상대를 억누르는 것같이 제압할 자신이 있다.
운천은 너럭바위에 앉아서 미래를 내다보는 양 생각한다.
'무산 영웅대회에서 승리하면 무림영웅이 되겠지? 무림영웅은 무림 조합에서 지급하는 경비를 받는 사람이잖아? 무림영웅이 되면 5년간은 무림조합의 경비로 살아 나가겠구나. 무림영웅이 되지 못하면 곧장 대장장이로 살면 되잖아? 마음을 편하게 갖고 미래를 준비하면 되겠구나.'

머릿속으로 봉황문의 설하영이 미풍이 다가들듯 잠시 밀려든다. 가슴을 열면 통할 것처럼 운천보다 1년 연상인 소녀이다. 그녀는 영향력이 철가루에 대한 자석같이 너무나 큰 여인이다. 봉황문의 남서단주이며 봉황문 전체를 저울질하는 양 제3위의 실력을 가졌다. 사내들 속에서도 군림하듯 황의청년 형태의 남장을 즐겨 하는 여인이다. 설하영은 운천에게 들이대려는 것처럼 사천성 도화도의 동굴에서 운천을 만났다. 설하영에게는 형체 모를 그리움의 불길이 분화구인 양 치솟으려 했다. 조금만 더 머물렀더라도 연인에게 발가벗겨지듯 진하게 접촉했으리라 여긴다.
부풀어서 풍선처럼 터지려는 감정을 막 털어내려고 할 때였다. 봉황문의 비상사태를 전하는 것같이 매의 울음소리가 들렸다. 어디에 머물든 절벽에서 뛰어내리는 양 봉황문으로 복귀하라는 긴급한 신호였다. 그런 신호를 들으면 빛살의 속도처럼 훌쩍 떠나야 했다. 눈물을 뿌리듯 애석한 마음을 달래며 작별하면서 운천에게서 떠났다.

해남도 해구항의 방파제에서도 그녀의 거룻배에 운천을 귀빈같이 태웠다. 운천을 거룻배에 태울 때 어떻게 원하는 양 요리하겠다고 작정했다. 운천의 품격은 감히 범접할 수 없게 선비처럼 단아하다고 여겨졌다. 그녀가 운천을 건드리려고 했다가는 무슨 일이 벌어질 듯 두려웠다. 반발적 효과 탓인 것같이 운천이 제안하는 모든 의견에 동의했다.

운천에게 속내를 터놓겠다는 생각은 허공으로 바람인 양 사라져 버렸다. 운천에게 다가가고 싶었지만 여건이 그녀를 제지하듯 실망시켰다.

그녀를 배려하는 것처럼 기회가 주어졌다면 운천 앞에서 발가벗었을 지경이었다. 운천에게로 쏠리는 그녀의 마음은 용소의 폭포수같이 굉장했다. 세상의 기세를 꺾으려는 양 당차게 내뻗은 운천의 눈썹(劍眉)이었다. 조화롭게 박힌 이목구비의 윤곽에 박꽃처럼 뽀얀 살결. 게다가 천하를 뒤흔들 듯 출중한 그의 무술이 아닌가? 실력과 외모가 조화를 이루는 것같이 출중한 운천이었다. 그의 앞에서라면 사소한 실수쯤은 애교를 부리는 양 넘길 작정이었다. 봉황문을 정통파로 만듦은 운천을 좋아하듯 무림에도 좋게 기여하겠다는 거다.

사마영은 경쟁자들을 조기에 물리치려는 것처럼 운천을 연인으로 만들고 싶었다. 결정적인 시기에 그녀를 말리려는 것같이 불러내는 매의 울음소리조차 고까웠다.

무림에 새롭게 나타난 운천에겐 처신이 꽃의 향기인 양 중요했다. 백운도인의 제자답게 언행이 석간수(石間水)처럼 깔끔해야 했다. 누구를 대해서도 품격이 향기인 듯 향긋한 인물로 비쳐야 했다. 바위를 모아서 세우려는 것같이 정통파와 연합해서 재난을 구하라지 않았던가? 경전을 떠받드는 양 스승의 기대에 어긋나서도 안 되었다. 어쨌든 천신(天神)처럼 무림에 당당한 인물로 비쳐야 했다.

공천하는 운천에게는 생명줄을 늘이듯 운천을 치료한 은인이었다. 은인에게는 은인 고유한 방식을 존중하는 것같이 대응해야 했다. 처음에는 수려한 풍광인 양 눈부시게 외모가 아름다운 청년으로 보였다. 차후에는 여인임이 드러나 새로운 우주를 대하듯 공천하를 깊이 생각했다. 눈부신 외모에 걸맞는 것처럼 탁월한 무공에다가 따사로운 품성까지 갖추었다니!

운천의 마음이 호수에 이는 물결같이 흔들리지 않을 수 없었다. 게다가 공천하는 세인들이 회피하는 양 사파의 인물도 아니지 않는가? 정통파의 무림인들조차도 함부로 비유하여 말하지 못하듯 당당한 인물이었다. 운천의 마음도 조개가 갯벌로 파고드는 것처럼 서서히 공천하에게로 기울어졌다. 세상의 흐름을 파악한 듯 공천하는 미래에 대해 예견까지 했다. 운천의 마음은 비탈면으로 쏠리는 물줄기같이 어떤 곳으로 쏠리리라 예견했다. 그 대상이 손가락으로 꼬집어 알리는 양 그녀이기를 바란 공천하. 선인을 대하듯 예의를 다해 운천을 대하다가 결정적인 시기를 골랐다. 항산의 폭포 앞에 천운을 기다리는 것처럼 섰을 때였다.

누가 시키는 것같이 그녀가 먼저 운천을 좋아하고 있음을 밝혔다. 구명의 은인인데다가 따사로운 절세가인이어서 운천은 황홀하여 실신하는 양 감미로웠다. 운천이 매달리듯 구애해도 어떨지 모를 사람한테서 연정의 마음을 전달받다니? 운천은 기뻐서 공천하와 함께 천벌인 벼락까지도 선물같이 받고 싶었다. 반려자가 되려면 샘솟는 약수인 양 꾸준한 연정이 필요하리라 여겨졌다. 물을 쏟는 것처럼 한꺼번에 내쏟음보다는 꾸준한 내쏟음이 중요하리라 여겨졌다. 공천하에게 연인이 되겠다는 말을 운천이 하늘에 선언하듯 또렷이 말했다. 그 장소가 산수(山水)의 변화의 극점같이 웅장한 폭포 앞에서였다. 폭포는 공천하가 혼을 내쏟는 양 좋아하는 장소라는 것을 알았다. 폭포 앞에서 천신(天神)에게 고하듯 반려자가 되겠음을 밝혔을 때다.

건물의 진동처럼 강한 공천하의 떨림이 운천에게까지 전해졌다. 그녀의 옷이 몇 겹이었는지까지 포착되는 것같이 떨림이 강했다. 운천의 장력이 자극받은 양 그녀의 옷들이 일시에 벗겨질 분위기였다. 4년간의 무술 수련으로 청동의 괴물처럼 다져진 운천이었다. 그녀의 숨결이 무엇을 추구하듯 발출되는지를 운천도 알았다. 평생을 위하여 순간적인 격정은 잠시 밀치는 것같이 참기로 했다. 충동이 불길처럼 원색적으로 치솟는데도 보물을 아끼는 양 절제하고 넘겼다. 공천하가 운천을 더듬었다면 운기(運氣)에 대응하듯 공천하는 발가숭이가 되었으리라 여겨졌다. 운천을 지지하는 것처럼 자연의 흐름이 이루어진 느낌이라 운천이 기뻐했다.

과거를 추스르는 것같이 떠올리느라 운천이 얼굴을 살짝 붉혔을 때다. 골짜기를 거슬러 오르는 양 휘파람 소리가 몇 차례 울렸다. 공천하의 휘파람인 줄 알고 그녀를 그리워하듯 운천의 마음이 흔들렸다. 진위를 파악하려는 것처럼 자세히 들으니 공천하의 것이 아니었다. 휘파람의 신호 방식이 사람의 개성을 드러내는 양 전혀 달랐다. 강력한 의지를 반영하듯 휘파람은 사람을 찾는 신호라고 여겨졌다. 운천이 너럭바위에 앉아 있다가 주변의 반응에 대처하려는 것처럼 일어선다. 휘파람이 들린 방향을 가늠하려는 것같이 가만히 고개를 기울인다. 운천이 일어서자마자 기다렸다는 양 또다시 휘파람 소리가 밀려든다.

"휘슉! 휘슈우욱! 휘슈우욱!"

운천이 비로 쓸듯 기억을 더듬어 봤어도 처음 듣는 소리였다. 휘파람 소리와 함께 자신들끼리 쑤군대는 소리가 빛살처럼 살짝 날아들었다.

"바위 앞에 선 사람이 우리가 찾는 인물 같아 보이네. 어서 가서 확인해 보자고. 과거의 성품으로 볼 때엔 우리를 죽이려고 날뛰지는 않겠지?"

연이어 풀숲을 화살로 꿰뚫는 것같이 떠들면서 깔깔대는 미소도 들린다.

바람 소리가 비가 쏟아지는 양 세차게 들리더니 4사람이 내려선다. 경신술의 조예가 상승 무공의 고수들처럼 대단하다고 여겨진다.
 운천의 시야를 차단하듯 순간적으로 4사람이 내려서 있다. 운천이 상대를 분석하는 것같이 살펴보니 안면이 있는 4명의 여인들이다. 그녀들은 장백파를 수놓는 양 빛내는 다들 20살의 소녀들이다. 풍향(風香), 풍정(風情), 우권(雨拳), 우검(雨劍)이 보물의 실체 같은 그녀들이다. 이들의 이름은 무림에서 꽃잎처럼 떠도는 일종의 아호이다. 풍향과 풍정은 뚱띵호 남쪽인 장사(長沙)에서 물결이 일렁이듯 주로 활동했다. 우권과 우검은 포양호 남쪽의 남창(南昌)에서 나부끼는 바람결인 양 활동했다. 취향을 드러내듯 풍향은 장풍을, 풍정은 지풍을 주로 사용한다. 섬세함을 즐기려는 것처럼 우권은 권법을, 우검은 검법을 주로 사용한다. 넷이서 적을 상대하면 일부러 조화로움을 추구하려는 것같이 진세가 구축된다. 이들이 운천을 공격하려고 무척 별렀던 양 함께 나타났다.
 운천이 상대를 또렷이 분석하려는 듯 강남4녀를 한 사람씩 바라본다. 숨을 들이키기도 힘들 것처럼 놀랍게도 이들의 누구도 빼어난 미인들이다. 세상에 이런 조합이 가상의 세계같이 가능한지 놀랍기만 하다. 마음이 굳건하지 않으면 강남4녀에게 넋을 잃는 양 빨려들 지경이다.

 마음이 산악처럼 강하지 않으면 여인들에게 무릎을 꿇고 항복할 지경이다. 여인들의 미모와 실력이 선경(仙境)의 존재들인 듯 빼어나다는 뜻이다. 운천은 내면을 점검하는 것같이 마음속으로 생각한다.
 '정말 다행이야. 만약 아직까지 반려자가 안 정해졌다면 난감할 뻔했어. 당장 4명의 여인들 중에서 1명만을 골라야 하잖아? 고르는 과정에서 내가 겪어야 할 곤란한 일은 오죽 많겠는가?'
 운천은 남감한 역경을 만난 양 처음부터 진솔하게 말하기로 작정한다.
 "안녕하세요? 지난번 태호의 적막주(寂寞洲)를 포함하여 3번째로 만나게 되었네요. 오늘은 설마 제게 무슨 볼일이 있어서 오신 것은 아니죠?"
　칼을 잘 쓰는 우검이 운천에게 군자를 대하듯 말한다.
　"안녕하셨어요, 백 소협. 지난번에 정통파를 대표하는 인물이 되어 활동이 눈부셨어요. 그런데 지난번 적막주에서의 대결에서 저희들이 단숨에 무너졌잖아요? 그래도 저희들이 강호를 넘나든 지가 수년이 흘렀거든요. 그런 저희들을 단숨에 짓눌러 버렸으니 저희들의 자존심이 무척 상했어요. 혹시 목검으로 저랑 재대결해 주시겠어요? 설혹 제가 죽더라도 일체 원망하지는 않을게요. 남은 자매님들께도 제 원수를 갚아 달라고는 부탁하지 않겠어요. 오히려 원수를 갚으려고 해서는 안 된다는 말을 자매님들께 부탁할게요."
　운천이 오리목을 재단하는 것처럼 잘라서 즉석에서 목검을 만든다. 평가받는 것같이 크기와 길이가 비슷한지 강남4녀들에게 살펴보라고 말한다. 강남4녀들이 합의한 양 목검은 거의 같게 잘 만들었다고 말한다. 운천이 목검들을 내보이며 우선권을 부여하듯 우검에게 고르라고 권한다.

　우검과 서로 제압하려는 것처럼 마주 겨루기 직전에서다. 운천이 잠깐 망설이다가 우검을 배려하려는 것같이 그녀에게 말한다.
　"혹시 겨루기가 조금이라도 마음에 불안하다면 나머지 분들과 함께하셔도 됩니다."
　우검이 운천을 찾아 나설 때까지 그녀는 신들린 양 노력했다. 강남의 남창(南昌)을 지진을 일으키듯 진동시켰던 그녀의 명성을 되찾고자 노력했다. 검법을 보완하려는 것처럼 강남을 떠돌며 펼쳤던 환상적인 기예까지도 포함시켰다. 그녀의 검법은 전승된 신비한 검법같이 체계가 잡힌 검술이 되었다. 그녀가 검만 들어도 냉기가 발산되는 양 주위에서는 저절로 떨었다. 단독으로도 4대 명문정파의 검객들과 겨루어도 주변을 혼절시키듯 제압할 정도다. 이렇게 거목처럼 무장한 그녀가 운천과 마주 선 터다.

운천에겐 적막주에서의 기억이 연신 얼굴을 붉히는 것같이 잊히지 않는다. 장강검법의 제1식도 대응할 방안도 찾지 못한 양 패했던 그녀들이었다. 우검이 검법을 보완했다더라도 한계는 산악의 크기처럼 명백하리라 여겨진다. 발버둥질하듯 애써도 어떤 범위를 넘어서지는 못하리라 예측된다.

단독으로 운천을 상대하겠다는 기백은 하늘을 받드는 것같이 존중하기로 한다. 근래에 보완한 장강검법을 쓰되 그녀를 배려하는 양 상대하겠다고 마음먹는다. 둘은 마음을 교환하듯 목검을 앞으로 내밀며 서로를 향해 노려본다.

공격하기로 했으면 상대를 제압하려는 것처럼 달려드는 것이 운천의 방식이다. 하지만, 운천이 우검에게 호의를 베푸는 것같이 말한다.

"우 검객님, 먼저 공격하시죠. 저는 충분히 준비되어 있어요."

우검이 고개를 끄떡이더니 마침내 기다렸다는 양 획 휘두른다. 운천이 그녀의 동작을 보다가 자지러질 듯 놀란다. 수련한 정도가 느껴지는 것처럼 놀랍고도 대단한 동작들이다. 우검의 검풍이 운천에게 매들이 절벽을 타는 것같이 밀려들 무렵이다. 장검을 운천이 휘두르자 검풍이 우검의 살점을 노리는 양 휘몰린다. 우검이 검풍을 피하느라 상공으로 뛰어올랐다가 허공을 가르듯 칼을 떨어댄다.

순간적으로 검풍과 검풍이 허공에서 격렬한 기류처럼 부딪힌다. 쇳소리가 일더니 먹구름이 치솟는 것같이 수목의 잎들이 하늘로 떠오른다. 목검에서 일어난 검풍의 위세가 수목들을 토막 내려는 양 무섭다. 탄탄한 내공이 아니면 검풍에 떠밀려 나락으로 떨어지듯 추락할 지경이다. 우검도 강적을 제압하려는 것처럼 내공의 수련을 많이 했다. 예전 같았으면 쓰러졌을 텐데도 검풍을 내몰려는 것같이 잘 버텨낸다. 검풍에 버티는 것이 능사가 아님이 허점을 드러내려는 양 밝혀진다.

운천 목검의 검풍이 우검을 주저앉히려는 듯 덮친다. 우검이 방어하다가 팔이 비틀린 것처럼 비명을 냅다 지르며 주저앉는다. 운천이 우검을 바라보자마자 운천도 놀란 것같이 눈을 감고 돌아선다. 운천 목검의 검풍은 우검의 전신을 충실하게 제압한 양 공격했다. 우검이 내공으로 운천의 검풍을 절벽의 가장자리에 매달리듯 가까스로 막았다. 그런 상황에서도 내공의 고하 차이는 산악의 높이처럼 극복되지 못했다. 내공의 고하가 신장(身長)의 차이같이 드러나는 찰나였다.

'착! 찌지지직!'

굉음이 터지면서 우검의 옷이 깃털인 양 찢겨 주변으로 흩어졌다. 성기의 거웃을 가릴 헝겊조차 죄다 육신에서 제거되듯 사라졌다. 순식간에 완전하게 헝겊을 제거한 것처럼 알몸으로 운천의 앞에 섰다. 사실을 깨닫자 우검이 오줌을 지리는 것같이 비명을 질러대며 꿇어앉는다. 완전한 알몸이라서 알몸을 방패로 감추려는 양 일부는 가리지도 못했다. 숨을 헐떡이며 부끄러워했지만 재래식 변소에 빠지듯 이미 벌어진 상황이다. 처녀가 알몸을 노출하면 사내와 사는 것이 세간의 풍습처럼 전승된다. 운천이 불상사를 방지하려는 것같이 몸을 우검으로부터 돌렸지만 상황은 벌어졌다. 운천이 우검의 처지를 햇살이 맴돌이 치는 양 신속히 헤아린다. 강남4녀의 명예를 복원하려고 위험을 감수하듯 목검으로 자신과 겨루지 않았던가? 실력이 하찮았던 게 아니라 내공이 예상에 미달한 것처럼 모자랐다.

집단의 명예를 위하여 목검을 휘둘렀던 그녀는 투사같이 훌륭하다고 여겨진다. 그랬던 그녀가 만신창이가 된 양 나체가 되어 무릎을 꿇다니? 상대를 마땅히 귀빈을 대하듯 배려해야 하리라고 운천이 생각한다. 하늘의 운명처럼 자신의 연인은 공천하라고 이미 정해지지 않았는가? 처녀를 강요한 것같이 알몸으로 만들었으니 책임을 져야 하리라 여긴다. 비록 운천이 손으로 발가벗긴 양 우검의 옷을 벗기지는 않았지만.

운천은 이 상황을 지혜를 짜듯 슬기롭게 해결해야만 했다. 상황을 회피하려는 것처럼 대충 넘기면 무림으로부터 평생 지탄받을 터였다. 꿇어앉은 우검의 눈시울에는 망연한 것같이 눈물이 줄줄 흘러내린다. 나머지 강남4녀들도 경멸하는 양 분노에 찬 눈길을 던지지 않는가? 짧은 시간이지만 운천에게 어떤 생각이 폭포수처럼 왈칵 밀려든다.

'우선 우검에게 진솔하게 사과를 하자. 그러고는 이 험한 세상을 떠나 버리자.'

마음을 굳히자 꿇어앉은 우검의 앞에 운천도 사죄하듯 마주 꿇어앉는다. 그러고는 우검에게 괴로움을 토하려는 것같이 말한다.

"우 소저! 저는 얼마 전에 공천하라는 사람과 반려자가 되기로 약속했어요. 그랬기에 절대로 그대를 나의 반려자로는 받아들일 수는 없어요. 내가 고의로 그대를 발가벗기지는 않았지만 결과적으로는 그렇게 되고 말았군요. 사회의 통용하는 관습으로 알몸이 상대에게 노출되면 상대가 책임지도록 되었잖아요? 저는 이미 밝힌 사유로 말미암아 그대를 받아들일 수가 없어요. 사내가 되어 책임질 일에 책임을 못 지면 죽어야 마땅하거든요. 엉뚱하게 변명하고 구차하게 사느니보다는 이 자리에서 자결하겠어요. 대신에 제 유서만 공천하 소저에게 건네주기를 간청합니다."

운천이 상의를 찢고는 문구류를 확보하려는 양 우측 손가락을 깨문다. 금세 우측 검지에서는 핏방울이 생명의 단절을 예감하듯 뚝뚝 떨어진다. 운천이 천운을 받들려는 것처럼 찢긴 상의의 헝겊에 유서를 작성한다.

> 공 소저님께!
> 우리가 반려자가 되어 평생을 함께 살기로 했지만 불상사가 생겼어요.
> 그리하여, 약속을 지킬 수가 없게 되었어요.
> 사내가 되어 구차한 변명을 늘어놓고 싶지는 않군요.

> 사내답게 오늘 형산 발치에서 깨끗이 자결할까 합니다.
> 신의를 못 지킨 저 같은 사내는 깨끗이 잊기를 간청합니다.
> 거듭 신의를 못 지키게 되어 죄송한 마음을 전합니다.
>
> 백운천 올림

 운천이 생명을 던지려는 것같이 유서를 건네고는 자결하려고 풀밭으로 찾아간다. 예상치 못했던 양 엉뚱한 일이 발생하여 강남4녀들의 표정도 달라진다. 운천은 반듯한 풀밭의 중앙으로 추호의 망설임도 없듯 내닫는다. 강남4녀들도 무림인들이지만 청년이 세상을 정리하려는 것처럼 풀밭으로 찾아감에 놀란다.

 강남4녀들도 각자의 마음이 자라온 습관같이 다 다른 처지다. 다들 말하는 것은 보류한 양 운천의 움직임을 눈여겨본다. 그러다가 언제든 사태를 해결하듯 운천에게로 이동해 가려는 눈치를 보인다.

 운천은 풀밭의 중앙에 수도승처럼 가부좌로 단정히 앉는다. 풀밭에 앉아서는 세상을 정리하려는 것같이 스승과 공천하를 잠시 떠올린다. 세상에 봉사하는 양 영웅이 되어서 선한 일을 해야 한다. 공천하에 대해서는 아내로 맞아 평생을 함께 추구하듯 일해야 한다. 그랬음에도 강남4녀들로 인하여 축출당하는 것처럼 생을 청산해야 한다. 스승과 아내에 대한 도리조차 지키지 못하여 세상을 잃는 마음이다. 하지만 우검에게 고백하는 양 토한 자신의 말을 떠올린다. 발설한 말은 지켜야 마땅하다는 게 무림인인 듯 당당한 견해다.

 풀밭에 앉자마자 운천이 결행을 하려는 것처럼 너무나 행동이 단호하다. 운천의 행동을 주시하던 강남4녀들도 운천에게로 이끌리는 것같이 옮겨 간다. 누구도 입을 열지는 않았지만 행동은 통일된 양 일치를 보인다. 저마다 주된 무기를 챙기듯 차림새를 단단히 하여 움직이려 한다. 하지만, 운천은 생을 포기한 것처럼 주변에는 신경을 쓰지 않는다. 자신의 판단에 타당성이 있으면 일방으로 밀어붙이려는 것같이 추진한다.

　운천이 삶을 매듭짓는 양 산뜻하게 종결하려 한다. 생명을 무엇으로 끝낼지를 수단들 중의 하나를 고르듯 생각한다. 스승에게서 전수받은 형산장이 깔끔한 결과를 야기하는 것처럼 적합하리라 여겨진다. 사문의 절예를 써야만 불필요한 오해를 지우는 것같이 없애리라 여겨진다. 잠시 형산 시절을 떠올렸지만 체념하는 양 고개를 흔든다. 서서히 자신의 머리를 향해 사냥감을 겨누듯 오른손을 치켜든다. 강남4녀들도 이때에 이르러서는 서로에게 의논하는 것처럼 의견을 말한다. 어쨌든 신속히 운천을 보호하려는 것같이 운천의 곁으로 움직이기로 한다. 마음이 통하자 강남4녀들이 번갯불인 양 빠르게 날아서 운천에게로 접근한다.

우검을 비롯한 강남4녀들이 앞을 다투듯 운천에게로 날아간다. 운천이 풀밭에서 생명을 끊으려는 것처럼 자신의 천령혈을 내리치려고 한다. 자결하겠다는 냉엄한 자세임이 사방에 노출되는 것같이 훤히 드러난다. 강남4녀들이 운천을 제지하려는 양 일제히 장풍을 휘두르며 운천에게로 달려든다. 오로지 자신의 천령혈만 내리치려고 화살을 겨누듯 집중했던 운천이다. 천령혈을 형산장으로 내리치면 두개골이 폭탄처럼 부서지면서 죽게 될 상황이었다. 운천이 자신의 머리를 박살 내려는 것같이 형산장으로 내리치려는 순간이었다. 강남4녀가 일제히 박쥐들인 양 운천에게 달려들어 장풍을 냅다 쏜다. 의외의 일인 듯 운천이 공격당해 땅바닥으로 픽 쓰러진다. 운천이 그만 실신하여 땅바닥에 나무토막처럼 나뒹굴고 말았다.

운천의 곁에서 우검이 주변의 3녀들에게 의견을 묻는 것같이 말한다.

"오늘의 일은 내가 무모하게 도전했기에 생긴 일이잖아? 절대로 백 소협이 자결할 사유는 없다고 봐. 관습이 사내한테 알몸을 보이면 평생 사내한테 책임을 지우려고 하잖아? 오늘의 일은 절대로 백 소협의 과실은 아니라고 봐. 내 내공이 백 소협보다 강했다면 생기지 않았을 일이잖아? 의외로 백 소협의 성질이 이처럼 강직할 줄은 몰랐어. 내 생각은 이런데 너희들의 생각은 어떻니? 솔직히 말해 주면 고맙겠어."

선녀같이 얼굴이 고운 풍향이 말한다.

"내 생각으로도 오늘 소협의 실수는 없었어. 만약 우검의 검풍을 막지 못했으면 즉사했을 거잖아? 자신이 살기 위해 전력을 기울여 방어한 거잖아? 방어하다가 보니 내공이 약한 우검의 옷이 찢겨 발가숭이가 되었잖아? 소협이 엉큼하게 우검의 알몸을 더듬거나 만지지도 않았잖아? 여체의 알몸을 보았다고 자결하려고 하다니 이것은 정도가 심하다고 생각해. 우리라는 증인이 있는데도 죽으려고 한다면 우리를 무시하는 행위가 아닐까?"

월궁의 항아인 양 예쁘다고 알려진 풍정이 말한다.

"정통파의 무림인이라고 너무 교만한 것은 아닌지 모르겠다는 생각마저 들어. 세상에는 아내가 있는데도 바람을 피우는 사내들이 얼마나 많아? 자신은 절대로 그런 사내는 아니라고 교만을 떠는 행위로도 비쳐져.”

얼굴이 달덩이처럼 눈부시게 아름다운 우권이 말한다.

“이 사내는 무림의 여자들을 너무 잘 모르는 모양이야. 우리가 이 사내를 발가벗겨 교합한 것도 아니잖아? 오늘 버릇도 가르칠 겸 실신했을 때 아예 발가벗길까? 깨어나서 어떻게 미쳐 날뛰는지를 보고 싶기도 한데 너희들은 어때?”

넷 중에서 가장 미모가 선녀인 듯 출중한 우검이 말한다.

“내가 알몸을 처음으로 자신한테 노출했다고 죽겠다는 순진한 사내이잖아? 내 몸을 거쳐 간 사내들의 숫자를 알면 아마 까무러지겠지? 청순한 체하고 연기를 해서 아예 내 짝으로 삼아 버려? 일단 깨어나기 전에 사타구니부터 한 번 주물러 볼까?”

우검이 운천의 사타구니를 자신의 피부같이 막 더듬으려 할 때다.

‘쉬익’하는 음향을 토하면서 시커먼 물체가 빛살인 양 우검에게로 날아갔다. 우검이 경기(驚起)하듯 놀라며 장풍을 휘둘러 날아드는 물체를 떨어뜨린다. 바닥에 떨어진 물체는 예상을 뒤엎는 것처럼 놀랍게도 칡의 잎이다. 넓적한 칡잎을 빛살같이 빠르게 날릴 정도라니? 상대의 무공은 세인들을 기절시키는 양 놀라우리라 여겨진다. 우검이 질린 듯 놀란 표정으로 숲을 향해 고함을 지른다.

다른 여인들도 기다렸다는 것처럼 공격 자세를 취하고는 숲을 노려본다. 밤중에서도 시야를 넓히려는 것같이 미모가 출중한 여인들이 강남4녀들에게로 내닫는다. 여인들이 강남4녀들에게로 내달으면서 울분을 표출하려던 양 큰 소리로 말한다.

“엉큼한 년들이 대낮에 부끄러운 줄도 모르고 날뛰어! 우리는 서역 백골파의 자연검과 자홍검이다. 너희들의 실력이 어느 정도인지 어디 확인하고 싶구나.”

자연검과 자홍검이 장검을 빼들고 강남4녀들에게로 의기가 치솟듯 다가든다. 강남4녀들도 놀란 것처럼 움찔거리더니 일제히 대응 자세를 취한다. 운천은 여전히 의식을 잃고 돌조각같이 쓰러져 있다.

자연검 자매와 강남4녀들이 검진을 발동하는 양 엉겨 붙어 대결한다. 양쪽 다 조기에 제압하려는 듯 맹렬한 기세로 내닫는다. 마왕 같은 백골신풍의 제자들인 자연검과 자홍검은 실력이 약하지 않았다. 근래에 백골신풍에게서 바다를 뒤집을 것처럼 강력한 무술을 전수받았다. 그녀들의 위세는 가히 산악이라도 허무는 양 대단했다. 점차 강남4녀들이 허점을 드러내듯 허둥대기 시작했다. 십여 수의 대결이 순식간에 팔을 내뻗는 것처럼 이루어졌을 때다. 풍향이 대결을 중단시키려는 것같이 강남4녀들을 향해 큰소리를 지른다.

"아침 기운이 너무 세구나. 너희들은 백골파의 무리들이구나. 오늘은 바쁘기에 일단 여기서 떠나자고. 차후에 너희 백골파를 응징해 주겠어."

풍향이 시범을 보이는 양 하늘로 뛰어오르자 나머지 강남4녀들도 떠난다. 그러자 자연검과 자홍검이 의식을 잃은 운천에게로 섬광처럼 신속히 다가간다.

하마터면 강제로 덮쳐지듯 우검에게 운천의 사타구니가 만져질 뻔했다. 강호(江湖)가 격랑의 바다처럼 위험하기에 자홍검이 자연검과 운천을 안전하게 방비한다. 자연검이 의원같이 운천의 몸을 살핀다. 자연검이 급소를 주무르는 양 혈도를 푸니 운천이 금세 깨어난다. 운천이 자살에만 신경을 쓰다가 자신의 패거리들에게 당하듯 어이없이 공격당했다. 그랬기에 생명에는 조금의 불편함도 없는 것처럼 지장이 없었다.

자연검과 자홍검이 운천을 구하고 강남4녀들의 언행을 보고하는 것같이 들려준다. 강남4녀가 장난치는 양 운천을 해치지는 않았기에 그녀들에게도 고마움이 느껴진다. 의식을 잃은 자신에게 그녀들이 장난치려 했다기에 몸을 움츠리듯 놀란다. 운천이 자연검과 자홍검에게 강남4녀들과의 상황들을 기록에 남기려는 것처럼 설명한다. 자연검과 자홍검이 운천의 품격에 대하여 감탄한 것같이 놀란다. 상대를 보호하려는 양 상대의 알몸이 노출되었음을 알고 자살하려고 했다니? 운천에겐 운명의 선을 긋듯 연인이 정해졌다고 하지 않은가? 자연검과 자홍검의 가슴에도 운천의 인상은 암각화처럼 깊게 새겨져 있었다. 운천이 연인을 위해 자신의 생명까지도 바람결같이 버리려고 했다니? 소중한 보물을 잃은 양 허전한 느낌이 그들 자매에게 전해졌다. 중원에 들러 그녀들은 선현의 자취를 더듬듯 명승고적을 감상하려고 나섰다. 운천에게는 연인이 있다는 통렬한 비보처럼 슬픈 정보를 알았다. 그녀들은 보물을 잡을 것같이 설렜다가 놓친 상실감을 크게 느꼈다. 기다렸다는 양 그렇게 빨리 연인이 정해지다니? 세상을 잃은 듯 허전한 상실감에 가슴이 답답했다. 그렇지만 누구한테 따지려는 것처럼 캐물어도 엄연한 현실임에랴? 가슴이 무너지는 것같이 안타깝지만 현실을 인정하고 그녀들은 떠나야만 했다.

형산에서 자연검과 자홍검이 기억을 더듬는 양 운천과 대화할 때다. 과거에 자연검은 청해진에서 사마영의 공격으로 생명마저 위태로울 듯 다쳤다. 아현의 죽림에서 자연검이 기사회생하려는 것처럼 상처를 치료하다가 주화입마(走火入魔)에 걸렸다. 주화입마는 무림인들이 과도한 내공을 체내에 보내면 기다렸다는 것같이 발생된다. 자연검도 모험을 거는 양 치료할 목적으로 체내에 내공을 주입했다. 주화입마에 걸렸을 때에 시기를 맞추듯 치료받지 못하면 폐인이 된다. 운천이 반식경을 들여 그녀를 회생시키려는 것처럼 말끔히 치료한 뒤다. 자연검이 답례로 운명을 예견하는 것같이 음양도법의 이치를 운천에게 전했다. 치료를 부탁한 것은 운천과의 미래까지도 고려한 양 결행했기 때문이다. 그녀만 칼을 갈듯 꾸준히 마음을 쏟으면 운천을 차지하겠거니 여겼다.

자연검은 운천의 도움이 없었다면 쓰레기 같은 폐인이 되었을 터였다. 운천이 서역의 무술을 제어하겠다고 윤곽만 파악하듯 음양도법을 연구했다. 윤곽을 파악하고 나니 음양도법의 변화가 입체적인 구조물처럼 의미가 있었다. 무술의 기예가 하나인 양 음과 양으로 분류되어 체계적으로 다가왔다. 음양도법의 구조를 익히자 검술의 동작에서 수묵화의 음영처럼 변화가 보였다. 변화의 흐름을 파악한 것은 새 세상에 들어선 듯 이채로웠다. 변화를 파악하자 묘미를 적용하려는 것같이 응용된 검법을 만들고 싶었다. 그리하여 차후에 새로운 모습을 드러내려는 양 만들어진 것이 장강검법이다. 이 장강검법은 섬세함을 반영하듯 지법을 검법으로 연화시킨 터다. 운무지라는 독보적인 지풍이 섬광처럼 매서운 검풍을 발출하도록 만들어졌다. 검술 동작들을 음과 양으로 구별하여 탑을 쌓는 것같이 완성시켰다. 보법에는 검술의 완결인 양 스승과 도가(道家)의 구궁의 변화를 포함했다. 운천이 과거사를 마무리 짓듯 여기까지 생각의 흐름을 정리할 때다. 운천은 강남4녀에 대한 기억을 태아 시절의 것처럼 지우려고 한다.

결과적으로는 생존했지만 자신의 행위가 일방으로 치우친 것같이 과격했다고 여겨진다. 차후에는 언행의 중용을 유지하려는 양 언행을 신중하게 가다듬어야겠다고 생각한다. 운천이 산골짜기에서 흔적 없이 눈이 녹듯 무술을 열심히 수련한다.

낭떠러지의 물방울처럼 시간이 빠르게 흘러 영웅대회가 보름쯤 남은 시점이다. 무산(巫山)은 사천성과 후베이성 사이에 있는 선경(仙境)같이 빼어난 명산이다. 무산으로 가려면 기다란 여정을 반영하는 양 말을 준비해야 한다. 지금까지 타던 말은 벌써 시야에서 안개처럼 스러진 지 오래이다. 운천이 주변의 마을에서 말을 길동무로 삼듯 한 마리 산다. 이사 갈 짐을 꾸리려는 것같이 간편한 일용품들도 적절히 산다. 운천이 만들었던 동굴은 신비한 세계를 차단하려는 양 자물쇠로 단속한다. 준비가 끝나자 운천이 무산으로 흐르는 바람결처럼 말을 몰아서 떠난다.

형산에서 무산까지는 무림인을 기준하듯 산정하면 열흘 정도 걸리리라고 예견된다. 운천이 지도를 보고 판단하려는 것같이 어떻게 무산으로 가겠는지를 구상한다. 후난성 형산에서 후베이성 파동현(巴東縣)까지는 북쪽으로 내뻗은 양 열린 길이다. 이레의 시간을 들여서 여정을 분석하듯 차분히 갈 생각이다. 후베이성 파동현(巴東縣)에서부터 무산현(巫山縣)까지의 120리(48km) 길은 양자강의 주무대 같은 수로이다. 경사가 평지처럼 완만하기에 파동현(巴東縣)에서부터 청석현(靑石縣)까지의 105리(42km)는 양자강을 이용하기로 한다. 파동현에서부터 무산현까지의 뱃길은 인위적인 양 물살을 거슬러 올라가야 한다. 경사가 평지처럼 완만하여 물살을 거슬러도 별로 힘들지 않다. 이런 정보를 사전에 객관의 곳곳을 털듯 충분히 확보한 운천이다. 어릴 적부터 어른 뱃사공같이 노를 젓는 경력을 쌓은 운천이다. 나룻배에서부터 범선에 이르기까지 특성에 따라 다스리는 양 잘 다룬다. 적어도 배에 관해서는 분해해서 조립하듯 사공 못지않은 전문가이다.

돛의 역할이 속도를 좌우하는 것처럼 크다는 것을 아는 운천이다. 가옥에 준하는 것같이 덩치 큰 배의 구입 가격이 문제이다. 파동현(巴東縣)에는 커다란 항구가 있다는 점이 두드러지는 양 강력한 장점이다. 그래서 각종의 배를 파는 곳이 시장의 가게들처럼 여기저기에 깔렸다. 일단 거기에서 마차를 구입하듯 배를 한 척 살 작정이다. 그 배는 자금을 회수하려는 것같이 무산현의 항구에서 팔 작정이다.

그늘이 드리워지기를 기다렸던 양 이른 저녁을 먹은 뒤다. 운천이 말을 몰아 일정을 단축하듯 부지런히 북쪽으로 내달린다. 사흘째 되는 저녁나절에는 예정되었던 장소인 것같이 상덕(常德)에 도착했다. 형산에서 265리(250km)나 내던져진 양 떨어진 고장이었다. 마을의 중심은 강변으로서 양자강에서 2리(800m) 떨어진 평지처럼 아담한 곳이다. 꾸준히 내몰듯 부리려면 말에게도 충분한 휴식과 에너지를 공급해야 한다. 휴식의 거점을 확보하려는 것같이 숙소를 정하려고 '강변여인숙(江邊旅人宿)'에 들어선다. 점원이 미리 준비한 양 여물 죽을 말에게 듬뿍 먹인다. 말이 식사할 시간에 운천은 유람을 나서듯 바람을 쐬러 외출한다.
　풍광이 수려한 유협호(柳叶湖)가 부근에 있다고 점원이 안내하는 것처럼 알려준다. 유협호는 고장의 중심지에서 6.5리(2.6km) 북동쪽에 위풍을 드러내며 누워 있다. 운천이 바람을 쐬러 명승지를 찾는 것같이 호수를 찾아 나선다.

　운천이 일렁이는 가슴의 파동을 가라앉히려는 양 유협호의 호반에 도착한다. 호수는 바다를 닮은 듯 무한대로 탁 틔어 있다. 어느 쪽으로 봐도 10리(4km) 폭이 넘는 호수가 바다처럼 펼쳐진다. 호수를 바라보자니 청해호에서 만난 유년시절의 친구 같았던 도궁옥이 떠오른다. 4년 전에 그녀의 아버지가 운천의 귀착점인 양 묘지를 만들었다. 같은 나이였던 감성에 듬뿍 취하듯 그녀의 아버지를 움직였던 그녀였다.
　산사태로 가족 전체가 흙더미에 묻혀 세대가 단절되는 것처럼 답답했다. 그런 과거를 떠올리면 맥이 끊기는 것같이 주저앉고 싶은 운천이다. 운천이 슬픔에 잠겨 회한을 떨치려는 양 호반의 나무에 기댔다. 원인을 알아야 결과를 바꾸듯 슬픔은 스스로 풀어야 함을 안다. 망망한 호수를 바라보며 힘에 부치는 것처럼 스르르 눈을 감는다.

　누군가가 호반의 나무에 침상같이 편하게 기댄 운천에게 다가간다. 처음에는 운천을 부랑자인 양 여겨 흘깃 쳐다보고는 지나칠 기미였다. 운천에게 다가서는 사람은 무림의 인물이라 여겨지듯 남장여인의 차림새다. 그녀가 흘깃 눈감은 운천을 바라보더니 질겁하는 것처럼 놀란다.
　그녀가 아예 운천을 향해 그리움의 자락을 펼치는 것같이 말한다.

"백 소협, 혹시 어디가 아프세요? 여기는 어쩐 일이세요?"
운천이 기습당한 양 놀라서 상대를 바라보니 다름 아닌 도궁옥이다.

운천도 가슴이 흔들리듯 반가운 마음에 나무에서 떨어져 단정하게 선다. 그러면서 그녀를 향해 유년시절의 추억을 불러일으키려는 것처럼 말한다.
"도 소저! 의외의 장소에서 만났군요. 여기는 어떤 일로 오셨어요? 오랜만이라 너무나 반가워요."
반갑다는 운천의 말에 도궁옥이 의미가 담긴 것같이 웃으며 말한다.
"저는 이 호반에서 1주일째 머물고 있어요. 이 호수에는 등 껍질이 초록색인 자라가 산다더군요. 일반적인 자라와는 색깔도 다르고 효능도 다르다고 해요."
특이한 자라의 효능은 숱한 조제약들을 뛰어넘는 양 탁월하다고 했다. 맞춤용 해독제인 듯 적혈사나 청빙갈의 해독에 효능이 탁월하다고 했다. 말린 가루가 2순가락만 있어도 원래의 상태처럼 해독시킨다고 했다. 물고기의 주된 서식지같이 녹별(綠鼈)이란 자라의 주산지가 유협호라고 한다.
운천이 도궁옥의 말을 듣고 과거를 떠올리는 양 생각에 잠긴다.
녹별을 알았다면 불필요한 어울림처럼 주변인들의 신세를 지지는 않았으리라 여긴다. 황송스러운 듯 고매한 창룡진인이나 빙정동의 신세마저도 지지 않았으리라 여긴다. 수중의 봉황진에서 위태로웠던 숱한 무림인들을 되살리려는 것같이 구했으리라 여겨진다. 봉황궁을 다녀온 지도 고향의 길을 밟은 양 벌써 오래되었다.

운천이 도궁옥의 차림새를 흘깃 보고 전문가의 견해를 들려주듯 말한다.
"그런데, 차림새를 보니 자라를 잡겠다는 의도는 안 보이네요. 자라를 잡으려면 수중에 뛰어들 옷차림이어야 하잖아요? 적어도 물속으로 들어가서 물속의 상태를 살펴봐야 하잖아요? 그냥 물 밖에서 자라가 제대로 찾기겠어요?"

도궁옥이 운천을 바라보며 여유를 부리려는 것처럼 침착하게 말한다.

"물속에 들어가야만 자라를 발견하는 것은 아니잖아요? 호반을 두루 돌아다니다가 눈에 띄면 곧바로 잡으면 되죠."

미래의 길을 예견하는 것같이 운천이 생각한다. 그녀의 방식대로라면 발견할 확률은 호수의 줄어드는 면적인 양 감소하리라. 운천이 해남도에서의 끔찍한 일들을 떠올리듯 물속에 뛰어들 생각은 없다. 보물 같은 녹별이 있으면 좋겠다는 생각은 든다.

그러다가 운천이 녹별에 관심은 있다는 것처럼 도궁옥에게 말한다.

"녹별을 가루로 만들 때까지는 시간이 많이 걸릴 거잖아요? 차라리 호반 주변의 한약상에서 녹별 가루를 사는 게 어떨까요?"

그랬더니 도궁옥이 기다렸다는 양 응답한다. 사람들이 서로를 믿듯 양심적이라면 문제가 없을 거라고 한다. 사람들을 저울질하려는 것처럼 객지인이라 판단되면 가짜를 팔지도 모르리라고 말한다. 가짜로는 독상(毒傷)을 피해 다니는 것같이 치료하지 못하지 않겠느냐고 말한다. 운천이 들으니 합당한 얘기인 양 틀린 말은 아니라 여겨진다.

어쨌든 정황을 파악하려는 것처럼 호반 주위의 한약상을 들러보기로 한다. 그들의 눈길을 왈칵 끌어들이려는 것같이 특징적인 한약상을 발견한다. 녹별에 관해 물으니 주인이 의심을 벗어나려는 양 녹별을 보여준다. 존재감을 살리듯 물통에 든 5마리의 키우는 녹별을 보여준다. 운천과 도궁옥이 별똥(隕石)을 대하는 것처럼 녹별을 자세히 관찰한다. 정말 피부가 이끼같이 파르스름한 초록빛으로 된 자라임에 틀림없다.

한약사가 운천과 도궁옥에게 상식을 전하는 양 말한다.

"녹별은 유협호에서만 잡히는 귀중한 수중 동물이죠. 이 동물을 잡아서 삶은 다음에는 바싹 말리죠. 그런 후에 곱게 갈아서 가루를 얻죠. 녹별의 가루는 여기에 잔뜩 있어요. 녹별의 가루는 청빙갈이나 적혈사에 물린 상처에는 특효약이죠. 바르기만 하면 금세 낫게 되죠. 무공으로 치료하려다가는 시기를 놓쳐서 폐인이 되기 쉽죠. 저는 30년간 이곳 호반에서 한약재를 팔고 있어요. 제품들은 절대로 믿을 만하니 사 가시면 후회하지는 않을 겁니다. 미래에 대비하는 차원에서 사 두지 않겠어요?"

둘은 신중함을 기하듯 가격을 물어보았다. 상비약으로 휴대하려는 것처럼 가격도 크게 비싼 편은 아니었다. 운천은 두 뭉치를 사서 하나는 도궁옥에게 선물하는 것같이 준다. 도궁옥이 고맙고도 반갑다는 양 녹별 가루를 받는다.

운천은 초지(初志)를 일깨우듯 시간을 슬쩍 가늠해 본다. 소요 시간을 분석하려는 것처럼 무산으로 떠나는 게 바람직하리라 여겨진다. 도궁옥에게는 동행을 배제하려는 것같이 적당한 핑계를 대며 작별하겠다고 밝힌다. 도궁옥은 운천을 만나 기뻤지만 동행을 거부하는 양 떠나겠다지 않는가? 이동 노선을 파악하듯 어디로 갈 거냐고 운천에게 물었다. 운천은 숙연한 것처럼 엄숙해지며 어떤 유적지를 찾아보겠다고 하지 않은가? 사문(師門)의 유적지이기에 동반을 불허하는 것같이 혼자서만 가야 한다고 강조했다. 호수에는 마음을 가다듬으려는 양 바람을 쐬러 나왔다고 밝힌 그였다. 게다가 운천은 그녀에게 선을 긋듯 당당히 말했다. 공천하라는 여인을 그의 반려자로 정했다고 통보하는 것처럼 당당히 밝혔다. 운천으로부터 반려자의 얘기를 듣자 도궁옥은 운천에게 내팽개쳐진 것같이 서운했다. 그녀도 그를 배려하는 양 운천에게서 떠나는 게 타당하다고 여겼다. 운천에게 축하한다고 말하면서도 그녀는 바람 맞은 촛불처럼 무척 떨렸다. 어떤 관점에서는 밀침을 당한 듯 몹시 서운함도 느껴졌다. 운천이 번갯불같이 빨리 연인을 정하리라고는 생각지도 못했다.

그리움을 되살리는 양 조금 빨리 운천을 만났으면 좋았으리라 여겨졌다. 청빈루에서 운천을 만난 도궁옥은 그때부터 출렁이는 파도처럼 가슴이 설레었다. 운천을 빨리 만나서 운천의 마음을 자신에게 고정시키듯 얻고 싶었다. 운천이 정통파와 한 몸뚱이같이 움직여서 개별적으로 만나기가 어려웠다. 청궁도를 떠나서는 운천의 뒤를 집요하게 바람인 양 쫓았다. 운천이 봉황진을 벗어나 신속히 바람처럼 어딘가로 이동했다는 사실은 알았다. 그 사실을 늦게 알아차리고는 연분을 놓친 듯 안타까워했다. 그러면서도 인연이 닿으면 만나게 되리라 스스로를 위로하려는 것같이 보냈다. 그랬는데 아끼던 보물을 놓친 양 너무 가슴이 아팠다.

운천으로부터 연인이 정해졌다는 말을 듣자 피를 토할 듯 슬펐다.

'아니, 하산한 지 얼마나 되었다고 벌써 연인을 정해? 나하고는 깊은 대화도 나눠 보지 않았잖아? 보물이 눈에 띄면 잽싸게 서둘지 않으면 잃게 되는구나. 인생을 다시 살 수는 없기에 진실로 허망하다. 정말 허망한 기분이구나.'

운천에겐 도궁옥의 심리가 평지에서 바위를 움직이려는 것처럼 전해지기가 어려웠다. 운천은 도궁옥에게 밝은 미소를 날려 보내려는 것같이 말한다.

"4년 전에 가족 묘지를 만들게 해 주셔서 정말 감사합니다. 평생 그 깊은 은혜를 잊지 못할 겁니다. 차후에 어디서 만나게 되든 건강하게 잘 지내시길 기원합니다. 저는 일정이 바빠서 이만 떠날게요."

말을 마치고는 숙소의 방향으로 운천이 몸을 독수리인 양 날린다. 하나의 깃털이 봄바람에 휩쓸리듯 너무나 경쾌하게 흘러가는 동작이다. 도궁옥이 본 무림인들의 경신술들 중의 최상의 경지인 것처럼 여겨진다. 운천의 현란한 것같이 눈부신 경신술을 바라본 직후다. 다리의 힘이 풀린 양 도궁옥이 주저앉자마자 팬티를 까 내린다. 화살의 파공성 같은 '쉬익'하는 큰 음향을 내뿜으며 오줌을 눈다. 오줌 줄기는 소나기처럼 굵어서 쉽게 멈출 것 같지는 않다.

멀쩡한 땅바닥에 화풀이를 하듯 도궁옥이 오줌을 눈 뒤다. 팬티를 추슬러 입고는 눈길을 쏘는 양 주변을 노려보며 일어선다. 미개인처럼 방뇨(放尿)한 그녀를 본 사람은 없는 듯하다. 그녀가 울분을 터뜨리듯 턱과 가슴을 내밀고는 당당히 길을 걷는다. 대여섯 걸음을 걷다가 묘책이 떠올랐는지 말이 멈추는 것같이 멈춘다. 그러다가 자신을 진정시키려는 양 주먹으로 가슴을 치며 생각에 잠긴다.

'아, 나는 지금이라도 백 소협을 쫓아가야 마땅해. 그를 놓치면 차후에 어디에서 그 같은 인물을 구할까?'

며칠 체류한 탓인 듯 유협호 일대의 여인숙은 다 안다. 6군데의 여인숙이 있음을 손금을 들여다보는 것처럼 아는 그녀이다. 도궁옥이 여인숙들을 신속히 수사하는 것같이 찾아가 알아본다. 또한 그녀는 그림 솜씨가 전문 화가인 양 빼어나다. 그녀가 기억하여 재생하듯 그린 운천의 초상화를 들고 여인숙에 들른다. 도궁옥이 자신의 추론을 확신하려는 것처럼 창해여인숙(蒼海旅人宿)에 들렀을 때다. 그녀가 중요한 검증 절차같이 운천의 초상화를 내밀 때다. 점원이 의외의 질문을 받은 양 놀라면서 그녀한테 말한다.

"초상화를 보니 그 손님이 맞군요. 그 손님은 여기에서 말을 몰고 떠났어요. 이미 반 식경쯤 지났을 테니 한참 멀리까지 갔을 겁니다. 왜 그러시죠?"

도궁옥은 점원의 말을 듣자 발광하듯 실망하여 되돌아선다.

운천은 노선을 좁히려는 것처럼 꾸준히 말을 몰아 북상한다. 예정된 기간에 날개를 단 것같이 목적지까지 도달할 생각이다. 말을 타고 이동했기에 속도가 바람같이 빨랐던 편이다. 행인들이 거의 다니지 않는 시각이라서 빛살인 양 빠르게 이동한다. 이른 새벽이나 초저녁을 단독으로 이용하듯 잘 달린다. 한낮에는 마주치는 숙소에서 밤낮이 바뀐 삶처럼 머물러 잠자곤 한다. 야행인(夜行人)들이 종적을 감추려는 것같이 밤은 말로 이동하기에는 좋은 시간이다. 초저녁에서 이튿날 점심때까지의 시간을 소중한 자산인 양 이용하여 질주한다. 점심시간에는 숙소에서 식사하고 심신의 피로를 풀듯 조용히 잠을 청한다. 이때 말에게도 에너지를 보충하려는 것처럼 따뜻한 죽을 먹인다. 숙소마다 말의 죽은 활기를 북돋는 것같이 끓여서 말에게 먹인다. 말에게 죽을 먹이려고도 점심때에는 예정된 흐름인 양 숙소로 찾아든다.

공격의 정확성을 높여 무술을 점검하듯 수련하겠다는 것이 운천의 생각이다.

운천의 계획처럼 형산을 떠난 지 7일째가 되는 저녁나절이다. 운천은 후베이성의 파동현(巴東縣)에 선을 긋는 것같이 예정대로 도착했다. 말이 없어도 되겠기에 고생에서 해방하는 양 마시장에서 말을 팔았다. 건강 상태가 좋았기에 말은 소지인의 우려를 떨치듯 단숨에 팔렸다. 파동현은 말을 타고 여행하기에는 서주처럼 좋은 고장이었다. 마시장에서는 말을 사려는 것같은 사람들로 시장이 빽빽하도록 붐볐다. 운천이 말을 팔고는 배를 구하려는 양 파동현의 항구로 향했다. 항구에는 선박 가게들이 집성촌을 이루듯 많았다. 운천은 낙안봉의 개천에서 가업으로 삼으려는 것처럼 4년간이나 배를 다루었다. 헤엄이나 배의 수선까지에도 솜씨가 전문적인 선주들같이 탁월했다. 수성(水性)에는 전문적인 선주들인 양 정통한 사내가 되었다.

배 가게들을 오가더니 마음에 드는 범선을 중요한 자산처럼 구입했다. 구입한 범선은 청석현(靑石縣) 항구에서 영원한 주인에게 안기듯 팔 생각이다. 좋은 배를 구입했기에 팔기에도 역과정을 밟는 것처럼 쉬우리라 여겨진다.

양자강 바람의 도움을 받듯 청석현(靑石縣)까지의 105리(42km) 길은 범선을 띄운다. 파동현에서부터 청석현까지는 수로가 직선이라서 문제가 없는 것처럼 마음에 든다. 수로의 특징은 물길의 경사가 역(逆)으로도 쉽게 움직이듯 완만하다는 점이다. 바람을 타는 것같이 범선을 띄우면 청석현까지는 빠르게 달린다. 청석현까지 바람인 양 도착하면 거기에서 배를 팔 수도 있다. 범선의 속도를 관측하듯 파악한 뒤에 결정할 일이다. 청석현에서부터 무창현까지는 20리(8km)인데 여기서는 길들이는 것처럼 새로운 말로 이동하겠다.

강에서의 배의 이동은 도로에서의 말들의 움직임보다는 튕기는 물방울같이 자유롭다. 굳이 어두운 시간에 매달리는 양 이동할 필요도 없다. 배는 강안의 장애물들을 바스러뜨리듯 튼튼하게 만들어졌기에 운천의 마음에 든다. 운천은 배를 구입하자마자 성능을 시험하려는 것처럼 강물에 띄운다. 돛을 펼치고는 풍향을 감안하려는 것같이 돛의 방향을 정한다. 배는 대세를 결정하는 양 흐름을 거슬러 동쪽에서 서쪽으로 움직인다. 배가 바람에 떠밀리는 꽃잎처럼 원활히 움직이기에 운천은 지켜만 본다. 배가 강심에서 벗어나려고 하면 돛을 다스리듯 방향만 바꾸면 된다.

바람이 골짜기로부터 쏟아지는 것같이 일정하게 불어서 범선의 이동에는 최상이다. 선미에 앉아서 바람결인 양 흐르는 배의 방향만을 살피며 생각한다.

'이제 무산 영웅대회가 며칠 안 남은 시점이잖아? 정통파의 군협(群俠)들도 무산으로 잘 이동할지 모르겠군. 그 사이에 열여덟 차례는 팔선대사와 만났잖아? 그 정도라면 정통파와 함께 일을 했다고 할 수 있잖은가? 개인적인 일에서도 정통파의 일에 좋은 영향을 미치도록 활동해야겠지? 강호에 나와서의 일은 그 사이에 사부님께서도 소문을 들어서 아시겠지?'

양자강의 폭은 다듬어진 도로의 폭처럼 평균적으로 1.5리(600m)에 달한다. 거의 강폭은 기다란 도로의 폭인 듯 일정하다. 범선으로 강을 질주하기에는 최상의 조건을 갖춘 것같이 느껴질 지경이다.

어떤 배에서도 뒹구는 양 익숙하기에 배가 움직이자 마음이 편했다. 배를 몰면서 머릿속으로 중요한 무술을 복습하려는 듯 떠올려 본다. 남악검법과 장강검법, 형산장, 운무지의 4개의 골격이 머릿속으로 구름장처럼 밀려든다. 봉황궁의 수중에서 발견한 해중검법까지의 동작을 말끔히 조합하는 것같이 떠올린다. 처음에는 나뭇가지인 양 단순하게 여겨졌던 해중검법이 시간이 흐를수록 이채로워진다. 각 검식은 치밀함을 드러내는 듯 12개의 동작으로 이루어져 있다. 해중검식들은 타의 검법조차 제압할 것처럼 총 36동작의 기틀을 차지한다. 시작에서부터 종료까지가 허공에서 구름같이 머물면서 펼쳐지는 난이도(難易度)가 높은 기예들이다.

　검술가의 관점에서도 상대를 못 찾을 양 고강한 무예라 여겨진다. 해중검법만 완벽히 익혀도 목숨을 챙기듯 적이 없을 수준이다. 운천은 부지런히 우주의 질서를 찾으려는 것처럼 해중검법을 반복해서 수련한다. 검법에 냄새를 감춘 것같이 실린 심오한 동작의 의미를 찾는다. 거대한 세계로 건너가는 양 범선을 띄워 두어 시진이 흘렀다. 식사를 해결하고 정보를 흡수하듯 강변에 정박할 마음을 먹는다. 혼자서도 배를 몰 것처럼 쇠사슬과 자물통을 예전에 샀다. 자물통은 파괴를 방지하려는 것같이 대단히 단단하다. 상승무공의 소유자가 아니면 파괴하기가 애초부터 어려울 양 단단하다. 이러한 조건에 맞는 자물통을 머리를 쓰듯 궁리하여 샀다.

　파동현(巴東縣)을 출발했던 배가 방류현(方流縣)에 자신을 알리려는 것처럼 닿았다. 45리(18km)의 뱃길을 2시진(4시간) 동안 애벌레같이 굼틀대며 달렸다. 범선의 속도로는 느리지 않는 양 빠른 편이다. 휴식하려는 듯 방류현 선착장의 쇠기둥에 쇠사슬을 묶어 자물쇠를 채운다. 운천이 선착장 주변의 마을로 길을 개척하는 것처럼 찾아 나선다. 몇 걸음 걷지 않아도 마을이 우호적인 것같이 얼굴을 드러낸다. 마을 입구에서부터 가게들이 여행객들을 유혹하는 양 쫙 펼쳐진다. 운천은 식사가 중요했기에 대중음식점처럼 아침 먹기가 수월한 곳으로 갔다.

이른 아침은 찰기가 입맛을 자극하는 듯 감미로운 가락국수와 만두이다. 금세 배가 불러서 하품이 기포같이 쏟아져 나올 지경이다. 힘을 쓰려면 영양분을 축적하는 양 식사를 듬뿍 해야겠다고 여긴다. 식사하고는 유사시에 대비하듯 체내로 운기를 잔뜩 끌어올린다. 인시(寅時: 새벽 3~5시) 무렵이라 증발된 물안개가 먹구름처럼 짙다. 운천이 선착장에서 새로운 하루를 엮으려는 것같이 배를 강물에 띄운다. 범선을 강에 띄우기는 평지에서 공을 굴리는 양 간단하다. 돛을 펼쳐서 강심을 따라 동쪽에서 서쪽으로 밀치듯 움직인다. 경사가 평지처럼 완만하여 물결을 거슬러 달려도 전혀 버겁지 않다.

안개를 제외하고는 날씨마저 좋아서 휘파람이라도 불 것같이 기분이 상쾌하다. 이런 상태를 즐기려는 양 반 식경(15분)쯤 배가 달렸을 때다. 어디인가로 이끌리듯 점차 안개가 걷히면서 강의 풍경이 선명하게 드러난다. 강물 위에는 언제부터 뗏목처럼 휘몰렸던지 배들이 상류 쪽으로 치달린다. 보통은 물결을 따라 배가 호응하는 것같이 움직이는 터다. 자연스러운 몸짓인 양 배들은 상류에서 하류로 이동하기 마련이다. 운천 주변의 배들은 물결을 거슬러 바람인 듯 날렵하게 달린다.

갑자기 운천의 눈에 의심의 그림자가 수면에 쏟아지는 빗줄기처럼 드리워진다. 운천이 주변에서 시선마저 피하려는 것같이 조심스럽게 이동하는 배들을 살핀다. 상류인 서쪽의 100여 장(30.3m쯤)의 배에는 마왕(魔王)인 양 마령신군(魔靈神君)이 보인다. 마령신군이 보이자 운천이 방어 감각인 듯 경계 자세를 취한다. 예고가 무시되는 것처럼 언제 공격당하여 물속으로 처박힐지 모르는 탓이다. 비정통파 인물들은 그들의 세상같이 예고 없이 주변인들을 기분대로 공격한다. 운천도 위기임을 알아차린 양 숨을 죽이고는 주위를 은밀하게 살펴본다. 공격받을 경우에 당연한 귀결이듯 피할 대책을 세우려는 마음에서다. 이때 운천의 머릿속도 부풀어 올라 복잡해진 것처럼 마음속으로 중얼댄다.

'장강에서 마령신군을 보게 되다니? 엄청나게 재수가 없는 날이구나. 이름난 사파의 수뇌급 인물이 아닌가? 배에서 섣불리 저항하다가는 목숨을 잃기 십상이잖아? 그만큼 그는 사파를 대표하는 무서운 인물이라는 얘기인데 골치가 아프구나.'

마령신군의 배에서도 경쟁자에게 대처하려는 것같이 운천의 행동을 감시할 터다. 운천은 호흡을 조절하려는 양 일단 마음을 가다듬는다. 대결이 이루어진다면 범선을 버리듯 즉시 강변으로 날아갈 생각이다. 육지에서 대결한다면 무술의 기초를 따지려는 것처럼 두렵지는 않다고 여겨진다. 운천의 무술 수준이 숱하게 다져진 근원같이 자못 깊숙하기 때문이다. 무림 영웅이 되겠다고 허상을 떨치려는 양 무산을 찾지 않는가? 영웅이 되려면 세상의 강적들을 무릎 꿇리듯 제압해야 한다. 능력이 없으면 무산을 피하려는 것처럼 거기로 가서는 안 된다. 그간 적지 않은 사람들과 서열을 정하려는 것같이 대결도 했다. 여태껏 운천이 몸을 사릴 양 조심할 강적은 만나지 못했다. 출중한 무예를 가진 고수와 등급을 정하듯 대결하려는 운천이다.

서쪽의 200여 장(60.6m쯤)의 거리에는 천마독존(天魔獨尊)의 배가 선발대처럼 움직인다. 동쪽 100여 장(30.3m쯤)의 거리에는 태행신니(太行神尼)의 배가 가물거리는 것같이 보인다. 거기에는 아미3녀(蛾眉三女)들도 함께 타고 있음이 눈에 불길인 양 띈다.

배가 꽤 안정된 흐름어라 여겨지듯 내달리는 정경이다. 평온하기 그지없으며 정적마저 안개처럼 내리깔린 밤이다. 고요함이 숨결같이 펼쳐져 영원한 평화가 드리워질 것만 같은 밤이다. 그런데 이때였다. 어디에선가 갑자기 밤하늘을 찢어발길 양 무서운 광소가 터져 나왔다. 흑색 도포에 검은 복면의 노인이 강에 매처럼 세차게 날아올랐다. 천마독존의 배로 내달았다가 휙 스치면서 일장을 화포인 듯 갈겼다. 연이어 몸을 섬광같이 솟구쳐 마령신군의 배와 태행신니의 배도 공격했다. 공격을 받자마자 3척의 배들은 밤

그릇이 뒤집히는 양 모두 뒤집혔다. 숱한 무림인들이 물에 빠져 개처럼 허우적대었다.

　흑의의 복면 노인이 일장의 대결을 기하듯 강변에서 마령신군을 기다렸다. 마령신군이 40여 수만에 흑의노인에게 격패당하여 나무토막같이 나뒹굴었다. 흑의노인이 기고만장하여 패왕인 양 거드름을 피울 때다. 천마독존이 흑의노인 앞에 공중에서 내려서면서 영혼을 교란시키듯 일장을 갈긴다. 천마독존과 흑의노인이 존재감을 드러내려는 것처럼 처절한 생사의 대결을 벌인다. 폐관하여 새로운 무학을 쌓은 천마독존은 세상을 무시하는 것같이 흘겨보았다. 천마독존과 흑의노인은 자신이 최강자임을 입증하려는 양 심혈을 기울여 싸웠다.

　각자가 우주의 대표자로서 세상에 내려온 것처럼 살벌하게 설친다. 손발에 걸리면 무조건 죽음만 남는 듯 잔혹한 기분이 전해진다. 천마독존이 손가락을 허공에 뿌리자 3가닥의 흉맹한 바람이 물결같이 쏟아진다. 내몰리는 바람 소리에 독액인 양 음산한 기운이 실렸음이 느껴진다. 구경하던 군협들이 달아나려는 듯 발악하다가 서로 부딪혀 나뒹군다. 서로 충돌할 때마다 거센 비명 소리가 폭음처럼 터진다. 독무(毒霧)같이 예사로운 기운이 아님이 느껴질 무렵에는 사람들이 쓰러져 절명한다. 시신이 된 무리가 치솟는 불길인 양 300여 구가 넘는다. 전설처럼 무시무시한 살상의 현장이 아닐 수가 없다. 섬광이 천둥을 찌르듯 50여 수만에 천마독존이 흑의노인에게 패하여 나뒹굴었다. 천마독존이 고목같이 쓰러지자마자 그의 제자들이 그를 부축하여 장강을 떠난다. 장강에 계속 남아 있다가는 목숨마저 끊기는 양 위험한 상태였다.

　흑의노인이 고통에 항거하듯 인상을 찌푸리며 숨을 고르는 찰나다. 이번에는 마령신군이 고함을 지르면서 흑의노인에게로 맹금처럼 날아든다. 흑의노인이 씽긋 미소를 지으며 마령신군을 같잖다는 것같이 맞아들인다. 둘과의 대결에서 지는 사람은 이승에서 내쫓기는 양 시신으로 변한다. 그렇게 하여 죽어서 유령처럼 나뒹구는 시신이 300여 구가 넘는다.

마령신군의 무예에는 흑의노인도 예측이 어려운 듯 엄청나게 놀라는 표정이다. 천마독존의 온화한 기류의 무예와는 상극을 빚는 것같이 음산한 무술이었다. 맞닥뜨리자마자 대결자의 전신으로 빙벽의 냉기인 양 차가운 기운이 휘몰렸다. 말로만 감지하듯 극음(劇陰)의 무공임을 바로 느끼게 하기에 충분했다. 내공이 상대보다 낮으면 전신이 빙하처럼 얼어붙어 비틀대다가 상대에게 살해된다. 얼어 죽을 당시에는 일반적인 사망자들같이 별다른 외상이 없다. 반 시진(60분)이 경과되면 극음의 피해자임이 드러나는 양 퍼렇게 변한다.

스산한 기류가 일자 상황에 대비하듯 운천도 급히 진기를 끌어모은다. 언제든 결투에 임하려는 것처럼 준비하는 터다. 마령신군과 흑의노인이 겨루다가 40여 수만에 마령신군이 낡은 토담같이 쓰러진다. 마령신군이 쓰러지자 그의 제자들이 신속히 마령신군을 피신시키는 양 옮긴다.

흑의노인은 자신의 실력을 뽐내려는 듯 연이어 태행신니를 공격한다. 태행신니는 아미파의 사문장로로서 실력이 마왕처럼 무섭다고 알려진 무술의 달인이다. 흑의노인은 태행신니마저 40여 수의 초반에 제압하더니 비웃는 것같이 사라졌다. 배들이 전복되자 강변으로 몰려든 무림인들끼리 정보를 교환하려는 양 쑤군댄다. 사람들은 흑의노인이 추풍검의 전인일 거라고 연구한 바를 털어놓듯 말했다. 추풍검은 현재까지의 무림에 떠도는 전설적인 무술의 달인처럼 알려졌다. 어떤 사람들은 무술로 추론하려는 것같이 적송비록을 익힌 무술인이라고 추측했다. 그만큼 흑의노인의 무술은 세인들의 눈에는 현란한 극치인 양 새로웠다.

과거에 운천이 형산의 빙정동에 수수한 소년처럼 들어서던 때였다. 공력을 알아보려는 창룡진인의 배려인 듯 운천과 창룡진인이 순수하게 대결했다. 창룡진인과 정식으로 겨루어서 80여 수에 그를 주저앉히는 것같이 제압했다. 운천이 미래의 상황을 예견하는 양 온천탕에서 6개월의 수련을 마쳤다. 후배를 배려하는 창룡진인의 적극적인 배려인 듯 재차 창룡진인과 겨루었다. 이때에는 연공 수련의 효과를 측정하려는 것처럼 의도적으로 겨룬 결과였다. 쌍방이 목검으로 기록을 세우려는 것같이 최선을 다해 싸웠다. 그 결과로 30여 수만에 운천이 기록을 남기는 양 제압했다. 이들 자료를 바탕으로 하듯 운천은 내부적인 기준을 확보했다. 정통파의 사문장로급의 고수들은 30여 수면 무공을 차단하는 것처럼 제압하리라. 운천이 흑의노인에게 중상을 입는 것같이 부상당한 태행신니를 치료한 뒤다. 태행신니의 무공이 평상시인 양 충분히 회복된 뒤였다. 태행신니에게 양해를 구하듯 운천이 대결하여 30여 수만에 그녀를 제압했다. 운천의 감각은 어둠에서도 빛을 발하려는 것처럼 절대적인 수준에 이르렀다.

　운천이 타인들과의 선을 긋는 것같이 태행신니와 아미3녀들과 작별한 뒤다. 여행을 추진하는 양 배를 띄워 상류로 올라가려 할 때다. 상류의 숲에서 비명소리가 폭음처럼 터지더니 가냘픈 휘파람 소리가 울렸다. 휘파람 소리를 듣고 분석하듯 판단하니 공천하의 것임에 틀림없다. 운천이 사고 현장에 신속히 닿으려는 것같이 배에서 몸을 날렸다. 흑의노인과의 대결에서 공천하가 쓰러지면서 빛살인 양 토한 휘파람 소리였다. 자신이 당한 듯 운천이 공천하에게 날아가 신속히 경위를 알아본다. 공천하의 안전을 꾀하려는 것처럼 자신의 범선 위로 차분히 옮긴다. 공천하로부터 설명을 듣고는 곧바로 무공을 운행하려는 것같이 치료에 착수한다.
　운천이 치료와 수련을 마치고 하산하는 양 빙정동을 떠난 직후였다. 서역에 있던 공천하의 스승인 천축신니(天竺神尼)가 중국을 유람하듯 빙정동을 찾아왔다. 천축신니는 빙정동에 익숙하여 가끔식 고향을 찾는 것처럼 빙정동을 찾는다. 빙정동에 와서 도우(道友)를 만나려는 것같이 창룡진인을 만나보고는 공천하도 만난다. 천축신니는 인도의 설산들인 양 많은 무림인들 중의 최고의 고수이다. 그녀가 빙정동을 찾을 때마다 공천하에게 새로운 무술을 안기듯 전수한다. 그녀의 눈에 띄기만 하면 공영하에게도 자신의 제자에게처럼 무공을 전수한다. 그만큼 그녀에게는 공천하와 공영하가 공동의 제자같이 특별한 존재이다. 자신의 제자가 아니어도 제자의 자매라는 점에 끌리는 양 지도한다. 천축신니에게 감동한 창룡진인은 공천하에게도 자신의 제자처럼 무술을 가르치곤 한다.

파격적인 예우를 받듯 공천하의 자매는 2명의 스승을 둔 셈이다. 타인들한테서는 용납되지 않는 일들도 자매한테는 당연하다는 것같이 흡수된다. 공천하와 공영하 자매의 무공은 근래에 최상의 고수인 양 향상되었다.

운천과 태행신니가 내공을 점검하려는 듯 순수하게 대결할 때다. 묘한 계책을 지닌 것처럼 운천의 곁으로 흑의노인이 다가서려고 한다. 이러한 흑의노인을 공천하가 위험을 방지하려는 것같이 제지한다. 그러자 화가 난 양 흑의노인과 공천하가 겨루게 되었다. 공천하도 자신의 실력이 어느 정도인지를 평가하려는 듯 겨루고 싶었다. 그리하여 흑의노인을 상대로 전력을 내쏟으려는 것처럼 대결했다. 내공이 최상에 이른 것같이 절정에 달한 흑의노인을 제압하지는 못했다. 내공이 흑의노인에게 달린 양 40여 수 중반에 패배하여 나뒹굴었다. 이때가 위기 상황이었기에 비명을 지르고 휘파람 신호까지 비수처럼 날렸다. 그랬을 때다. 운천과 태행신니와의 대결이 매듭을 짓듯 끝난 뒤다. 태행신니와 아미3녀까지를 떠나보낸 직후인지라 운천이 번갯불같이 신속히 공천하를 찾았다.

안전을 확보하려는 양 진기를 쏟아 운천이 공천하를 치료한 뒤다. 운천이 무탈하게 회복된 공천하를 바라보며 반가움을 전하듯 말한다.

"공 소저, 그대가 아니었으면 내가 위험할 뻔했어요. 태행신니 선배님과 의례적인 대결을 하는데 흑의노인이 저를 치려고 다가들었잖아요?"

공천하가 연인을 만나 감동한 것처럼 운천을 바라보며 이야기를 나눈다. 운천이 하산하는 것같이 빙정동을 떠났고 그들 자매는 인도에 다녀왔다. 자매가 귀국할 때에는 천축신니도 운명을 함께하려는 양 형산에 닿았다.

운천은 안전이 보장되듯 배가 목적지까지 무사히 닿기를 바란다. 강을 오르던 잠깐 동안에 얼마나 많은 변고들이 불길처럼 생겼던가? 강에서 괴물 같은 마령신군과 천마독존이 대결까지 하지 않았는가? 그랬는데 흑의노인이 물귀신인 양 나타나서 천마독존을 혼내지 않았는가? 마령신군과 천마독존과 흑의노인이라니! 이들이 악마의 원흉처럼 무림을 뒤흔들 소지가 얼마나 큰가? 이들 노인들을 잘 처리하듯 다스려야 후환이 없으리라 여겨진다.

애초의 계획같이 우선 희망하는 장소까지 배를 잘 몰아가야 한다. 원하는 지점에서는 짐을 없애려는 양 배를 팔아야 한다. 배를 소지하고서야 장애를 받듯 큰일을 치르지 못한다.

무산신군

"공 소저! 별다른 일이 없다면 지금 이후로는 같이 지낼 수는 없겠어요?"
공천하가 부끄러운 것처럼 살짝 얼굴을 붉히며 운천에게 말한다.
"우리가 혼인했으면 당연히 함께 움직여야죠. 하지만, 아직 혼인하기 전이잖아요? 혼인도 안 하고서 함께 지낸다면 이상한 말들이 나돌 거예요."
운천이 공감한다는 것같이 고개를 끄떡이며 공천하의 말을 일단 받아들인다. 그러고는 무산에 가서 할 일들을 공천하에게 요약하는 양 들려준다.

공천하는 그간 자신이 축적한 정보를 운천에게 의논하듯 들려준다. 흑의 노인이 상대자들을 검풍으로 억누르려는 것처럼 공격했기에 추풍검의 전인이리라 예측되었다. 전문가들의 관점인 것같이 운천의 생각으로도 그럴 확률이 높으리라 여겨졌다. 새벽의 공기가 피부를 옥죄는 양 차가워졌기에 남녀는 선실로 들어간다. 거기에서 운천과 공천하가 진한 그리움을 표출하듯 힘껏 껴안는다. 도움이 되었다는 것처럼 미소를 지으며 서로를 가만히 풀어 준다. 둘은 선실 밖으로 나와 돛을 점검하려는 것같이 배를 몬다. 배를 몰면서 운천이 예정된 일정을 들려주는 양 공천하에게 말한다. 수로가 직선인 청석현에 도착하면 여로를 조정하듯 배를 팔겠다고 말한다. 배를 팔고는 무예를 과시하려는 것처럼 경신술로 무산까지 가겠다고 들려준다.
운천의 설명에 공천하가 그를 격려하는 양 의견을 덧붙인다. 내공이 약하기에 운천을 지원하듯 영웅 대회에는 출전하지 않겠다고 말한다. 운천을 확실히 조력하려는 것처럼 최대한 많이 돕겠다고 말한다.

떨어져 있느라 확인하지 못한 것같이 상대의 처지가 궁금했던 남녀이다. 이승의 새로운 장소인 양 배에서 만나니 대화가 끝이 없다. 둘을 태운 범선이 둘을 배려하듯 무사히 청석현에 도착했을 때다. 한낮이라서 청석현의 항구에는 배의 가게들에 여행객들이 들끓는 것처럼 붐빈다. 몸집이 곰같이 뚱뚱한 40대 중반의 뱃가게의 주인을 운천이 만났다. 주인에게 관심을 유발시키는 양 운천의 범선을 보이면서 팔겠다고 제안했다. 주인의 마음도 동한 듯 배를 꼼꼼히 점검하더니 운천에게 말했다. 배의 상태가 새 것처럼 양호하다면서 얼마까지는 주겠다고 흥정을 걸었다. 샀을 때의 가격보다 많이 주겠다는 것같이 조건을 기다려 판다. 배를 파니까 주머니가 돌멩이로 채워진 양 두둑해진다. 주변에는 둘의 눈치를 살피는 듯 음식점이 보인다. 공천하와 음식점에서 차후에 진기를 보완하려는 것처럼 점심을 두둑히 먹는다. 식사하면서 공천하가 긴요하게 제안하려는 것같이 운천에게 말한다. 음식점을 나선 뒤에는 이방인들인 양 헤어져서 따로 가자고 한다. 인도에서도 천축문(天竺門)을 비롯한 고수들이 위상을 드러내듯 무산으로 가리라고 들려준다. 공천하의 말에 운천도 일리가 있다는 것처럼 고개를 끄떡여 동의한다. 미답지를 안내하는 것같이 인도 무림인들의 길잡이로서 공천하의 역할도 중요하다.

운천과 공천하가 청석현에서부터는 서로의 약속인 양 헤어져서 길을 떠난다. 공천하가 먼저 새처럼 공중으로 날아올라 시야에서 사라진다. 시야에서 공천하의 흔적이 실안개인 듯 사라진 뒤다. 운천이 하늘을 올려다보며 생각하는 것같이 뜸을 들이다가 그도 날아오른다. 무산까지 가는 길을 머릿속으로 그려 놓았던 양 편안히 난다.

야외에서 행인들이 보이지 않자 운천이 별렀던 듯 경신술을 펼친다. 화살이 허공으로 날아오르는 것처럼 경쾌하게 공중으로 치솟아 오른다. 얼마가량 그같이 정신없이 날아가다가 서서히 시야에 행인이 발견될 때부터다. 운천이 경신술을 감추려는 양 빠른 걸음으로 도로를 따라 걷는다. 도로를 따라 걷다가 운천이 안타까움을 떠올리듯 생각에 잠긴다.

'이럴 줄 알았으면 배를 무산현까지 모는 게 낫지 않았을까? 하지만 이젠 배도 팔아 버렸잖아? 인내심을 발휘하여 계속 걸어야지?'

경신술을 감춘 것처럼 도로를 걷는 게 참으로 성가시다고 여겨진다. 경신술을 쓰면 목적지를 다스리는 것같이 훨씬 빠르게 도착하게 된다. 행인들의 앞에서 경신술을 썼다가는 세상을 놀래키는 양 혼란에 빠뜨리리라. 행인들이 길거리마다 개구리들처럼 와글와글 들끓으면 무술을 쓰기조차 어려울지도 모른다.

걸으면서 운천이 상황을 분석하듯 생각에 잠긴다.
'걸어가다가는 정해진 기간에 무산에 닿지 못할 수도 있잖아? 경신술을 쓰면 말보다도 속도가 빠르기에 빨리 갈 수가 있잖아? 낮에는 잠자고 초저녁부터 새벽까지의 시간에 길을 달리도록 해야겠어.'
길을 걸으면서 전략을 세우는 것같이 운천이 셈해 본다. 술시(저녁 7시~9시)에서 인시(오전 3시~5시)까지는 밤길을 틔우는 양 경신술을 쓰기로 한다. 묘시(오전 5시~7시)부터 오시(오전 11시~오후1시)까지는 하루를 대비하듯 잠자기로 한다. 미시(오후 1시~3시)부터 유시(오후 5시~7시)까지는 경신술을 감추려는 것처럼 길을 따라 걷기로 한다. 계획을 평가하는 것같이 분석하면 하루에 4시진(8시간)씩 잠자는 것으로 드러난다. 4시진은 자야만 진기를 보완하는 양 기운을 회복할 수가 있으리라. 하루에 전투에 준하듯 5시진(10시간)씩 경신술을 쓰는 터다. 말보다 5배가량 빠르기에 일정을 단축하는 것처럼 멀리까지 이동하게 된다. 말로 하루에 1,000리(400km)를 이동한다면 일정을 줄이는 것같이 5,000리(2,000km)까지도 이동한다. 청석현에서 무산까지의 거리는 고작 37.5리(15km)이기에 목적지에 도착한 양 홀가분하다.

운천이 한 식경(30분) 정도만 새처럼 날면 도달되는 거리다. 무산에는 미리 도착하여 다양한 유형에 대비하듯 무술을 수련하려는 운천이다. 점검하려는 것같이 날짜를 헤아리니 아직도 사흘은 여유가 남아 있다. 청석현에서 계획을 준수하려는 양 묘시부터 오시까지 4시진(8시간)간 잠을 잔다. 충분히 잠을 자고는 시장의 음식점에서 진기를 보완하듯 넉넉히 식사한다.

식사를 마치고 미시부터는 보행 속도를 조절하려는 것처럼 천천히 걷는다. 2시진(4시간)을 걸으니 운천이 웅장함이 위엄같이 내뻗치는 무산 발치에 도착한다.

무산 발치에 바싹 접근하는 양 운천이 도착하니 유시 중반(오후 5시)이다. 운천이 미래의 일정을 분석하듯 마음속으로 생각한다.

'너무 일찍 무산에 도착한 건 아닐까? 영웅 대회에 참가하러 왔기에 팔선 대사를 만날 필요는 없잖아?'

영웅 대회의 참가는 강제성을 배제하려는 것처럼 개인의 의지에 속한다. 정통파 공동의 대응은 봉황궁까지가 경계를 긋듯 마지막 봉사였다고 여겨진다. 무산에 왔기에 누구한테든 기밀을 지키려는 것같이 발견되지 않으려 노력한다. 정통파 군협들에서도 영웅을 노리는 양 대회의 참석자들이 많으리라 여겨진다. 참석자들을 운천이 알아도 운천의 처세도 그들을 위압하듯 불편하리라 여겨진다. 은거의 장소로 삼으려는 것처럼 무산의 봉우리들을 우선적으로 탐색하기로 한다. 적에 대비하려는 것같이 봉우리에 머물면서 무술 수련을 쌓기로 한다. 상대자로서 누가 자신을 적임자로 노출하려는 양 드러낼지 정보가 없다. 운천이 무림인들의 추측의 그물을 피하듯 주의해야 하리라 여긴다.

무산의 취병봉(翠屛峰) 절벽의 석동(石洞)에 숨을 죽인 박쥐처럼 은거하기로 한다. 이 기간에는 연인까지도 잊은 것같이 만나지 않을 작정이다. 오로지 무술을 반복하여 최상의 고수인 양 연습하기로 한다. 무술의 반복은 정확도와 직결되듯 세상의 무림인들이 즐기는 과정이다. 취병봉의 석굴은 거목처럼 무성한 다복솔 밑에 출입구가 가려진 터다. 타인에게 까발려지는 것같이 거처가 노출될 위험은 거의 없다. 물기가 빙벽인 양 반질거리는 절벽의 동굴이기에 발각될 위험조차 없다.

이런 석동을 발견한 것도 타고난 복처럼 천운(天運)이라 여기는 운천이다. 절벽의 동굴에서 마음을 가라앉히듯 편안히 하고는 휴식을 취하기로 한다. 식사는 산 밑의 음식점에서 숙소를 정한 것같이 해결하기로 한다. 무술의 수련은 동굴 옆의 골짜기를 수련장인 양 이용하기로 한다.

취병봉의 석동에 머물면서도 대회를 점검하듯 날짜를 헤아린다. 영웅 대회의 날짜는 정해진 여정처럼 이틀 후이다. 모든 흐름을 그날에 맞추려는 것같이 운천이 행사장에 가기로 한다. 운천은 익혔던 무술을 석동 곁의 골짜기에서 점검하려는 양 수련한다. 최상의 무술이라는 남악검법의 수련에 운명을 맡기듯 신경을 바짝 쓴다. 형산장과 운무지를 해체해서 살피려는 것처럼 꼼꼼히 점검하고 장강검법도 수련한다. 해남도의 수중에서 발견된 해중검법도 근원을 밝히려는 것같이 꼼꼼히 수련한다. 3식으로 이루어졌지만 연습을 반복할수록 잠재된 위력이 산악인 양 어마어마하다. 운천이 해중검법의 각 검식에도 검법을 존중하듯 이름을 붙이기로 한다. 취병봉 석동 옆 골짜기에서 검법의 창안자를 대신하는 것처럼 취해졌다. 제1식은 일주경천(一柱擎天), 제2식은 만폭개세(萬瀑蓋世), 제3식은 화풍난양(和風暖陽)이라 이름을 붙인다.

제1식은 칼을 기둥으로 삼는 것같이 하늘을 떠받친다는 의미이다. 한 자루의 칼로써 상대자의 공격을 뿌리치는 양 막겠다는 의미이다. 제2식은 시연자의 검기를 폭포수처럼 펼쳐서 세상을 다스리겠다는 의미이다. 제3식은 상대를 제압하고서 여유로운 제왕 같은 풍도를 보이겠다는 의미이다. 3수만에 모든 적들을 제압하겠다는 의지를 심듯 극도로 강력한 검법이다. 시공의 단절을 꾀하려는 양 검법을 누가 창안했는지 추측조차 못한다. 발견처의 상징성이 부여되듯 봉황궁 수중의 돌층계에서 발견되었을 따름이다. 운천이 회상하려는 것처럼 검법이 발견된 돌층계를 찾을 자신은 없다. 당시에는 독충에 물려서 심신이 해체될 것같이 극도로 어지러웠다. 검법의 어느 부위에도 검법의 존재인 양 창안자의 서명은 없었다. 당시에 운천이 창안자의 이름을 찾으려고 수중의 돌계단을 훑듯 애썼다. 돌층계의 어느 부위에도 우주 시원의 흔적처럼 창안자의 이름은 없었다.

창안자마저 제시되지 않았음에도 번개같이 놀라운 위력을 지녔기에 운천이 혼란스럽다. 전승된 관행인 양 검술의 달인이 만든 검법임에 틀림없기 때문이다. 3식까지의 검법을 펼쳐도 매처럼 공중에 뜬 채로 진행하다니! 공중에 오래 머물면 예정된 양 암기의 공격을 받기가 쉽다. 그랬는데도 어떤 암기도 간단히 되돌려 보내듯 검풍으로 막아내게 설정되다니! 내공이 수준급이면 어떤 공격도 철벽으로 봉쇄하는 것처럼 막아낼 검법이다. 남악검법과 장강검법으로도 제압하지 못할 것 같은 무서운 위세이다. 운천이 천지신명을 대신하는 양 조심스럽게 결론을 내린다. 해중검법의 창시자는 천하를 관할하듯 천하제일의 고수였으리라고 추정된다. 그한테는 무림쌍웅도 발아래의 무인들인 것처럼 적수가 되지 못하리라 여겨진다. 이 사실을 깨닫자 운천은 경기가 치솟는 것같이 경각심을 갖는다.

봉황문의 사문장로인 천마독존의 실력은 아닌가 우려하는 양 고려해 본다. 하지만 천마독존도 양자강에서의 흑의노인한테 내리깔리는 것처럼 격파당하지 않았던가? 누구한테서 정보를 제공받던 운천은 흑의노인만이 유일한 가능성을 갖췄다고 여긴다. 운천은 흑의노인을 떠올리자 기선을 제압당한 것같이 가슴이 떨린다. 흑의노인과 겨루면 승패를 가리기가 생명을 교환하는 양 어려우리라 여겨진다. 대결하여 승리를 확보하려는 듯 운천이 남악검법과 해중검법을 반복해서 수련한다.

남악검법이 세상을 요절낼 것처럼 강력했기에 구성의 공력도 싣지 못했다. 흑의노인과 겨루면 십성의 공력으로 둘러씌우는 것같이 남악검법을 펼칠 작정이다. 겨루기 직전에 주변인들까지 배려하는 양 살고 싶으면 물러서라고 말하리라. 누구든 운천으로부터 십여 장(30.3m쯤)은 떨어져 있으라고 거듭 강조하듯 알리겠다. 그렇지 않으면 목검으로도 중상을 입힐 것처럼 여겨지는 탓이다. 하여간 운천이 승리의 신명인 양 믿는 것은 남악검법과 해중검법이다.

어느새 벼랑의 돌이 떨어지듯 세월이 흘러 영웅 대회가 시작된다. 진시(오전 7~9시)에 무산의 최고봉인 망하봉(望霞峰)에서 세상에 통보하는 것처럼 서명한다. 무림인들을 대표하는 것같이 영웅 대회에 참가하겠다는 서류상의 통보 절차이다. 접수대를 누가 담당하는지는 관심 밖의 영역인 양 운천도 몰랐다. 세상 흐름의 규범처럼 정통파에서 관장한다는 것은 예전부터 알고 있었다. 정통파에서 관장해도 하늘의 뜻같이 사파의 인물이 영웅이 되기도 한다.

접수대에 들어서니 화산파의 검객들이 구름장인 양 잔뜩 늘어서 있다. 화산파의 산서상인과 서악일검을 만나서 선배의 무림 인사로 예우하듯 인사한다. 화산파의 고수들을 배려하는 것처럼 운천이 팔궁대사를 만나 인사를 한다. 팔궁대사가 반기는 것같이 환하게 운천에게 말한다.
"백 소협도 영웅 대회에 출전하는군요. 부디 좋은 결실을 거두어 영웅이 되어 주기를 비오. 그리하여 향후 5년간을 인간미 넘치는 무림으로 만들어 주기를 기원하외다."
운천이 겸손한 자세를 취하며 금세 주저앉을 양 겸허하게 응답한다.
"제 실력이 미천하여 대사님의 기대에 부응할까 두렵습니다. 하지만 일단 참여한 이상 최선을 다하겠습니다."
운천이 마음을 가다듬듯 조용히 연무대 앞의 경기 대기석으로 향한다. 연무대는 무림인들의 실력을 저울질하려는 것처럼 최고봉인 망하봉의 꼭대기에 설치되었다.

무림인들을 심사하려는 것같이 사회를 맡은 사람은 화산파의 장문인인 산서상인이다. 사시 초반(오전9시)부터 영웅 대회의 결전이 불길이 치솟는 양 시작되었다. 모든 대결자는 시합의 규정을 지키듯 주최측의 목검으로만 대결해야 한다. 사회자인 산서상인이 기선을 제압하려는 것처럼 당당히 관전자들에게 말한다.

"여러분, 오늘은 5년마다 실시되는 무림 영웅 대회 날입니다. 5년 전의 영웅은 불행하게도 과로로 현장에서 사망해 버렸어요. 그 후유증을 무림 쌍웅 선배님들께서 달래어 주셨어요. 향후 5년간 무림을 다스릴 인재를 오늘 여기에서 선발할 예정입니다. 당초에는 지금 이 시각까지 무림 쌍웅께서 참석해 주시기로 했어요. 그랬는데 무슨 사정이 있는지 아직까지는 도착하지 못했군요. 일단 규정에 따라 무림 영웅 대회를 시작하기로 하겠습니다. 연무대에서 최종 승자가 된 인물에게 무림 영웅의 지위를 부여합니다. 무림 영웅은 정·사파를 불문하고 무예가 출중한 사람에게 부여하겠습니다. 무림 영웅은 5년간 무림의 평화를 위해 최선을 다하길 바랍니다."

산서상인의 말에 관전자들이 일제히 격려하는 것같이 환호성을 내지른다.

먼저 기선을 제압하려는 양 장백파의 사문장로인 장백신로(長白神老)가 연무대로 올라선다. 63세의 노인으로서 장백산 일대에서는 최고로 알려진 듯 대단한 인물이다. 장백신로가 연무대에서 관람석을 향해 예의를 표하려는 것처럼 정중하게 말한다.

"올해의 영웅으로 지원한 장백신로이외다. 누구든 영웅이 되고 싶은 사람은 제게 도전해 주기 바라외다. 스무 개를 셀 때까지 나와서 저를 물리쳐야 자격이 있어요. 자, 용기 있는 사람은 당장 나오세요."

몸은 왜소하지만 눈빛이 표범같이 날카로운 50대 후반의 괴한이 나타난다. 괴한이 나타나자 산서상인이 사회자의 역량을 발휘하는 양 나타나 말한다.

"지금 나타난 분은 서역의 재야 고수인 공덕취(孔德取)입니다. 주된 무술은 검술인데, 이제 서역의 무공을 보게 될 겁니다."

장백신로와 공덕취가 목검을 들고 서로를 존중하듯 목례를 한다. 무술을 펼치기 직전의 숨결을 가다듬는 것처럼 최대한으로 절제된 동작들이다. 이렇게 시작되어 대회가 사흘째 아침까지 공정함을 인정받는 것같이 진행되었다. 사흘째의 대회 날에 무술인들은 정상적인 흐름인 양 점심나절을 맞았다. 점심때에는 식사를 하느라고 경기도 없이 사람들이 사방으로 새처럼 흩어진다. 미시 초기(오후 1시 무렵)에는 다들 관람석에 약속을 이행하듯 집결한다. 운천도 점심을 마치고는 대결을 지켜보는 것같이 관전석에 가서 앉는다.

소문으로는 주인공들의 실력이 노출되는 양 오늘까지는 영웅이 결정되리라 한다. 검술로 고수들을 다스리듯 제압했던 흑의노인이 강력한 후보가 되리라는 얘기이다. 흑의노인이라니? 방류현(方流縣)을 출발한 뒤의 장강에서 미래를 예견하는 것처럼 흑의노인을 보았다. 운천에게도 이승을 다스리려는 것같이 영웅 예정자가 되겠거니 믿길 정도였다. 운천이 그에게 패한다면 당연하다는 양 그가 영웅이 되리라 여겨진다.

취병봉에 머물면서 상대한테 지지 않으려는 듯 수련을 꼼꼼히 했다. 질지도 모르리라는 생각에서였던 것처럼 간혹 몸을 떨고는 했다. 운명을 시험하려는 것같이 운천이 사부한테 조언을 구할까도 생각했다. 영웅의 위상을 고려하는 양 사부에게 조언을 구하지는 않기로 했다.

대진표를 평가하듯 들여다보니 마령신군과 천마독존과 추풍신검이 우승 후보로 저울질되었다. 운천은 마지막의 접수인으로서 운명을 기다리려는 것처럼 대결자들의 명단에 있었다. 운천의 존재는 청해호의 청빈루(淸賓樓)와 해남도에서 주목을 받는 것같이 거론되었다. 시간이 흐르면서 금세 세인들의 머릿속으로부터 하잘것없는 존재인 양 잊혔다. 세간에서 운천을 아는 무림인들은 백운도인도 몰라보듯 아주 드문 편이다. 나이가 어린 것처럼 내공도 약할 것이기에 추풍신검에게는 패하리라고 예측되었다. 아무리 운천이 천운을 받는 것같이 무림쌍웅의 수제자라고 할지라도. 무림쌍웅까지도 추풍신검에게는 패하리라는 소문이 여름철 연못의 기포인 양 나돌았다.

이런 소문들이 진위를 따지듯 숨 가쁘게 나돌 때이다. 연무대에서는 무림의 획을 긋는 것처럼 마령신군과 천마독존이 겨루기 시작했다. 비슷한 시기에 폐관하여 세상을 흔들 것같이 강력한 무공을 익혔다. 그런 뒤에 세상에서 인정받는 양 무림의 영웅이 되려고 했다. 둘이 산서상인으로부터 목검을 받고는 자신들을 운명을 확인하려는 것처럼 설쳤다. 산서상인의 신호에 따라 마령신군과 천마독존이 절학을 떨쳐내듯 살벌하게 겨루었다.

마령신군이 팔방풍우(八方風雨)의 검식을 털어내려는 것같이 검풍을 사방으로 내갈긴다. 천마독존이 집운하수(集雲下水)의 검식으로 마령신군의 검풍을 수면의 물방울인 양 흩는다. 마령신군이 섬광돌진(閃光突進)의 검식을 펼치면서 허공으로 치솟더니 천마독존을 번갯불처럼 내리친다. 천마독존이 벽공장을 펼쳐 머리로 먹구름인 듯 휘몰리는 목검을 밀어낸다. 공중에서 3차례나 몸을 휘돌리다가 목검으로 마령신군의 목을 섬광같이 후려친다. 마령신군도 몸을 뒤채는 양 지풍을 쏟아 밀려드는 목검을 밀어낸다. 쌍방이 얼마나 눈부신 속도로 겨루는지 사람들이 토할 듯 놀란다. 천마독존이 우측으로 휩쓸리다가 아래위로 구르더니 손바닥을 털어내는 것처럼 펼친다.

군협들이 질린 것같이 일제히 고함을 지르면서 땅바닥에 엎드린다.

"우와, 황룡강하(黃龍降下)! 저 무술이 또 나타났네."

군협들이 엎드리자마자 관람석으로 흉맹한 장풍이 태풍인 양 세차게 쏟아진다. 그러자, 관람석 상공으로 치솟았던 바람결이 날카로운 파편 조각처럼 변한다. 그러더니 땅바닥에 쓰러진 사람들의 몸뚱이를 꿰뚫으려는 듯 사납게 파고든다. 그러자 여기저기서 비명이 관전석을 뒤흔들 것같이 요란스럽게 터져 나온다. 순식간에 땅바닥에는 수백여 구의 시신들이 돌무더기인 양 내리깔린다. 과거에 무림을 진동시켰던 신화적인 무공이 전설처럼 재출현한 거였다. 황룡강하의 소용돌이에도 마지막까지 저승의 유령인 듯 버텼던 사람은 마령신군이다. 그도 한계가 무너진 것같이 입으로 줄기줄기 피를 내뿜으며 비틀댄다. 기록을 남기려는 양 둘의 대결한 결투의 횟수는

120여 수였다. 마령신군의 무술도 아주 빼어났지만 결국 천마독존에게 제압되듯 쓰러졌다.

이틀 동안 정통파나 사파의 사문장로들도 영웅이 되겠다는 것처럼 출전했다. 그랬지만 모두 다 대결한 상대에게 패하여 나무토막같이 나뒹굴었다. 이제 연무대를 수호신인 양 지키는 유일한 사문장로는 천마독존이다. 사람들은 저마다 기발한 의견들을 제시하려는 것처럼 쑤군대었다. 천마독존과 맞겨룰 추풍신검에 대한 추측으로 관전석이 열변을 토하듯 술렁거린다. 얼마 전 양자강에서의 흑의노인이 바로 추풍신검(追風神劍)이리라는 말들이 정설같이 나돌았다. 추풍신검은 추풍검이라는 무림의 보물을 취득한 노인이리라 합리적인 양 추론되었다. 근래에 추풍검에 대한 소문이 화산의 열류처럼 얼마나 뜨거웠던가? 추풍검을 얻은 사람은 그 자체로 영웅이 되듯 인정받으리라 평가받았다. 무림인들이 추풍검을 생각하는 비중은 놀라울 것같이 컸다. 어디선가 추풍검이 비치면 세인들이 무릎까지 꿇을 양 추앙심이 대단했다.

식후의 식곤증으로 졸음이 파도처럼 몰려들 신시 초반(오후 3시) 무렵이었다. 봉우리 저편에서 기다란 외침 소리가 한동안 산울림인 양 이어졌다. 그러더니 연무대 중앙으로 독수리처럼 성큼 뛰어내린 한 노인이 있었다. 전신에 깔끔한 듯 손질된 흑의(黑衣)를 입은 청수한 인상의 노인이었다.

산서상인이 관전석을 바라보며 임무를 다하려는 것같이 큰 소리로 말했다. 내공으로 다져진 세찬 울림소리가 곧바로 광장으로 물결인 양 내뻗었다.

"방금 연무대에 나타난 분은 포양호 일대의 추풍신검이십니다. 규정에 따라 목검을 지급받은 후에 상대와 대결할 예정입니다."

포양호 일대의 추풍신검(追風神劍)이라니? 운천이 마음속으로 놀라면서 추풍신검을 경원(敬遠)하듯 관전석에서 바라본다. 60대 중반으로 보이는데 눈빛이 한밤의 타오르는 불빛처럼 강렬하다고 느껴진다. 운천이 상대를 평가하려는 것같이 마음속으로 중얼댄다.

'흠, 저 정도의 눈빛이라면 정말 대단한데. 여태껏 세상에서 강적이라고는 만나보지 못한 것 같구나.'

천마독존과 추풍신검이 목검을 들고 자웅을 결하려는 양 서로 바라보았다. 세상이 바뀌려는 것처럼 대결이 일어나기 직전의 상황이다. 천마독존이 개전(開戰)임을 통보하듯 발광천방(發光千方)이라는 검식으로 추풍신검을 찌른다. 천마독존의 목검에서 수천 줄기의 불길이 번갯불같이 발출되어 추풍신검에게로 달려든다. 일체의 망설임을 배제한 양 천마독존의 매섭고도 깔끔한 공격이다. 추풍신검의 소용돌이치듯 뒤엉키는 대응 동작도 무림인들의 혀를 내두르게 한다. 추풍신검이 집진침강(集塵沈江)이라는 검식으로 천마독존의 불길을 암흑의 천지처럼 꺼 버린다. 관전장의 상황은 급변하여 무림인들을 절벽으로 밀치는 것같이 놀라게 한다. 천마독존의 불길이 꺼지자 숱한 사람들이 낡은 토담인 양 쓰러진다. 한껏 강력한 내상을 입었음을 드러내듯 표출하는 표정들이다.

상황에 초연한 것처럼 운천이 추풍신검의 검술 동작들을 눈여겨본다. 동작들이 경쾌하면서도 바윗돌이라도 부술 것같이 엄청난 위세를 지닌다. 추풍신검이 고공의 독수리인 양 날렵하게 어떤 검식을 휘두른다. 시야흑운(視野黑雲)이라는 검식으로 시야를 순식간에 암흑으로 휘몰듯 검풍을 마구 쏟아낸다. 관전석 운천의 피부까지 건드리려는 것처럼 와 닿은 검기였다. 운천은 비상시에 대비하려는 것같이 줄곧 진기(眞氣)를 끌어모으고 있었다. 피부에 밀려든 추풍신검의 검기는 극한의 얼음인 양 너무나 차가웠다. 장백파(長白派)의 극음장(極陰掌) 같은 느낌마저 들 지경이었다. 극음장은 살짝 스치기만 해도 전신을 동태처럼 얼어붙게 만든다. 상대가 장백파이면 생명을 구하듯 무조건 물러서는 게 무림인들의 처세이다. 극음장을 맞으면 얼어 죽을 것이 불을 보는 양 뻔하다. 추풍검의 검풍은 운천에게는 극음장보다 강도가 센 듯 여겨진다.

천마독존은 최근에 연공을 했기에 기세가 하늘을 뒤덮을 것처럼 무섭다. 만타분타(萬打粉打)라는 위력적인 검식으로 섬광이 이는 것같이 마구 추풍신검을 쪼아댄다. 추풍신검의 내공이 천마독존에게 뒤떨어지면 추풍신검이 곧바로 쓰러지려는 양 위태로웠다. 하지만 추풍신검은 타의 추종을 불허할 듯 무학의 달인이라 여겨진다. 천마독존의 의도를 파악한 것처럼 평범하기 그지없는 태산압정(泰山壓頂)의 검식을 휘두른다. 동일한 검식이어도 사용자에 따라 위세가 세상을 가르려는 것같이 달라진다. 태산이 무너져서 상대를 깔아뭉개려는 양 상대의 이마를 덮친다는 의미이다. 이런 의미의 무술 동작들은 길거리의 돌멩이들처럼 흔하게 알려져 있다. 추풍신검의 태산압정에 천마독존의 공격은 허리가 꺾인 허수아비인 듯 수그러든다.

기선(機先)으로 날렸던 공격들이 무위가 되어 길을 더듬는 것같이 되돌아온다. 천마독존이 기가 꺾여 대응할 방식을 잃은 양 마구 쩔쩔맨다. 너무나 당혹하여 제 자리에서 주저앉을 듯 안절부절못한다. 산서상인이 대결을 중지시키려는 것처럼 개입하여 천마독존과 추풍신검을 떨어지게 만들었다. 추풍신검이 나타나기 전에는 천마독존이 연무대를 장악한 것같이 기염을 토했다. 그랬는데 상황이 안 좋아지자 달아나려는 개인 양 영 쩔쩔매었다.

결국 추풍신검은 40여 수 후반에 천마독존을 완전히 제압하듯 승리했다. 추풍신검이 격전을 부추기려는 것처럼 도전할 사람은 나오라고 고함을 질러댄다. 연거푸 추풍신검이 최종적인 승리를 확인하는 것같이 고함을 질러댈 때다. 바로 찰나인 양 이 순간이다. 산등성이로부터 두 인영이 미끄러지는 듯 신속히 날아든다. 번갯불처럼 날렵한 경신술에 관전석의 숱한 사람들이 놀라서 환호성을 터뜨린다. 둘은 당당한 기품을 발산하려는 것같이 어느새 연무대의 중앙에 내려선다. 둘을 보자 관전석의 군협들이 황제를 대한 양 일제히 일어선다. 군협들이 즐거워서 내지르는 환호성이 산악을 마비시키려는 것처럼 어마어마하게 떠들썩하다. 나타난 인물들은 전대의 영웅이듯 단아한 무림쌍웅인 백운도인과 사룡도인인 탓이다. 놀라움을 자극하려는 것같이 잠시 후에 두 인영이 새롭게 나타났다. 사람들을 놀라게 하려는 양 등장한 사람들은 부용여협(芙蓉女俠)과 상강여협(湘江女俠)이다. 부용여협은 백운도인의 아내이고 상강여협은 사룡도인의 아내이다. 또 한 차례의 열화를 닮은 환호성이 불길처럼 터져 올랐다.

환호의 열기가 북극의 빙설인 듯 가라앉은 직후다. 추풍신검이 도전자를 불러내는 것 같은 소리가 재차 울렸다. 운천이 스승과 사모에게 예를 마치고 학(鶴)인 양 일어설 때다. 스승인 백운도인의 격려하는 말이 실안개처럼 운천의 가슴으로 밀려든다. 운천도 산서상인에게 목례를 하고는 새로운 세상을 열듯 연무대로 날아올랐다. 운천의 경신술의 맵시에 놀란 것같이 관전석 군협들의 박수갈채가 터진다.

운천이 격식을 나타내는 양 연무대에서 관전자들에게 공수의 예를 표한다. 그러고는 대전자인 추풍신검에게도 후학이 선배를 예우하듯 경건하게 예를 올린다. 운천의 태도에 감탄한 것처럼 관전석의 무림인들이 재차 박수갈채를 보낸다. 절차에 따르는 것같이 산서상인이 새로운 목검을 추풍신검과 운천에게 건넨다.

절차를 존중하는 양 추풍신검과 운천이 서서 대결 자세를 취한다. 대결하기에 앞서서 운천이 과거를 회상하듯 잠깐 정통파의 진영을 둘러본다. 장문인들이 격려하는 것같이 팔을 흔들며 운천에게 따뜻한 마음을 전한다. 사문장로들은 잔잔한 눈웃음으로 대신하는 양 운천을 격려해 준다. 아미3녀들도 창공을 휘젓듯 팔을 흔들며 격려의 뜻을 보낸다. 도궁옥도 남들에게 빠지지 않으려는 것처럼 손을 흔들어 격려한다. 내친 김을 이용하려는 것같이 운천이 사문파 쪽도 차분히 바라본다. 나화엽, 사마영, 설하영, 자연검, 자홍검이 고무하려는 양 손뼉을 친다. 운천을 격려하는 것처럼 신호를 보내는 뜻밖의 인물들도 눈에 띈다. 백골파의 백골신풍, 마장천, 봉황문의 서호혈룡이 자신들의 위치를 강조하려는 것같이 격려한다. 천공파의 황해흑존, 봉황문의 북면천마까지도 차후를 고려하는 양 운천을 격려한다. 어리둥절하지만 격려에 응답하듯 운천이 그들에게 팔을 흔들고는 추풍신검에게로 다가든다.

무림영웅의 제자임을 드러내려는 것처럼 십성의 공력으로 남악검법을 펼칠 작정이다. 운천이 제1식인 섬광전송(閃光傳送)을 펼치면서 몸을 매같이 날렵하게 솟구친다. 치솟는 몸뚱이에서 사면팔방으로 빛줄기들이 상대의 급소를 노리는 양 흩어진다. 하산하기 전에는 사부에게 맹렬한 검식의 변화만 압축하듯 보였을 따름이다. 음양도법과 운무지의 영향으로 남악검법 본연의 위력이 매의 날개처럼 펼쳐진다. 60대의 추풍신검은 추풍검의 통달자임이 입증되는 것같이 빼어났기에 달인으로 추앙받는다. 추풍신검이 그 정도는 예견했다는 양 연쇄진퇴(連鎖進退)의 검식으로 응대한다. 운천이 기습하듯 검식을 변화시켜도 여유롭게 다가섰다가 물러서기를 반복하면서 해소시킨다. 남악검법의 제2식인 향풍등릉(向風登陵)을 사방으로 그물처럼 펼친다. 바람에 맞서서 언덕을 오른다는 뜻의 집요함이 부각되는 것같이 드러났다. 추풍신검이 다리를 허물어 길을 낸다는 붕교개로(崩橋開路)를 떨치는 양 펼친다. 운천의 발아래까지 닿듯 사나운 검풍을 날린다. 추풍검법은 12식까지 갖춰진 세상의 조화를 품는 것처럼 빼어난 검술이다.

운천이 검법끼리의 대결을 추구하려는 것같이 제3식인 낙하급공(落下急攻)의 검식을 펼친다. 공중에 높이 치솟았다가 별똥인 양 떨어져 내리면서 공격한다는 의미이다. 강호에 뛰어들었어도 사람들을 상대로 겁박하듯 펼치지는 못했던 검법이다. 이 검법의 효과를 고수들의 반응을 점검하는 것처럼 확인하려는 운천이다. 낙하급공이 펼쳐지자 추풍신검도 놀란 것같이 긴장하는 표정이다. 날카로운 검풍을 수반하는 검식이어서 번갯불이 떨어지는 양 효과가 매섭다. 허공에서 수십 가닥의 번갯불이 떨어지듯 날렵하게 운천이 펄쩍펄쩍 뛴다. 뛸 때마다 장풍과 지풍과 검풍이 뒤엉킨 것처럼 예리하기가 그지없다.

 백운도인이 제자인 운천의 검식을 바라보다가 놀란 것같이 입을 다문다. 도가(道家)의 기본인 보법을 바탕으로 변화무쌍한 검기들이 산악인 양 배치되었다. 남악검법인 것은 분명한데도 백운도인마저 놀랄 듯 다변화되어 있다. 사룡도인도 운천의 검법을 바라보다가 깜짝 놀란 것처럼 생각한다.
 '백 늙은이가 이렇게 무서운 검법을 가지고 있었다니? 저 검법만으로도 세상을 흘겨볼 정도는 되겠구나. 보법(步法)은 도가의 골격인데 펼쳐지는 검술의 기예가 가히 예술 수준이구나.'
 놀라는 사람은 추풍신검도 마찬가지여서 무술의 틀을 바꾸려는 것같이 질겁한다. 그도 하도 놀라서 가슴이 떨리는 양 마음속으로 중얼댄다.
 '어떻게 도사의 제자가 이다지도 심오한 무술을 지녔을까? 검술의 수준은 족히 비급과 견주어도 손색이 없을 지경이군. 내가 추풍검의 달인이긴 해도 이 녀석을 이기기는 어렵겠구나. 이 녀석만 아니라면 영웅이 되기도 어렵지 않았을 텐데 아쉽군.'
 추풍신검이 추풍검의 정수인 혈풍방섬(血風放閃)을 목검을 통해 밀치듯 확 펼친다. 연무대 전체가 파르스름한 검기에 갇힌 것처럼 사방에서 번갯불이 터진다. 운천의 머릿속에 해중검법이 필요하리라는 생각이 먹구름이 다가드는 것같이 든다. 매인 양 공중에 뜬 채 적의 공세를 와해시켜야겠다고 느꼈다. 남악검법의 제9식까지를 써도 제공권을 빼앗듯 확보하기가 어려우리라 여겨진다. 그리하여 새로운 하늘을 여는 것처럼 해중검법의 제1식인 일주경천(一株擎天)을 펼친다. 일주경천을 펼치자마자 운천의 몸이 허공에 훌쩍 떠올라 깃털같이 나붓댄다. 제2식인 만폭개세(萬瀑蓋世)에서는 폭포수가 세상을 뒤덮는 양 혈풍방섬의 검기들을 뒤덮는다. 만폭개세의 검풍이 추풍신검에게 휘몰리자 추풍신검의 혈맥이 서리처럼 얼어붙기 시작한다. 추풍신검이 발악해 봤지만 혈맥이 막혀 나무토막인 듯 나뒹굴었다. 추풍신검은 운천에게 40여 수의 초반에 세상을 빼앗기는 것같이 패했다.

산서상인이 연무대로 뛰어오르더니 대결자를 보호하려는 양 추풍신검에게 달려가서 물었다.
"추풍검객님, 몸이 괜찮으세요?"
추풍신검이 한껏 일그러진 듯 찌푸린 표정으로 크게 말했다.
"오늘은 제가 졌음을 시인합니다. 하지만 부상당하지는 않았으니 염려하지 마세요."
추풍신검이 괴로운 표정으로 몸을 뒤척이더니 독수리처럼 훌쩍 날아가 버렸다.

군호들의 우레 같은 갈채를 받으며 운천이 영웅으로 선발되었음을 인정받았다. 5년 전에 선발된 영웅은 현장에서 과로로 무너지는 양 병사했다. 관례를 준수하듯 무림쌍웅이 운천에게 '무산신군(巫山神君)'이라는 칭호를 부여한다. 아울러 무림 최고의 보물인 것처럼 알려진 적송비록(赤松祕錄)까지 선사한다.

선발된 영웅에게 권위를 부여하는 것같이 시행되는 관례가 있다. 전대의 무림 영웅과의 교분을 쌓는 양 시범 대결이 있다. 전대의 영웅이 사망했을 경우가 세속의 풍파를 자아내듯 문제이다. 태두처럼 명망 있는 선배 고수가 대신한다고 되어 있다.
관례에 따르는 것같이 운천과 무림쌍웅 간의 대결이 이루어지게 되었다. 제비뽑기를 해서 정한 양 사룡도인이 먼저 운천과 겨루게 되었다.
8개월 전에 봉황문의 현황을 조사하듯 사룡도인은 해남도로 갔다. 해남도의 석동(石洞) 안에서 보물이라 공개된 것처럼 유명한 적송비록을 발견하였다. 그 순간 이후부터였다. 사룡도인은 보물의 위상을 지키려는 것같이 6개월의 기간에 적송비록을 익혔다. 비록의 운명을 결정하려는 양 백운도인을 찾아서 적송비록의 처리를 의논했다. 무림쌍웅은 소림사를 존중하듯 팔선대사에게 정통파의 장문인들을 소림사에 초청하도록 했다. 장문인들과 무림쌍웅은 적송비록을 처리하려는 것처럼 향후의 대책 회의를 했다. 11월에 영웅 대회를 열어 축하하려는 것같이 영웅에게 주자고 합의했다.

시범 경기는 승부를 초월하려는 양 영웅을 조명하는 대결로 인식되었다. 전대의 영웅이 승리하면 후배에게 경고하듯 부여되는 사랑이라고 해석되었다. 새 영웅이 승리하면 좋은 후배를 소개하는 것처럼 발굴했다고 칭송되었다.

운천과 사룡도인이 순수한 무도 정신을 표출하는 것같이 겨루기로 했다. 결국 60여 수만에 사룡도인이 힘에 부치는 양 운천에게 제압되었다.

운천은 진기를 가다듬듯 반 식경(15분) 동안의 운공 조식을 끝냈다. 스승인 백운도인과 호흡을 맞추려는 것처럼 대결하기 위해서다. 백운도인도 60여 수만에 껄껄거리며 수련도를 인정하는 것같이 패배를 시인했다.

시범 경기가 끝나자 무림인들이 축제를 맞이하는 양 환호성을 터뜨렸다. 무산신군을 축하하며 저마다 새들처럼 뿔뿔이 흩어져 가려고 했다. 이때였다. 경기의 주관자였던 소림사의 팔선대사가 주의를 환기하듯 큰 소리로 말했다.

"오늘 이 자리에서 잠시 후에 무산신군의 혼례가 치러질 예정입니다. 오늘의 무림인 여러분께서 혼례의 증인이자 하객이 되어 주지 않겠습니까?"

말이 떨어지자마자 무산이 흔들리는 것같이 열렬한 환호성이 터져 나온다. 정통파의 고수들이 참석자들을 배려하는 양 바구니에서 음식을 나누어 준다. 수천에 달하는 사람들에게도 기쁨을 전하듯 술과 음식을 나누어 준다.

술과 음식은 오랜 의례인 것처럼 대회를 주최하는 측에서 마련한다. 관례는 오랜 전승의 예인 것같이 조금도 의아스러운 일이 아니다.

이윽고 혼례를 축하하는 양 장중한 악기들의 연주가 연무대에서 진행된다. 무림의 질서를 존중하듯 산서상인이 무산신군 혼례의 사회를 맡는다. 산서상인은 고수(高手)의 상징처럼 영웅 대회의 사회를 맡았던 화산파의 장문인이다. 이번에는 영웅의 뒤치다꺼리를 하려는 것같이 무산신군 혼례의 사회를 맡는다. 무산신군으로서는 천신으로부터 은총을 받은 양 엄청난 영예가 된다. 이윽고 백색 도포의 무산신군인 운천이 기품 높은 신선처럼 나타났다. 분홍색의 치마와 저고리를 입은 신부인 공천하도 선녀인 듯 나타났다. 이들이 나타나자마자 연무대 일대에는 환호성이 불길같이 또다시 치솟는다. 환호성을 질러대는 사람들은 문파나 남녀노소의 장벽을 무시한 양 소탈하다. 대다수가 자기 자신의 일인 듯 기뻐해 댄다.

무산신군 측의 가족으로는 무림쌍웅의 내외가 북두칠성의 별자리들처럼 나란히 참석했다. 공천하의 가족으로는 천축신니와 창룡진인과 공영가가 마음을 맞춘 것같이 참석했다. 산서상인의 사회로 혼례는 천지사방을 뒤흔드는 양 성황리에 끝났다.

혼례가 끝나자 백운도인이 무산신군의 부부를 안개인 듯 조용히 부른다. 그들에게 지도와 열쇠를 주면서 천고의 비밀을 털어놓는 것처럼 말한다.

"불과 한 달 전의 일이었다. 약초를 캐러 여기저기를 찾아다니다가 뜻밖에도 이것들을 발견하게 되었다. 다복솔에 가려진 어떤 바위 위에서 발견되었다. 함께 발견된 문서도 여기에 있다. 놀랍게도 지도와 열쇠는 세간을 떠들썩하게 만든 운우비동(雲雨秘洞)에 관한 거였다. 이 보물은 재화에 관한 것이라 공공의 보물과는 거리가 멀다. 내가 너희들에게 주는 작은 선물이다. 부디 행복한 삶이 되기를 빈다. 운우비동은 놀랍게도 여기에서 멀지 않은

곳에 있다. 지금 저편 높은 절벽 중턱의 안개가 낀 곳이 보이지? 그 부근에 비동이 있으니까 잘 찾기 바란다."

백운도인이 제자 부부에게 미래의 행복을 기원하는 것같이 손을 흔든다. 운천 부부가 백운도인의 부부 앞에서 작별하는 양 엎드려 절한다. 스승의 부부가 시야에서 스러지는 안개처럼 멀어질 때까지 허리를 굽힌다.

무산을 자욱이 뒤덮었던 군협들이 죄다 썰물인 듯 빠진 뒤다. 운천이 연무대가 있었던 봉우리 주변을 고공에서 매같이 둘러본다. 무림인들이 머물면서 식사까지 했는데도 원래부터 없었던 양 쓰레기가 없다. 정통파의 젊은이들이 무산의 자연을 보호하듯 청소의 마무리까지 잘한 모양이다. 이제 무산의 어디에도 쓸쓸함이 밀려드는 것처럼 인적은 보이지 않는다.

소중한 추억을 아끼려는 것같이 운천이 조금 전까지의 상황을 떠올린다. 설하영, 자연검, 자홍검이 부부를 부러워하는 양 진심으로 축하했다. 도궁옥, 사마영, 공영하도 부러움을 감추듯 부부를 은밀히 축하하며 하산했다. 6명은 다시는 운천을 못 볼 것처럼 눈물까지 글썽이며 헤어졌다. 설하영은 가슴에 아쉬움이 많은 것같이 몇 번이고 뒤돌아보며 하산했다.

연무대가 설치되어 세상의 기개를 정기(正氣)인 양 듬뿍 내뿜었던 망하봉(望霞峰)! 봉우리에서 운천의 부부는 사방을 고공의 매인 듯 느긋하게 내려다본다. 운천은 무산신군으로서 5년간 할 일이 설산의 눈더미처럼 많으리라 여겨진다. 무림의 원로 고수들과 협의하여 원만하게 처리되는 것같이 추진하리라 작정한다.

무산의 어디에도 실안개가 스러지는 양 인적은 완전히 끊겼다고 여겨진다. 산악의 오후를 구획 짓듯 유시 중반 무렵(오후 6시)의 시각이다. 무산의 어디에도 무산을 찾았던 무림인들은 빠진 썰물처럼 없다고 여겨진다. 스승이 가리켰던 지점에는 안개가 용의 형상같이 짙게 끼어 있다. 거기에는 평소에도 골짜기가 깊은 절벽인 양 내뻗은 모양이라 여겨진다.

이제는 운천도 마음을 비우듯 봉우리에서 하산해야겠다고 마음먹을 때다. 공천하가 미래의 일정을 점검하려는 것처럼 조심스럽게 운천에게 말한다.
"여보, 아직까지 여기에 할 일이 남은 건 아니죠? 비동의 내부 구조가 궁금하게 여겨져요. 거기가 괜찮다면 당분간 거기를 숙소로 삼아도 되겠죠?"
운천이 빙정동과 안심동을 떠올리자 마음이 현실에 접근하려는 것같이 복잡해진다. 빙정동은 선계(仙界)의 풍광인 양 확연히 빼어났다. 빙정동에 마음이 머물면 쇠붙이가 자석(磁石)에 달라붙듯 벗어나기가 어려우리라 여겨진다. 안심동은 산야의 독립 주택처럼 운천이 만들었다. 마음을 평소에 주거지같이 많이 쏟았기에 자연스레 정도 많이 들었다. 빙정동과 안심동에 대한 생각으로 운천도 구름을 탄 양 복잡하다.

비동에는 보물이 창고처럼 많이 들었다고 하지 않은가? 소문만으로도 신화 속의 엄청난 거부가 된 듯 우쭐해진다. 스승이 혼례의 선물로 줄 정도라면 기본이 창고같이 대단하리라 여겨진다.
운천도 아내에게 말하려고 했기에 질문당하자 가슴이 파도인 양 떨렸다. 아내가 자신의 신분을 운천에게 알리려는 듯 '여보'라고 부르지 않았는가? 이제 정말 결혼한 사실이 동화(童話) 같은 실화(實話)라 여겨진다. 운천이 아내에게 차분하게 다음의 일정을 보고하려는 것처럼 상세히 설명한다. 심연(深淵)인 양 깊은 골짜기의 절벽을 날아서 건너야 한다고 알려준다. 죽음의 벽을 돌파하는 듯 건너야만 비동(秘洞)을 찾게 되리라 들려준다. 비동에 보물이 상상한 것처럼 많지 않아도 살아야 한다고 들려준다. 소문은 소문일 때에 그 신비함이 물속같이 깊으리라고 운천이 말한다. 운천의 얘기에 공천하도 신비스러운 양 미소를 지으며 대답한다.
"동굴을 혼자서 살며시 들여다본 사람처럼 얘기하네요. 혹시 보물은 없고 동굴만 있는 것은 아니에요? 하기야 낭군 같은 영웅이 보물이 아니면 보물이 어디에 있겠어요?"

운천이 쑥스러운 듯 살짝 손을 흔들며 짧게 말한다.

"동굴은 사부님께서 주신 것이니까 분명히 상당한 가치가 있을 거예요. 보물의 양이 그 얼마이든 사부님의 높으신 사랑을 받들며 삽시다. 대화하면서도 저쪽 절벽까지의 거리를 눈대중으로 계산했거든요. 저랑 함께 움직이면 실수 없이 단번에 건너게 될 거예요."

적들과 대결하려는 것처럼 마음을 가다듬은 뒤다. 둘은 건너편 절벽의 운우비동으로 두 마리의 백학같이 날아간다. 바람마저도 숨을 죽이려는 양 조용한데도 아직도 밤은 깊지 않다.

벽공지

1판 1쇄 발행 2025년 9월 15일

저자 손정모

편집 유주은　**마케팅·지원** 이창민

펴낸곳 (주)하움출판사　**펴낸이** 문현광

이메일　haum1000@naver.com　　홈페이지　haum.kr
블로그　blog.naver.com/haum1000　　인스타그램　@haum1007

ISBN　979-11-7374-147-0(03810)

좋은 책을 만들겠습니다.
하움출판사는 독자 여러분의 의견에 항상 귀 기울이고 있습니다.
파본은 구입처에서 교환해 드립니다.

이 책은 저작권법에 따라 보호받는 저작물이므로 무단전재와 무단복제를 금지하며,
이 책 내용의 전부 또는 일부를 이용하려면 반드시 저작권자의 서면동의를 받아야 합니다.